U0524677

汕头大学科研启动项目"古代遗民文学研究"(编号：STF20006)
由李嘉诚基金会汕头大学文学院专项经费资助出版

清初遗民小说研究资料

杨剑兵 著

Research Data Collection on the Adherent-novels in the Early Qing Dynasty

中国社会科学出版社

图书在版编目（CIP）数据

清初遗民小说研究资料 / 杨剑兵著. -- 北京：中国社会科学出版社，2024.10. -- ISBN 978-7-5227-4218-2

Ⅰ. I207.41

中国国家版本馆 CIP 数据核字第 2024MS4835 号

出 版 人	赵剑英
选题策划	宋燕鹏
责任编辑	王正英　宋燕鹏
责任校对	李　硕
责任印制	李寡寡

出　　版	中国社会科学出版社
社　　址	北京鼓楼西大街甲 158 号
邮　　编	100720
网　　址	http://www.csspw.cn
发 行 部	010-84083685
门 市 部	010-84029450
经　　销	新华书店及其他书店
印　　刷	北京明恒达印务有限公司
装　　订	廊坊市广阳区广增装订厂
版　　次	2024 年 10 月第 1 版
印　　次	2024 年 10 月第 1 次印刷
开　　本	710×1000　1/16
印　　张	25
插　　页	2
字　　数	375 千字
定　　价	128.00 元

凡购买中国社会科学出版社图书，如有质量问题请与本社营销中心联系调换
电话：010-84083683
版权所有　侵权必究

凡　　例

一、小说作品分为文言与白话两部分。

二、作品以音序为序。

三、叙录包括小说的作者、主要内容、创作特色、出处、收录、版本等。

四、研究资料收录自清初至民国，中华人民共和国成立后的资料一般不收录。

五、单篇作品收录作者自评及他人评点。

六、文言小说集收录识语、凡例、序跋、提要、尾批等。

七、话本小说集收录与遗民小说有关的评点资料。

八、章回体小说收录识语、凡例、序跋、读法、回末评点。

九、收录独立成段的夹批，零散夹批不收录。

十、小说版本优先选择善本，同时兼顾早期版本及有价值的今人整理本。

目 录

文言部分

爱铁道人传 ·· (3)

哀王厈 ··· (3)

八大山人传 ·· (3)

跋黄九烟户部《绝命诗》 ··· (4)

板桥杂记 ·· (4)

    题板桥杂记 ·· (5)

    板桥杂记小引 ··· (5)

    板桥杂记提要 ··· (6)

    板桥杂记序 ·· (6)

    板桥杂记自序 ··· (6)

    张潮跋 ·· (7)

    后 跋 ·· (7)

    八琼逸客评语 ··· (8)

薛衣道人传 ·· (8)

补张灵崔莹合传（张灵崔莹合传） ·· (8)

不庵传 ··· (9)

岑太君传 ·· (9)

阐 义 ·· (10)

    刘楷序 ·· (10)

梅庚序 …………………………………………………………… (11)
　　　张自烈旧序 ………………………………………………… (11)
　　　卷首小序 …………………………………………………… (12)
　　　后　序 ……………………………………………………… (19)
陈朗生传 ……………………………………………………………… (20)
陈小怜传 ……………………………………………………………… (21)
陈稚白住篁川记 ……………………………………………………… (21)
楚壮士传 ……………………………………………………………… (21)
雌雌儿传 ……………………………………………………………… (22)
崔子忠陈洪绶合传 …………………………………………………… (22)
大铁椎传 ……………………………………………………………… (23)
戴文进传 ……………………………………………………………… (24)
岛居随录 ……………………………………………………………… (24)
　　　岛居随录提要 ……………………………………………… (25)
　　　罗联棠序 …………………………………………………… (25)
　　　目次末跋语 ………………………………………………… (26)
邓子哀词 ……………………………………………………………… (26)
东山谈苑 ……………………………………………………………… (26)
　　　东山谈苑自序　二则 ……………………………………… (26)
　　　书余澹心东山谈苑八卷后 ………………………………… (27)
　　　郭尚先跋语 ………………………………………………… (27)
　　　周作人评语 ………………………………………………… (27)
董小宛传（冒姬董小宛传） ………………………………………… (28)
二仆传 ………………………………………………………………… (28)
梵大师外传 …………………………………………………………… (29)
费宫人传 ……………………………………………………………… (29)
妇人集 ………………………………………………………………… (30)
　　　纫兰山民识语 ……………………………………………… (30)
　　　评点陈迦陵先生妇人集竟将付手民率题四绝 …………… (31)

妇人集闲评 …………………………………………… (31)
　　杨复吉跋语 …………………………………………… (36)
　　杨复吉附记 …………………………………………… (37)
狗皮道士传 ……………………………………………… (37)
广德州守赵使君传 ……………………………………… (37)
鬼母传 …………………………………………………… (38)
鬼孝子传 ………………………………………………… (38)
桂岩公诸客传 …………………………………………… (38)
郭老仆墓志铭 …………………………………………… (40)
海烈妇传 ………………………………………………… (40)
海虞三义传 ……………………………………………… (40)
贺向峻汪参传 …………………………………………… (41)
侯方域魏禧传 …………………………………………… (41)
后哭曹石霞 ……………………………………………… (42)
后五诗人传 ……………………………………………… (42)
花隐道人传 ……………………………………………… (43)
化虎记 …………………………………………………… (43)
换心记 …………………………………………………… (43)
黄烈妇传 ………………………………………………… (44)
黄孝子传 ………………………………………………… (45)
活死人传 ………………………………………………… (45)
记茅止生三君咏 ………………………………………… (46)
纪周侍御事 ……………………………………………… (46)
江天一传 ………………………………………………… (46)
姜贞毅先生传 …………………………………………… (47)
将就园记 ………………………………………………… (47)
戒庵先生生藏铭 ………………………………………… (48)
金忠洁公传 ……………………………………………… (48)
九牛坝观觝戏记 ………………………………………… (48)

旧京遗事 …………………………………………… (49)
  史弱翁所著诸书 ……………………………… (49)
  张江裁跋语 …………………………………… (50)
谲觚 ………………………………………………… (50)
  谲觚序 ………………………………………… (50)
  谲觚提要 ……………………………………… (51)
客舍偶闻 …………………………………………… (51)
  客舍偶闻序 …………………………………… (51)
  绳斋识语 ……………………………………… (52)
  彭晖识语 ……………………………………… (52)
  董彬跋 ………………………………………… (53)
  张元济识语 …………………………………… (54)
  汪康年跋 ……………………………………… (54)
来烈妇墓铭 ………………………………………… (54)
雷州盗记 …………………………………………… (55)
李姬传 ……………………………………………… (55)
李新传 ……………………………………………… (55)
李一足传 …………………………………………… (56)
两异人传 …………………………………………… (56)
梁烈妇传 …………………………………………… (57)
烈狐传 ……………………………………………… (57)
刘淑英传 …………………………………………… (58)
柳夫人小传 ………………………………………… (58)
柳敬亭传 …………………………………………… (59)
六君子饮说 ………………………………………… (59)
鲁颠传 ……………………………………………… (59)
陆忠毅公传 ………………………………………… (60)
乱后上家君书 ……………………………………… (60)
马吊说 ……………………………………………… (60)

马伶传 ……………………………………………… (61)
卖酒者传 …………………………………………… (61)
毛女传 ……………………………………………… (62)
毛太保公传 ………………………………………… (62)
闽粤死事偶纪 ……………………………………… (62)
冥报录 ……………………………………………… (63)
　　冥报录提要 …………………………………… (63)
明语林 ……………………………………………… (63)
　　明语林序 ……………………………………… (63)
　　自　序 ………………………………………… (64)
　　明语林凡例 …………………………………… (65)
　　明语林提要 …………………………………… (66)
南渡三疑案 ………………………………………… (66)
南吴旧话录 ………………………………………… (66)
　　南吴旧话录序 ………………………………… (67)
　　南吴旧话录跋语 ……………………………… (68)
　　南吴旧话录跋 ………………………………… (68)
女世说 ……………………………………………… (69)
　　陆敏树序 ……………………………………… (70)
　　女世说自序 …………………………………… (71)
　　女世说凡例 …………………………………… (72)
女兄文玉传 ………………………………………… (73)
诺皋广志 …………………………………………… (73)
　　诺皋广志跋 …………………………………… (73)
彭夫人家传 ………………………………………… (74)
奇女子传 …………………………………………… (74)
蕲尉杨公存吾传 …………………………………… (75)
乞者王翁传 ………………………………………… (75)
钱烈女墓志铭 ……………………………………… (76)

钱塘于生三世事记 …… (77)
樵　书 …… (77)
青门老圃传 …… (78)
邱维屏传 …… (78)
髯樵传 …… (78)
髯侠传 …… (79)
汝州从事顾翊明公传 …… (79)
三侬赘人广自序 …… (79)
桑山人传 …… (80)
山阳录 …… (80)
　　山阳录叙 …… (80)
　　山阳录赞语 …… (81)
　　山阳录跋 …… (84)
邵山人潜夫传 …… (84)
神铖记 …… (85)
沈去矜墓志铭 …… (85)
沈云英（沈云英传） …… (86)
十眉谣附十髻谣 …… (87)
　　十眉谣小引 …… (87)
十眉谣跋 …… (88)
石屋丈人传 …… (88)
史八夫人传 …… (89)
史以慎传 …… (90)
书明亡九道人事 …… (90)
书咸三郎事 …… (91)
书《三楚旧劳》记 …… (91)
书沈通明事 …… (91)
书陶将军传 …… (92)
书叶氏女事 …… (92)

书义犬事 …………………………………………………… (92)

述赵希乾事 ………………………………………………… (94)

四氏子传 …………………………………………………… (94)

宋连璧传 …………………………………………………… (95)

孙将军传 …………………………………………………… (95)

嗒　史 ……………………………………………………… (96)

　　嗒史篇末评 …………………………………………… (96)

　　张潮昭代丛书选例 …………………………………… (98)

　　嗒史跋 ………………………………………………… (98)

汤琵琶传 …………………………………………………… (98)

天同一生传 ………………………………………………… (99)

恸馀杂记 …………………………………………………… (99)

皖髯事实 …………………………………………………… (99)

万夫雄打虎传 ……………………………………………… (100)

万里寻兄记 ………………………………………………… (101)

万氏一义传 ………………………………………………… (101)

汪十四传 …………………………………………………… (101)

王翠翘传 …………………………………………………… (102)

王王屋传 …………………………………………………… (102)

王义士传 …………………………………………………… (103)

王义士传 …………………………………………………… (103)

为徐霜皋记梦 ……………………………………………… (104)

闻孝廉传 …………………………………………………… (104)

无闷先生传 ………………………………………………… (104)

吴姬扣扣小传 ……………………………………………… (105)

吴孝子传 …………………………………………………… (105)

吴隐君赞 …………………………………………………… (105)

五人传 ……………………………………………………… (106)

武风子传 …………………………………………………… (106)

贤孝叶淑人权厝志 ……………………………………………… (107)

小半斤谣 ……………………………………………………… (107)

孝烈张公传 …………………………………………………… (108)

孝犬传 ………………………………………………………… (108)

啸翁传 ………………………………………………………… (108)

孝贼传 ………………………………………………………… (109)

徐文长遗事 …………………………………………………… (109)

序　妒 ………………………………………………………… (109)

雪　裘 ………………………………………………………… (110)

阎典史传 ……………………………………………………… (110)

研堂见闻杂记（研堂见闻杂录） …………………………… (111)

姚江神灯记 …………………………………………………… (111)

一瓢子传 ……………………………………………………… (112)

乙邦才传 ……………………………………………………… (112)

义犬记 ………………………………………………………… (113)

义盗事 ………………………………………………………… (113)

义猴传 ………………………………………………………… (114)

义虎记 ………………………………………………………… (115)

瘗老仆骨志铭 ………………………………………………… (115)

逸叟李先生生圹铭 …………………………………………… (115)

影梅庵忆语 …………………………………………………… (116)

  冒襄小序 ………………………………………………… (116)

  杜濬评语 ………………………………………………… (117)

  附　录 …………………………………………………… (118)

  影梅庵忆语跋 …………………………………………… (119)

  读影梅庵忆语 …………………………………………… (119)

虞山妖乱志 …………………………………………………… (134)

  虞山妖乱志序 …………………………………………… (134)

  翁同龢跋 ………………………………………………… (134)

张处士墓志铭 …………………………………………（135）
张林宗先生传 …………………………………………（135）
张南邨先生传 …………………………………………（135）
张侍郎传 ………………………………………………（136）
周端孝先生墓志铭 ……………………………………（137）
周夫人传 ………………………………………………（137）
诸君简画记 ……………………………………………（138）
诸天祐 …………………………………………………（138）
廛 馀 …………………………………………………（139）
    篇末评语 ……………………………………………（139）
    廛馀跋 ………………………………………………（141）
总制汪公逸事 …………………………………………（141）

白话部分

豆棚闲话 ………………………………………………（145）
    豆棚闲话叙 …………………………………………（145）
    豆棚闲话弁语 ………………………………………（146）
    豆棚闲话总评 ………………………………………（146）
海角遗编 ………………………………………………（152）
    海角遗编序 …………………………………………（152）
    吊金陵 ………………………………………………（152）
    题海角遗编后 ………………………………………（154）
后水浒传 ………………………………………………（155）
    后水浒传序 …………………………………………（155）
剿闯小说 ………………………………………………（157）
    剿闯小说叙 …………………………………………（157）
    新编剿闯孤忠小说序 ………………………………（158）
    傅以礼跋语 …………………………………………（159）

郭沫若剿闯小史跋 …………………………………………… (159)
女仙外史 ……………………………………………………………… (162)
　　江西廉使刘廷玑在园品题　二十则 ………………………… (162)
　　江西南安郡太守陈奕禧香泉序言 …………………………… (164)
　　广州府太守叶夒南田跋语 …………………………………… (165)
　　古稀逸田叟吕熊文兆自叙 …………………………………… (166)
　　江西学使杨颙念亭评论　七则 ……………………………… (168)
　　吕熊文兆氏自跋 ……………………………………………… (169)
　　女仙外史回末评 ……………………………………………… (170)
樵史通俗演义 ………………………………………………………… (214)
　　樵子识语 ……………………………………………………… (214)
　　樵史序 ………………………………………………………… (214)
　　重印樵史通俗演义序 ………………………………………… (215)
　　樵史通俗演义回末评 ………………………………………… (220)
清夜钟 ………………………………………………………………… (225)
　　薇园主人序 …………………………………………………… (225)
　　路工识语 ……………………………………………………… (225)
三春梦 ………………………………………………………………… (226)
　　序 ……………………………………………………………… (226)
　　书中紧要人物简明表 ………………………………………… (227)
　　计明府监内十八名好汉英雄姓名 …………………………… (228)
　　三十六名英雄 ………………………………………………… (230)
水浒后传 ……………………………………………………………… (232)
　　卷首识语 ……………………………………………………… (232)
　　宋遗民原序 …………………………………………………… (232)
　　水浒后传序 …………………………………………………… (233)
　　水浒论略 ……………………………………………………… (234)
　　评刻水浒后传叙 ……………………………………………… (241)
　　水浒后传读法 ………………………………………………… (243)

野云主人回首总评 …………………………………………… (252)
　　雁宕山樵回末评 ……………………………………………… (295)
隋唐演义 ……………………………………………………………… (303)
　　褚人获序 ……………………………………………………… (303)
　　隋唐演义原序 ………………………………………………… (304)
　　四雪草堂重编隋唐演义发凡 ………………………………… (304)
　　点校隋唐演义叙 ……………………………………………… (305)
　　四雪草堂本回末评 …………………………………………… (306)
台湾外记 ……………………………………………………………… (331)
　　自　序 ………………………………………………………… (331)
　　陈　序 ………………………………………………………… (332)
　　彭　序 ………………………………………………………… (332)
　　郑　序 ………………………………………………………… (333)
　　余　序 ………………………………………………………… (334)
　　吴　序 ………………………………………………………… (336)
　　凡　例 ………………………………………………………… (337)
　　郑氏应谶五代记 ……………………………………………… (338)
　　平澎台诸将姓氏 ……………………………………………… (339)
　　附土音字说 …………………………………………………… (341)
　　误　字 ………………………………………………………… (341)
　　按语、附记与评语 …………………………………………… (341)
梼杌闲评 ……………………………………………………………… (359)
　　总　论 ………………………………………………………… (359)
铁冠图 ………………………………………………………………… (362)
　　忠烈奇书序 …………………………………………………… (362)
新世弘勋 ……………………………………………………………… (364)
　　庆云楼本识语 ………………………………………………… (364)
　　稼史轩本齐如山识语 ………………………………………… (364)
　　小　引 ………………………………………………………… (365)

续金瓶梅 ……………………………………………………（366）
  卷首识语 …………………………………………………（366）
  续金瓶梅序 ………………………………………………（366）
  续金瓶梅叙 ………………………………………………（367）
  续金瓶梅集序 ……………………………………………（367）
  续金瓶梅后集凡例 ………………………………………（368）
  续金瓶梅借用书目 ………………………………………（369）
  太上感应篇阴阳无字解序 ………………………………（371）
  太上感应篇阴阳无字解 …………………………………（372）

续英烈传 ……………………………………………………（380）
  续英烈传叙 ………………………………………………（380）

后　记 ………………………………………………………（381）

文言部分

爱铁道人传

陈鼎撰。叙明末诸生云南明遗民爱铁道人于明亡后,弃家为道人,性爱铁,自号"爱铁道人",并以神仙自居,更号"爱铁神仙";与蜀中铜袍道人善,甲寅(康熙十三年,1674)乱,二人不知所终。小说表达了一种不甘受异族统治的强烈的民族情感,体现遗民风格。原出《留溪外传》卷十七,《虞初新志》卷十、《旧小说》己集一收录。

外史氏曰:以铁为衣,以铜为袍,岂炫异以骇人耳目耶?抑道家别有所属,而寓意于铜铁耶?皆不可得而解也。

张山来曰:既有铁,便应有铜。爱金银者为贪夫,则爱铜铁者自是异人矣。

(据康熙间刻本《虞初新志》)

哀王屽

顾景星撰。叙王屽从戍所睢阳上书辩冤事,篇末作者还附有一首七言律诗以歌颂之。周亮工亦作有《王王屋传》。《广虞初新志》卷三收录。

八大山人传

陈鼎撰。叙明遗民画家江西南昌人朱耷在明亡后"颠不可及"的特性,作书绘画皆在酒醉之后进行。小说表现了一位朱姓遗民的痛苦的生活状态。原出《留溪外传》卷五,《虞初新志》卷十一、《荟蕞编》卷八、《旧小说》己集一收录。

外史氏曰:山人果颠也乎哉,何其笔墨雄豪也!余尝阅山人诗画,大有唐宋人气魄。至于书法，则胎骨于晋魏矣。问其乡人，皆曰"得之醉后"。呜呼，其醉可及也，其颠不可及也。

张山来曰：予闻山人在江右，往往为武人招入室中作画，或二三日不放归。山人辄遗矢堂中，武人不能耐，纵之归。后某抚军驰柬相邀，固辞不往。或问之，答曰："彼武人何足较？遗矢得归可矣。今某公固风雅者也，不就见而召我，我岂可往见哉？"又闻其于便面上，大书一"哑"字，或其人不可与语，则举"哑"字示之。其画上所钤印，状如展。予最爱其画，恨相去远，不能得也。

（据康熙间刻本《虞初新志》）

跋黄九烟户部《绝命诗》

杜濬撰。作于康熙二十四年（1685）。叙黄周星《绝命诗》是"缘嗔而作"，赞美了黄周星的民族气节。原出《变雅堂文集》卷三，《广虞初新志》卷十二收录。

先君目空一世，独推先生为胜己。今观先君之不朽，得先生是文而益光，益信其推服之诚。此小子所以感泣百拜，蒲伏而不能起也。黄楷

［据嘉庆八年（1803）刊本《广虞初新志》］

板桥杂记

余怀撰。三卷，卷上《雅游》、卷中《丽品》和卷下《佚事》。其中，卷上记与秦淮旧院相关的趣闻杂事，卷中记秦淮名妓二十四人，卷下记明末名士与秦淮名妓交往遗事。作者自序称："此即一代之兴衰、千秋之感慨所系，而非徒狭邪之是述、艳冶之是传也。"此盖作者创作题旨所在。《说铃》、《昭代丛书》别集、《虞初新志》卷二十、《香艳丛书》第十三集、《旧小说》己集三收录。

题板桥杂记

　　余子曼翁以所著《板桥杂记》示予为序,予间阅之,大抵《北里志》《平康记》之流。南部烟花,宛然在目,见者靡不艳之。然未及百年,美人黄土矣。回首梦华,可胜慨哉!或曰:"曼翁少年近于青楼薄幸,老来弄墨,兴复不浅。子方洗心学道,何为案头著阿堵物?"予笑曰:"昔明道眼前有妓,心中无妓,伊川眼前无妓,心中有妓,以定二程优劣。今曼翁纸上有妓,而艮翁笔下故无妓也,何伤乎?"一序之。

　　长洲尤侗。

(据康熙间刻《说铃》本)

板桥杂记小引

　　余自有知识以来,即闻明隆、万时,白门旧院之盛,不知我之前生,亦曾与二三佳丽促膝谈心否也。因思我辈,既为情种,复擅才华,苟其伉俪得人,美而不妒,遴芳选艳,惜技怜才,快意当前,夫复何憾。如或遇非其偶,援哙等以伍淮阴,玉树蒹葭,争光殊耻;其或外有可观,徒以妍皮而裹痴骨,有倡无和,同于向隅;又或才貌兼优,心怀媢嫉,防闲俊婢,禁锢青衣,若此等流,莫能殚述。所幸烟花不坠,风月长新,辟乐国于平康,创柔乡于?衍,莺喉燕态,尽属奇观,蝶使蜂媒,都归大雅。于是骚坛才子,艺苑名流,五伦之外,无妨别缔良缘,两姓之余,到处可逢佳偶,联吟则倡予和汝,同梦亦任意随心。似此胜游,真堪神往。不谓数十年来,所谓长板桥者,徒与荒烟蔓草为邻而已,不亦深可叹哉。余澹①心先生生于神宗之代,观其所著《板桥杂记》,已不胜今昔之感,又况余辈少先生三十余岁,徒于传闻中识其影响而已。然犹幸得此帙读之,尚可想见其万一也。心斋张潮撰。

[据民国廿二年(1933)启智书局本)]

---

① 原作"淡",据康熙间《说铃》本《板桥杂记提要》改。

板桥杂记提要

《板桥杂记》三卷（大学士英廉购进本）。国朝余怀撰。怀字无怀，号澹心，闽县人。自明太祖设官伎于南京，遂为冶游之场，相沿谓之旧院。此外又有珠市，亦名娼所居。明季士气佻薄，以风流相尚，虽兵戈日警，而歌舞弥增。怀此书追述见闻，上卷为《雅游》，中卷为《丽品》，下卷为《轶事》。文章凄耨，足以导欲增悲，亦唐人《北里志》之类。然律以名教，则风雅之罪人矣。

（据康熙间刻《说铃》本）

板桥杂记序

桐乡吕堃，字筒波，有《板桥杂记序》云："曼翁当鼎革时，剩水残山，潸潸泪眼，祖香草美人遗意，记南曲珠市诸名姬，述其盛衰，悲其聚散，一寓眷眷故国之思。至一唱三叹，著淑慝，寄褒讥，抑微而显矣。此自序有知我罪我之说，不诬也。特借酒于歌儿狎客，冶游艳遇之胜，使人目眙神荡，历百数十年，都被瞒过，其曰雪衣，曰眉楼，曰董宛，曰马娇诸名色，大抵行役大夫之彼黍彼稷耳。所见不同，兴怀则一。尤西堂一世才人，以《平康记》《北里志》拟之，陋矣。"此序今通行本未载，故录之，为曼翁张目。

（据邓之诚《骨董琐记》卷六）

板桥杂记自序

或问余曰："《板桥杂记》何为而作也？"余应之曰："有为而作也。"或者又曰："一代之兴衰，千秋之感慨，其可歌可录者何限，而子惟狭斜之是述，艳冶之是传，不已荒乎？"余乃听然而笑曰："此即一代之兴衰，千秋之感慨所系也。金陵古称佳丽之地，衣冠文物，盛于江南，文采风流，甲于海内。白下青溪，桃叶团扇，其为艳冶也多矣。洪武初年，建十六楼以处官妓，淡烟轻粉、重译来宾，称一时之韵事。自时厥后，或废或存，迨至百年之久，而古迹寝湮，存者惟南市、珠市及旧院而已。南市者，卑屑所居；珠市者，间有殊色；若旧院，则南曲名姬、上厅行首皆在焉。余生也晚，不及见南部之烟花、宜春之子弟，而犹幸少长承平之世，偶为北里之游。长板桥边，一吟一咏，顾盼自雄。所作歌诗，传诵诸姬之口，楚、润相看，态、娟互引，余亦自诩为平安杜书记也。鼎革以来，时移物换，十年旧梦，依约扬州，一片欢场，鞠为茂草，红牙碧串，妙舞清歌，不可得而闻也；洞房绮疏，湘帘绣幕，不可得而见也；名花瑶草，锦瑟犀毗，不可得而赏也。间亦过之，蒿藜满眼，楼馆劫灰，美人尘土，盛衰感慨，岂复有过此者乎！郁志未伸，俄逢丧乱，静思陈事，追念无因。聊记见闻，用编汗简，效《东京梦华》之录，标崖公蚬斗之名，岂徒狭邪之是述，艳冶之是传也哉！"客跃然而起，曰："如此，则不可以不记。"于是作《板桥杂记》。

（据康熙间刻《说铃》本）

张潮跋

今世亦有狭斜，其所以不足动人深长思者，良以雅俗之分耳，其或稍涉风骚，略通琴弈，犹将痛惜而矜怜之，矧其为才技兼优，人文双擅者乎？然此非天之生材独殊，其所以致之必有田也，果能重返旧观乎？余日夜企之矣！

心斋居士题。

[据民国廿二年（1933）启智书局本]

后　跋

狭邪之游，君子所戒，然谢安石东代携妓，白香山眷恋温柔，一则称江左风流，一则称广大教化；因偶适其性情，亦何害为君子哉！唐有处士李戡者，痛恶元白诗，谓其纤艳不逞，淫言媟语，入人肌骨，不可除去，秀铁面亦诃黄鲁直作为绮诗，当堕泥犁地狱，余之编斯记也，将毋为李处士所诟，秀铁面所诃乎？然管仲相桓公置女闾七百，征其夜合之赀以富国，则始作者其为管仲乎？孟子之卑管晏有以哉！有以哉！吴兴太守吴园次《吊董少君诗序》有云："当时才子，竞着黄衫；命世清流，为牵红线。玉台重下，温郎信是可人；金屋偕归，汧国遂成佳妇。"时录虞代作节度。

[据民国廿二年（1933）启智书局本]

八琼逸客评语

雅　游

八琼逸客曰：此记须用冷金笺，画乌丝栏，写《洛神赋》小楷，装以云鸾缥带，贮之蛟龙箧中，熏以沉水，迷迭于风清月白、红豆花间，开看之可也。

（据康熙间刻《说铃》本）

薛衣道人传

陈鼎撰。叙明遗民洛阳诸生祝巢夫，于明亡后弃文为医，自号薛衣道人，善治恶疮，能愈断胫折臂，有华佗之神。后入终南山修道，不知所终，其术亦不传。小说重点突出传主医治对象是"被贼断头者"，这既是对"贼"残酷的一种痛恨，亦是作者对被"贼"残害的百姓的一种同情。原出《留溪外传》卷九，《虞初新志》卷十二、《旧小说》己集一收录。

外史氏曰：世称华佗为神医，能破脑剒臂，然未闻其能活既杀之人也，乃尧民能之，不几远过于佗耶？孰谓后世无畸人哉？

张山来曰：理之所必无，事之所或有，存此以广异闻可耳。

又曰：使我得遇此公，便当以师事之。

（据康熙间刻本《虞初新志》）

补张灵崔莹合传（张灵崔莹合传）

黄周星撰。叙明正德时张灵、崔莹的爱情悲剧，故事以朱宸豪反叛为背景。表现作者政治落魄后的悲凉心境。原出《九烟先生遗集》卷二,《虞初新志》卷十三、《香艳丛书》第七集、《旧小说》已集一收录。

卷首序:余少时阅唐解元《六如集》,有云:"六如尝与祝枝山、张梦晋,大雪中效乞儿唱《莲花》,得钱沽酒,痛饮野寺中,曰:'此乐惜不令太白见之!'"心窃异焉,然不知梦晋为何许人也。顷阅稗乘中,有一编曰《十美图》,乃详载张梦晋、崔素琼事,不觉惊喜叫跳,已而潸然雨泣。此真古今来才子佳人之佚事也,不可以不传,遂为之传。

张山来曰:梦晋若不蚤死,无以成素琼殉死之奇。此正崔、张得意处也。

(据康熙间刻本《虞初新志》)

不庵传

释行愿撰。叙明遗民安徽歙县人王炜事。此篇一方面突出"不庵"号中的"不"字内涵,另一方面强调王炜"其心不常,故其人亦不常"。《广虞初新志》卷十收录。

岑太君传

陈鼎撰。叙明遗民楚藩郡主,在明末时有力地抗击了张献忠军,明亡后,同岑君隐居江左,阻止其子参与清廷科举。此篇塑造了一位智勇双全的巾帼英雄形象,又表现了她不与新朝合作的民族气节。《虞初广志》卷五收录。

外史氏曰:岑太君可谓女中良将矣,何其训士之精耶。有明垂三百年,专尚八股文字,武备不修。故贼一呼而坚城辄下。若得将帅若太君者数辈，精练甲兵，亦可灭贼。悲哉竟无一人也。

（据上海光华编辑社1915年版《虞初广志》）

阐　义

吴肃公撰。文言小说集，有十卷本与二十二卷本两种，均为康熙四十六年（1707）慕园所刻。小说集搜罗上自春秋战国下至明末与义有关的故事，计五百余篇。此书旨在宣扬忠义，表现作者的遗民意识。本书依据《四库禁毁丛刊》影印康熙四十六（1707）年慕园刻二十二卷本。

刘楷序

宣城吴街南先生，绩学好古，闭户乐道。其生平著述等身，每立一言，皆足以抉理法而植纲常，羽翼圣门，学者翕然宗之。兹手辑《阐义》一编，仅别录耳。第谛观小序，词约旨深，固非苟作者。且集中所载，多恢奇瑰异、可喜可愕之事，即小夫妇孺阅之，尽能兴起，其于世教裨益良多。予因之重有感焉。自孔孟之道未明，仁义之行不立，而甘心负义者乃日甚。史册所传，君臣师友间反颜事仇，操戈入室，往往不免，君子所为长太息也。然天地之经，如夜复旦，原不尽泯，学士大夫所显背，而细民微物辄隐隐相维系。街南表而出之，以警斯人而觉后世。自氓工仆隶，下及跂飞蠢动之属，苟协于义，则必亟登焉。比事连类，传疑征信，其致力可谓勤，而用意可谓远矣。顾是书久藏箧衍，今春其门人沈子元佩始出以视予，予浏览卒业，命儿辈授之开雕。至校雠之事，属之沈子，而王子次云互有参订。予乐是书之流布，为序其简端。抑吾闻荀卿有言："苟仁义之类也，虽在鸟兽之中，若别白黑。"读是编者，其亦惕然汗下，反而觉悟也哉。

岁在强圉大渊献①八月朔日，朗陵蘧庵刘楷撰。

［据康熙四十六年（1707）慕园刻本］

---

① "强圉大渊献"即"丁亥"，亦即康熙四十六年（1707）。

梅庚序

《论语》一书，与门弟子问答，详于为仁，而罕及于义。《孟子》七篇，则仁义并举为多，而于义利之辨，尤深切著明。至徽之以弑夺，方之于穿窬，其时去孔子仅百有余岁，岌岌焉为世道人心之坊已若是。街南吴先生涉衰世之末流，身所睹记，有概于中，歍歔感触，殆有什伯于子舆时者，此《阐义》之书所由作欤？予性散诞，不事讲学，然窃闻街南绪论矣。以明诚为入德之基，以精义为制事之本，寻绎斯言，固粹然邹鲁心传也。子不云乎："见义不为，无勇也。"又曰："君子喻于义。"它若比义徙义，未易悉举。然则《鲁论》之言义，亦綦详矣。且夫义之为用，匪独兼济夫仁，直贯乎三达德者也。仁易流于姑息，有时大义灭亲，而不害其为仁，以义为之裁制也。智者善于观变，趋避之计工，则君亲之谊薄，非见之不明，由义之勿践也。气矜之勇不可以终日，苟能集义以配道，刚大之气则塞乎天地之间。虽然，此犹为《学问》言之也。观街南所录，若民、若工、若隶卒、若婢仆之属，人也乎哉，懵然物也。彼蹄者、角者、跂息者、蠕动者、泥潜而羽翔者之微虫，又何知夫仁义，何常蹈之则为君子？古今奇节独行，昭昭若揭日月而行者，亦安用吾阐为也。是编亟登厮养，而旁收猥琐，盖以愧夫服习圣贤之教，而不得比于禽虫者。薛水心尝曰："为学而不接统绪，虽博无益也；为文而无关世教，虽工无益也。"街南学有师承，平生撰述皆以纲维名教为己任，《阐义》特其一耳。中垒父子以沈生之不忘其师，为之副墨流行，并好义不倦者也。予故乐观其成，而论叙之如此。

康熙岁丁亥日中秋，雪坪梅庚撰。

[据康熙四十六年（1707）慕园刻本]

张自烈旧序

录民物备矣。民以上阙弗详。嗟乎！吴子意深远哉！民工仆隶，罕习典故，盲佌失道，然秉彝未泯，激于义固也。禽兽去人霄壤，顾不待教戒，往往与义合，何与？古逸居无教，近于禽兽。庄生曰："人无人，道为陈人。"余意今人求近于义兽不可得，焉得而人之？人之者，恕辞也。麟有君臣、父子、昆弟之别，果然生相聚，死相赴。今人渎伦伤教，临小利害，死生相背负者，几何而不为，然麟所姗笑也。然则吴子之为是书也，比物丑类，盖将使天下憬然知人者，五行之秀，虽参两鲜克胜任，惴惴忝生是惧，庶几愧生悔，悔生奋，居今稽古，充义至尽，求无毫发缪，而后即安母，徒逊民工仆隶辈以义特闻。嗟乎！吴子意深远哉！昔覃季子为《子纂》，狗彘草木有益于世者悉载，柳子厚尝称之。宋袁子龙取凡虫鱼得五常之性者类为书，使人随物自省，署曰《坊雅》。今二书皆不可复见，吴子大指与《子纂》《坊雅》同，其类寝广，其义弥著，足以补二书所未逮。况吴子湛思服古，非法不言诸撰著，裨助风教数十种，《阐义》一编犹行千里者，先足武必执是以尽吴子底蕴，则非也。或疑杂，非经史例，余曰："此吴子衰世之感，存以翼经史者也。"

芑山张自烈撰。

[据康熙四十六年（1707）慕园刻本]

卷首小序

卷一　义民凡农、渔、樵、贾皆入民部

街南氏曰：《诗》曰："率土之滨，莫非王臣。"虽然，民果臣拟哉？颛蒙耳，弗书史习也。襁褓耳，弗冠带伦也。又疏逖，而非手足股肱属也。其于君也，可去可就，可后可仇也。吾安吾室家，而无死亡、无窜徙，足矣，安问其他？故周可以秦，汉可以莽，苟有以安之，则亦从而后之已耳。其或仗义以伸所欲为，而民病其扰，皆曰毋庸也，而天下之绳义者，亦弗之及。嗟夫，民果臣拟哉？顾予观于前代，编户穷庐，慨然激烈，未尝不间出于君亡国破之际，不啻夫委贽之谊者，庄周所谓"无所逃于天地之间"者，非耶？民以下若卒、若隶，以迄含牙戴角之伦，靡不各效其灵于所当报，况率土之义乎？《阐义》首民，世毋谓蚩蚩者，不足语也。

卷二　义客

街南氏曰：客之名，世以相訾，谩曰食客，曰门客。嘻，何贱哉！以势合者，势尽则离；以利交者，利穷则畔，亦客故自贱也。彼公孙杵臼、田横之义士，非欤？夫客有气谊相许者矣，有术智相为用者矣，今也不然。或曰：弹铗而叹无鱼，若鸡鸣狗盗，亦岂不以食哉？卒之市义于薛，而脱孟尝君于虎口，其术智气谊，有足多者，抑所谓食人之食、事人之事者，非耶？然则食于人者，其名与义，既非客比，而其于事，或鸡鸣狗盗之不若，又何也？故义客者，不可以弗志也。

卷三　义属

街南氏曰：尝观古今风尚，至汉之世，何节烈矫矫也哉！功曹、掾吏、从事，其著者不胜数。是时，刺史、太守得自辟举其属。其为属者，知己之感深，而意气之交固，倾身事之，且殉之，拟于私交。然者，向系之客部，以谓主客之谊云尔，已乃觉其不然也。彼贤者，或不屑就，或再三而始就。又若廉范、田畴之类，多为名臣，而夷之于客，毋乃匪其伦欤？因汇之，别为部，署曰《义属》云。或曰：古者于所属，通谓君臣。属吏于夫守刺史，独非臣欤？曰：汉以后君臣之号，专在王朝。侯牧以下，不得相君臣矣。属之云者，可与同升，比肩事天子，则君臣未有定分也。然而报之、殉之，不异委质终身也者，君子所深录也。况义有大焉者乎？有定分而无所逃者乎？

卷四　义弟子

街南氏曰：始予之《阐义》也，自甿工隶卒以下，迄禽鱼之属，凡为类二十有几，而未及于门弟子。以为椎鲁下贱之徒，飞走蠕动之细，非有《诗》《礼》之泽，灵秀之质，语义者之所不及。然而能自致于义，介然自拔者，故可录以风也。若夫弟子之于师，分义攸属，亦犹夫属毛委质之无可逃，而又濡染于《诗》《书》，讲求夫名义，即义无足异者也。然而道丧俗漓，视其师若弁髦然。躁竞无恒之徒，矜新骛异，若北魏徐遵明，一年而三易其师。李业兴于所师，虽类受业，不终而去。又或恣其狂噬，若胡梦炎之于朱子。阳推阴陷，若邢恕之于伊川。至于是非祸患之际，避匿自远，为郭忠孝者，不可胜数也。若而人者，始未尝不矫情作伪，貌为端人，依附声施，以自饰于里邸（按：同党），而为师者，亦误以端人取之，而讵能逆亿其匪人也哉？嗟夫！彼特谓函丈间，非若属毛之不可解，委质之无所逃，其取舍从违，莫得而绳之云尔。抑讵知夫背其师者，断未有笃于亲、忠于君者也。孟子之斥陈相，告之以子贡、曾子之事，以生死向背为门弟子衡也。吾录义弟子，亦孟子意也。

卷五　义童

街南氏曰：孩提之童而仁义钟焉，大人者能无失而已。虽然，义取诸衡者也，非识无稽也；义取诸决者也，非勇弗赴也；强有学者之所审几而济务也。窃尝观会参童子，及汪踦之伦，亦何较然于取舍之际哉！即众所推强有学者，莫能逾也。噫！昂然负七尺须眉，而丑颜背义，岂其性之所钟，孩提时而已失之耶！彼冯道、杨涉之徒，即谓之夭殇不得其死，可也。予故阐义而及童子。

卷六　义工

街南氏曰：尝读史至唐工人安金藏剖心白皇嗣不反，而睿宗卒赖以安。噫！此其功宁出狄梁公下哉？梁公不欲以去就争，其功婉；金藏以死生争，其功捷。虽大臣之与小臣不同，而其情不俱笃乎？先王之制，工执艺事以谏。夫圣主求言若不及，设敢谏之鼓，树诽谤之木，邀之赏而激之以刑。当其时，为之工者，与蒙瞍庶人同效其箴赋传语之规，盖无难者。女主暴辟，其谁与我？鼎镬沸前，即卿大夫立靡耳。而乃有狃逆鳞，触权幸，慨然饴死而伸所欲鸣，如金藏者，不亦伟哉！彼盖怒然于鼎社之移，根本之拨，而不忍唐叶之斩，故不能自已已，谏何容心哉！乙酉①之难，梳工魏三，署盛生文鼎部，其被絷也，不承以死，肃盖目击之云。若而人者，或家国之痛，矢于隐忧；或善恶之公，激于彝秉。古今往往不乏，要莫得而泯焉。彼其工于义，亦奚啻其工于器也。

卷七　义卒

街南氏曰：甚矣夫，舍生取义之难也！世有能舍其生者矣。匹夫匹

---

① "酉"原作"而"，误，据本卷"魏三"条内容改。

妇，势穷力屈，计无复之而自经沟渎，是谓谅死。情有所不能忍，拔剑而起，挺身而斗，磋首刳胸，自抵于罪，是谓惨死。探珠于渊，猎材于莽，力搏异类，血殷齿牙，是谓贪死。此其于死，未暇计也。自非然者，虽驱之以必死之地，被之以得死之名，苟可以幸逸也，则罔不宛转迟回，冀以自存者，故取义难也。今夫卒操死人之具，置身于必死之场，进则有立殊之创，而退则有必诛之法。当是时，即捐躯赴难，以自附于死绥之义，其为途亦甚便矣。然而死于乱，死于法，莫死于义也。则夫处疆场之剧，卒能奋跃自鸣，不泯泯于乌喙蚁垤之间，不亦卓然行伍间丈夫哉！若乃志有所存，谊有所感，发愤于锄奸报德之行，而并非迫于疆场之不得不死者，其取义也，抑又有足多者，集《义卒》。

卷八　义道士

街南氏曰：莫非道也，而独私之老氏者，自庄周始也。君父之义，无所逃于天地之间，周之言也。彼虽小仁义，而其语义，未尝不与儒并汲汲也。夫义亦道也，道之名悉举而署之羽流，何也？全真也，黄白也，禁禜也。道恶道，倘所谓在瓦砾，在矢溺，抑或然耶？其有识夫义，若聃与周之云者，犹道也。然以予观于载记，亦何寥寥哉！备一例以与僧之徒，并录之可也。

卷九　义僧

街南氏曰：佛氏灭天常，悖君父，以求脱生死。儒者口之，谓行不口（笔者按：疑为义字）徒，不可以持世。顾有儒衣冠而沉溺其教，莫能悟者。彼缁而髡，何足以语此？昔宋僧德公之将死也，谓其徒曰："予苦行百年，迄无所得，徒为不忠不孝之人，汝其改诸？"卓哉！可谓有识之杰矣。然则僧矣，而犹皎然慕义，不规规于生死者，是可执儒而徒伟衣冠者，谢之曰："灭天常，悖君父，亦何必缁而髡者乎？"

卷十　义女

街南氏曰：妇人之谈说道理也，不男子若也。而其怵利害，患死生，则百男子也。怵利害，患死生，则安足以语义？不能谈说道理，又安能以行义？古贞女烈妇，矫然独遂，之死靡他，不巾帼而冠带也哉？虽然，从一勿贰，有眤于志者；舍命弗渝，有激于节者。笄而字人，不犹委质垂绅，束乎分之无可逃，而断乎义之所必出乎？是庸众所矜，而未可为贞烈者难也。古之囗闺操者多矣，吾不具论。吾独怪夫扩房帷之囗，晰报雪之谊，当祸患之临，晓然于君父之纪者。噫！宁谓不恤囗纬，而忧宗国陨，为非嫠宜尔耶？请书以质之囗下之谈说道理者。

卷十一　义奄

街南氏曰：古奄寺之祸人国，不可胜数，汉、唐毋论已。明高皇帝鉴往辙，令不得干预政务，镌铁后宫，并不令习书识字，载在典章，可谓深切著明。然其后，有若振、若直、若瑾者，煽权播毒，迄于忠贤，祸延宗社，再世以亡。然则奄寺诚不可一日近左右明矣。虽然，人主岂必贽御之悉屏也哉？苟能慎謦笑，戒狎昵，终其身不假之事权，以毋失明高帝之意，奄何能为？且夫奄亦人耳，而或者曰："是生而无一善类也者。"彼吕强、张承业，抑何以称焉？《周礼》："内小臣奄，上士四人。"郑氏曰："称士，异其贤也。"噫！使古今奄寺，尽强承业，其人者，安在不可假之事权？惟不尽若，强承业其人，而有国者宜慎矣；亦惟不尽强承业其人，而有比德于强与承业者，乃俱足以志矣。表而出之，庶天下知闒茸下流，犹有某某其徒者，而为奄寺者，亦有以自厉焉耳。

卷十二　义隶

街南氏曰：《周礼》五官之属，各署府、史、胥、徒，徒最毕。隶也者，殆古之徒者与？唐、宋列于舆台，国家齿于四贱，庶人而在官者称也。尝窃以官之有隶，犹王者有奄寺。其职趋走，分均也；狐鼠而城社穴，地均也；官于蠹而民于噬，害均也。然而世知害奄矣，莫害隶也。自世之末，隶不官辟而私鬻①，即称贷亦为之，以是为利卯也。吾见朝蓝缕而夕崇恺矣。里无赖数以逋逃，吾见朝盗贼而夕牙使矣。一其役，半其名，而参两其人，谓之缝，是狼顾也。强者主之，弱者奴之，主一奴伍，主纵奴走，是虎伥也。父院而子司，伯郡而季邑，是兔窟也。两造未具，而愒其家半矣；五刑未拟，而铄其家全矣。官猛则官

---

① "鬻"原作"粥"，据上下文意改。

倚，官明亦官蔽，诡法恣奸，莫能数其横也。苞苴行而墨吏心膂之，请谒盛而猥绅肘翼之，讼结纷而黉劣党比之，以故官无不蠹，民无不噬，而隶势日以固。官以败去，则移之官，宪以访缉，稍委其从，卒莫谁何也。间有一二缝掖之士，不胜忿而攻之者。士攻隶，则隶以官角士。士愤，则官率吏以辱士，士衉以遁，而台以辱官诬矣。褫者褫，系者系，且孥僇随之，如吾邑近事者。呜呼！焚坑之虐，于今为烈矣，而孰知以隶始哉！汉何、窦，唐李、郑之所以不胜奄寺也。余集义隶，盖不胜腕扼而三叹云。

卷十三　义仆

街南氏曰：呜呼！自教衰而俗漓，主仆之义不明于天下，余盖感愤于宋氏，而难仆义云。宋氏居粤南鄙，世以财雄，家奴不胜数。有豪家与争田，相讼也，已而相殴，又数唆其逆奴□□地。亡何，寇起其于乡，劫杀宋氏妻妾以下百十余人，空其室以去。豪遂乘间入有其田，上之人阴主之，诸疏属式微，远窜莫敢争。而诸奴前以寇故，或死或匿。向受唆为豪地者，遂事豪，忘其主之仇也，曰："主死于寇，不豪预也。"而庄孽利其财，亦争来事豪，曰："吾向者童竖耳，宋不我恩也。"抑不思其祖父实尝为宋纲纪仆。呜呼！安得张忠定者，尽手剑若属哉！方宋之盛也，诸奴渔租攘橐，肥妻子不可算。一旦有急，既无有裴旺、沈鸾其人，斯亦慭矣。而掉臂反颜，仇之弗恤，亦何忍若此！乃南粤人则又为予言："宋之死，有子幼不知所在。"或云走死田间，或云为人佣齐鲁间，莫可问。然则李善、王安之谊，又安可少哉！集《义仆》。

卷十四　义婢

街南氏曰：人无有不善，岂间男女哉？女有士行，岂间贵贱哉？娌妇而贱者也。昔程婴、公孙杵臼谋匿赵孤，至□□称之，彼犹男子也。视郭斌女奴辈，未奇也。范晔作《烈女传》，不去蔡琰，终玷史册。晋亡，羊氏为刘曜皇后，视碧玉辈，又何如者？彼犹贵妇人也。集《义婢》。

卷十五　义丐

街南氏曰：丐之穷极矣，其蓝缕猥鄙，世莫与偶。余感稗史及人言，有以义著者，集义丐而掩卷叹曰："嗟乎！天下事独难，在取子生死间耳。"孟子谓"蹴而与之，乞人弗屑也"，丐可忽乎哉！若齐人者，固妻妾之所羞而相泣也已，况可以对义丐！

卷十六　义屠

街南氏曰：孟子之论矢人曰："术不可不慎也。"屠之为术，不又矢人下哉！有以义著者，君子不得而没也。古百工贱伎，皆讲于道义，况秉彝之好同耶！屠其术何伤！夫杜蒉、宰嚭所谓隐于屠沽者，非欤？若聂政者，抑亦末世侠流矣。然今之世，莫隐也，莫侠也，乃或不屠其术而屠其心也，悲夫！

卷十七　义盗

街南氏曰：君子喻于义，小人喻于利。苟喻于利，无所不至矣。其于义若冰炭然，盗贼之谓也。跖之言曰："分均，仁也；出后，义也。"谓盗而义，何以异于是？曾子曰："上失其道，民散久矣。"宋张齐贤遇盗山中，盗曰："君异日加民上，其念我辈非得已也。"然则盗岂生而不肖哉？其秉彝往往有以自寤，非分均、出后之仍为盗济，而自美其名比也。集《义盗》。

卷十八　义优

街南氏曰：予幼观剧矣，为忠孝、为节义也者，靡不感以歆；为奸邪、为横逆也者，靡不眦以怒。夫彼其善恶所为，优孟衣冠，赝焉耳。然其感人，吾不知其何也，又况其真焉者乎！夫人亦何弗为其真者，吾因是求义□优，或以讽诤回君□有之，古大臣之格非也；或以躯命图报效有之，古忠臣之遂志也。噫！彼何人斯，赝衣冠而真行义，其不动人歆欷观感者，吾不信也。集《义优》。

卷十九　义娼

街南氏曰：予乡梅禹金先生辑《青泥莲花记》，广扩伎迹，例凡十，卷凡六。其间纪贞、纪从，有可取者。或曰："凡传诸娼者，皆艳史溢情，举不足信。"予节录之，而间补其逸，凡数十人。毛惜惜无论已，惜惜而外，从一勿贰，至不有其生者，咸足述也。虽情钟乎犹是，膏泽市门，而卒如此哉！如此哉！故不系义妇，系义娼。

卷二十　义兽

街南氏曰：无父无君，孟子拟之以禽欤？嗟！一人所受全于天，以自别于禽兽者，顾不重欤？彼含牙带角者，安得而有之？先儒谓人得其秀而最灵，故能具四德，发四端，物则偏而塞矣。然父子之相亲，君臣之相统，亦间有仅存而不昧者。余集《义物》，先之以兽，獬之触、麟之教，然之相恤，其性耶？其得理于气中者耶？往予龙溪庄有牝犬，众羹而食之，犬子瘗母骸庭桂下，守之悲以嗥者三日夕，予未尝不欷歔太息焉。稗史所纪载，岂或诬欤？若乃明皇之舞象，昭宗之供奏，抑又奇矣。夫麂犬象猿之属，而义若此，谓之兽可也；虽不谓之兽，亦可也。

卷二十一　义禽

街南氏曰：阐义而及物，不诞乎？及禽，不愈诞乎？禽之性塞于兽，古圣王于鸠取孝焉，于雁取别焉，抑何也？其不皆与于枭鸱之恶密矣，而况其为泸南秦吉了、天宝鹦鹉哉？或者讥吴子稗官野史之惑，不足语于经史之正，吴子曰："固也。予以吉了、鹦鹉为丘隅黄鸟，读是录者，亦必无以异于《绵蛮》之诗也已。"

卷二十二　义虫鱼

街南氏曰：宋袁子龙取凡虫鱼得五常之性者，集为书，曰《坊雅》。黄震为之序，予窃异焉。顾其书予未及见之，抑久而湮弗传耶？予既录《阐义》，遂取诸小史之纪虫鱼者廿余事以终焉，而序之曰："禽也，兽也，及虫鱼之蠕动也，固非口义而心名者也。然其义皆得见取于吴子，且录之使传于后世，世之人亦知吴子之好义无穷，而不遗物类如此。虽然，吴子又安能使是书之传，而不为子龙氏之《坊雅》哉？"

[据康熙四十六年（1707）慕园刻本]

后　序

呜呼！吾师街南先生奄逝已数年，今乃得藉手光禄刘公雕刻其《阐义》一编，以报吾师地下，余感且滋愧矣。盖光禄公与师无生平一日之欢，没而为任枣梨之役。噫！是可于今人中求之欤？吾师著述极富，若《街南文集》《大学旨述》《读书论世》《读礼问明》《语林》诸书，俱版行于生前，其未刻者仍不下十馀种。师病亟时，指谓余曰："吾老病侵寻，一孙尚幼，遗书愿以属吾子。"余泣颔之。未几，师易箦余馆，春榖闻讣，奔视篋衍，依然未忍遽启。越三年，乙酉五月，为文告师遗像前，取《通识》凡百有二卷，藏之姑山。□《通识》为有明一代典宪，吾师毕生精力所存，视他书尤重，而《阐义》一书，缀部丑类，远引博征，其例严，其旨深。先大父贞文公尝称是书得书家藏舜医家反治法。今年春，余携至慕园，光禄公见而激赏，谓"读之足以有裨名教，生人节烈之感"，命诸嗣君授之梓。余小子窃效雠校，至晨夕参订，则吾友次云暨霖起兄弟之力居多云。旧总十二卷，余以每部各有小序，宜以类相从，今离为二十二卷，所采掌故，以本事为主，旁及他事者，略焉。小序内亦间有同异，而《义貊》一卷诠次未成，将存以有待师，或能默鉴余小子苦衷也耶。

康熙丁亥八月中浣，门人沈廷璐拜书。

[据康熙四十六年（1707）慕园刻本]

陈朗生传

钱澄之撰。叙作者邑人陈朗生，明末时不与权贵相交，崇祯末年几被农民军砍死，明亡后仍服古衣冠，并自作墓志铭。原出《田间文集》卷二十一，《荟蕞编》卷二、《虞初广志》卷十三收录。

论曰：君固以酒狂称，而自署为闲翁，甚矣，君之有得于酒也。夫闲非圣人所以训世，而其取诸狂也必曰简，惟狂故简，惟简故闲。观君之摆落世俗，遗弃一切，而独纵意于酒，不可谓不简矣。方酒时，于时之治乱不问，家之有无不问，即酒之有无亦不问。至于酒之不问，则君之闲也至矣。酒后骂人，人固不怪矣，然怪与不怪，总一不问也，而人因以为狂。君曰吾闲甚，此其所以为狂也欤。

南村曰：观朗生之慷慨好施，匪狂而侠，绰然有长者风。宜其身死而不死，家覆而不覆，所谓屈于人者则必信于天也。

（据上海光华编辑社1915年版《虞初广志》）

陈小怜传

杜濬撰。叙陈小怜在战乱时所遭受的种种不幸,其中重点表现了陈小怜不忘故夫的情怀,这亦表明作者不忘故明。原出《变雅堂文集》卷六,《虞初新志》卷四收录。

徐无山人赞曰:昔晋羊皇后,丑诋故夫以媚刘聪。其死也化为千百亿男子,滔滔者皆是也。陈小怜何人?独不以故失为讳,而吾友范性华,以似其故夫见许,岂羊皇后之教反不行于女子乎?噫!是为立传。

张山来曰:层次转折,无不入妙,尤妙在故夫一语,一见不复再见,是文之有品者。

(据康熙间刻本《虞初新志》)

陈稚白住篁川记

顾景星撰。作于顺治四年(1647)之后。叙湖北荆州人陈稚白与作者交往事,其中顺治间的两次相见,陈稚白诉其"三弃"、发"三大感",表现其离乱生活的凄苦。原出《白茅堂集》卷三十七,《广虞初新志》卷二收录。

楚壮士传

何絜撰。叙楚壮士勇力过人,甲申(崇祯十七年,1644)避乱于南京,马士英欲招募之,匿而避之,乙酉(弘光元年,顺治二年,1645)春,投奔忻城伯赵之龙,却遭无情拒绝,最后自缢身亡。一月之后,史可法亦于扬州城陷而阵亡。此篇表明了作者的亡国之痛。原出《晴江阁集》卷二十二,《荟蕞编》卷一、《虞初广志》卷十三收录。

南村曰：惜哉！壮士也，不唯勇力过人，而其识器又岂庸流可及。乃卒不得用，使以七尺躯冲锋陷阵死疆场，为国效一日之力。徒发愤自杀，亦可哀矣。然尤附于功臣之灵，则志为何如哉。

（据上海光华编辑社1915年版《虞初广志》）

雌雌儿传

陈鼎撰。叙明遗民雌雌儿（亦作雌雄儿）于明亡后，往来于江阴、无锡间，腰佩三竹筒，在云间傲居诸家时，将三竹筒幻化成诸多人与物，颇类阳羡诸生，世人以为妖而避之。小说塑造了一位为世不容的高士形象。原出《留溪外传》卷十七，《虞初新志》卷九收录。

外史氏曰：黄介子高足徐佩玉弟群玉，与松江倪永清为予言。雌雌儿，高士也，以幻术避世，而世卒不容，屡遭斥逐终遁深山。呜呼！士生乱世道亦穷矣。

张山来曰：昔阳羡诸生，以眷属什器饮食纳口中。今雌雌儿以眷属什器饮食纳竹筒中，似逊阳羡书生一筹。然书生眷属有外夫，而雌雌儿则无之，是雌雌儿又胜于阳羡书生也。

（据康熙间刻本《虞初新志》）

崔子忠陈洪绶合传

朱彝尊撰。明遗民山东莱阳人崔子忠、浙江诸暨人陈洪绶在明末清初时以画名，人称"南陈北崔"，故作者合而传之。崔子忠曾游学董其昌之门，除善画外，还通五经、能诗，品性高尚，视金钱为粪土，李自成陷北京，绝食而亡。陈洪绶曾从刘宗周讲性命之学；国变后，混迹浮屠，酒醉后，语及身世离乱，辄恸哭不已。此篇生动展现了两遗民的生存状态。原出《曝书亭集》卷六十四，《广虞初新志》卷一收录。

朱彝尊曰：予少时得洪受画，辄惊喜。及观子忠所作，其人物怪伟略同，二子癖亦相似也。崇祯之季，号南陈北崔。若二子者，非孔子所称狂简者与？惜乎仅以其画传也！予友孙如铨，常师事子忠，道子忠二女皆善画，而洪缓妾胡净鬟，亦能画花草云。

按竹垞《明诗综诗话》云：宋玉叔曾示青蚓《许族阳移居图》，鬼物青红，备诸论异之状，几与龚圣与争能，匪近日画家所及也。复社一二集，青蚓均与焉。先后名字不同。

又竹垞《跋许族阳移居图》云：《许族阳移居图》，宛平崔秀才道母所画。横幅丈余。图中移家具散走者，须鬟臂指各异情状怪，疑皆鬼也。自吴道子朱繇，传地狱变相，其后貌鬼子鬼母，钟馗小妹，不一其人。至宋龚、高士开，专以鬼物见长。观其骨象狞劣、令人不欢。兹图为神仙移居，故口无哆张，目无狠视，较开所状略殊。然先民后贤，寄托之情一也。诗言之，莫赤匪狐，莫黑匪乌。高士盖有深慨于中，寄之笔墨者。崇祯之季，有鬼白昼入市，用纸钱交易。死者魂未离散，叩人门户买棺。彼时思陵命将出师，辇下臣民，无一足供驱使者。翻不若旌阳令之使鬼，鬼忘其劳焉。道母绘此，得无寄托在是与。图今藏莱阳宋氏。顺治庚子冬。

又《竹垞诗话》云："钱塘冯秀才砚祥诗云：'吴兴公子工花草，待制丹青步绝尘。三百年来陈待诏，调铅杀粉继前人。'余睹其真迹，所画美女，姚冶绝伦。今则赝本纷纭，多系其徒严水子山子、司马子两辈所作，率皆籧篨戚施矣。诗顾逸致，惜流传者寡。'桃花马上董飞仙，自擘生绡乞画莲。好事日多还记得，庚申三月岳坟前。'海盐教谕金焘所诵也。又诗云：'枫溪梅雨山楼醉，竹榻茶烟佛阁眠。清福都成今日忆，神宗皇帝太平年。'亦老莲作。"见《诗综》。

[据嘉庆八年（1803）刊本《广虞初新志》]

大铁椎传

魏禧撰。作于康熙九年（1670）。叙江湖侠客大铁椎空有一身武艺而不被重用，最后连杀三十余贼，遂隐遁而去。此篇或旨在抒发亡国之痛亦未可知。原出《魏叔子文集》卷十七，《虞初新志》卷一、《旧小说》己集一收录。

魏禧论曰：子房得沧海君力士，椎秦皇帝博浪沙中。大铁椎其人与！天生异人，必有所用之。予读陈同甫《中兴遗传》，豪俊侠烈魁奇之士，泯泯然不见功名于世者，又何多也！岂天之生才不必为人用与？抑用之自有时与？子灿遇大铁椎为壬寅岁，视其貌，当年三十，然则大铁椎今四十耳。子灿又尝见其写市物帖子，甚工楷书也。

张山来曰：篇中点睛，在三称"吾去矣"句。至其历落入古处，如名手画龙，有东云见鳞、西云见爪之妙。

（据康熙间刻本《虞初新志》）

戴文进传

毛先舒撰。叙浙江钱塘人戴进由锻工而成画工的历程。《虞初新志》卷八收录。

张山来曰：明画史又有仇十洲者，其初为漆工，兼为人彩绘栋宇，后徙而业画，工人物楼阁。予独嫌其略带匠气，顾不若戴文进为佳耳。且戴兼工山水，则尤不可及也。

（据康熙间刻本《虞初新志》）

岛居随录

卢若腾撰。文言小说集。分上下两卷，卷上四类，卷下六类。全书均为人类与自然之怪异现象，当为一部志怪小说集。主要版本有道光十二年（1832）林树海刻本。《笔记小说大观》等收录。

岛居随录提要

是书为有明同安卢牧州氏所著，计凡六卷。宇宙间色色形形，无不搜其奇，辨其异，相感相成，相背戾相戕贼，一一载之，朗若列眉，可与张华《博物志》相颉颃。

（据上海进步书局印行本）

罗联棠序

有明贞臣曰：卢巡抚牧洲先生遭时标季，卓然以文章气节与闽士相砥砺，士林至今重之，读其书益复哀其志、悲其遇而想见其为人也。林子瘦云倜傥而嗜古，得先生《岛居随录》，宝同拱璧，顾不欲私为枕秘，将以寿诸梨枣。窃闻先生著书等身，乃文集仅有存者，又闻其《留庵值笔》二卷甚佳，皆经史及诸子中心得之语，应尚在人间。是书亦颇佚其后半，它日若获裒成全集，以餍学者之心，斯则瘦云之上愿也。是书似专为格物而作，夫不物于物，所以物物。盖将自元会运世言之，寅开而戌闭，始于乾，品物流形，讫于未济，辨物居方也。自蠢假缃终言之，卯开而卯闭，和同不可以内，一南而物生，始肃不可以嬴，一壮而物成也。蘖子纽丑亥，以二首法乾元坤元，六身象六子，阴阳阖辟，互为其根，荠成告甘，荼成告苦，敦实豆实，珍若天赐至焉。诸横生尽以养纵生，诸纵生尽以养一丈夫。夫然，故物理可得而推，人极可得而立也。且物生而有象，象而滋，滋而数，数不可穷也。名以命之，类以从之，探絪缊之原，通消息之故，博繁赜之汇，极虫沙之变。然则是书虽连犿无伤也，刿于目，怵于心，惊犹鬼神，其言若河汉而无涯也。其间珠连绳贯，似有脉络，分别部居，似有次第，今皆不敢妄为附会。独计先生当颠覆流离之际，愤时事不可为，欲以澎湖作田横之岛，自托殷顽，日与波臣为伍，所见皆蛮烟瘴雨、鲛人蜃舍、可惊可愕之状，羁孤冢，寞倾跌，至八九不悔，而犹抱遗编，究终始，非直比张华之《博物》《齐谐》《夷坚》之志怪也，其《离骚》《天问》之思乎？

道光辛卯至日汀，归化后学罗联棠序。

（据上海进步书局印行本）

目次末跋语

道光丁亥，乡人吴君体士赠树梅，以乡先贤卢牧洲先生《岛居随录》稿本二册，蠹粉剥落，逸去《比类》一门。辛卯冬，属傅君醇儒访于卢君逢时，遂得完璧。正讹补阙，亟付梓人。经始于是岁十二月，越明年九秋书成。逢时，牧洲先生之侄孙也。

（据上海进步书局印行本）

邓子哀词

杜濬撰。叙作者邑人邓云程，明末时因官员昏庸而报国无门，曾独自手持一铁鞭，使围敌北撤，明亡后郁闷至死。原出《变雅堂文集》卷八，《广虞初新志》卷六收录。

东山谈苑

余怀撰。文言小说集，计有八卷。所记皆汉以来古人轶事，尤以宋事为多，而明人事亦杂出其间。作者在书中不言清初一事，其遗民情结，隐约可见。主要版本为襄社民国二十三年（1934）影印本。

东山谈苑自序　二则

往时年少不羁，喜为豪华之事，爱读奇癖之书，究竟豪华奇癖为害颇深。乱离之后，闭户深思，遇古人佳言懿行，随笔辄记，哀然成编，暇豫展观，固胜于吹打弹丝云。

余尝读二十一史及稗官野乘，著有《古今清华义抉录》，大约弹击古人，镜无遁照。而此编则专言古人之长，理归忠厚。

［据民国二十三年（1934）襄社影印本］

书余澹心东山谈苑八卷后①

澹心先生，莆田人。东山者，城中乌石山也。先生平日文皆以逋峭蔚岐胜，此其晚岁所裒集者。盖斫雕为朴，不复为少年狡狯，记十四楼杂事矣。世无传本，此其手稿也。归我笛生同年，可称得所，意英灵呵护之。

道光丙戌十月廿六日观于京寓之盍孟晋室。

[据民国二十三年（1934）裹社影印本]

郭尚先跋语

是书所采元以前事皆习见者，无他异闻，唯明代琐事往往有他不经见而仅见于此者，不可不郑重存之也。其编纂之例，既不以时代为次，又非以类相从，不知其用意所在。

[据民国二十三年（1934）裹社影印本]

周作人评语

《东山谈苑》卷七云："倪元镇为张士信所窘辱，绝口不言，或问之，元镇曰'一说便俗'。"此语殊佳。余澹心记古人嘉言懿行，裒然成书八卷，以余观之，总无出此一条之右者矣。尝怪《世说新语》后所记何以率多陈腐，或歪曲远于情理，欲求如桓大司马树犹如此之语，难得一见。云林居士此言，可谓甚有意思，特别如余君所云"乱离之后，闭户深思"，当更有感兴，如下一刀圭，岂止胜于吹竹弹丝而已哉！

民国二十七年二月二十日灯下记于苦茶庵西厢。

（据1938年6月24日《北平晨报》）

---

① 此"书后"为余怀同乡郭尚先所作，道光丙戌即道光六年（1826）。

董小宛传（冒姬董小宛传）

张明弼撰。叙冒襄与董小宛相识之前，已心往神驰；相见之后，感情甚笃。冒遂携董归，相亲相爱。未久，董殁，冒千古神伤，作《忆语》《哀词》以悼之。《虞初新志》卷三、《旧小说》已集一收录。

琴牧子曰：姬殁，辟疆哭之曰："吾不知姬死而吾死也！"予谓父母存，不许人以死，况裯席间物乎？及读辟疆《哀词》，始知情至之人，固不妨此语也。夫饥色如饥食焉：饥食者，获一饱，虽珍齐亦厌之。今辟疆九年而未厌，何也？饥德非饥色也！栖山水者，十年而不出，其朝光夕景，有以日酣其志也，宛君其有日酣冒子者乎？虽然，历之风波疾厄盗贼之际而不变如宛君者，真奇女，可匹我辟疆奇男子矣。

张山来曰：予雉皋别业，与辟疆相邻。辟疆常为予言宛君事甚悉，复以《忆语》见示。予深羡辟疆奇福如许。癸亥秋，又以家公亮传来，谆属入选。快读一过，乃知慧业文人，固应有此。因自嗟命薄，不能一缔如此奇缘，能无浩叹！

（据康熙间刻本《虞初新志》）

二仆传

李邺嗣撰。叙作者家二仆任瑞、孔瑞叛主而不得善终，孔瑞因人偷换降檄而父子被斩首，任瑞死因不明而浮尸南湖。原出《杲堂文钞》卷四，《广虞初新志》卷七收录。

杲堂曰：任仆之死，人不知其所以死。至孔仆之死，即彼亦不自知其所以死也。而且父子同死。天之报恶人，诛畔主贼，是亦大奇也。藉以余之弱力，而手此贼，断不能尽其罪若此。噫乎，可畏哉，可畏哉！

使不其然，则厮儿灶下佣，俱得日侵其主人矣。

[据嘉庆八年（1803）刊本《广虞初新志》]

梵大师外传

　　李邺嗣撰。此篇为《女兄文玉传》的续篇，叙梵大师在佛门乐施好善、谆谆教导佛门弟子，并交代了未出家前的几件事。原出《杲堂文钞》卷四，《广虞初新志》卷二十六收录。

　　杲堂曰：某已作《女兄文玉传》，复作《梵大师外传》，以其出处事不同也。嗟夫，师在人中，能执古今大义；其出世，复得释门第一义，他离离绝尘，则俱在人外矣。余特为重叙，冀得略存仿佛，终不能举十之一。如其人，固斯世所绝无者也。

[据嘉庆八年（1803）刊本《广虞初新志》]

费宫人传

　　陆次云撰。叙明末费宫人假扮长公主刺杀罗汝才事。作者对这一下层人物身上体现的不平凡的精神颇为赞赏。费宫人刺死罗汝才事在当时颇为流行，众多通俗小说亦多采用，如《剿闯小说》《樵史通俗演义》等。《虞初续志》卷二、《旧小说》己集一收录。

　　陆士云曰：夫子云："惟女人与小人为难养也。"女子、小人，宦官宫妾也，宫妾如费魏，宦官如王承恩。即丈夫君子，何以过耶？余传之以愧天下之丈夫而不丈夫，号为君子而不为君子者。

　　郑醒愚曰：毛西河言宫人频死呼曰："吾之不得杀自成，天也。"盖宫人初志在得自成，不能得自成而死，岂非天哉，岂非天哉！然亦足褫自成之魄矣。

（据商务印书馆1933年版《旧小说》）

妇人集

陈维崧撰。文言小说集。主要记述了明末清初时期女子轶事，"或记其忠烈品行，或记其锦秀才思"（宁稼雨语）。计有90余条，约三分之二为妇人诗话，约三分之一记述了一些妇人在明清鼎革之际所遭受的苦难，如前明长平公主、田贵妃，前明宫女某出家为尼、郑妗沦为渔人妇等。这一部分明显体现了作者故国之思的遗民心态。其版本分为单行本和丛书本。其中，单行本主要有惠福里昌明公司光绪三十四年（1908）版、六艺书局民国十九年（1930）版、上海中央书店1935年版、商务印书馆民国二十五年（1936）版等。丛书本主要有《昭代丛书》本、《香艳丛书》本等。

纫兰山民识语

吾友嘐嘐子，今之振奇人也，喜读书，好诗古文辞，负笈扶桑，已四稘矣。校课稍暇，即与故籍为邻，风流跌宕，有典午名士风。适评点陈迦陵先生《妇人集》竟，将以问世，索余一言。案此本卷末有吴汉槎先生跋，汉槎与先生相去未远，尚恐久而湮没，因与《山阳录》合而钞之，震泽杨氏求之二十年始获，其用力可谓勤矣。苏子瞻云："何地无月，但少闲人如吾两人。"[①] 迦陵此书埋没二百余载，无人过问，忽得闲人如嘐嘐子者，为之评骘而传布之，又得如余者，从而怂恿之，宗国高文典册，散落荒坏者多矣，安得如许闲人，为之网罗而絜比之，使先民精神，与天壤长存也。兹因狗嘐嘐子之请，爰识数语于此。

纫兰山民识。

[据惠福里昌明公司光绪三十四年（1908）版]

---

① 苏轼《记承天寺夜游》原文为："何夜无月？何处无竹柏？但少闲人如吾两人者耳。"

评点陈迦陵先生妇人集竟将付手民率题四绝

入宵雨雪未曾收,寥落残灯几点留。鹧鸪号空潮拍岸,有人肠断海东头。

电落河惊叹至文,一身风雅有陈君。陈君怅怅词云:一身风雅单为仆。莺花南浦愁无限,野哭荒郊起暮云。

云山西望路迢迢,纵酒狂歌恨未消。王谢风流今已杳,凄凉金粉话南朝。

此去家山道路赊,中原景物旧繁华。多少流莺啼茂树,更无人唱《后庭花》。

嘚嘚子题。

[据惠福里昌明公司光绪三十四年(1908)版]

妇人集闲①评

顾亭林生平不作无益文字,余生平不喜读无益文字,尝谓:"吾人生斯世,当以济人利物为志,不可徒知自私自利。"盖世局之日臻文明,人类之日达繁盛者,皆由前人经营缔创,后人发皇补苴。吾人今日一饮一啄,何莫非先德之赐?近日学术发达,正心诚意,以及修身齐家治国平天下之道,如取之宫中一术一科之微,集万国之学士于一堂而考证之,年有会合,有布告,何莫非济世利物之精神之所旁薄?激发孟晋,不懈太平之世,庶几旦暮遇之。若举国交征利,不徒孟子所谓其祸足以亡国而已,世界消毁,人类澌灭,亦必不远。余每念及此,便觉有无限感触,交攒胸中。自以布衣韦带之士,环堵以外,力不能加,且事会之来不可逆睹,百年之岁不可期,所可求之已者,惟文章一事。能自为之上也;即不能为之,而能读之,且评骘刊布,与世人共读之,亦其次也。古今能文者,佥以不朽之业自诩,非文章自能不朽,实为文章之(原质之)人物事迹有可不朽者在也。故秉笔之士,修不朽之业(指文

---

① "闲"原作"间",据上海中央书店1935年版改。

章），非遇人物事迹之具不朽之资质者，必不肯轻予一字。文章之有补天翼世之功，端在此等处。此迦陵先生著《妇人集》之苦心，亦即迦陵先生著《妇人集》之毅力也。

言为心声，文字者，所以济语言之穷。以言为心声之义，引申言之，则文字者，乃大造之声也。古往今来，形形色色，一见于文，就而听之，其为天寒日暮，潮打空城之声乎？抑士悲女叹，野哭万家之声乎？其为清庙明堂，雅歌杂奏之声乎？抑太守行边，将军夜猎，征马长嘶，胡笳悲应之声乎？其为遗老逸民，瞽井沉书，汐社会友，抒怀胪愤之声乎？抑茴香满地，玉树后庭，隔江高唱之声乎？今且姑勿问《妇人集》为何等之文，先辨《妇人集》为何等之声。迦陵先生往矣，《妇人集》具在集中，人物之声灵如昨，世不乏知声人，毋俟嘐嘐子饶舌也。

中国习惯重男轻女，一部廿四史，妇人获箸录者寥寥可数。而历朝国亡庙墟，大半妇人之力为巨。春秋、战国时，类以妇人为外交之奇货。孔子之圣，不能不寒心于齐馈女乐，歌彼妇之口而出走。子胥之忠，阻于西子之一弱妇人，而言不用妇人者，不知不觉移人社稷钟簴于床笫之间。"倾国倾城"，非文章之警句，乃亡国之实录也。以此之故，中国人力禁妇人向学及参政，而妇人之祸益烈。以近世史言之，明之亡，人知一剧冠之李自成亡之，而不知实一弱女子陈圆圆亡之也。圆圆夫婿为吴三桂。三桂狼子野心，不逞人也。尝读《汉纪》至仕宦当作执金吾，娶妻当得阴丽华，叹曰："我亦遂此愿足矣。"初，燕京陷，三桂被命入援，犹豫不进。自成执其父襄，命作书招三桂。三桂意欲降，至濠州，闻爱姬圆圆为自成所籍没，遂缟素誓师。吴梅村有《圆圆曲》纪是事，曲中名句有云："鼎湖当日弃人间，破敌收京下玉关。痛哭六军皆缟素，冲冠一怒为红颜。"又云："妻子岂应关大计，英雄无奈是多情。全家白骨成灰土，一代红妆照汗青。"冒辟疆谓"蕙心弱质，澹秀天然，生平所观，独有圆圆"。迦陵先生采其语以入《妇人集》，曾不知其魔力可以破人家国也。噫！

明列帝长平公主尚都尉周君事，词人见之吟泳（笔者按，当作咏）者甚夥。吴梅村有《思陵长公主挽诗》，为百韵长律，中有云："壮丽成焦土，榛芜拱白扬。麋游鸡鹜观，苔没斗鸡坊。荀灌心惆怅，秦休志激昂。崩城身竟殒，填海愿难偿。"他如"死早随诸妹，生犹望二王"句，均不愧诗史。原诗后附张宸诔。余以文长，欲从割爱，继虑世之仅见《妇人集》，而未读梅村先生原诗者，或以未窥全豹为怅，兹全录之。诔曰："长平公主者，明崇祯皇帝女，周皇后产也。甲申之岁，淑龄一十有五，皇帝命掌礼之官，诏司仪之监，妙选良家，议将降主。时有太仆公子都尉周君名世显者，将筑平阳以馆之，开沁水以宅之，贰室天家，行有日矣。夫何蛾贼鸱张，逆臣不诚，天子志殉宗社；国母嫱嫔，同殉社稷。公主时在稚龄，御剑亲裁，伤颊断腕，颓然玉折，寘矣兰摧。贼以贵主既殒，授尸国戚，覆以锦茵，载归椒里。越五宵旦，宛转复生。泉途已窅，龙髯脱而剑远；兰熏罢殿，蕙性折而神枯。顺治二年，上书：'今皇帝一九死，臣妾局蹐高天，髡缁空王，庶申冈极。'上不许，诏求元配。命吾周君故剑是合。士田邸第，金钱牛车，锡予有加，称备物焉。嗟夫！乘骖扇引，定情于改朔之朝；金犊车来，降礼于故侯之第。人非鹤市，慨紫玉之重生；镜异鸾台，看乐昌之再习。金枝秀发，玉质含章。逢德曜于皇家，迓桓君于帝女。然而心恋宫帷，神伤辇路。重云毕陌，何心金榜之门；飞霜玉林，岂意玉箫之馆。弱不胜悲，溘焉薨逝。当拱桑上仙之日，去秾桃下嫔之年。星燧初周，芳华未歇。呜呼悲哉！都尉君悼去凤之不留，嗟沈珠之在殡。银台窃药，想奔月以何年；金殿煎香，思返魂而无术。越明年三月之吉，葬于彰义门之赐庄，礼也。小臣宸薄游京辇，式观遗容，京兆虽阡，谁披柘馆；祁连象冢，只叩松关。拟伤逝于子荆，朗香空设；代悼亡于潘令，遗挂犹存。敢再拜为之诔。"云云。

《妇人集》中人物，其出身乐籍，如临淮老妓，身易鞴鞻，持匕首，间关千里，出入贼垒，有勇士风。寇白门，要言不凡，折冲①樽俎之才。其散财结客，喜与名士游，则又其长于交际处。若在孔门，惟端木氏足以与之颉颃。一月得万金，不减端木氏之货殖；片言脱籍，何让端木氏之退齐师。世无孔子，不获厕四科之列，殊为可惜。顾横波轻财好客，

---

① "冲"原作"衡"，据上海中央书店1935年版改。

有名士风。黄梨洲在陶英人座上，吴次尾、冯跻仲出一纸，欲拘横波，梨洲引烛烧之，因有句云："一纸风波投绛烛，只因曾与共登高。"一识面之缘，即护持之如不及。梨洲成己成物，大学问，大胸襟，于此可见。横波之为士大夫所重，亦于此可见。柳如是风流跌宕，晚以节显。余最爱吴江杨淮《古乐府》一首，中有云："君领东林袖，妾居北里首。纵不富贵亦风流，压倒江南花社诗。坛却齐走①。君亏节，妾完贞。妾命薄，君颜厚。呜虖！夫沾泥絮妇乔松，白发夭死红颜寿。"伉俪之间，忠佞判焉，虞山抱惭多矣。卞玉京晚逃禅悦，嚼然不滓，其题自画小幅云："沙鸥同住水云乡，不记荷花几度香。颇怪麻姑太多事，不知人世有沧桑。"之数子者，同是章台人物，而玉京深远矣。李香君气节嶙峋，竟是李元礼一流人物，作配候生，谁曰不宜？

读《台城旧内》二绝及《宜沟客舍题壁》，一为宏光宫人，一为宏光西宫，较杜陵"国破城空"之句，尤为沉痛，所谓亡国之音哀以思者。昔人吊岳武穆诗云："南渡君臣轻社稷，中原父老望旌旗。"事虽异而感则同已。

申胥存楚，子房报韩，千古男子之所难，乃见之于刘夫人。迦陵先生以全副精神写之，寥寥短幅，故自可传。

刘节之夫妇各将一军，壁垒相当，绝代佳话。惜当时无汤临川其人者，为作传奇传之，集中吴飞卿"樽前红烛夜谭兵"之句，可以持赠节之夫妇。

余于词曲一道，不识途径。家伯氏揖渔先生在日，每有所作，终日吟哦。余时童冠侧立，嬲之以鼻。今每一忆及，未尝不肠九转也。湘苹女史小词，迦陵推为南宋以来第一。读"道是愁心春带来，春又归何处"及"哀杨霜偏灞陵桥，何处是前朝"等句，辄爱诵不释手。渔洋见沈归愚"流水青山送六朝"之句，叹为才子语。傥令见湘苹此词，不知又作何语也。

托孤寄命，千古独美武侯。《妇人集》中如会稽商夫人，庶几所谓

---

① "坛却齐走"，上海中央书店1935年版作"坛齐却走"。

"鞠躬尽瘁,死而后已"者。夫人为祁抚军彪佳德配,当抚军殉节日,夫人忍死教其二子三女,厥后咸有令名。夫人《悼亡诗》云:"公自垂千古,吾犹恋此生。君臣原大节,儿女亦人情。折槛生前事,遗碑死后名。存亡虽异路,贞白本相成。"虽武侯何以加焉!

丁连壁①好谈天下大略,尤留心兵食要政。王西樵先生谓其所著《卧月集》中,多经济理学大文,为经生所不能为,绮罗丛中,不知埋没几许大政治家,思之慨然。阚玉之才之学,足以颉颃②灵均,误嫁卖菜佣子,抑郁以死,与灵均之自沉汨③罗,同一不幸。余曾于他书见《玉感吟》一首云:"西湖春色两堤花,阵阵莺声串柳芽。我本无心植杨柳,阴成都作夜栖鸦。"颇类学道人语。

余尝笑云:"明妃忍死辱身,乃为汉室和亲计,不忍令两国以干戈相见,伤害生灵,自谋拙而谋国忠。"近世群学家类谓战者小群之利益,而大群之不利益。明妃抛掷一己之利益,辞汉阙而入穹庐,以图大群之利益,斯可贵也。兹读《妇人集》,见长沙女子王素音题壁诗,欲窥全貌,遍搜箧中故籍,乃得之,其用意适与余合,录之以供史话之资料。诗云:"朝来马上泪沾巾,薄命轻如一缕尘。青冢莫生殊域恨,明妃犹是为和亲。"

余于《妇人集》明瑛女士尺牍而外,酷爱江夏周宝镫女史《悼怀赋》,读至"草参差而并生兮,孰办其为杜蘅;鸟之嘤咿亦各有所谓兮,而人孰知其情"等句,未尝不叹天地灵秀之气,独钟斯人也。宝镫归汉阳李生,后李复迎侍儿,宝镫作《拟古》一首见意云:"鸳鸯固友禽,鹦鹉亦珍鸟。屏栏与池塘,哀乐各昏晓。鹦鹉语鸳鸯,飞鸣何缭绕。情多怨不祥,怨重将毋扰。我闻太息之,衾裯正微渺。凄然欲向谁,彼姝矜窈窕。"缠绵悱恻,不减卓文君之《白头吟》也。

嘹嘹子曰:余尝尚友古人,其在近代,不期而与余相合者,得一人

---

① "壁",上海中央书店1935年版作"璧",笔者亦疑为"璧"。
② "颉"原作"颃",据上海中央书店1935年版改。
③ "汨"原作"泊",据上海中央书店1935年版改。

焉，曰王丹麓晫。丹麓家贫，而性喜刻书。余游学异国，裘敝金尽，而一遇先民遗著之洽予心者，辄节衣缩食，甚则负债付之手民，以广流传。与丹麓同者一也。丹麓居恒善愁，六合之内，或有才士途穷，佳人失所，每闻其事，辄为呜咽。余单身远游，我躬不阅，而悲天悯世，常以眼泪洗面。与丹麓同者二也。丹麓生平不蓄樗蒲博奕之具，见客围棋，即乱其局，或竟纳子奁中，曰："日往月来，奈何为此鬼阵？"惟爱花坐其间，静观荣落。余性恶博奕，每见人布局设子，即起而乱之，度不可止，则望望然竟去。独自吟哦，遇风月良辰，花石幽境，虽处红尘万丈之中，悠然意远，若别有天地。与丹麓同者三也。丹麓尝言："大丈夫处世，不当为贤士大夫所摈斥，不当为庸众人所容。"余好善出于天性，美人国士虽在异代，尚论心交，无间晨夕。束发受书，即痛恶乡愿佞人。与恶人处，虽与话言，常如芒刺在背，不可终局。与丹麓同者四也。丹麓尝著《遂生集》，欲使天下之人不失好生之意，天下之物得遂乐生之情。余读史阅世，辄叹中国礼崩乐失，政宪荡然，数千年以来，直如朱子所谓"架漏过日，民生其间，救死不暇"。尝欲旁考中外政宪，有所纂述，如顾氏《日知录》之类，以质百世，要皆出于济世利物之志。与丹麓同者五也。因评《妇人集》而纵论及之，世之君子，其以为然耶否耶？

[据惠福里昌明公司光绪三十四年（1908）版]

杨复吉跋语

迦陵先生《妇人集》，《续本事诗》曾采取一二。余购之二十余年，迄不可得，意谓天壤间无是书矣。辛亥九月，海宁吴丈槎客归舟携示，因得睹其全豹，并如皋冒氏叔若侄纂注补遗。网重宝于深渊，合双龙于剑水，快何如之！

十月既望，震泽杨复吉识。

[据上海国学扶轮社宣统三年（1911）版《香艳丛书》第一集卷二]

杨复吉附记

迦陵先生《妇人集》，向颇疑其名不雅驯，后阅焦氏《经籍志》总集类，载《妇人诗集》二卷，宋颜竣辑。乃知前辈用字不敬如此也。

杨复吉附记。

（据六艺书局民国十九年［1930］版）

狗皮道士传

陈鼎撰。叙明末狗皮道士乞食成都，善学犬吠而著，张献忠入蜀后，其先后两次以犬吠之声，与张献忠进行斗争。原出《留溪外传》卷十七，《虞初新志》卷十、《旧小说》己集一收录。

外史氏曰：世之言神仙者比比，余则疑信相半。今观狗皮道士之所为，岂非神仙哉？不然，何侮弄献贼如襁褓小儿哉？

张山来曰：人皮者不能吠贼，狗皮者反能之，可以人而不如狗乎？

（据康熙间刻本《虞初新志》）

广德州守赵使君传

陆次云撰。叙浙江钱塘人、广德州守赵景和事。在南都陷落后，马士英南窜，借道广德，赵景和严厉斥责马士英专权误国，遭马士英趋卒刺杀而死。小说突出了一位忠明者形象。《虞初续志》卷四、《旧小说》己集一收录。

陆次云曰：苍璧字晋襄，吾友也。有父风，能读父书，道父遗事。其于张许子弟何如哉？天待赵氏，不可谓不有加矣！且吾观士英流毒无穷，仓皇逃死，而不免于死。其死延津，视死维扬，与广德者何若哉！

汪东川曰：以使君为经，以相国为纬，以瑶草挽合于经纬之间。虽所叙者一邑之事，而天下得失具在其中，此之谓大手笔。

郑醒愚曰：赵君不死于外难，而死于贼相之手。非惟九原饮恨，即阅者至今犹扼腕切齿。文写骂贼处，真勃勃如生。

（据扫叶山房1926年版《虞初续志》）

鬼母传

李清撰。叙一鬼母每天天未明时，即持钱买饼饲儿事，表现母子情深。《虞初新志》卷十、《旧小说》己集一收录。

张山来曰：余向讶既已为鬼，亦安事楮镪为？今观此母，则其有需于此，无足怪矣。

（据康熙间刻本《虞初新志》）

鬼孝子传

宋曹撰。叙闽中一孝子在父亡后尽力赡养其母，孝子卒后其母欲改嫁，孝子之魂极力阻止并设法供养其母。此篇颇有几分象征意味，盖与作者的遗民情结有关。《虞初新志》卷六、《旧小说》己集一收录。

张山来曰：予尝谓鬼胜于人，以人不能为鬼之事，而鬼能为人之事也。然世之赍志以殁者，不能凭依于人以为厉，岂真如子产所云："用物精多，则魂魄强。"否且反是耶？今鬼孝子竟能自行其志，可以为鬼道中开一法门矣。

（据康熙间刻本《虞初新志》）

桂岩公诸客传

顾景星撰。叙明隆万间追随蕲黄派著名理学家、作者曾祖父桂岩公顾阙及曾祖伯父日岩公顾问的17位弟子与门客事。这些弟子与门客多为神仙方术之士，小说集中体现这些方士及二公的独特之处，还记述了作者祖传医术赖女道士程静林传授。原出《白茅堂集》卷四十五，《广虞初新志》卷一收录。

景星曰：予读纪乘及父老传闻：世宗时，海内荐绅多廉退之士，晦迹林壑，怡养性命。时上又好道术，方士先后进者数十百；远近诸臣，如胡宗宪、王大任、姜儆辈，争献法秘。民间贡灵药芝草、白鹿醴泉、绿章祝釐，不可胜纪。神仙之说，风动朝野，上有好者，下必有甚，不其信哉？方是时，四方承平，禁网疏阔。海内蓄食客，招方士，法所不问。儒家者流，自王守仁而下，门墙充牣，稍杂异端。布衣之雄，则颜钧、梁汝元，聚讲动数百人，何其盛也！然而末年不免于祸。景星儿时，读曾大父遗书，兼讯长老。当时门多名儒，而方士亦间出。世宗末，诛戮方士，禁锢布衣。穆宗初，王金、陶世恩等论死。士大夫禁逐食客，黄冠炼师，展转沟壑。而数于令终，亦方士之贤者欤！宁有裨外史，盖可观世焉？

景星曰：予观世宗朝，何多异人也。时吉水罗赞善洪先、京山王太仆格、顺庆任简讨瀚、朝邑刘太守伟，皆讹传不死，搢绅之士惑焉。方是时，边鄙不可谓无事。然而郡邑二百年来，不闻兵革，十且八九，小大群牧，惙乎其有忧凛乎？其若不终日，思为国家久长不拔之计。次则贻穀子孙，庇宅必完好，筑垣制器，度可百年。婴儿思壮，壮思老，老思耄期颐，耄期颐则思神仙不死之术。其民乐，故其虑远；其虑远，故其行厚；其行厚，故其风醇；其风醇，故其祚绵。其民乐，迨于末季，盗贼蜂动，其有司数疾易位，上下欺侮，不思为久长计。躐名位，穷嗜利，若弗逮。然庇宅制器，趋事修巧，妖夭覆巢，杀壮弃老，尚轻侠之行，笑神仙之说，而天下大乱。无逸之辞曰："不闻民劳，惟耽乐是从，自时厥后，亦罔克寿。"呜呼，可不念哉！神仙之说同于幻，人守道不固，率多随之惑俗乱教，拒之固当，抑亦有论其世焉者乎？故录所闻。先大夫客十有九人，传于后。

[据嘉庆八年（1803）刊本《广虞初新志》]

郭老仆墓志铭

侯方域撰。叙侯方域父侯恂之仆郭尚传奇一生事，不仅突出其好色、嗜酒、撒谎之不足，更为重要的是突出其对主人的忠贞不贰的个性，特别是侯恂入狱七年，其始终相随。原出《壮悔堂集》卷十，《虞初新志》卷六、《荟蕞编》卷一收录。

张山来曰：老仆之奇，不在后之戒酒，而在前之饮酒。盖戒酒犹属忠义之士所能，若饮酒则大有学问在。苟非日饮亡何，则当司徒盛时，其播恶造业，当不一而足矣。

（据康熙间刻本《虞初新志》）

海烈妇传

周篔撰。叙康熙六年（1667）陈有量妾海氏因不堪漕卒林显瑞凿扉欺凌而自经事。此事在清初颇为流行，亦有多人将此事创作成小说，如陆次云、任源祥、嗤嗤道人、三吴浪墨仙主人等。《广虞初新志》卷十收录。

周篔曰：士君子当患难穷困久，不失其操者盖寡矣，况妇人女子乎？若烈妇转徙道涂，艰苦备极，而凛然节守愈固，可不谓难欤？至于一遘非礼，视死如归，计不再决，虽古称烈大夫，又何加焉？祠而祀之，宜矣！

［据嘉庆八年（1803）刊本《广虞初新志》］

海虞三义传

冯班撰。叙常熟徐怿、徐守质、冯知十，在清军攻城的背景下，或因义不降清而死，或为保全家人而死。原出《钝吟文稿》，《广虞初新志》卷二收录。

贺向峻汪参传

邵长蘅撰。叙江苏丹阳人贺向峻、汪参事。贺向峻豪宕自负奇气，好指切时政；汪参初为周钟门人，因其投李自成，弃之去。明亡后，二人约为兄弟，起兵抗清，兵败遇害。小说善于突出人物的个性，塑造了两位悲愤慷慨的志士形象。原出《邵子湘全集·青门麓稿》卷十五，《旧小说》已集一收录。

赞曰：呜呼！申酉之际，江左偷安，群狐柄国，强镇环列，拥甲以嬉，及王师南牧，鱼烂兽骇，一夜绝踪。向之凭城社盗威福者，捧马足乞哀，角崩恐后，而慷慨蹈难，至捐脰穴胸不悔者，固两诸生也。异哉！然吾闻长老家言，同时以诸生死事，贵池则吴应箕，宣城则麻三衡，武进则吴福之、张龙文，昆山则朱集璜、陶琰，长洲则顾所受，皆死未三十年。乡里已鲜能举其姓氏，而史亦未必与殉节诸臣同传。悲夫悲夫！

（据商务印书馆1933年版《旧小说》）

侯方域魏禧传

邵长蘅撰。叙明末"四公子"之一河南商丘人侯方域与明遗民江西宁都人魏禧事。侯方域明末时积极同阮大铖等阉党余孽作斗争，并参与"剿闯"献策，顺治间应河南乡试，报罢。魏禧晚侯方域六年，在明末与侯方域以文并称，甲申后，弃诸生服，隐居并教授于翠微峰，结易堂社，为易堂九子之一，康熙间清廷举博学鸿词科，魏禧诈称病笃得免征，最后卒于仪真舟中。原出《邵子湘全集·青门剩稿》卷六，《虞初续志》卷三、《旧小说》己集一收录。

论曰：侯方域、魏禧，操行不同。予论次两家文，乃合传之。方域才气蹶弛似陈亮，其遭大狱濒死亦似之。然亮犹登第，一夕而卒。而方域竟妖诸生，悲夫！明宣德中周文襄忱，荐龚翊为太仓学官，翊辞不就。语人曰："吾仕无害于义，恐负金川门一恸耳。"而禧之论，以谓翊一门卒，非有知己之恩，国士之责也。既已更立三朝，身逢贤圣之主。而嚼然不肯少污其志，贤已。呜呼，禧，傥自谓与！

郑醒愚曰：磊落傲岸之气，二公得此以传。

（据扫叶山房1926年版《虞初续志》）

后哭曹石霞

顾景星撰。作于康熙九年（1670）。叙崇祯十六年（1643）进士麻城人曹允昌于国变后放浪形骸，顺治末年带病赴云南奔丧，途中病卒，时携有友人何闳枢。其弟欲寄置何枢，而兄枢不前，于是前置何枢，兄枢才得发。作者闻其事，作《后哭石霞诗》。《广虞初新志》卷三十九收录。

黄公自注曰：东坡见梦于莫养正，为紫府押衙。韩魏公，紫府真人也。石霞亦降乩云："与章先生皆紫府判事，事毕当生山东云。"

石霞好扶乩。卒后，其宠姬萧小玉毁容守节，故黄公《前哭石霞》诗云："麻衣掩泪滴泉台，老友曹生信可哀。一别三年头尽白，双亲万里骨同回。深闺锦字何时寄，隔夕青枫有梦来。君去交游逐仙鬼，人间零落邺中才。"心庵

［据嘉庆八年（1803）刊本《广虞初新志》］

后五诗人传

李邺嗣撰。叙作者故里五诗人胡一桂、吴士玮、全大震、吴应雷、

孙仪事。原出《杲堂文钞》卷四,《广虞初新志》卷二收录。

花隐道人传

朱一是撰。叙明遗民花隐道人高胧,在明亡前尚侠轻财,明亡后植菊归隐。《虞初新志》卷五收录。

张山来曰:从来隐于花者,类多高人韵士,而菊则尤与隐者相宜。妙在全不蹈袭渊明一字,所以为高。

(据康熙间刻本《虞初新志》)

化虎记

徐芳撰。叙密溪黄翁三子,为帝命所驱,化虎食人,黄翁亦名列被食者之中,三子要求以己代父而不能,仍设法保全其性命。作者意在表达对腼颜事清者流的鄙视之情。原出《悬榻编》卷四,《虞初新志》卷七、《旧小说》己集一收录。

张山来曰:三子求可以代父者,其计甚拙。设代者当死于虎,则仅足蔽其本辜,未可以代其父罪。设彼不当死于虎,而三子枉法以杀之,则是父罪未免,而已先罹于法矣,将若之何。

(据康熙间刻本《虞初新志》)

换心记

徐芳撰。作于康熙三十九年(1700)。叙徽州一进士初时愚钝,后经金甲神换心后,聪慧异常,由诸生而进士。作者意欲盖为"有形之心不能换,无形之心未尝不可换"(张潮评语)。原出《悬榻编》卷四,《虞初新志》卷五、《旧小说》己集一收录。

或曰："今天下之心，可换者多矣，安得一一捽其胸剖之，易其残者而使仁，易其污者而使廉，易其奸回邪佞者而使忠厚正直？"愚山子曰："若是，神之斧日不暇给矣！且今天下之心皆是矣，又安所得仁者、廉者、忠若直者而纳之，而因易之哉？"

张山来曰：有形之心不能换，无形之心未尝不可换。人果肯换其无形者，安知不又有神焉，并其有形者而换之耶？则谓进士公为自换其心也可。

（据康熙间刻本《虞初新志》）

黄烈妇传

邵长蘅撰。叙江阴诸生黄晞继室周氏，在国变后，为表达自己对其夫的忠诚，曾四次自杀而未死，最后入室阖门自缢而死。原出《邵子湘全集·青门剩稿》卷六，《虞初续志》卷五、《旧小说》已集一收录。

论曰：晞父子盖忠孝人也。予读晞所为《先府君行略》，未尝不哀其志，顾语多触讳，文亦不能大传。而遗老行尽，渐无有能举其姓氏者。悲夫！予传黄烈妇，乃牵联书之，欲令后世知有毓祺、晞名。韩退之有云："济逢父子，自吾人发。"顾未知予文，遂足传毓祺、晞父子否耶？

退士曰：集中所录节烈民间妇女居多。烈妇则士大夫家妇也，独其五死不得而卒死。节烈之奇，未有奇于此者，故录之。

郑醒愚曰：一腔烈血，已从呱呱堕地时带来矣。山可移，石可转，独烈妇之死，百折而不可回也。奇哉！

（据扫叶山房1926年版《虞初续志》）

黄孝子传

归庄撰。叙苏州孝子黄向坚万里寻亲事。原出《归庄集》卷七，《虞初续志》卷三、《旧小说》己集一收录。

归子曰：孝子之父孔昭，字含美，与先兄同举于乡，余以孝子故，始识之。含美言："归途日行数十里或百里，二老人坐舆中，犹苦劳倦，而向坚始终徒步。每止舍，买食物，执爨，具汤沐，施衽席，晨起复具食整装，皆向坚一身为之，无一刻宁息，初不以为劳。"夫涉万里途者，或以征伐，或以仕宦，奉天子之威命，有官爵之尊，人徒之众，犹惮不敢前，或往而不返。孝子以子特之身，往返绝域，如履康庄，此岂人力之可能与！彼其精诚上通于天，故所至得天助焉。昔年海虞瞿生元铕省其父留守公于桂林，且达矣，而桂林陷，公死之。生死于乱兵，父子卒不得相见，岂人伦之际固有幸不幸与！孝子质朴无威仪，言不能出口，归方训蒙以给饘水。嗟夫！忠孝之事，固非饰边幅、务声名者之所能为哉！

归庄曰：篇中叙地名书法有例，所过府必书，要地则州卫长官司亦书。大川必书，志所经也。山岭不悉书，不能详也。所至之地皆曰历，经其界曰过，更一省曰入，入必书县，或卫或驿，详道路也。从间道而至曰达，省会曰至，惟武冈州亦曰至，而安隆则附见焉。姚安曰抵，税驾之所也。

郑醒愚曰：非作计里鼓，乃为孝子历历写出苦情苦况耳。笔墨与他孝子传又是一格。

（据扫叶山房1926年版《虞初续志》）

活死人传

陈鼎撰。叙明遗民四川人江本实，于明亡后学道于终南山，十年而成。其道以清净无为为宗旨，又以身示范，令弟子将他活埋于土穴中，以示"成功者退"。作者显然借此以宣泄心中的亡国之痛。原出《留溪外传》卷十七，《虞初新志》卷十一、《旧小说》已集一收录。

外史氏曰：神仙多为骇世惑俗之事，活死人既怪其弟子骇世惑俗，何为活埋土穴，而使呼之、应之三年之久耶？岂夫子所谓索隐行怪者，即世之所谓神仙耶？

张山来曰：活埋土穴中，令人呼之而应，此当是其弟子辈故为此言，以骇世耳，未必果有其事也。

（据康熙间刻本《虞初新志》）

记茅止生三君咏

杜濬撰。故事围绕茅止生诗作《三君咏》展开，并叙三君（杜濬、方以智、郑超宗）在国变后的不同遭遇。原出《变雅堂文集》卷七，《广虞初新志》卷三收录。

纪周侍御事

陆次云撰。叙江苏吴江人明末御史周宗建事。周宗建被阉党杀害后，魂化一秀才回家，嘱妻子付舟子费用。作者一方面表现了周宗建的耿直、守信的人格魅力，另一方面也表达了自己的故国之思。《虞初新志》卷七收录[①]。

江天一传

汪琬撰。叙徽州歙县诸生江天一在顺治初年，与金声在皖南奋力抗

---

① 按，《纪周侍御事》在康熙间刻本《虞初新志》未收录，而咸丰元年（1851）小嬛嬛山馆藏板《虞初新志》卷七则收录。

清事，最后二人被俘，就戮于江宁。作者高度赞扬江天一以诸生殉国，堪与新安死忠者汪伟、凌駉与相比。《虞初续志》卷二、《旧小说》已集一收录。

汪琬曰：方胜国之末，新安士大夫死忠者有汪公伟、凌公駉与金事公三人，而天一独以诸生殉国。予闻天一游淮安，淮安民妇冯氏者，刲肝活其姑，天一征诸名士作诗文表章之，欲疏于朝，不果。盖其人好奇尚气类如此。天一本名景，别自号石嫁樵夫，翁君汉津云。

（据扫叶山房1926年版《虞初续志》）

姜贞毅先生传

魏禧撰。叙明遗民姜垛传奇的一生，突出明亡后不屈于清朝的民族气节。《虞初新志》卷一收录。

魏禧曰：公有赠禧序及见怀诸诗，皆未出。公死，而公二子乃写寄禧山中也。予客吴门，数信宿公。每阴雨，公股足骨发痛，步趾微跛踦。哀哉！北镇抚司狱廷杖立枷诸制，此秦法所未有，始作俑者，罪可胜道哉！宣城沈寿民曰：谥法，秉德不回曰孝。经曰：事君不忠，非孝也。公死不忘君，全而归之，可以为孝矣。宜谥曰"贞孝"。

金棕亭曰：余游黄山，访先生祝发处。山僧犹藏手迹数纸。诗格豪放，字画遒劲，真希世宝也！以魏公文、姜公事，作《新志》压卷，足令全书皆生赤水珠光。

[据咸丰元年（1851）小嬛嬛山馆藏板《虞初新志》]

将就园记

黄周星撰。作者虚构了将就园这样一座幻想之园，表明了明遗民的精神寄托。原出《九烟先生遗集》卷二，《昭代丛书》甲集第三帙、

《广虞初新志》卷二十一收录。

九烟先生以《将就园记》示余。将就云者,盖自谦其草率苟简云耳。余笑谓之曰:"公此园殊不将就。及览乩仙事,乃知不惟不将就而已,且大费彼苍物料。公其谓之何?夫世人之园经营惨淡,乃未久而即废为邱墟。孰若先生此园,竟与天地相终始乎?"心斋

[据嘉庆八年(1803)刊本《广虞初新志》]

戒庵先生生藏铭

李邺嗣撰。作于康熙十三年(1674)。叙作者伯父李栩长子李文纯,幼时善读书,诗文颇具特色;国变后,弃诸生,萧然世外;晚年杜门谢客,诗风更趋平淡。原出《杲堂文钞》卷五,《广虞初新志》卷二十二收录。

金忠洁公传

董以宁撰。叙明末工部主事金铉,在天启时与阉党作坚决斗争,在李自成陷北京时,投御河死,其母、妻、妾从之,其弟收葬母亲、兄嫂后亦投井死。小说体现了作者褒扬忠明者的遗民情怀。《虞初新志》卷十收录。

张山来曰:明末死于忠义者,较前代为独盛,特存此一编,以当清夜闻钟,发人深省。

(据康熙间刻本《虞初新志》)

九牛坝观觝戏记

彭士望撰。作于康熙十七年(1678)。叙作者在隐居地九牛坝观觝

戏事，并认为有如觝戏演员这样奇才者可担当复国重任。原出《耻躬堂文钞》卷八，《虞初新志》卷二收录。

张山来曰：此技即俗所谓踹索者。予尝谓此等人必能作贼，有守土之责者，宜禁止之。纵不欲绝其衣食之路，或毋许入城，听于乡间搬演可耳。○前段叙事简净，后段议论奇辟，自是佳文。

（据康熙间刻本《虞初新志》）

旧京遗事

史玄撰。文言小说集。有一卷者、四卷者。其中，四卷者，现存卷一、卷二。书中记述明代北京街道沿革、朝章典故、宫闱旧闻、风土民情，其中含有不少传说故事。所记明万历以前朝政大加褒扬，而于天启以后则每作诋毁。主要版本有退山氏抄本、《双肇楼丛书》本等。《京津风土丛书》等收录。

史弱翁所著诸书
《盐法志》《河行注》《史弱翁诗集》。三种已刻。
《弱翁文集》《近体诗遗稿》《吴江耆旧传》《梅西杂志》《旧京遗事》四卷。五种未刻。
《日记》《马政》。二种病革时焚榻前。

此系弱翁苦心所成，与《帝京景物略》并称双璧。两年避乱，亲笔底稿，藏地瓮中，因纸烂失前四叶。病革见付，嘱托流通，不能援笔补足。如有好才明公，肯为刊布，俟崧搜录，补前所遗。千古之下，心有知音，惟□□之。

松陵徐崧顿首白。

庚子蜡月，退山氏对勘，钞此首简。

（据退山氏抄本）

张江裁跋语

士之著书立说，当其震笔时，初未尝有意于传。及其殁也，好事者偶得其遗作，流连慨慕，发为文章，表而出之，名乃藉以大著，此其幸者也。不幸没世而名不称，则难屈指数。即不然，有盛名矣，著述亦富矣，旦夕死，其后人不知珍藏，使与尘埃同尽。后之君子慕其人、求其书而不得，遂无由以知其生平，此盖古今引为大憾者也。有明吴江史弱翁先生，少艰窭，发愤为诗文，尝与吴易、赵涣相唱和，世称东湖三子。明亡，落拓不偶，郁郁以终，世论惜之。先生殁，著述亦散佚。寒家旧藏此书，为先生手订稿片羽之，仅存者虽寥寥万言，已将明代朝章国故、吏治民风历历绘出，诚为信今传后之作。文贵精不贵多，此集苟能流传，先生庶几不死矣。即余今日刊印是书，得江宁管君连衡为任校雠之役，同谋先生之不朽，亦未始无神灵左右于其间。

张江裁记。

（据《双肇楼丛书》本）

谲觚

顾炎武撰。文言小说集。一卷。据《四库全书总目提要》称："时有乐安李焕章，伪称与炎武书，驳正地理十事，故炎武作是书以辨之。其论文孟尝君之封于薛及临淄之非营邱诸条，皆于地理之学有所补正。"由此观之，此书为考证性较强的杂记小说。原出《亭林遗书》，《借月山房汇钞》《泽古斋重钞》《指海》等收录。

谲觚序

仆自三十以后，读经史辄有所笔记，岁月既久，渐成卷帙，而不敢录以示人。语曰："良工不示人以璞。"虑以未成之作误天下学者。若方舆故迹，亦于经史之暇，时一及之，而古人之书既已不存，齐东之语多未足据，则尤所阙疑而不敢妄为之说者。忽见时刻尺牍，有乐安李象先

（名焕章）与顾宁人书，辩正地理十事。窃志十年前与此君曾有一面，而未尝与之札，又未尝有李君与仆之札。又札中言，仆读其所著《乘州人物志》《李氏八世谱》，而深许之，仆亦未尝见此二书也。其所辩十事，仆所著书中有其五事，然李君亦未尝见，似道听而为之说者，而又或以仆之说为李君之说，则益以征李君之未见鄙书矣。不得不出其所著，以质之君子，无俾贻误来学，非好辩也，谅之。

（据《借月山房汇钞》本）

谲觚提要

《谲觚》，一卷。两江总督采进本。

国朝顾炎武撰。时有乐安李焕章，伪称与炎武书，驳正地理十事，故炎武作是书以辨之。其论孟尝君之封于薛，及临淄之非营邱诸条，皆于地理之学有所补正。

（据吴江潘氏遂初堂刻《亭林遗书》本附录）

客舍偶闻

彭孙贻撰。文言小说集，一卷。作于康熙七年（1668）。此书所叙多明末清初遗事，诸多颇有史料价值，如西洋历法、顺治八年（1651）的大地震等，亦颇多传奇色彩，亦可以小说观之。主要版本有柘柳草堂抄本、《振绮堂丛书》本、《花近楼丛书》本等。

客舍偶闻序

客长安，见贵游接席，必屏人趣膝，良久人不闻，须臾广坐，寒暄而已。征以道上所闻，唯唯谢弗知。廷有大事，卿寺台省集禁门，其中自有主者，群公画尺一而退，咸诺诺。议更置大吏，冢宰不得闻；有所调发，司马不知。群公优游无事，日置酒从容，诸小臣相聚博奕连晨夕，或达旦，失朝会，始以病告，当事亦不问，以是闻见甚希。然时时游于酒人豪士间，抵掌谈世事无所讳，突梯者又姑妄言之，足以新人听。虽多耳食，征其实亦十得五六，更益以所见，随笔记之，曰《客舍偶闻》云。

康熙戊申九月，淮南彭孙贻羿仁氏书于通津舟次。

案：彭孙贻与彭孙遹为从昆弟，则浙江海盐人，其履贯自称淮南，则不可解。《晋书》杨州有淮南郡，《魏书》《隋书》均同。近人李兆洛撰《地理今释》，谓即今之安徽凤阳府寿州治，其《宋书》《南齐书》之淮南郡，为今安徽太平府当涂县南三十八里，然则其题淮南，殆不可解。初疑其与海盐不相涉，或系同名异贯，判然两人，展转考之，即海盐彭孙始也。

《箧衍集》云：彭孙贻，字仲谋，浙江海盐人。

《国朝诗别裁集》：彭孙贻，字仲谋，浙江海盐人。拔贡生。

（据《振绮堂丛书》本）

绳斋识语

茗斋先生生于万历乙卯，卒于康熙癸丑，享年五十九岁。先生每岁元旦，鸡初鸣即起，盥漱具衣冠，先拜天地。尚未曙，一人独坐介石居，研墨试笔，作一对曰："一经世授庚丁诰，毕至群贤癸丑年。"初时皆称叹，遂以癸丑月而逝，人以为谶。先生祖父兄弟俱占《尚书》登第，《尚书》有《盘庚》三篇，高宗武丁作《说命》三篇，又羡门先生松桂堂中对曰："《尚书》五十八篇，代起祖孙父子；荐绅一十三世，家传忠孝文章。"

绳斋识。

（据柘柳草堂抄本）

彭晫识语

偶从同学张子畲堂处，见高伯祖羿仁公《客舍偶闻》并《彭氏旧闻录》一册，乃李遹翁太表伯手抄也。末识云："乾隆丁丑十一月朔，借表兄彭升卿家藏羿仁先生亲笔稿底，越八日始告竣。"绳斋李缵祖记于宝廉堂，时年六十有八，因假归。《旧闻录》，余家故有不抄，惟抄《客舍偶闻》。余作字甚拙，又得沈佩芬兄助余，实为幸甚。是书乃公戊申入都时，随所闻见而记之者也。凡得数十条，或故事足以备考稽，或异闻足以新人听。五月束装，十月旋里。别有《燕游集》《南行集》各一卷，在《茗斋诗集》中。公与高祖少宰公为从兄弟，风雅文章，实为竞爽。公所著有《茗斋诗集》《文集》《流寇志》及《杂著》若干卷，中惟《流寇志》已上史馆，馀皆散失，辗转于他氏矣。昔少宰公生平著作，幸曾祖别驾公作宰三晋时，积俸刊有《松桂堂集》行世，乃公则付梓者，惟《百花诗》一卷，不肖如晫，欲睹先人之手泽，不啻欲闻广乐于钧天也，是可慨已。去秋，余从某氏家见有《茗斋诗集》一部，字甚劣，问之，乃其祖所抄也，假之再三，今春始予一本，不三四日索去，余强留之不得也，为之惆怅者月余，几至卧疾，至今犹耿耿也。然其家本以废箸为业，今始稍稍读书，亦唯习帖括而已，他书未尝点目，甚不解其如此。是卷虽非公手迹，而以俞前得之之难如此，抄读一过，凄惋可胜言耶？因识于后，以见祖宗之遗泽，为子孙者当爱之惜之，不得视为泛常，而遹翁之老，而笃志前人之著作，得藉以传，是可敬已。

乾隆癸巳七日，侄孙晫拜识。

（据柘柳草堂抄本）

董彬跋

茗斋先生为余友岣宾之族祖，先生博学好古，著述等身，此特其吉光片羽耳。余与岣宾每相过从，尚论古今，辄多异说，叩之则知出自先生所著《客舍偶闻》也。岣宾好学不倦，见异书必手抄，余箧中藏有刘京叔《归潜志》十四卷足本，系先太史手抄，楷法精妍，触纸如新，岣宾数从余假抄，余诺而未与。及余欲借《客舍偶闻》一册，岣宾亦几视为中郎帐中之秘。今年春，始慨然出示，余携归，灯下读之，所载朝廷故实，俱出当时目击，非同父老传闻，喜不自胜。奈俗冗作辍，经月余始抄毕，余即假以《归潜志》。盖余两人嗜书之癖，非相靳，实相爱，况余因先人手泽，恐为寒具所污，非好友实不敢轻出异书，浑似借荆州相顾，真堪一笑也。因书其颠末如此。

乙巳谷雨，后学董彬跋并书。

（据柘柳草堂抄本）

张元济识语

民国十三年四月，得于杭州抱经堂，计值银币六圆，付工生装，逾月始毕。

端阳节后一日，张元济识。

（据张元济藏柘柳草堂抄本）

汪康年跋

右《客舍偶闻》，一卷。国朝彭孙贻撰，其注文则先师顺德李仲约侍郎手笔也。记载朝事之书，宋、明两代始汗牛充栋，惟本朝以史案之故，朝士稍纯谨者，辄无敢染笔，即有之，非记录掌故，即导扬德美，否则言果报，说神鬼，若朝政之得失，大臣之邪正，莫敢齿及也。其敢于直言流传及今者，但《啸亭杂录》一种而已。此书虽寥寥数十叶，复半记灾变，然于康熙初年满大臣互相挤轧之状，历历如见，即自序中写彼时朝官景象，与今时殆不隔一尘，然则为书虽少，在今日视之，不啻凤毛麟角已。余既就吾卿丁氏八千卷楼钞得是书，甲午以补殿试入京，主顺德师家，师见是书甚喜，亟写录一本，并疏书中诸人履历，及他书之足与本书相印证者，兹并即师所书者刻之夹注中，而书其缘起如此。

辛亥仲夏，汪康年跋。

（据《振绮堂丛书》本）

来烈妇墓铭

林璐撰。叙浙江萧山烈妇来氏在清军渡钱塘江后投水自杀事。作者在议论来氏贞节时，将其与臣道相提并论，指出李闯在陷北京、清军南下时，诸多缙绅没能像来氏那样保持气节，反而投闯、投清，令人不耻。《广虞初新志》卷十二收录。

雷州盗记

徐芳撰。叙崇祯初年一金陵盗冒充雷州太守,事发后被擒。是篇旨在揭示"今之守非盗也,而其行鲜不盗也"。原出《悬榻编》卷四,《虞初新志》卷五收录。

张山来曰:以国法论之,此群盗咸杀无赦。以民情论之,则或尽歼群从,而独宽为守之一人,差足以报其治状耳。若今之大夫,虽不罹国法,而未尝不被杀于庶民之心中也。

(据康熙间刻本《虞初新志》)

李姬传

侯方域撰。叙秦淮名妓李香义不与阉党余孽阮大铖等人结交,以及在桃叶渡为侯方域饯行事。作者一方面赞美了李香的崇高品质,另一方面又表达对祸国殃民的马阮集团的痛恨。原出《壮悔堂文集》卷五,《虞初新志》卷十三、《旧小说》已集一收录。

张山来曰:吾友岸堂主人作《桃花扇》传奇,谱此事,惜未及《琵琶词》,岂以其词不雅驯,故略之耶?

(据康熙间刻本《虞初新志》)

李新传

顾景星撰。叙明万历举人蕲州人李新,在崇祯十六年(1643)张献忠陷蕲州时,坚不跽拜,竟抱父尸就刃而亡,张献忠感慨其忠烈,题诗以咏之。篇末还交代张效忠等人的悲壮之死。原出《白茅堂集》卷三十八,《广虞初新志》卷一收录。

顾生曰：贼屠蕲时，余家以贞节感贼得免。伏城壕岸无梯破楼，闻楼下贼往来称好乡官李新，才算真死节。张效钟者，字期伯，名太学生。工诗书，美髯，与生员陈正，皆不屈，贼拔效钟髯，逐之，且走且骂。贼追及，与正同掊杀。又是时蕲诸生有陈显元，字长卿，以五经应举，授卫辉某县知县，死节尤烈。其邑人立祠，水旱必祷。无子，康熙初，其甥浦某，乃迎柩归葬。志蕲者逸其事，而浦某又不能文，悲夫伤哉！牵连书之，庶不没其姓名云尔。

[据嘉庆八年（1803）刊本《广虞初新志》]

李一足传

王猷定撰。作于崇祯十七年（顺治元年，1644）以后。叙李一足父为仇人所杀，其被迫在外避祸二十载，归乡时，仇死母殁。明亡后，外出云游，后不知所终。原出《四照堂文集》卷四①，《虞初新志》卷八、《旧小说》已集一收录。

张山来曰：观一足行事，亦孝子，亦侠客，亦文人，亦隐者，亦术士，亦仙人，吾不得而名之矣。

（据康熙间刻本《虞初新志》）

两异人传

黄宗羲撰。作于顺治三年（1646）以后。叙两异人为避清朝剃发令，一位徐姓者率族人隐归雁荡山，一位名诸十奇者，则逃往日本，后又回普陀寺。《虞初支志》卷一收录。

---

① 《昭代丛书》本《四照堂文集》为卷四，《豫章丛书》本《四照堂文集》作卷七。

论曰：蜀郡任永冯信，不肯仕公孙述，皆托青盲，至妻淫于前，子入于井，而不顾。余读史而甚之，以为何至于是。及身履其厄，而后知其言之可悲也。

青垞曰：传所云诸士奇，据汤寿潜《舜水遗书·序》云：太冲记两异人，甚至讳朱作诸。然则诸士奇，即遁迹日本之朱之瑜也。张廷枚《姚江诗存》收其诗，作朱之屿。云其诗之邵晋涵题名亦误。据朱氏门人，日本安积觉撰《舜水先生行实》，称日本门人水户侯源光国等，私谥为文恭先生。行实书君名之瑜，字鲁屿，印章亦作楚屿，号舜水。所述舜水生平甚详，见癸丑所刻遗书附录中。《海东逸史》所载舜水先生别传，可见大略，今附列此传后焉。

（据商务印书馆1921年版《虞初支志》）

梁烈妇传

王猷定撰。叙梁以樟妻张氏，在其夫被李闯军俘虏后，焚楼自尽死。其夫后获救而未死。原出《四照堂文集》卷四，《虞初续志》卷二、《旧小说》己集一收录。

论曰：商丘古睢阳地，今人过双庙，每欷歔留连不忍去，以为张许犹生云。越千年而烈妇出，与之比烈。异哉，其邑人言，昏夜尝见白衣人矗楼址间，则烈妇固不死也。予与梁公善，恒述烈妇生平孝敬勤俭，辄呜咽。兹不具论，论其大者。

（据扫叶山房1926年版《虞初续志》）

烈狐传

陈鼎撰。叙一女子在国变后，乱兵欲奸之而自刭死，化为一九尾狐。作者在篇末对狐女的贞节大为赞赏，有隐喻其不与清朝合作之意。《虞初新志》卷十、《旧小说》己集一收录。

外史氏曰：狐，淫兽也，以淫媚人，死于狐者，不知其几矣。乃是狐竟能以节死。呜呼！可与贞白女子争烈矣。

张山来曰：曩于友人处，见小书一帙，皆纪妖狐故事。狐之多情者固不乏，而烈者则未之前闻。今得此文，可为淫兽增光矣。葛翁肯与联姻，亦非寻常可及，狐之以烈报之固宜。

（据康熙间刻本《虞初新志》）

刘淑英传

汪琬撰。叙明遗民江西庐陵女英雄刘淑英，在李自成陷京师时，曾散财招募士卒，欲与驻永新的楚将赵先璧联合，但赵先璧存私心，想纳之为妾，遭刘淑英严词拒绝，后来，所募士卒亦解散，遂"辟一小庵曰莲舫，迎其母归养，诵以终身焉"。《虞初广志》卷二收录。

南村曰：明季多奇女子，淑英其一也。观其拔剑当筵，一军气夺，抑何雄哉！

（据上海光华编辑社1915年版《虞初广志》）

柳夫人小传

徐芳撰。叙柳如是初归钱谦益时浪漫而幸福的生活，及钱谦益卒后柳氏以智取恶少并殉情于钱氏二事。表现了作者对柳如是人格的倾慕。原出《悬榻编》卷三，《虞初新志》卷五、《旧小说》己集一收录。

张山来曰：前半如柳萦花笑，后半如笳响剑鸣，柳夫人可以不死矣。

［据咸丰元年（1851）小嫏嬛山馆藏板《虞初新志》］

柳敬亭传

吴伟业撰。叙著名说书艺人柳敬亭在明末清初时数事,如与张燕筑、沈宪俱于金陵新亭对泣、善于在左(良玉)杜(弘域)、左阮(大铖)、左陈(秀)间排患解纷等。一位纵横士形象跃然纸上。《虞初新志》卷二、《旧小说》己集一收录。

旧史氏曰:予从金陵识柳生。同时有杨生季蘅,故医也,亦客于左,奏摄武昌守,拜为真。左因强柳生以官,笑弗就也。杨今去官,仍故业,在南中亦纵横士,与予善。

张山来曰:戊申之冬,予于金陵友人席间,与柳生同饮。予初不识柳生,询之同侪,或曰此即《梅村集》中所谓柳某者是也,滑稽善谈,风生四座,惜未聆其说稗官家言为恨。今读此传,可以想见其掀髯鼓掌时也。

(据康熙间刻本《虞初新志》)

六君子饮说

李邺嗣撰。六君子者,治肺病之参、苓、耆、甘四主药及橘红、半夏二副药也。作者由治病用药的主次关系引申到治国用人的主次关系,颇有总结明亡教训的意味。原出《杲堂文钞》卷五,《广虞初新志》卷十八收录。

鲁颠传

朱一是撰。叙吴越间奇人鲁颠外貌怪异,行为亦怪异。此盖明亡的悲剧在作者心中投下阴影的表现。《虞初新志》卷五收录。

张山来曰：世人谓颠为颠，吾知颠必以世人为颠，则谓颠非倒卧，而世人为倒卧，亦无不可。

（据康熙间刻本《虞初新志》）

陆忠毅公传

林璐撰。叙明遗民、陆圻弟、浙江钱塘人陆培，在明亡曾多次自杀，第一次其妻止之，第二次客救之，第三次坐大床自缢，从容而卒。《广虞初新志》卷四收录。

林璐曰：公母初娠时，梦神人羽葆鼓吹，从云际直堕入怀，始生公。公少时，丰神英毅，博学擅江右。公文成，四方目之曰西陵体。及登贤书、于太傅忠肃入梦与语，语甚秘，世莫有能解之者。沈君鼎新暴卒而苏，见公与某某方副冥司，如王新建故事。呜呼，忠孝人极也，惟不愧乎人，斯乃可以为神，乌足怪？余故传之，以备修史者采择焉。

［据嘉庆八年（1803）刊本《广虞初新志》］

乱后上家君书

彭孙贻撰。此篇在给家父信中叙及乙酉年（1645）彭家逃难之艰辛、被难之惨烈，实际上亦反映了清廷挥师南渡，对江南地区造成了极大的破坏，字里行间蕴含了浓郁的遗民意识。《虞初续新志》收录。

马吊说

李邺嗣撰。叙京师与吴中在民间流行一种纸牌游戏名曰马吊戏，作者谓之亡国之戏，直指永历时的马吉翔、弘光时的马士英。原出《杲堂文钞》卷五，《广虞初新志》卷一收录。

马伶传

侯方域撰。叙兴化部演员马伶与华林部演员李伶同演《鸣凤记》时，因其饰权相严嵩时失真而遭冷落，于是求作相国顾秉谦门卒三年，注意观察奸相的一言一行，最后终于战胜李伶。此篇明显讥讽明末权奸魏忠贤的党徒顾秉谦之流。原出《壮悔堂文集》卷五，《虞初新志》卷三、《旧小说》已集一收录。

侯方域曰：异哉，马伶之自得师也。夫其以李伶为绝技，无所干求，乃走事某，见某犹之见分宜也。以分宜教分宜，安得不工哉。呜呼！耻其技之不若，而去数千里，为卒三年。倘三年犹不得，即犹不归尔。其志如此，技之工又须问耶？

张山来曰：予素不解弈，不解歌，自恨甚拙，因从学于人，虽不能工，然亦自觉有入门处，乃知艺无学而不成者，观马伶事益信。

（据康熙间刻本《虞初新志》）

卖酒者传

魏禧撰。叙万安县卖酒者郭节善于酿酒致富，又多做善事。一位长者、仁者、智者的形象，跃然纸上。原出《魏叔子文集》卷十七，《虞初新志》卷三、《旧小说》已集一收录。

魏子曰：吾闻卖酒者好博，无事则与其三子终日博。喧争无家人礼，或问之，曰："儿辈嬉，否则博他人家，败吾产矣。"嗟乎，卖酒者匪惟长者，抑亦智士哉。卖酒者姓郭名节，他善事颇众，予闻之欧阳介庵云。

张山来曰：自古异人，多隐于屠沽中，卖酒者时值太平，故以长者名耳。叔子谓匪惟长者，抑亦智士，诚具眼也。

（据康熙间刻本《虞初新志》）

毛女传

陈鼎撰。叙河南嵩县诸生任士宏妻平氏坠崖不死而成毛女，三年后，被同里人张义发现，报之任士宏。任士宏将平氏带回家，重续旧缘。作者在评点此事时，强调平氏应保持自己神仙般的生活，似间接批判那些放弃隐逸生活而仕清者。《虞初新志》卷九、《旧小说》己集一收录。

外史氏曰：神仙可为也。使平氏当饮水时，不呼张义，则凌踔碧虚之上，一死生而无极矣，何至埋身黄壤哉！甚矣，情丝之难割也。

张山来曰：使我为任生，则随毛女入深山中，亦效其饵女贞实，共作仙家眷属，何乐如之。计不出此，何也？

（据康熙间刻本《虞初新志》）

毛太保公传

毛先舒撰。毛文龙为历史上颇有争议的人物，作者在文中重点描写了毛文龙的"四不可解"疏及其被袁崇焕所杀时情景，并对毛文龙被杀寄寓同情之心。原出《小匡文钞》卷四，《广虞初新志》卷十二收录。

闽粤死事偶纪

钱澄之撰。叙明末清初熊纬、杨文荐、严起恒、李元胤等人，因不屈于清军或势利权贵而死于闽粤。原出《藏山阁文存》卷五，《虞初广志》卷二收录。

冥报录

陆圻撰。作于顺治十二年（1655）。此书分上下两卷，上卷九篇，下卷十八篇。多记因果报应事，意在劝善，属志怪小说集。主要版本为康熙间《说铃》本等。

冥报录提要

冥报录　二卷　大学士英廉家藏本

国朝陆圻撰。圻有《新妇谱》，已著录。此编皆记冥途因果之事，意主劝善，其真妄则不可究诘也。

（据康熙间《说铃》本附录）

明语林

吴肃公撰。此书成书于康熙元年（1662），刊刻于康熙二十年（1681）。此书仿《何氏语林》分为38门，专记明人事，计有900余条，涉及人物600以上，凡名臣巨儒、单门介士悉数收入，可谓有明一代人物轶事的百科全书。其不足亦显而易见，如各条均未标明出处，某些人物出现交叉分类等。主要版本有光绪十年（1884）、宣统元年（1909）《碧琳琅馆丛书》本、民国间《芋园丛书》本等。

明语林序[①]

予弱冠膺世乱，耽读明史，家贫不能置书，逢人丐贷。叔父季埜先生又尝教以史学，谬不自揆，思有所载纪，以备一代之遗，雅不欲编蒲

[①] 学界多认为《碧琳琅馆丛书》本《自序》多错漏，故今人整理本《明语林·序》多采用《街南文集》卷九中之《明语林序》，如陆林校点《明语林》（黄山书社1996年版）。笔者将二种序均录于此，便于学界参考比较。

缉柳为能事也。披览之下，会有赏心，间删润而札识之，拟汇为《语林》一书，以续何氏之后。然志不在焉，或录或遗，未有成编也。既丧乱穷饿，曩者纪载百无一存，即所识为《语林》者，零落笥中且二十余年，毁蚀听之已耳。新安友人吴仲乔及其弟与可见而慨然，欲授之剞氏，予迟回不欲也。以其中不无纰陋，四方博雅无从考核，而向所采诸书籍已经放散，即缺略何由补、讹谬何由勘哉？仲乔、与可曰："先生固有言矣，义庆之后患无孝标，元朗之后不有元美乎？蒲柳之缉，亦庸独非史学所存耶？"嗟夫！自予叔父之殁二十余年，予学益孤，气益困，往者纪载之役，徒为虚愿，而戋戋是编，艺林之琐缀，顾反足以存，何异舍函牛之鼎而计酸咸于饾饤乎？不忍付之毁蚀，聊以塞仲乔、与可之意。抑有嗛者，时易代更，风会各别，嘉言懿迹，今之与古不相侔矣，何而不及革也已？辛酉秋日，晴岩吴肃公自题。

有意明史，而为时与力所绌，仅以此书为艺林脍炙，非所屑也。篇中感慨，当于言外得之。梅圣占。

[据康熙二十八年（1689）贞隐堂藏板《街南文集》卷九]

自 序

予弱冠耽读明书，逢人丐贷，谬不自揆，思有所撰著，以备一代之遗，雅不欲编蒲葺柳为戋戋也。披览之下，会有赏心，间标识而札记之，拟为《语林》一书，稍稍成帙矣。然亦或录或遗，既穷饿颓废，曩昔之志，百无一成，即兹编卧簏中二十余年，业已毁蚀听之。新安友人仲乔与可见而慨焉，欲授剞劂，予迟回久之，以贫笥枵肠，挂一漏万，而又蛙守里巷，四方博雅，无从校核，况向所采诸籍，已经放散，即缺略何由补、讹谬何由勘哉？仲乔与可曰："先生固有言矣，义庆之后，患无孝标，元朗之后，患无元美乎？蒲柳之葺，庸知非史学所存耶？"乃予窃自笑往者撰著之为虚愿，而戋戋者犹有足存乎？夫家无二酉之藏，居无同志之友，即才智企古人而轻言纂辑，盖难之矣，况以余之庸庸闒劣者乎？抑是编也，尤有嗛者，时易势殊，风会各别，嘉言懿迹，有古今不相侔者，何妨更置门汇，而斤斤局已成之目为哉？然而不及革矣。又官字谥号，无定例也，随所记忆，补署其名，大书分注，先后互异，总以贫不能副墨，仓卒录板，未暇画一云。

辛酉秋日，晴岩氏肃公题。

[据光绪十年（1884）《碧琳琅馆丛书》本]

明语林凡例

刘氏《世说》，事取高超，言求简远。盖典午之流风，清谈之故习，书固宜然。至有明之世，迥异前轨，文献攸归，取征后代，兹所采摭，可用效颦，亦使后人考风，不独词林博雅。

刘氏、何氏皆首四科，然征文述事，则脍炙之助多，劝惩之义少。门汇已铨，无庸更定，优者不惮广收，劣者惟取备戒，简赜不侔，或相什伯，盖亦善长恶短之义。如任诞、简傲，世每不察，举为雅谈，郑、卫不删，观者宜辨。

狂士竹林，希踪于沂浴；荒主宸居，托韵于玄风。君子固已致叹。乃若辅嗣、平叔，蔚为《庄》《易》之宗；支遁、法深，高标梵、竺之户。闻木樨香而谬谓无隐之指悟，服五石散而幸发开朗之神明。异说诡趋，讹种眩道。吾徒著述，曷敢不慎？

《世说》清新，词多创获，虽属临川雅构，半庀原史隽材。明书冗蔓，几等秽冢，若《名世汇苑》《玉堂丛语》《见闻录》等书，踵袭谱状，殊失体裁。兹所修葺，略任愚衷，虽不尽雅驯，亦去太甚。

《晋书》诡璨，半类俳谐，刘知几氏谓非实录，《唐艺文志》列之说家，即《新语》不无遗议。予兹所采，名集碑版，要于信能羽翼。若野史互纷，不免毁誉任臆，是非任目，或好誉而诞，或溢美而诬，讹谬参稽，疑误必缺。

明史诸书，取资治理，伟略虽详，而节善无取，朝臣悉载，而幽士难收。是编实史籍馀珍，门径稍宽，尺度殊短，即事优而冗，难以悉入。理言韵致，代不数人，人不数端，见闻寡陋，多所挂遗，以俟后人折衷，有如元美之于元朗，鄙人滋幸。

名臣巨儒，多称爵谥；单门介士，直举姓名。履历不能具详，系里因文偶见。至异同疏解，代年先后，俱未遑及。愧予非义庆，庸患世无孝标。

康熙壬寅，吴肃公识。

[据光绪十年（1884）《碧琳琅馆丛书》本]

明语林提要

明语林　十四卷　安徽巡抚采进本

国朝吴肃公撰。肃公有《读礼闻》，已著录。是书凡三十七类，皆用《世说新语》旧目，其德行、言语、方正、雅量、识鉴、容止、俳调七类，又各有补遗。数条体格亦摹《世说》，然分类多涉混淆，若夙慧类载杨东里母改适罗理，东里从往，时方六岁，尝私磨砖土如主式，祀其三世，罗为之感泣，此至行也，与德行类所载刘谨六岁时事正相类。然刘入德行，而杨入夙慧，事同例异，莫知所从，所载亦多挂漏。

[据光绪十年（1884）《碧琳琅馆丛书》本附录]

南渡三疑案

钱澄之撰。叙弘光时僧大悲、童妃、伪太子三案，并得出不同凡响的结论："大悲本末不可知，而决为中州之郡主也。童氏出身不可考，而决为德晶王之故妃也。少年之为东宫不可信，而信其决不为王之明也。"原出《藏山阁文存》卷六，《虞初广志》卷二收录。

南吴旧话录

李延昰撰。成书于顺治初年。此书有二卷本、六卷本和二十四卷本，其中二十四卷本仿"世说体"，专记有明一代松江地区的文人轶事，教化色彩较为浓厚，如"孝友"门、"闺彦"门等，但也反映了倭寇骚扰松江及东南沿海地区时的暴行，以及人们强烈的抗倭民族精神。最早版本有嘉庆二十二年（1817）张应时校刊本、民国四年（1915）铅印本、谢国桢藏抄本等。

南吴旧话录序

　　光绪乙未，予守开封，荷泽徐幼稚、太史继孺视学河南，好古嗜学，深相契洽。太史为商邱宋氏之戚，得兰挥先生所藏《南吴旧话》一书廿四卷，精抄完善，未刻稿本。虽所记只松江一郡文献，而嘉言懿行，皆足为后世矜式，有益人心世道之书也。是书为李辰山高士所著。高士讳彦贞，字我生，后更名延昰，字辰山。书但题西园老人口授，后序又缺其尾，不能征实。甲寅夏，经顾君寿人征之陈子庄《庸闲斋笔记》，乃始了然，并知原藏之朱氏。予假之太史，欲为梓行，计已假工清写。特以风尘奔走，世事多艰，卒无暇校对，以卒斯业，庋篋中者二十余年矣。中间猝遭庚子之变，遂与太史久不通音问。壬寅，予代匦宁藩，陈蓉曙太守往摄松江，属其访询此书有无刻本。既蓉曙复予，松人无知者，传有《南湖旧话》二册，钞以寄予，实是一书。但多寡殊而称名异，二册中为是书所不载者三则。按南湖即嘉兴之鸳湖，地原隔省，为吴之误，可以臆决。应将三则附录于后，方为全璧。予以会办电政，住沪三年，松江地也，与心尤有关。念及辛亥解镇归来，老病侵寻，遂不能重为收拾。奉贤阮子衡部参，邮传旧雨也，相遇于津沽，谈及此事。子衡言有松郡同乡耿君者，喜刻传古籍，予晚其与耿君商之，图成其事。甲寅，子衡复来津，言雷君谱桐、耿君伯齐、胡君端臣，愿同毕此业。其校未竟者，又浼寿人重加丹铅，并补其目录及朱氏塔铭，与陈子庄《庸闲斋笔记》，及金莲生鸿佺七古一篇、《檇李诗系》一则，附于卷末，寄往淞滨。从此二十年未竟之事，一旦愿偿，快何如也。《广阳杂记》云："苏州，东吴也；润州，中吴也；湖州，西吴也。"见《地理图指掌》，不著南吴之地。松、娄，苏之东南，其称南吴也允宜。按董阆石《三冈识略·云间著述》一则云："本朝以来，吾郡著书者绝少，以予目之，所见则顾贡生开雍有《滇南纪事》一卷，王贡生澐有《纪游草》四卷，宋副宪征舆有《金刚经注解》三卷、《东村纪事》一卷，卢先生元昌有《分国左传》十六卷、《杜诗阐》三十四卷，诸进士嗣郢有

《九峰志》十卷，范文学彤弧有《绣江集》二卷，林贡生子卿《通鉴本末》一百卷，许观察缵曾有《日南杂记》二卷。予亦有《三冈识略》十卷、《盍簪感逝录》二卷，未识将来得附于诸君子之末否也。"云云。独未胪及此书，亦可见为未传秘本矣。中间有娄县人章君士荃者，官外务部，介予同乡长山王厚轩来借钞，因书未随身，未能付与。章君爱惜乡先辈手泽，其志不可没也。闻章君已殁，因并缀于后，以略存此书可宝藏之源委尔。

甲寅夏仲，无棣吴重熹识。

[据民国四年（1915）铅印本]

南吴旧话录跋语

右《南吴旧话录》二十四卷，向无刊本。甲寅秋，海丰吴公仲怿将写本寄视，嘱付剞劂，以广流传。惟近今风气盛行，石印铅板，手民难得，锓刻需时。爰与同人集议，并商之吴公，定用铅字排印，取其费廉而工速，然终以未能付梓为憾。书中如"常"作"尝"，"由"作"繇"，"检"作"简"，均避明代讳，兹仍其旧，以成作者之志。其援引他书，有文字不全，无从考证者，则注"原阙"字样，或用"口"以别之，未敢妄为增窜。校勘数过焉，乌虚虎仍虑不免，幸博雅君子有以纠正之。倘他日寿之梨枣，以副吴公表扬是书之美意，尤同人所大愿也。乙卯夏五，青浦胡祖谦。

古华耿道冲、古华雷补同、奉贤阮惟和仝校并识。

[据民国四年（1915）铅印本]

南吴旧话录跋

谢国桢

一九五八年二月，余将由津门返京，偶游天祥市场书肆，见有旧钞本《南湖旧话录》及明刻都穆《使西日记》有黄丕烈印，以索价过昂，乃购得是书。是书毛装未剪裁本，为海丰吴式芬据商邱宋氏旧藏抄本移录，分为上、下卷而增补前后共四十四则。后有铅印本，即据此本以付印者也。原书题曰《南湖旧话录》。嘉兴鸳湖，一名南湖，而此则专记松江、上海乡贤遗事，故应名为南吴也。题赵郡西园老人口授、孙尚絧补撰、七世孙汉征引释。西园老人为李延昰，据《松江府志》云："延昰字辰山，上海人，初名彦贞，字我生。师事同郡举人徐孚远，为其高第弟子，尝从孚远入浙闽，后隐于医，居平湖佑圣院中为道士。其卒也，以书籍二千五百卷赠秀水朱彝尊。彝尊为志其墓、叙次详尽。著有《放鹇亭集》《南吴旧话录》。"余昔年游平湖，观书于葛氏传朴堂，见有《放鹇亭集》旧钞本。日寇南侵，平湖被兵，其书不知流落何所矣。

是书仿《世说新语》体，杂记有明一代淞南名人、遗闻轶事。当夫明季野史稗说仿《世说》体者，若李绍文《皇明世说新语》、王晫《今世说》，率多撷拾陈言韵语，近于标榜之风。此书杂记琐闻遗事，犹可见明季淞南社会风俗，而于明末抗节之士，尤为致意，可以见其坚贞之风。其七世孙汉征，引证群书作为注释，极为详核。刻本分别孝友、俭素、恬退等类。此则不分类别，随手札记，读之可以引人入胜，较局于一隅分类者为善。如记松江之产布，上缴政府，统治者勒索无厌，致引起地方布解之苦。同此以产布之故，松江富室张秉素以漂染起家者，即当时之染坊也。江南大族，依托豪门，造作家谱，以势凌人。霸占民产，欺诈小民。当时无耻文人若袁铉辈专以造祖谱为业，此可见明清时代江南之陋习，经久而不能改者。

至记李待问之抗守松江，壮烈牺牲，余曾藏有待问手写《湖上送春》七律一首，诗字俱佳。范濂著《云间据目抄》记松江社会风俗、丑诋豪门缙绅，为当时权贵厌憎之。是书记濂字叔子，愤嫉薄俗，弃博士弟子籍，服山人服入佘山，隐居以终，均可作淞南之掌故。读是书，亦可见著者纂述之旨矣。

(据上海古籍出版社1985年影印本)

女世说

李清撰。文言小说集。四卷三十一门。成书于康熙十五年（1676）。

此书仿世说体，专门搜罗上古至明代之名媛佳妇事，盖有扬古贬今之意。主要版本有道光五年（1825）经义斋刻本、国家图书馆藏清刻本等。

陆敏树序

渡江以来，谢香山柳岸，吊昭阳墓田，河流汤汤，岚烟又杳，裴回偃蹇，形同寡鹤矣。因念映碧师萃万帙缥缃，葳蕤既龣，曷亐展舒，以裹余枵腹，乃巍堂叠笥，应笑茂先为寒涩乞儿也。余窃自意，如师辈者，虹腰象服，声炎唾焰，不难于聚，难于聚而能读，恐神仙多窟，只养成蠹鱼为脉望。而所积之书，巨或千卷，细或两纸，自四部以暨稗官方术，丹光翠艳，箧无遗篇，篇无漏墨。余复自讶，不日涛泛长淮，村墟为壑，师自三垤返邑城，袁关昼扃，称剌蔑通，余犹得以弟子列，时侍燕笑。因出所著述，为《史论诸篇》，为《南唐书》，为《二十一史新异录》，为《古今不知姓名录》，为《女世说》，皆吾师数年来纸孱笔颓、疏记成书者也。予请曰：“古人著书立言，必求关切者，留意史论，抉微阐谬，晰异鉴同。凡抱经济材，与有心当世，如弇州、天如诸先生皆为之。至南唐有陆游、马令两书，并行于世，务观不尽同，元康颇有异，殊惑观者见闻。兹则广征严核，加以诠疏，如裴松之之注《三国》，亦一国鸿宝也。若二十一史，今人自《史》《汉》外，罕涉他书，又或有不识《史》《汉》为何物者，更何论全书？兹则标新组异，勒成数十卷，使茹蔬啖粟者，亦饫禁脔，为功匪细。而余犹有议焉者，恐肤箧书生，窃猎一二隐僻事，遂侈口傲人，以为读尽二十一史，此其荂心骄跱，实自吾师启之。时至今日，瑰节琦行，暨险夫壬人，或姓名湮没不传，或为人吐弃不载者多矣，不知《姓名》一书，为有所感欤？《女世说》韵矣，艳矣，临川帝子，半豹曾窥，成纪谪仙，全龙始缋，巧心睿发矣，独奈何以大英雄笔舌，为儿女子作缘邪？忆当日蛾贼满山，狼烟未息，师则藤笺两启，以表章颖、宋二公，作战士气也。迄北帝弓遗，南朝鼎继，师则胪陈靖难惨死诸臣，幽芬劲干，作忠义气也。今或者独以天下诸儿女子为可教，故辑为是编，以告天下女子，曰：为德媛者必若是，为才媛者必若是，宜为才媛、德媛而不得为淫险妒戾者，宜鉴于是乎？"师曰："否，否。予方为处子，何暇教天下之为妇者？予以继伯父维凝先生志也，子先弁而行之。"

钱唐门人陆敏树拜题。

（据国家图书馆藏清刻本）

女世说自序

《女世说》何为乎辑也？盖追述予亡伯维凝先生讳长敷言，故辑也。亡伯之言曰："予有《世说》癖，所惜'贤媛'一则，未饫人食指耳。行以《女世说》续，会不禄，志遂废。"嚱！独其言在耳。夫以廿余龄陈言，而予独忾若闻声，为祖其志以成书，何也？予幼倾乾荫，计半生中我顾我诲者，惟予伯耳。夫人生有两苦，母亡而不遇后母慈，与父亡而不遇伯与叔贤，均苦也。然为后母难，为无父子之伯与叔亦难。吾抚前子与犹子而不吾子，则疑私；吾抚前子与犹子而仅及吾子，则疑强；吾抚前子与犹子而反过吾子，则又疑矫。故为伯与叔之难也，与后母等。然为后母犹易，为伯与叔尤难。后母名母，故可以母道直行，或煦妪示爱，或督责示劳，行吾意而已。若为伯与叔者，虽以父道行，而不专父名。若煦妪过，则云禽犊视耳；若督责过，则云牛马策耳。夫爱与劳并用，而有时不得直行，此伯与叔所以尤难也。然则果难乎？皆其真不足感耳，若予伯则否。犹记岁辛酉，与予同举于乡，然感咽多于忭跃，真乎？伪乎？迨予荏苒十载，方奏南宫捷，初闻捷，忽泣数行下，谓予伯安在昔并捷，今孤捷耶？一时恸伯之过，反不觉先于恸父。夫先伯而后父，真乎？伪乎？曰真，则皆予伯之真，有以感之也。然犹私心妄揣，谓凡为人伯者，或尽如是真耳。及行年五十，阅历日广，问如予孤者世不乏也，如予伯者几？忧疾何殊，独酣第五之寝；正教虽挚，不代淳于之棰。比儿非儿，滔滔皆是。乃始慨然太息，追眷予伯恩深，而叹吾辈之食生德而不觉，系没思而已晚者，为可痛也。予常读《张齐贤传》，谓仲兄昭度曾授《齐贤经》，及卒，表赠光禄寺丞。予格于例，虽有伯弗敢请也。伯子予而予不能父伯，则恨一。又读《扈铎传》，谓少育于伯，及伯亡遗腹生一男，铎常自抱持，与同卧起，十年不少怠。予别于居，虽有弟弗能亲也。伯子予而予不能弟弟，则恨二。乃仅举曩者寥萧数言，文次成书，以刊示海内，曰予厚伯。呜呼薄哉！虽然，以予伯亡逾廿龄，讵止墓木已拱，而犹令为之犹子者慨想眷顾，奉遗言如新，作《史记》之子长已掩父笔，而辑《女世说》之予终不忍没伯志。问何以致此，吾愿为人犹子者思之，亦并愿为人伯与叔者思之也。

昭阳李清心水甫题。

（据国家图书馆藏清刻本）

女世说凡例

一、廿一史中或见本传，或散见各传，俱采撷无遗，丛者芟之，以资雅观。

一、廿一史外，如《旧唐书》、陆、马二《南唐书》皆摘入，此外一切霸史可参正史者并采。

一、稗官野记，隽永可讽者俱入，然不过十之四五，恐以芜秽滋诮也。

一、节义一项，不能尽录，惟义生于情，以委婉行其激烈者方入。

一、庄语艳词与韵语无涉，俱不尽录，惟慧同言鸟、令人颐解者量入。

一、妇女佳言，寥寥跫音，故间采及诗词。然必有事可录，如唐人《本事诗》之类，则采无事者，不采采者，亦摘句嗟赏，恐类女诗选，故割爱也。

一、感幽一则，近于诡诞，故《搜神记》《酉阳杂俎》等书，概削弗采。今除正史外，惟《世说》《本事诗》《鹤林玉露》、宋人诗话、《虞初志》之类，稍近雅实，量摘之。

一、所采诸书外，或有遗者，俟续集补。

（据国家图书馆藏清刻本）

女兄文玉传

李邺嗣撰。叙作者姊李文玉性至孝、夫死誓不再嫁、与作者姊弟情深,在她42岁时削发为尼。作者由文玉誓死不嫁二姓,抨击那些降清者"义不及女子矣"。原出《杲堂文钞》卷四,《广虞初新志》卷二十六收录。

杲堂曰:某少时见姐悲号,而夫尸行于江,壹何奇也。及其毁体发阳狂,复为喑三年,以自厉其苦节,示不可夺,此诚古人所甚难者也。彼为人臣,主亡而事二姓,斯义不及女子矣。

[据嘉庆八年(1803)刊本《广虞初新志》]

诺皋广志

徐芳撰。志怪小说集,计44篇。成书不早于康熙三年(1664)。原出《悬榻编》。书中杂记当时奇闻逸事,且多有寓意,或讽喻现实,或号召抗清,或宣扬忠义,或惩诫恶人。书中多篇为《虞初新志》、《旧小说》己集一等所选录。主要版本有康熙间楞华阁刻本、《昭代丛书》本。

诺皋广志跋

愚山子《诺皋广志》,踵段志之名而作,其中皆罗列可喜可愕之事,足以新人耳目,而末缀议论,更复旁见侧出,迥不犹人,惟侈谈因果,辞不雅驯者尚多,为微嫌耳。诺皋出《抱朴子》,本六甲神名,《西溪丛话》引《左传》巫皋事以驳晁氏,恐其不然。

乙未秋日,震泽杨复吉识。

(据世楷堂藏板《昭代丛书》本)

彭夫人家传

魏禧撰。叙彭公夫人王氏智量过人为主，兼及其行孝等事。原出《魏叔子文集》卷十七，《虞初续志》卷四、《旧小说》己集一收录。

魏禧曰：余读《左氏传》，楚夫人邓曼多识略，虽贤豪士何以加！夫人固邓产，其智量何其相似也！甲申闻变，不食，投江几死，又过人远矣。

陈椒峰曰：逐段散叙，若不相属，如秋山数点，出于云际，而字字生致，无一语粘滞处，逼真史迁矣。

（据扫叶山房1926年版《虞初续志》）

奇女子传

徐芳撰。作于清顺治十一年（1654）。叙丰城杨氏嫁李氏子为妇，战乱中为小校王某掠得，数年后，杨氏设计回到故夫身边。作者赞扬杨氏不忘故夫，盖表达自己不忘故明之意。原出《悬榻编》卷三，《虞初新志》卷七、《旧小说》己集一收录。

论曰：《易》有之："妇人之义，从一而终。"邮亭之妇，以引腕小嫌，举刀自断其臂；其肯隐忍驱掠，为厮养生子乎？女行如此，节不足称矣。然人之情，于近则昵之，所远则益疏而掷之。妇巾帼婉弱，异地飘堕，以数千里雨绝星分，势无回合；乃能谲谋幻出，骅耳豢槛之中，扬翮绦笼之外，弄愚妇如转丸，剪凶雏若折朽，其深智沉勇，有壮男子不办者矣！彼台柳之假手虞候，乐昌之乞怜半镜，奄奄气色，视此孰多乎？女子如此，不谓之奇不可也。往盱郡之变，里中有长年，为卒爇驾一舟，舟所载掠得妇十数人，膏首袨服，笑语吃吃，无有几微惨悴见颜面者。长年退而叹息。而某村少妇归一弁，夫闻，百计营入，以重金求赎。妇见夫，瞠目曰："此非吾夫！"夫骇走，几于不免。盖情迁腹变，其甚者又如此矣！且天下之得新捐故，仇其夫不肯一顾者岂少乎？抑如柳先生所传河间妇者，自昔已如是耶？

或曰："女子不忘夫，是矣。而舍其子，无乃忍乎？"东海生曰：此所以奇也。非是子无以信其妻，而故夫不可见矣。厮养之子，奚子也。世之不能为女子者，皆其不能舍者也。女子之以金珠艳其妻，想奇；巾帼而介胄，胆奇；夜醉馘两健儿，手奇；抵家不遽识夫，踞而骇之，而后哭之，始终结撰，亦无不奇。然尤更奇于舍其子。夫惟其能舍，斯所以能取也与？

张山来曰：拙庵之论备矣。尤妙在小校从军去后，始露其谋。设非然者，则小校必偕之而行矣。

（据康熙间刻本《虞初新志》）

蕲尉杨公存吾传

毛先舒撰。叙作者姑丈钱塘人杨存吾，崇祯末年在蕲春抗击张献忠军而被"斫胸而死"，而其子杨大任则潜伏于张献忠军，伺机杀死身边士兵而得以逃脱。《广虞初新志》卷三十七收录。

论曰：余姑氏适杨尉，而顾从事则妇翁也。两公皆卑秩，其抗节不辱，若出一辙，何哉？《春秋》为亲者讳，矧亲而贤也。忠孝之大，能不踔厉发扬，以之风世者乎？余是以为之合传焉。

［据嘉庆八年（1803）刊本《广虞初新志》］

乞者王翁传

徐芳撰。叙乞丐王翁拾金不昧而后发达事。作者褒扬王翁的仁、智、廉，挞伐那些读书明礼义者的不良品质。原出《悬榻编》卷三，《虞初新志》卷五、《旧小说》己集一收录。

噫！一乞人得金环值数十金，可以饱矣，返之奚为哉？愚山子曰：翁非特廉也，仁且智也：其不取非有，廉也；逆计主妇之重责环，环急且死，而候其出救之，以白其枉而脱其祸，仁也；救环得环，而免于乞，知也。使翁匿环而往，十数金止矣，卒岁之奉耳，视此所得孰多乎？方其逡巡户外时，岂尝计及此哉？而报随之，谓天之无心，又安可也？今之读书明礼义，据地豪盛，长喙铦距，择弱肉而食之，至于冤楚死丧，宛转当前而不顾者，盖有之矣。况彼遗而我遇，取之自然者乎？吾故不敢鄙夷于乞而直翁之。夫乞而贤，即翁之可也。

或曰：王氏，大姓也，而其祖贫至于乞，此其子孙之所深讳，而子暴之，无乃不可乎？

愚山子曰：不然！人惟其行之可传而名，亦惟其品之可尊而贵。名与贵不关其所遭，关其人之贤、不肖也。若翁之所行，是古之大贤，王氏子孙当世世师之，又奚讳乎？师其廉仁且智者，以穷则守身，而达则善世，何行之弗成焉？乞宁足讳也？彼行之不道，虽荣显贵势，若操、惇、莽、卞、杞、桧之流，乃真乞人之所不为，而其子孙所羞以为祖父者！

张山来曰：东坡有言："上可以陪玉皇大帝，下可以陪卑田院乞儿。"然则可以陪乞儿者，皆足以陪玉帝者也。盖乞人一种，非至愚无用之流，即具大慈悲而有守者，不屑为倡优隶卒，不肯为机械以攫人财，不得不出于行乞之一途耳。至王翁之高行，则又为此中翘楚矣。

（据康熙间刻本《虞初新志》）

钱烈女墓志铭

王猷定撰。作于顺治二年（弘光元年，1645）左右。叙钱烈妇在清军攻破扬州城后，多次自杀，终死。《四照堂文集》卷五、《旧小说》己集一收录。

钱塘于生三世事记

陈玉璂撰。叙钱塘于生三世事。于生一世为豕，二世为蟒蛇，三世为人。小说情节寓有轮回果报之旨，但这种因果轮回观念在明清之际者的笔下，则将其赋予了更多的遗民意识色彩，也就是对那些"乱臣贼子"表达了痛恨之情。《虞初新志》卷十一、《旧小说》己集一收录。

陈子曰：轮回果报，为浮屠家说，予不乐道。阅《太平广记》诸书，载此类甚多，亦不之信。今九来亲得之其友，可无疑。嗟乎！物类以不嗜杀而得为人，人嗜杀将不得复为人，亦理有必然者。金坛某巨公死，距百里许，农家适产牛，见腹下殊毛，若书某公姓名。众骇语，闻其子，鬻归，闭之别室，以终其年。予闻之巨公姻党，亦无足疑。夫天下之为乱臣贼子者多矣，岂能尽执其人而刀锯鼎烹之？故往往有逃于法者。苟非有冥报，使计穷力竭，贿赂无所施，干请无所用，人亦何惮而不为乱臣贼子。故冥报者，所以济国法之穷也。吾友魏冰叔作《地狱论》，其说实有裨于世道人心，当书此文质之。

张山来曰：余曾作《轮回说》，谓人为异类，世苟不知，便不足以为戒，故必毛上成字方可耳。

（据康熙间刻本《虞初新志》）

樵　书

来集之撰。《虞初新志》卷十一选有三则，首则叙樵川吴生善请仙事，次则叙山阴袁显裹乩仙事，末则叙贵州番民閟术事。《旧小说》己集一节录一则。

张山来曰：淫其妇而仅易其足，可谓罪重而罚轻矣。

（据康熙间刻本《虞初新志》）

青门老圃传

邵长蘅撰。作者以青门老圃自况，表达自己隐居恬淡、颓然自放、刻苦为文以期不朽的志趣。原出自《邵子湘全集·青门麓稿》卷十五，《旧小说》已集一收录。

邱维屏传

魏禧撰。叙作者姊夫邱维屏为人高简率穆，以细节描写见长。原出自《魏叔子文集》卷十七，《荟蕞编》卷三、《旧小说》已集一收录。

髯樵传

顾彩撰。小说主要选取明季吴县髯樵者的几个生活侧面进行了描写，如贱值售薪、疾恶如仇、数落王灵官、为人解困、不做李自成臣民等。通过这些侧面的描写，作者更多地强调髯樵者的"义"，在一定程度上表现了作者的遗民心态。《虞初新志》卷八、《旧小说》已集一收录。

顾子曰：义哉，髯也！见义必为，矢志不屈，求之士人中，亦几几难之，况樵子乎？髯无姓名，吾师吴颂筠曾为立传，传未悉，予又询之朱子僧臣，所言如此，良不妄矣。彼附势利忘君亲者，观髯梗概，亦可以知所傲乎？

张山来曰：观剧忿怒杀人，所闻者非止一事。此樵奇处，在后数段，劫邹女尤见作用。至自投具区以死，真可谓得其所矣。

（据康熙间刻本《虞初新志》）

髯侠传

贺贻孙撰。叙一髯侠勇力过人，救人不图回报，但在明末却报国无门，被迫入山隐逸。原出自《水田居士集》卷四，《荟蕞编》卷二收录。

汝州从事顾翊明公传

毛先舒撰。叙作者岳父钱塘人顾翊明，崇祯末年在汝州抗击李自成军而被俘杀，其子为报父仇亦卒。《广虞初新志》卷三十七收录。

论曰：流寇之为祸酷矣。所至隳名城，戮豪俊，以丞相赐剑专征，未易驱灭，况公乎？公一小吏，改官踽戚以去，全躯保妻子，无足讪者。乃抗节不顾身，与城俱亡，虽谓死社稷臣，蔑加焉。公女为余妇，常言国刲股以疗大母，自秘无有知者。然卒以身殉父难，孝而烈哉。

[据嘉庆八年（1803）刊本《广虞初新志》]

三侬赘人广自序

汪价撰。此篇为近万言的自传体小说，由45则片断组成，它们或以时间为序，或以内在联系为纽带，描述了自己的成长过程及兴趣好爱。自叙风格颇类关汉卿《一枝花·不伏老》。《虞初新志》卷二十收录。

张山来曰：文近万言，读之不厌其长，惟恐其尽，允称妙构。○予素不识三侬，而令嗣柱东曾通缟纻，因索种种奇书，尚未惠读，不知何日方慰予怀也。

（据康熙间刻本《虞初新志》）

桑山人传

毛奇龄撰。叙明遗民汴梁秀才许澄，在崇祯时献"剿贼"策于杨嗣昌而不纳，后又与东平侯刘泽清不合而辞去。入清后，同里怨家两度向清军告发，被迫出走，并更名为桑山人。作者在字里行间表现桑山人不屈的民族气节。原出自《西河集》卷七十九，《虞初新志》卷十三收录。

张山来曰：此等道士，我恨不得遇之。

（据康熙间刻本《虞初新志》）

山阳录

陈贞慧撰。文言小说集。创作时间不早于顺治五年（1648）。作者取"山阳邻笛"之意，为23位故去的家人友朋作传，表达深切眷念之情。《昭代丛书》戊集卷十八、《丛书集成续编》第二十八册、《常州先哲遗书》《说库》等均有收录。

山阳录叙

幼时披《梁太子选》，至《思旧赋》，叹其文不副题，惟揭取"日薄虞渊"二语寄痛尔。迩来怆怳，实盈万族。溯总角至今，所事大君子，笋簾蟏网，讲堂鼯尘，孤篷幽壑，触绪兴感。展《山阳录》，定生志人，余请志地。定生画界于乙酉，余更补厥前后，则有如泖上之兼推《戏鸿》。竺坞之偕甥及子，过观海坊而再见荆蒿。入传是院而恍聆磬铎，因清惠而追文介，缘石斋而怀石仓。娥江斧划，谁勒幼妇于绝粒数公；昆山垒枯，徒泣掘鼠于婴城一旅。兀坐恍恍，冀若君家少保，再脱犳章，出都时不可得。矧溯与先尚宝握手长桥，击节长公孙，谋先生制义时哉！予已薙染，讵复留恋。然枯木倚寒崖，转使老婆舌嘲俗汉。无已，姑举古德语、麒麟客语参之。既云尽大地是老僧一只眼，又云倾四大海水未足喻多生眼泪。具是解者，坐照雪涕，勿复作歧观可也。

同郡年通家社衲米题。

（据世楷堂藏板《昭代丛书》）

山阳录赞语

五先生赞

秋八月，瑟居闲处，念生平所师事父执者，多化为箕尾山河矣。梁木其萎，则吾将安仰？不揣不文，得五先生所与畴昔者，各为赞述，聊附仰止不谖云尔。其炳炳大节，当载国史，慧亦何容置喙其间？先君子同心，多海内巨公，逆珰忠贤摧折未尽者，见于《甲申》《乙酉》，别有论次。其慧未亲炙，或亲炙而灵光岿然者，俱不敢及。

陈征君眉公先生继儒

赞曰：绿瞳秋水，人以为仙；虬梅伛偻，人以为禅。先生殆移我情矣。噫！其在成连海水之间。

文相国湛持先生震孟

赞曰：方先生之为孝廉也，以天下为己任，而志轸于安危。先生之为相国也，麋裘两月，而望着乎华彝。余犹获见其人也，盖霞姿伟干丰下而剑眉。

张清惠公二无先生玮

赞曰：其貌瘦而古，其人朴而古，其于慧交也，淡而古。犹忆己卯之岁，客窗除夕，先生流连慰藉，不啻家人骨肉焉。古之人！古之人！嗟乎！张先生。

黄学士石斋先生道周

赞曰：在天为日星，在地为河岳，在唐颜真卿，在明方正学。君实之，蹈海自沉。天耶！人耶！武侯鞠躬尽瘁，不愧不怍。

华吏部凤超先生允诚

赞曰：为须贾发，范雎撆之；为荆轲发，白衣泣之。为彼都人士之如蛋耶？为卢蒲嫳之心长耶？终不如先生之种种者，为张睢阳齿，而为颜常山舌。

乙酉四君子赞

乙酉，志变也。四君子，何贤也？死也，死以乙酉也。前乎此者，有矣；后乎此者，有矣。即以死，即以贤，曷为四君子？曰：江以南也，且于予有缟纻雅焉，作《乙酉四君子赞》。

侯银台峒曾

赞曰：月黑城愁，夜寒军死，碧血千年。辣哉！父子。

徐宫詹汧

赞曰：具区千顷，正气所钟，金幢绛节，海市鲛宫。

夏吏部允彝

赞曰：生存华屋，视死如归。萧萧易水，寒风送之。

黄进士淳耀

赞曰：白日悲风，人生实难。田光一死，以报燕丹。

十子篇

十子者，皆江之上下声相接也。数年间，或死于感愤，或死于兵火，或死于国贼，或死于节义。死皆有足念者，又皆陈子金石契也。因约略其生平，而为之小赞，满目山阳，聊以寄子中郎虎贲之思而已。不书地者，十子固天下士也。其学同，其道同，其志同。生平多兄事弟畜者，先后以齿。戊子中秋前一日。

吴贡士应箕

赞曰：郢人运斤，伯牙流水。乾坤历历，何限馀子。

杨解元廷枢

赞曰：维斗穆穆，邦家之光。洞庭莫鳘，山高水长。

钱太学禧

赞曰：吉士无聊，乃逃之酒。其或骂人，骂亦不朽。

雷副宪演祚

赞曰：为夏侯色，为中散琴。呜呼！介公终伤我心。

周仪部镳

赞曰：茅峰铁笛，鹿迹琴丝。死而不死，终古如斯。

麻文学三衡

赞曰：聂政屠肠，渐离瞦目。野水残桥，千秋犹哭。

梅茂才朗中

赞曰：画苑诗名，襄阳摩诘。惜哉斯人，曾不四十。

陈给谏子龙

赞曰：夜月要离，春风李白。酒市谪仙，吴宫侠骨。

顾太学杲

赞曰：子方岳岳，不可一世。太湖千顷，中有雄鬼。

卢进士象观

赞曰：幼哲一死，历千万祀。而不死者，其心则死。

又二子篇

余既为十子赞矣，又一为江阴黄子，一为太仓张子。张子成进士读中秘书，称名太史，志稍酬矣。冉耕茱苜，照邻病梨。文章十命，又可悲也。黄子，吴中钓碣耳。戊子九月，闻黄子死。不死，又何以为黄子也！时年已七十矣。

黄贡士毓祺

赞曰：七十老翁，亦又何求？西风太古，落照千秋。

张太史溥

赞曰：琴觞昔夜，纵酒娄东。周梅今日，泉穴相从。

附：陈山人祼

赞曰：乐哉斯人，遁世无闷。玩物丹表，逃禅诗醞。

伯仲篇

余伯也无禄，生廿有九年，而奄为万历己未。今弹指三十年矣，余念之如一日。若初殁者，时私述其平生梗概，而识之不敢忘。叔也长余二稔，少同嬉，长同学，衔哀失恃，同抱至痛也。自己卯春补任民部，余送之京口，咽不成语，目断长江，黯焉神悴，何意竟成长别乎！伯兮叔兮，弃予如遗焉。呜呼痛哉！因抆泪为伯仲篇。戊子十月一日书。

伯子文学孙谋贞贻

赞曰：伯之生也，吾宗为有人，吾父为有子，而天下所仰为龙文豹雾之在山。伯之殁也，吾宗为无人，吾父为无子，其升沉感叹，又岂徒余一人之雪涕而涟涟？嗟乎！伯也，却窥导族，涵泳钻研，其所勤勤朝夕者，惟欲究性命而学圣贤。在家为曾、史，在国为方、虎，是岂乌衣麈尾、西园觞咏之翩翩。虽则无年，吾宗之兴废，吾父之伤心系焉。嗟乎，何不永年！

叔子农部则兼贞达

赞曰：悲歌骂座而能骂甲申三月之贼，骂也可传；酒酣使气而能殉甲申三月之难，使气也可传。少而弹筝击鼓、张筵豪饮者二十载，中而崎岖历落、风雨患难者又十数年。残骸燕市，落照西园，痛酒徒之零散，咽泉石之可怜。惟余为余父请恤，长号拜疏，将余兄之烈死白之阙下也。然志未酬而忠未录者，又日夜而痛我心矣。已摩！盖有待焉。

（据世楷堂藏板《昭代丛书》）

山阳录跋

定生先生为复社领袖，缟纻满天下。兵燹之后，零落殆尽。恨别感时，惊心溅泪。此录之作，何能已已也。缭绕哀音，声声入破。山阳暮笛，感顽艳而凄心脾。人言愁，我亦欲愁矣。

癸卯孟夏，震泽杨复吉识。

（据世楷堂藏板《昭代丛书》）

邵山人潜夫传

陈维崧撰。叙明遗民江苏通州人邵潜夫，自幼聪慧，尤好诗赋古文，但不善生产，家贫，妇亦去。后云游各地，曾为南中李本宁、梁溪邹彦吉、吴中王稚登之上客。多年后又回故里，世变时又转徙如皋，并卒于是地。小说突出邵潜夫悲凉的遗民情怀及"卞急善骂"的性格。小说还提及另一明遗民林古度。原出《陈迦陵文集》卷五，《广虞初新志》卷一收录。

陈维崧曰：山人八十，时维崧适居东皋，为文以寿山人，多序其生平轶事，传故不载。或曰："山人性卞急善骂。"维崧居东皋七八载，山人每过维崧，辄温语竟日。山人早过，而维崧尚卧未起也，则坐待日晞耳。然则谓山人善骂人，岂信然哉！生见国家太平之盛，以一布衣为诸侯上客者，垂六十年，老而茕独以死。悲夫！

[据嘉庆八年（1803）刊本《广虞初新志》]

神钺记

徐芳撰。叙一不孝儿追杀其母而被神像击杀至死事。是篇明显有劝诫之意。原出《悬榻编》卷三，《虞初新志》卷四、《旧小说》巳集一收录。

张山来曰：阅至不孝子弑逆处，令人发指眦裂；读至神钺砍颈处，令人拍案称快。世之敢于悖逆者，皆以为未必即有报应耳，则曷不取是篇而读之也？〇又曰：吾乡有一人，负其至戚者，已非一端，而犹谓未足。又欲挟强而贷，至戚不能缄默，因诉其族人，此人遂大诟，遽逼其母死于至戚之家。其母固孀居而姑息者也，虽未如其言，而此言则亦难逭于神钺者矣。吾愿世之为母者，慎毋姑息而自贻伊戚也。

沈去矜墓志铭

毛先舒撰。叙作者友沈去矜事。《广虞初新志》卷二十三收录。

沈云英（沈云英传）

毛奇龄撰。叙明遗民浙江萧山女英雄沈云英，明末时以抗击农民军而闻名，曾加游击将军；清兵南渡钱塘江时，欲自杀，幸赖其母力救得免死；晚年于故里开办私塾，训练族中子女。《虞初续志》卷四、《旧小说》己集一收录。

卷首序：少时赴洛思山作文会，名洛思社。有言此地长巷沈氏，有女节烈而知书，能通《春秋胡氏传》。同社沈兆阳，其高足也。予急持兆阳询之，曰："诚然，但其人，吾姑行，授书于家衖，非同姓兄不以授。吾老于孤经，每苦传题，多沿误，藉其正之。"予闻之悚然。请随兆阳即往谒，不可。讲通名，不可。乃询其节烈事，同会闻之，皆叹息去。既而遇其从弟举人娄瞻于杭，见其当时所授游击将军敕，字半残缺而其文甚纤细。是倪文正公在馆后草词习气，予欲传写之，而以事遽别。其后予出游，则其人已死，初为诔词吊之。既而其从弟索予为墓铭，其中即以所见敕，仿佛记入，因题曰《故明特授游击将军兼道州守备烈女沈氏云英墓志铭》，载于予集中有年矣。暨予入史馆，以启祯年间事，无暇论及。且是时以庄烈皇帝一朝，实录未备，乃辑十七年间邸报，及他所遗记撰年纂辑，名曰《长编》，此时竟未从一问及也。今归出后，索故乡遗事，了不可得。及观志，则于选举志中，其尊人名下，注云："云英别有传。"而传又无有。曾记己酉岁，予在淮西金使君署，禾中俞右吉作座客，出其所著《三述补》，索予为叙。三述者，奇事、盛事、异典也。弇州创三述，自洪永至嘉隆止，而右吉补之，乃取云英事入异典中。以为女子授将军，此在明朝未有之典。则知事出非常，凡属有心人皆能搜剔遗轶，不使失坠。今幸与之同产斯土，又生当其时，身亲目击，乃不一为之表章，岂非憾事！况丧乱之际，事易湮没，即传闻甚确，尚有讹传失真之虑。有如此明白证佐而及今不记，后将渺茫矣。因拟为数行，附录于后，见者亦有以知其大概云尔。

退士曰：文能通经，武能杀贼，得之女子，已属奇事。若其夺父还尸，孝也。夫死辞爵，节也。国亡赴水，忠且烈也。忠孝节烈，萃于一女子之身，此亘古所未有，岂特授将军职而始为异典哉！○其父其夫，皆殉国难，尤奇。

（据扫叶山房1926年版《虞初续志》）

十眉谣附十髻谣

徐士俊撰。此书所记有十种眉形，即"鸳鸯""小山""五岳""三峰""垂珠""月稜""分梢""烟涵""拂云""倒晕"；十种髻形，即"凤髻""近香髻""飞仙髻""同心髻""堕马髻""灵蛇髻""芙蓉髻""坐愁髻""反绾乐游髻""闹扫妆髻"，均为韵语写成，颇见文人旨趣。《香艳丛书》卷一、《昭代丛书》别集、《红袖添香室丛书》第六集等均有收录。

十眉谣小引

古之美人，以眉著者得四人焉，曰庄姜、曰卓文君、曰张敞妇、曰吴绛仙。庄姜螓首蛾眉，文君眉如远山，张敞为妇画眉，绛仙特赐螺黛。由今思之，犹足令人心醉而魂消也。然庄与卓质擅天生，而张与吴兼资人力，二者不知为同为异。春秋之世，管城子尚未生，庄姜之眉自非画者。第不知文君当日亦复画眉否。汉梁冀妻孙寿作愁眉，啼妆龋齿，笑折腰步，京都人咸争效之。其后，卒以兆乱眉之所系如此。大丈夫苟不能干云直上，吐气扬眉，便须坐绿窗前，与诸美人共相眉语，当晓妆时日为染螺子黛，亦殊不恶。而乃俱不可得，唯日坐愁城中，双眉如结，颦蹙不解，亦何惫也。西湖徐野君先生，风流倜傥，为文士中白眉所著。《十眉》《十髻》两谣摹写尽致。点染生姿，捧读一过，令人喜动眉宇，手不忍释，乃知名士悦倾城，良非虚言也。先生著作颇富，其《雁楼集》久已传播艺林。予生也晚，不获。登其堂，而浮大白，以介眉寿。仅从遗集中睹其妙制耳，前辈风流可复见耶。

心斋张潮撰。

十眉谣跋

美人妆饰古今异。尚古人涂额以黄，画眉以黛。额之黄，殊不雅观，今人废之。良是第不知黛之色浅深浓淡何若？大抵当如佛头青。然古又有粉白、黛绿之云，则是黛为绿色数寸之面，五色陆离，由今思之，亦殊近怪，岂古人司空见惯，遂觉其佳而不复以为异耶？噫！古之眉不可得而见矣，所可见者，今之眉耳。余意画眉之墨宜陈不宜新，陈则胶气解也。画眉之笔宜短不宜长，短则与纤指相称，且不致触于镜也。鄙见如此，安能起野君于九泉而质之？

心斋居士题。

（据世楷堂藏板《昭代丛书》）

石屋丈人传

沙张白撰。叙明崇祯末徐霞客于云南鸡足山见石屋丈人事，突出了石屋丈人对未来作出了准确的预言，如"明祚已尽"、江阴"被祸尤烈"等。此亦见作者的故明情怀。《虞初广志》卷一收录。

沙子定峰曰：徐霞客，天下奇人也。石屋先生其奇，乃什伯霞客。观其遁迹穷山，绝饮食，役虎豺，类乎神仙者流。然先生非仙也。崇祯之末，主圣臣愚，君孤党盛，燕雀处堂，举世尽然，而先生独深忧之。决兴废，陈祸福，抑何智也。倾盖之交，脱霞客子孙于死，又何仁也？霞客问何以不归，而泫然不答，吾意其人必有大痛于心。盖英雄思济世，时不可为，而托之高隐者也。陈同父所传，龙伯康赵次张其人，先生殆过之哉。穷年读《易》，谓为天下奇书，且以二氏书为《易》之糟粕，可以知其学矣。非霞客孰能遇先生者？予故详记其事，令千载而下，犹低徊向慕想见其人云。

（杨）南村曰：物外冥鸿，今人洄溯不已。

（据上海光华编辑社1915年版《虞初广志》）

史八夫人传

汪琬撰。叙史可法弟史可则妻宛平人李氏，誓死不嫁辽官聂三媚事。汪有典于评点中将史八夫人的节烈与李乔、蔡奕琛、钱谦益等人的变节进行强烈对比，盛赞史八夫人的节烈"何其盛也"。《虞初广志》卷三、《荟蕞编》卷十八收录。

汪有典曰：呜呼！明之亡也，周皇后从烈帝殉社稷。后宫嫔御，视死如归。节烈之奇，前古莫与此。而文忠公殉难扬州，官兵相继蹈河死者五六千人，最后八夫人复以节烈闻，何其盛也！抑予闻豫王之下江南也，赧皇东走，少保兼太子太保总督京营戎政忻城伯赵之龙，自署掌都察院事兵部右侍郎李乔，太子太保礼部尚书兼文渊阁大学士蔡奕琛，太子太保礼部尚书兼翰林院学士钱谦益等，首率从官公侯伯驸马数十百人，争先纳款，郊迎数百里。时大雨如注，匍匐泥淖中，王前导过，麾之不敢起。王过，马前蹴踏，复不敢起。得王命，叩头呼万岁，而后乃起。是三台八座，非以身从人者欤！而谦益尤东林之选也，至如三夫人茕茕在疚，去文忠殉难时无几耳，固已不免于恤纬之伤。而八夫人之抗节，卒无有乐道之者，其无乃嗔此妇人，非识时俊杰乎。欧阳永叔论冯道，附以王凝妻断臂事，有以也夫。予之传八夫人，牵连诸要人，犹永叔志也。然亦书不胜书矣。噫！

（据上海光华编辑社1915年版《虞初广志》）

史以慎传

庞垲撰①。叙明遗民直隶任丘人史以慎，明亡后绝意进取，惟与同邑刘心一兄弟、殷扩四、李性符相友善，晚慕竹林七贤，然事母孝，虽极醉，不失常仪。一个隐于酒的遗民形象，跃然纸上。《虞初广志》卷十五、《荟蕞编》卷十四收录。

傲吾曰：以慎隐于酒者也，非酒狂也，特藉之以傲世耳。观其醉后事亲不失常仪，可以知其人矣。

（据上海光华编辑社1915年版《虞初广志》）

书明亡九道人事

冯景撰。叙明亡九道人事，包括爱铁道人、铜袍道人、朱衣道人、活死人、宿州道人、天妃宫道人、占月道人、心月道人、狗皮道人。盖皆为明遗民，其中爱铁道人、铜袍道人、朱衣道人、活死人、心月道人、狗皮道人者为谢正光等《明遗民录汇辑》《明遗民传记资料索引》著录，且陈鼎《留溪外传》卷十七亦为其作传。《广虞初新志》卷四收录。

铜袍、活死人、狗皮三传，与陈定九复。虽见心斋前刻，而文各异，故并录。蒋蒋村。

［据嘉庆八年（1803）刊本《广虞初新志》］

---

① 原题"孙静庵撰"，据学界考证，当为庞垲。

书戚三郎事

周亮工撰。叙戚三郎在清军江阴屠城中赖光帝保佑而不死,但其妻却为清军掳走,后在戚三的帮助下,历经千辛万苦才找回自己的妻子。此篇揭露清军在江阴的屠城让人触目惊心,五具僵尸的救助,更是奠定了全篇的恐怖氛围。是篇表现了作者强烈的亡国之痛。原出《赖古堂集》卷十八,《因树屋书影》卷五、《虞初新志》卷七、《旧小说》己集一收录。

张山来曰:关帝能宛转嘿佑戚郎,则曷不于其妇被掳时显示神威耶?岂数当有难,有不可免者耶?又岂必待诉祷而后应耶?然终不可谓非帝佑也。

(据康熙间刻本《虞初新志》)

书《三楚旧劳》记

李邺嗣撰。叙大中丞元若高于明末坚守郧阳,与李闯军坚持抗战十五载,惊闻崇祯帝自缢殉国,悲痛欲绝。作者在叙事过程中寄寓着自己的遗民情怀。《广虞初新志》卷五收录。

书沈通明事

汪琬撰。叙明遗民江苏淮安人沈通明,在清兵渡淮后力保田仰所托之妻儿,并智赚清兵得以逃脱,先后僦居苏州、入灵岩寺祝发为僧、北游邓州。在篇末作者云:"予所记乙邦才、江天一、及通明之属,率倜傥非常之器,意气干略,横纵百出。此皆予之所及闻也。"《荟蕞编》卷四、《旧小说》己集一收录。

书陶将军传

杜濬撰。叙作者邑人陶象庭在宁远前线与清军战死事。原出《变雅堂文集》卷三,《广虞初新志》卷十二收录。

若吾里陶象庭将军之死宁前,刘杜之亚也。其设心敌忾,所由与岳少保亦不异矣。易名忠毅,太常得之。里人杜濬谨题。

[据嘉庆八年(1803)刊本《广虞初新志》]

书叶氏女事

屈大均撰。叙叶氏女不从父母之命而削发为尼事。作者明显对叶氏女持同情态度,而对叶氏女父母与有司持批判态度。原出《翁山文外》卷九,《香艳丛书》(八集)卷二等收录。

书义犬事

吴肃公撰。作于康熙元年(1662)。叙两义犬事,一为友人李崟山所述,一为自己亲身经历。程孝移谓之"用诗法",由此可见是篇有较高的艺术。原出《街南文集》卷十九,《虞初支志》卷一收录。

程孝移曰:书盗、书女用春秋法。书犬,用诗法。微文罕喻,后世自得其妙,觉《毛颖》《郭橐驼传》犹涉俳谐。

青坨曰:据《〈续纂江宁府志〉采访录》云:陆玉书,字烟田,六合人。乾隆五十七年举于乡,选授浙江富阳知县,发奸摘伏,有若神明。尝坐廨中,有犬从外来,状若有所求,问曰:"尔有冤伸耶?"犬叩首者三,即命吏随犬所之。行二十里,犬拨土得断尸。吏祝曰:"尔能知杀人者否?"犬回行四五里,至古庙前,有丐五六人聚饮,一丐貌狞恶，犬啮其身，吏捕诣县，研鞫伏罪。先是丐豢此犬数年，一日将杀之以燕其党，适布贩见而悯之，启箧与丐钱二千，免犬死。丐见箧有赀，尾布贩至僻处，杀而夺其赀，此犬所以报也。此事与晴岩所书事殊类。齐子冶《见闻随笔》亦载此事，与此全同，但未明书为陆氏官富阳时事，并云："犬后畜之官署以死。"特附志之，以见阴贼之人不如畜。畜而知感恩，乃斯世竟有掉头于生我庇我之前而不一顾者。

齐学裘《见闻随笔》云：道光间，奉天宁远州西乡，有陈姓者，兄弟二人同居。弟娶未久死，其妻有孕，招邻妇为伴。姒妇利其赀，阴结邻妇，如生男，绝其命，当酬钱五十缗。始难之而终许之。及产，果男。邻妇以大针刺儿腹，气闭，产妇不知，直谓其儿死耳，当以绿带缟巾包裹，埋之山坎。未几，母家怜其女遭夫丧，复失遗腹子，命其子以车迎归。道过埋儿处，尚隔数十步，忽有一犬奔跃前来，绕其车。妇惊曰："此吾家司户犬也，月前曾产数犬，一日不见小犬，失乳俱毙，今何为在此？"叱之不去，鞭之，急投辕中，咬妇衣作欲令下之状。妇兄骇甚，曰："汝有冤，可前行，吾从汝。"犬俯首去，妇兄尾之。至一所，菽叶围绕成堆，犬发其覆，儿啼。妇兄抱至车前，妇熟视包裹巾带，不觉失声哭曰："此吾儿也，胡死而复生耶？"即邀其兄回夫家。姒妇见之曰："何处抱儿来也？"遂告之故。姒妇讶甚，阳若有喜色。及易巾带，见腹间皮裹膜外横插一大针，始知姒妇之肆其毒也。妇兄鸣之官，官鞫得其实，置姒妇及邻妇以法，而责其夫兄以不能正家之罪。是儿埋时，至回家，中隔十数日，所以不死者，赖其犬以乳乳之也。

按是事亦见梁氏《北东园笔录》，即所谓《劝戒三录》也。惟以姒为从叔婶，以宁远为番禺，其他亦有小异处。至《劝戒四录》又载纳溪县有此事，乃在道光五年。官署此犬曰义犬。《耳邮》中亦载香山李元高、元祥兄弟有此类事，《咫闻录》亦有之。惟俞曲园既取此事人之《耳邮》，复列之《广杨园近鉴》中以示戒。此皆犬之报主者，而宁远犬能弃其乳犬以活主孤，尤如人侠义，能权衡轻重，舍情割爱以就义者。吁，孰谓畜类与人异性也哉！

青垞曰：物类不但知感恩，且有笃爱其类之性。余青垞新居，畜一奄割雄鸡，驯良与他鸡异，并自忘其为雄，辄仿雌者祝祝作哺子声，且与他雌争伏卵。戊午春，一雌伏数雏，久之，只馀三雏，母鸡不甚引其雏，乃此奄鸡代为乳哺。于是此三雏者，遂舍其母，昵就此鸡，其母亦更勿顾。大凡羽族新毛丰泽后，即离其母，乃此三雏随此奄鸡，毛羽皆丰，仍相随不去。此奄鸡亦爱之如初。余尝笑此子母鸡性殊常，戒家人养此奄鸡，不听宰云。

（据商务印书馆1921年版《虞初支志》）

述赵希乾事

邱维屏撰。叙江西南丰孝子赵希乾割胸肉及肠为母治病事，时人谓之为"愚"，但在明清鼎革之际，这样的"愚人"太少了，此盖作者命意所在。原出《邱邦士文集》卷十五，《荟蕞编》卷三、《虞初续志》卷一收录。

彭躬庵曰：不但序事如画，即道己意处，亦如画。

郑醒愚曰：此篇与前志少异，故录之。

（据扫叶山房1926年版《虞初续志》）

四氏子传

张明弼撰。叙万历时四氏子性格孤僻，既挞父母，又詈兄嫂，不与人交游。如此十载，后悔之，称此前之行为戏耳。其长子弱冠时得狂疾，终日詈氏子，氏子挞之。不数年，竟狂死。四氏子者，谓其似浑敦、梼杌、穷奇、饕餮也。《虞初新志》卷四收录。

外史氏曰：吾犹及识四氏子，身短不盈四尺，其目莹然若攫食之鸥，颐颊矜长若索斗之鸡；其气如含瓦砾，抱荆棘，有触即摘射。邑人谓其顽嚚不友，似浑敦；不可教诲，不知话言，似梼杌；恶言诬善，贪冒货贿，又似穷奇、饕餮。以为兼有四氏之长，故目为"四氏子"。而四氏子不肯受也，曰："凡吾所为皆戏耳！"虽然，四氏子戏，其子数木之罪而日挞之，岂亦戏狂耶？或以戏谏耶？今死矣！亦可云戏死耶？夫其父则狂，而反号其子为狂；其子父木而挞之则戏，而其父反以诸罪为戏，皆惑也。吾疑天公之愤愤久矣，今乃以其子之口与手，作天之口与手而日数之，日挞之，又酷巧。嗟乎！天公则诚戏耳，四氏子乌乎戏？

张山来曰：世岂真有若人耶？然观"吾犹及识之"云云，则是真有其人矣。乃知天生若人，诚近于戏，当亦未尝不悔之耳。后乃假手其子以巧报之，则彼苍之文过也。

（据康熙间刻本《虞初新志》）

宋连璧传

李焕章撰。叙宋连璧性至孝，得道士所授符咒书而获诸多神仙道术，后又参与反阉斗争而遭其迫害，最终归里隐居。小说塑造一位具有魔幻般传奇色彩的豪侠形象，盖借此人物表达作者心中对阉党的仇视。原出《织斋文集》，《虞初新志》卷三、《旧小说》己集一收录。

张山来曰：宋连璧虽不当误道人所期，然排解党锢处，亦足见其豪侠。

（据康熙间刻本《虞初新志》）

孙将军传

康乃心撰。叙陕西临潼人孙可法，在明末抗击农民军中有杰出表现，李自成于西京称帝时，他痛不欲生，先后拒绝李自成和清廷的招降。最后，为土人所害。《虞初广志》卷三收录。

论曰：吾为童子时，听人言孙将军战功忠勇事甚悉。及后读诸家记流寇始末，乃若不知有将军者。甚矣，史传之缺也。将军事今关中人人皆能道之，盖其出身似狄武襄，敢战如李英公，而退保深山，孤军誓死，则又田横之客五百海岛者也，而泯没无闻。忠臣之血，千年化碧，可胜慨哉。

南村曰：纵观将军生平，落落有古名将风，而伟节孤忠照耀日月。疾风劲草，实成杰士之名。或者悲之，抑又何欤。

（据上海光华编辑社1915年版《虞初广志》）

嗒 史

王炜撰。作于康熙十三年（1674）后。文言小说集。计有《赵尔宏》《大铁椎》《谈仲和》《黄孟道》《蒋龙冈》《内江》六篇及附录《塘报日记节略》一篇，所叙多明末游侠事，其中《大铁椎》篇提及魏禧同篇，可见其创作在魏禧之后。《昭代丛书》戊集卷二十、《旧小说》己集一节录等。

嗒史篇末评

赵尔宏

嗒史氏曰：高忠宪因姚江末流之弊，昌言驳斥，并析其致弊之由。近日学者遂无人不诋阳明，阳明其可易诋耶？良知出《孟子》，《孟子》所云"不虑而知"，致之有何害？朱恕以樵，韩贞以陶，夏廷美以田，夫皆可直接孔孟，而皋比无人，乃以性命为门户，令人益思阳明之大耳。尔宏特起豪杰，才知不孝即能孝，知所以为圣贤，有不能为圣贤中人乎？恨予不及见，故纪之以贻郡邑乘史氏，毋俾泯灭焉。

沙定峰跋曰：黄叔度风流蕴藉，无片言只字垂示后人，后人谓俾升圣门，当在颜、闵之列，汪汪千顷之量，至今可想也。吾谓叔度虽豪杰，然但天资高耳，其胸中未必实见孔、孟落处，不若尔宏氏之直捷痛快也。尔宏知诟触其母之非孝，即从事于孝；知营财逐利、拘文牵义之非圣贤，即从事于圣贤；与圣贤知行合一之旨，何吻合也！及其临终，谈笑别友，曾子之易箦，孔子之曳杖，从容镇定，尔宏真有得哉！若而人者，吾直谓贤于叔度可也。生千百年之后，得孔、孟之旨于遗书，而不由师传，此其意中且不知有程、朱，况阳明、心斋乎！具德一棒，掉头去之，曰："吾不为禅。"后与人论儒、佛同异，辨之甚精，而以性命之旨，要归日用，此岂援墨入儒者！吾恐禅家者流因具德一棒，妄谓尔宏从此得悟，污蔑豪杰也。故手录不庵先生斯文，而跋之如此。

大铁椎

嗒史氏曰：有用之才，无不愿为世用，初若不欲人知者。其志意所在，非有见于千载不自快，岂乐庸妄之推耶？大汉所云"了此一事"，直以此亦一事耳，必别有为其所志者，然未及有见。使大汉终以此为见，吾又何必纪？虽然，世固以此为一事矣，有不为大汉之为而泯无人知者，世岂少哉？故吾姑与之纪此事。

甲寅仲冬，予为《大铁椎纪事》，欲使海内知其人。明年七月，读《魏叔子集》，已有传。事详于予，文复奇肆精悍。其人传矣，予何必传言哉！爰识之以存诸簏。

谈仲和

嗒史氏曰：仲和多技能，善持论，彬彬可近也。云间所珍谈笺，即彝庵创之，其法中绝。仲和探而会以已，意妙逾于昔。一时翰墨所宗，如董宗伯、陈征君等，翕然称之，均谓风流儒雅士耳。孰知其握槊生风，跃马饮血哉！获导婴城，其材可用，然竟以诖误自废，食贫老死。俾怀才之士，闻之气短，故予慨而纪之焉。

黄孟通

嗒史氏曰：迹孟通之始终，盖一无赖子。然其事母孝，同官有窥友人室者，即怒绝其交，则固血性男子也，独惜教未之施耳。孟通尝为人语曰："今朝廷大僚，享高爵厚禄，谁为出死力者？"如宪，百夫长耳，然自念无愧于心。呜呼！此余所以纪之也。

蒋龙冈

内　江

嗒史氏曰：流贼之毒半天下，所不被者，齐、鲁、吴、越、闽、粤、滇、黔耳。其于汉之樊崇，唐之黄巢，盖为尤烈。苟有以一旅抗贼，皆史所不没。是时陷州县十一，而缪君著绩内江，宜为当事者所念，乃更抑之任过耶。多事之日，才智为先，即征武陵之偏断，缪去而众非其用矣，况可使之解体耶。世匪无才，固在所以振之。时往气消，同于摧折，如缪君者，宁不伤其所遇哉。予故详纪其事，并节录当日塘报于左，以备任使者参考焉。

（据世楷堂藏板《昭代丛书》）

张潮昭代丛书选例

吾友王子不庵所著小品甚富，藏山中未随行笈。寓汉皋时，曾邮其书目以示，及往索之，则已客死楚中矣。迄今思之，能无浩叹？

（据世楷堂藏板《昭代丛书》）

嗒史跋

不庵先生《鸿逸堂》古文淳茂渊厚，实出同时尧峰、西溪之右。而人罕有能举其姓字者，真奇殆绝，知音者希，良可叹也。家本新安，羁旅终老，其流寓踪迹多在娄东，故此帙于娄东事什得八九云。

癸卯仲夏，震泽杨复吉识。

（据世楷堂藏板《昭代丛书》）

汤琵琶传

王猷定撰。作于顺治十年（1653）。叙江苏邳州著名琵琶艺人汤应曾面对明末危局，多悲善哭，终学成琵琶，为国中第一。原出《四照堂文集》卷四，《虞初新志》卷一、《旧小说》己集一收录。

轸石王子曰：古今以琵琶著名者多矣，未有如汤君者。夫人苟非有至性，则其情必不深，乌能传于后世乎？戊子秋，予遇君公路浦，已不复见君橐者衣官锦之盛矣。明年复访君，君坐土室，作食奉母，人争贱之，予肃然加敬焉。君仰天呼曰："已矣，世鲜知音，吾事老母百年后，将投身黄河死矣。"予凄然，许君立传。越五年，乃克为之。呜呼！世之沦落不偶而叹息于知意者，独君也乎哉？

张山来曰：韩昌黎《颖师琴》诗，欧阳子谓其是听琵琶。予初疑之，盖以琵琶未必能如诗中所云之妙也。今读此文，觉尔汝轩昂，顷刻变换，浔阳江口，尚逊一筹。

天同一生传

王锡阐撰。此篇盖取庄周"齐物"之意，为自传体小说，具有寓言体性质，以"帝休氏"暗喻明崇祯帝已亡，而自称"帝休氏之民"，表达了强烈的亡国之痛。《旧小说》己集一收录。

太史公曰：予读《荒史》，见帝休之德，轶于唐虞，及其衰也，多隐君子，无不操行诡秘，如天同一生。语云："山高泽深，风啸云吟。"非帝休氏之为山泽，则风云何从生乎？

恸馀杂记

又名《恸馀杂录》《痛余杂录》。史惇撰。叙明末楚地辰溪发生的故事，侧重叙及李自成、张献忠对辰溪及其周边地区的掠杀，表达了作者对农民军残暴的痛恨以及弃城叛逃官员的愤怒。《四库禁毁书丛刊》史部、《丛书集成初编》等有收录。

皖髯事实

钱澄之撰。作于顺治五年（1648）。叙阮大铖在明末清初与复社为敌、祸乱国家、投降清朝、最后死于五通岭。表明作者痛阮之情。原出《藏山阁文存》卷六，《虞初广志》卷二收录。

万夫雄打虎传

张惣撰。叙泾川万夫雄为救其友范氏而挺毙三虎,作者重点探讨了传主打虎勇气的由来:"义愤所激,至勇生焉。"并强调:"人固不可无义烈男子以为之友哉!"《虞初新志》卷八、《旧小说》已集一收录。

嗟乎!万夫雄一乡野鄙人耳,素不识《诗》《书》为何物,亦不识交道为何事,而仓卒间不忍负异姓兄弟之意,卒毙三虎以救其友,其义岂不甚伟?万夫雄亦诚烈丈夫哉!余尝见世之聚首而处者,交同手足之亲,谊比金石之固,设有缓急,即蜂虿微毒,不致贻祸杀人,当其纷纷未定之时,虽夙昔周旋,密迩徒辈,靡不潜迹匿形,鸟飞云散,悄然而不一顾焉。其视万夫雄为何如也?

或云:"一人而毙三虎,颇似不经,殆属乌有子虚之谈。"噫!诚有之矣!家九宣从泾川来,为余述其事最奇。亦曾亲见其人,短小精悍。与之语,意气慷慨,须眉状貌,殊磊砢不凡,飞扬跋扈,犹可想望其打虎时英风至今飒飒云。盖义愤所激,至勇生焉;即万亦不自知其何以至此也。从古忠孝节义,蹈水赴火,为人之所不能为,并为人之所不敢为,往往以蚩愚诚朴而得之。万夫雄有焉。

南村野史曰:余友苍略氏,闻其事而异之,太息曰:"士亦视所托身为贵耳!得交万夫雄,其人虽陷入虎口,猛虎不能害也。甚矣,人固不可无义烈男子以为之友哉!"

山来曰:孔子论宁武子,谓其"愚不可及"。匪独愚忠愚孝,凡事之度越寻常者,大抵多近于愚耳。一结最妙。○又曰:今之义气满洲,类能生搏虎豹。使万夫雄而在,当必与干城之选矣。

(据康熙间刻本《虞初新志》)

万里寻兄记

黄宗羲撰。叙作者六世祖黄廷玺不远万里,在茫茫人海中寻找兄长黄伯震。《荟蕞编》卷二、《旧小说》已集一收录。

万氏一义传

李邺嗣撰。叙万义颙终身未嫁、勤心教导侄儿万全事,可谓一"烈丈夫"也。原出《杲堂文钞》卷四,《广虞初新志》卷三十六收录。

野史氏曰:余既读万氏家传,复观其遗像,列世冠冕。惟射龙将军像,戴兜鍪朱缨,撒首甲而臂大黄,状若天神。及观祖心像,大布衣,头裹男子巾,色懔懔怀霜,无妇人气。为肃然久之。噫,何其多奇也。近辑《汉语》,载寿阳女子张雨,早丧亲,遂立志留养孤弟二人,教使通经起家,雨竟终老不字。此其事与祖心绝相类,即古烈丈夫,亦奚让哉!

[据嘉庆八年(1803)刊本《广虞初新志》]

汪十四传

徐士俊撰。叙新安人汪十四善为人解难事。作者既塑造一位侠士形象,又为文洗练、传神。《虞初新志》卷二、《旧小说》已集一收录。

张山来曰:吾乡有此异人,大足为新安生色。而文之夭矫奇恣,尤堪与汪十四相副也。

(据康熙间刻本《虞初新志》)

王翠翘传

余怀撰。叙明万历时娼女王翠翘受胡宗宪指派，诱杀徐海。徐海被斩后，王翠亦以长号大恸，投水死。《虞初新志》卷八、《香艳丛书》卷三、《旧小说》已集一等收录。

外史氏曰：嗟乎！翠翘以一死报徐海，其志亦可哀也！罗龙文者，世称小华道人，善制烟墨者也。始以游说阴赂翠翘，诱致徐海休兵，可谓智士。然其后依附权势，与严世蕃同斩西市，则视翠翘之死，犹鸿毛之于泰山也。人当自重其死，彼倡且知之，况士大夫乎？乃倡且知之，而士大夫反不知者，何也？悲夫！

张山来曰：胡公之于翠翘，不以赐小华，而以赐酋长，诚何心乎？观翠翘生致之后，不能即死，居然行酒于诸参佐前，则其意有所属，从可知已。其投江潮以死，当非报明山也。

（据康熙间刻本《虞初新志》）

王王屋传

周亮工撰。叙兰阳王王屋生而敏给，善谐谑，为里中狂士。除滋阳令，忤诸王孙，被劾下狱，士民哭之。赖惜公者得免，谪睢阳尉。年三十四，愤恚失志死。原出《赖古堂集》卷十八，《虞初续志》卷十、《旧小说》已集一收录。

郑醒愚曰：廉洁峭厉，文如其人。

（据扫叶山房1926年版《虞初续志》）

王义士传

  陈鼎撰。叙泰州如皋县布衣许德溥不肯剃发而被杀,其妻当徙,县隶王义士以其妻代之,皋人感之,敛金将其妻赎回,夫妇终老于家。小说在描写王义士义夫妇之义中,蕴含了作者强烈的遗民意识。《虞初新志》卷九、《旧小说》己集一收录。

  外史氏曰:今之吏胥,只知侮文弄法以求温饱,何尝知有忠义也?王胥竟能脱义士之妻,而其妇尤能慨然成夫之志。噫,盖亦千古而仅见者矣!

  张山来曰:婴、臼犹赵氏客也,此妇竟远过之,乃逸其名氏,惜哉!

(据康熙间刻本《虞初新志》)

王义士传

  王源撰。叙山东人王义士,多力善击刺,胆略过人,明末时与诸天祐结为兄弟,兴兵勤王,天祐战没,乃抚其妻子,倾橐交四方奇士,以图再举,明亡隐居不出。原出《居业堂文集》卷三,《荟蕞编》卷四、《虞初广志》卷十六收录。

  王源曰:余友徐人者,尝为余言,义士生平好使酒难近,临敌以牛胞贮酒负马上,战酣,数人下马坐地角饮,贼望之不敢犯。以天祐建义勤王,得义士足多也。乃诸人俱脱,而天祐不免,抑独何欤?

  南村曰:义士生长草野,而立身处事,轶士君子而过之。予既重诸将军之为人,则益多义士矣。

(据上海光华编辑社1915年版《虞初广志》)

为徐霜皋记梦

李邺嗣撰。叙友人徐霜皋梦中见到明建文帝时雪庵和尚,听其述包括自己在内的"四人同志"(约庵和尚、杜景贤、佘君范)事,并指出徐霜皋为佘君范转世,而约庵与佘君范事已不传,望徐霜皋补之。此实为作者的故国之思的表现。原出《杲堂文钞》卷五,《广虞初新志》卷十六收录。

闻孝廉传

毛先舒撰。叙杭州孝廉闻启祥师从冯梦正、方应祥,文章传遍南粤北燕,又建小筑山馆,奖掖后生。与豫章、虞公诸公多有交游,以荐被征,悉辞不赴。其甚贫,却喜功德舍施。著有《自娱斋稿》《犹及编》等。《广虞初新志》卷十七收录。

先舒曰:昔朱君翊先生,少游公门,亦进予拜公,公赏予文至过。尝侍公饮,公从容语余:"试不得意亡足道,第虑馁自堕。或激而浮,馁非子患,吾虑其浮也。"至今详味斯言,古人哉。予时年少疏躁,公含容之,益教诲亡倦。视今日士大夫,公真不可及也。使公至今而在,虽日跽公侧,倾耳幸一言,奉为依刑,且乐之矣!

[据嘉庆八年(1803)刊本《广虞初新志》]

无闷先生传

应㧑谦撰。叙无闷先生性好善、乐从有志节者、三十年后绝意仕进,颇类作者遗民经历,盖为作者自况。《旧小说》己集一收录。

吴姬扣扣小传

陈维崧撰。作于顺治十八年（1661）。小说以作者与明遗民冒辟疆的对话、又以冒辟疆讲述为主的形式叙述的，冒辟疆因自己还未从董小宛去世的悲哀中走出，吴扣扣又去世，所以自己没有心情为其作传，嘱作者作之。冒辟疆讲述了吴扣扣的身世、个性、品格等。此篇的语言风格颇类《影梅庵忆语》，均从细微处见真情。原出《陈迦陵文集》卷五，《广虞初新志》卷三收录。

吴孝子传

魏禧撰。叙建昌新城人吴绍宗舍身救父，得神助而不死，国变后避乱泰宁。此篇旨在宣扬孝道。原出《魏叔子文集》卷十七，《虞初新志》卷八、《旧小说》己集一收录。

魏禧论曰：闻孝子常诣大华山，登座附神耳语，为人祈祷，颇不经。然邑君子往往道其事甚悉。梅溪东出四十里，为南丰县，县贡士赵希乾者，与禧交。母尝病甚，割心以食母；既剖胸，心不可得，则叩肠而截之。母子俱无恙。其后胸肉合，肠不得入，粪秽从胸间出，而谷道遂闭，饮食男女如平人。假谓非有神助，其谁然哉？其谁然哉？

张山来曰：古有以祝由治病者，今"九十二画篆"，以及痫疟诸篆，殆即其道耶？然吾以为必孝子行之，乃能有验；若人人可行，斯又理之所难信者矣！

（据康熙间刻本《虞初新志》）

吴隐君赞

顾景星撰。叙安徽歙县人吴咸克远赴贵阳抚父柩归金陵事，突出表现其在奔丧过程中目睹的社会乱象，如左良玉、张献忠的杀掠，也体现了一位孝子的至诚之心。原出《白茅堂集》卷四十三，《广虞初新志》卷二十二收录。

夫赞曰：呜呼隐君，吴氏之孝。亶其然乎，求榇万里，返葬九京。丁鹤年之求黄沙之骨，马伯康之却青乌之经。智足以达理，勇足以辅仁。迹厥生平，义亦足称。可以焚樊君云之券，散折伯式之财，而亦不讳。夫操术之奇赢，懿轨善行，详载于诸公之文。吾盖未识其子，而乐闻夫吾友云。

[据嘉庆八年（1803）刊本《广虞初新志》]

五人传

吴肃公撰。叙明天启年间市民颜佩韦、马杰、沈扬、杨念如、周文元五人抗击阉党，终被斩首。张岱《五人墓碑记》、《樵史通俗演义》第十回等文学作品对此事多有记述。原出《街南文集》卷十五，《虞初新志》卷六、《旧小说》己集一收录。

街史氏曰：奄寺之祸，古有弑君覆国者矣。而何物魏逆，威焰所煽，俾率土靡然。廉耻道丧，振古为极矣！向使中朝士大夫悉五人者，则肆诸市朝何有哉？五人姓名具而"人"之，无亦以人道之所存，不于彼而于此欤？

张山来曰：此百年来第一快心事也。读竟，浮一大白。

（据康熙间刻本《虞初新志》）

武风子传

方亨咸撰。作于康熙二十二年（1683）。叙滇南武定人武恬善于就地取材制作竹筷事。在农民军驻滇时，其不为名利所动，几遭斩首，被释后披发佯狂，遂有"武风子"之号；清军占领云南时，武恬亦与其持不合作态度。作者为武风子作传，一方面为其制箸的精湛技艺所叹服，一方面亦为其不与新朝合作的明遗民气节所折服。原出《邵村杂记》，《虞初新志》卷二、《旧小说》已集二收录。

张山来曰：武生岂真风子耶？不过如昔人饮醇近妇，以寄其牢骚抑郁之态，宜其箸之不轻作也。〇邵村先生与先君同年，余幼时曾一聆謦欬。癸亥冬，瓜洲梁子存斋以此传录寄。未几，而何省斋年伯又以刻本邮示。益信奇文欣赏，自有同心也。

（据康熙间刻本《虞初新志》）

贤孝叶淑人权厝志

李邺嗣撰。此篇是因黄宗羲子之要求，为其母所作墓志铭，小说着重表现了叶淑人在黄家的贤孝。它既表明作者对师母的怀念，又再现了鼎革之际普通人的艰难生活图景。原出《杲堂文钞》卷六，《广虞初新志》卷三十六收录。

小半斤谣

黄周星撰。此篇通过歌谣的形式，塑造了一位"善治生"的卖酒者形象。原出《九烟先生遗集》卷三、《檀几丛书》余集卷下、《广虞初新志》卷十一等收录。

昔张兴一饭，肉常十斤。若惠此公，便可作四十日盛馔矣。然较之烂烝去毛之卢丞相，一食十八种之李尚书，则此公不犹为穷奢极欲乎？钱烛臣

（据嘉庆八年刊本《广虞初新志》）

孝烈张公传

王猷定撰。叙安徽潜山人张清雅为保护其父灵柩，而被张献忠军所杀，表现了农民军的残暴。原出《四照堂文集》卷四，《虞初续志》卷四、《荟蕞编》卷三、《旧小说》己集一收录。

郑醒愚曰：张洵孝烈，其仆亦非常人也。如此主仆，俱遭横死，固曰劫运，然天实为之。谓之何哉？

（据扫叶山房1926年版《虞初续志》）

孝犬传

陈鼎撰。叙广东东莞县隐士陈恭隐因父殉国难，隐居山中，家有牝犬不离其左右，出则为先导，夜则达旦守卫，五小犬对母犬亦是至孝之极。作者在评点时认为"世之人不若者众矣"，意欲批评那些降清者。原出《留溪外传》，《虞初新志》卷十二、《旧小说》己集一收录。

外史氏曰：世之人能以酒食养父母，辄自诩曰"孝"，且有德色。子曰："至于犬马，皆能有养，其难者敬耳！"睹兹五犬之殷殷其母，敬矣哉！呜呼，世之人不若者众矣！

张山来曰：义犬事甚多，不胜其载。今此犬独以孝闻，故特存之。

（据康熙间刻本《虞初新志》）

啸翁传

陈鼎撰。啸翁者，歙州汪京也。因其善啸，故谓之啸翁。啸翁尝清夜登山颠长啸，山鸣谷应，禽鸟惊飞。他日，与友人登平山六一楼，更是声彻霄汉，如千军万马，马骤于前。原出《留溪外传》卷九，《虞初新志》卷十一收录。

外史氏曰：古善啸者称孙登，嗣后寥寥，不见书传。迨至我朝，称善啸者，洛下王、昭阳李而已。然予尝一闻之矣。第未知与苏门同一音响否？昨闻啸翁之啸，则有变风云、动山岳之势，大非洛下者可几及也。岂啸翁之啸，直接苏门者耶？

张山来曰：予遇啸翁，欲闻其啸，翁以齿豁辞，不意其在平山发如许高兴。惜予不及知也！

（据康熙间刻本《虞初新志》）

孝贼传

王猷定撰。叙孝贼因贫而作贼，为捕者获，怜而释之。原出《四照堂文集》卷四，《虞初新志》卷八收录。

张山来曰：有孝子如此，而听其贫，至于作贼，是谁之过与？

（据康熙间刻本《虞初新志》）

徐文长遗事

顾景星撰。叙万历诸生山阴人徐文长椎杀继室入狱及食鹅毛事。原出《白茅堂集》卷四十三，《广虞初新志》卷二十二收录。

序 妒

陈洪绶撰。叙一妒妇事，告诫妇人不要绝夫之后。原出《宝纶堂集》，《虞初支志》卷一收录。

青垞曰：此种笔墨，出之老莲，谐绝趣绝。尝观新城王氏《蕉桐载笔》,有书妒妇一事,乃至妒妇之父,怒与之绝,与此见绝于其女家,针锋相对,可谓无独有偶矣。唐太宗、明太祖均有处置妒妇事,此所述乃太祖治辽东卫指挥某妒妇事,见《残梦斋随笔》所引。又《艺林学山》载太祖曾支解开平王夫人,然以开国帝王之神威,卒不奈妒妇何。明代如王文成、戚武毅,遇此亦都敛手听之。殆自古迄今,无有办法之事乎?○《玉芝堂谈荟》称吴兴桑乞之妻死,因夫再娶,白日现形,操刀割势,与此正同。《戒庵漫笔》云:"嘉靖三十二年三月,松江府同知张仲,以偏爱少妾杨倡,酷虐其妻赵氏,遂杀张仲,遍身碎剁。又大司农杨俊民,老无子,妻悍甚,侍婢有孕者,皆手击杀之。杨愤郁暴卒,皆所谓夙世冤业,身命随之者,岂但黑心妇一流也哉。"

(据商务印书馆 1921 年版《虞初支志》)

雪裘

贺贻孙撰。叙兴化人李仕魁在明亡后,削发为僧,尝题诗于壁,表达强烈的亡国之痛。原出《水田居文集》卷四《僧雪裘传》,《荟蕞编》卷二收录,有改动。《虞初广志》卷九署名为孙静庵之《李仕魁传》当改自《僧雪裘传》。

阎典史传

邵长蘅撰。叙清初著名抗清将领、北直隶通州人、江阴典史阎应元,在清军围困江阴时,组织军民死守江阴城长达 81 日,最后兵败被俘、不屈而死。原出《邵子湘全集·青门剩稿》卷六,《虞初续志》卷二、《旧小说》己集一收录。

论曰:《尚书序》曰:"成周既成,迁殷顽民。"而后之论者,谓于周则顽民,殷则义士。夫跖犬吠尧,邻女詈人,彼固各为其主。予童时则闻人啧啧谈阎典史事,未能记忆也。后五十年,从友人家,见黄晞所为《死守孤城状》，乃摭其事而传之。微夫，应元故明朝一典史也，顾其树立乃卓卓如是。乌呼，可感也哉！

（据扫叶山房1926年版《虞初续志》）

研堂见闻杂记（研堂见闻杂录）

佚名撰。近人冯超考证作者为王家祯。《研堂见闻杂记》虽多为史料丛书所收录，但其中诸多故事描写颇具小说因素，如书末所叙康熙三年（1664）盗贼冒池州太守郭某之名赴任事，颇类徐芳《雷州盗记》，故亦可以小说视之。这部文言小说集的最大特点就是作者以娄东（太仓）为视角，由娄东故事延伸到江南故事，包括由娄东抗清到江南抗清、由娄东人物到江南人物、由娄东科弊到江南狱案。《痛史》《中国内乱外祸历史丛书》《清代笔记小说》等均有收录。

姚江神灯记

朱一是撰。叙作者观姚江神灯事。神灯多出现于三四月间，天骤热，将雨时现，以东郊岳庙为盛。神灯出没诡秘，形状各异，至初更钟鸣尽灭。《虞初新志》卷七收录。

张山来曰：吾乡有灵金山，每岁以六月十八日建醮施食，檄召诸鬼。鬼火群起，倏合倏分。其文乃韩国公李善长读书山中时所撰。久之，其板漶漫至不可识。道士别镌一板，焚之而鬼不至，因仍以旧板刷文重读，燐火复炽。迄今每遇醮坛，则新旧二檄并焚云。可见鬼神一道，与人互相感通。姚江神灯，非妄言也。

（据康熙间刻本《虞初新志》）

一瓢子传

严首升撰。叙明隆庆时湖广澧县神仙道人一瓢子性格怪僻、善于画龙、死后尸解，张潮《虞初新志》在收录时附有陈周寄《游一瓢传》，并将二者进行比较。原出《濑园文集》卷五，《虞初新志》卷三、《旧小说》己集二收录。

张山来曰：予于《文漱》中见严作，选后而濑江陈子二游，复以是作见寄。所纪事大同小异，因并录之，以彰瑜、亮云。

乙邦才传

汪琬撰。叙山东青州人乙邦才，崇祯时在霍山，救出被农民军重围的黄得功，又与张衡深入六安取出太守结状，最后在扬州与清军战死。《虞初续志》卷五、《旧小说》己集一收录。

汪子曰：予读公勇所书《乙将军始末》，辄慨然想见其人，因稍删润之如此。公勇又云："邦才素不饮酒，独好美妇人。某尝遇之濠上，直其猎还。为某席地置酒，自弹琵琶，命侍姬歌秦声和之，意欢甚。已复置琵琶于膝，注视某曰：'邦才自出行间，数受上方银币之赐，致位大将，所可报国家者，惟此身耳。幸而所解无事，不能不以声色自娱。一旦有警，且判此为国家死矣。'其后卒如其言，岂不痛哉！"张衡者，不知其所从始，自言山西人，在刘良佐军中。军尝却，衡独身断后，以是亦积功至总兵官云。

（据扫叶山房 1926 年版《虞初续志》）

义犬记

徐芳撰。叙一义犬为感一太原客救命之恩,而助县令侦破太原客被杀案,表现了义犬智勇过人,为诸多常人所不具。原出《悬榻编》卷四,《虞初新志》卷七、《旧小说》己集一收录。

论曰:夫人赴几在智,观变在忍。祸起仓卒,张皇震慑而不知所出,智不足也;不忍悾悾之心,蹈义赴难,而规画疏略,志虽诚而谋卒无济,忍不足也。故曰成事难。使犬当少年戕客之时,奋其齿牙以与贼角,糜身巨梃而不之避,烈矣,然于客无补。衔哀茹痛,疾走控吁,而于贼之窟宅未能晓识,纵令当事怜而听我,荒畦漫野,于何索之?冤难达,贼不可得也。惟明有报贼之心,而不骤起以骇之。知县之可诉,而姑忍以候,逡巡追蹑以识其处,贼已在吾目中,而后走诉之。已落吾彀中,而后奋怒于一啮,而仇可得,金可还,太原之问可通,而客之榇可以归矣。其经营细稳,不必痛之遽伸,而务其忠之克济,是荆轲、聂政之所不能全,子房、豫让诸人所不得遂,而竟遂之者也。岂独狺讼公庭,旅走数千里外之奇且壮哉?夫人孰不怀忠,而遇变则渝;孰不负才,而应猝则乱。智取其深,勇取其沉,以此临天下事,何弗办焉?予既悲客,又甚羡客之有是犬也而胜人也。

张山来曰:义犬事不一而足,特录此篇者,以其事为尤奇也。○又曰:犬固义矣,而此令亦有良心。设墨吏当之,此金尚能归客之子乎?

(据康熙间刻本《虞初新志》)

义盗事

吴肃公撰。叙义盗安守忠、安守夏兄弟在崇祯末年行盗于山东,为巡抚王永吉所获,请效用,不允。后又行盗再为巡抚所捕,兄就戮,弟得释。国变后,王永吉投奔吴三桂,而安守夏则举起抗清大旗,两兵相遇时，安守夏义释王永吉。此篇赞扬二盗之义气，又表现其抗清的民族气节。原出《街南文集》卷十九，《虞初支志》卷一、《旧小说》己集一收录。

钱泳《履园丛话》曰：吴留村，名兴祚，字伯成，其先本浙之山阴人，中顺治五年进士，时年十七。其明年，既选江西萍乡县知县，迁山西大宁县知县，升山东沂州府知府。以事镌级，左补江南无锡县知县者十三年，政通人和，士民感戴。忽有奸人持制府札，立取库金三千两，吴疑之，诘以数语，其人伏罪。乃告之曰："尔等是极聪明人，故能作此伎俩，落他人手，立斩矣。虽然，看汝状貌，尚有出息。"乃畀以百金，纵之去。后数年，闽寇日炽，吴解饷由海道至厦门，忽逢盗劫，已而尽还之。盗过船叩头谢罪曰："公大恩人也。"询之，即向所持札取库金者。由是其人献密计为内应，将以报吴。时闽浙总督为姚公启圣，与吴同乡，商所以灭寇之法。康熙十五年冬，八闽既复，姚上闻，特擢福建按察使，旋升两广总督。

青垞曰：王文通苟有包胥之志，则守夏焉知不能为刘国能、李万庆？其不纳起义之谋，即为后日相新朝之见端。乌呼！柳如是劝钱牧斋，顾横波之讽龚芝麓，皆濡忍不断，侠心奇骨之倡盗，其如此士大夫何哉！

（据商务印书馆1921年版《虞初支志》）

义猴传

宋曹撰。叙吴越间一乞丐与一猴相处如父子。及丐老，猴乞食以养之；丐卒，猴乞钱以葬之；葬毕，猴乞食以祭之；祭毕，猴积薪以自焚。作者赞扬丐猴之义，盖有贬挞那些仕清、降清者之意。原出《会秋堂文集》，《虞初新志》卷一、《旧小说》己集一收录。

张山来曰：有功世道之文，如读《徐阿寄传》。

（据康熙间刻本《虞初新志》）

义虎记

王猷定撰。作于顺治十八年（1661）。叙山西孝义县一虎义救樵夫，而樵夫亦义救该虎。原出《四照堂文集》卷四，《虞初新志》卷四、《旧小说》己集一收录。

王子曰：余闻唐时有邑人郑兴者，以孝义闻，遂以名其县。今亭复以虎名，然则山川之气，固独钟于此邑欤？世往往以杀人之事归狱猛兽，闻义虎之说，其亦知所愧哉？

张山来曰：人往往以虎为凶暴之兽，今观此记，乃知世间尚有义虎，人而不如，此余所以有《养虎行》之作也。

（据康熙间刻本《虞初新志》）

瘗老仆骨志铭

杜濬撰。作于康熙十一年（1672）。叙杜家老仆胡义勤忠心服侍杜家，国变后他怒斥那些趁火打劫杜家及离杜家而去的仆人，他始终不事二姓，杜濬兄亡故后转而事杜濬，直至最后去世。原出《变雅堂文集》卷六，《广虞初新志》卷八收录。

逸叟李先生生圹铭

李邺嗣撰。此篇通过逸叟李先生与陶潜的对比来叙事，他们在八个方面有共同之处。表明作者有归隐之心。原出《杲堂文钞》卷五，《广虞初新志》卷八收录。

影梅庵忆语

冒襄撰。作于顺治八年（1651）。小说次第记述了四方面内容：一是叙冒襄与董小宛从相识到相爱到终成眷属的全过程；二是叙冒董爱情生活中如诗如画的生活片断；三是叙甲申之变后冒董所经历的种种艰险困苦；四是以谶言、预兆及梦幻来阐释冒董姻缘。《昭代丛书》别集、《如皋冒氏丛书》《香艳丛书》《说库》《清代笔记小说》等收录。

冒襄小序

爱生于昵，昵则无所不饰。缘饰著爱，天下鲜有真可爱者矣。矧内屋深屏，贮光闪彩，止凭雕心镂质之文人。描摹想像，麻姑幻谱，神女浪传，近好事家，复假篆声诗，侈谭奇合，遂使西施夷光、文君、洪度，人人阁中有之。此亦闺秀之奇冤，而噉名之恶习已。亡妾董氏，原名白，字小宛，复字青莲，籍秦淮，徙吴门，在风尘虽有艳名，非其本色，倾盖矢从余。入吾门，智慧才识，种种始露。凡九年，上下内外大小，无忤无间。其佐余著书肥遁，佐余妇精女红，亲操井臼，以及蒙难遘疾，莫不履险如夷。茹荼若饴，合为一人。今忽死，余不知姬死而余死也。但见余妇茕茕粥粥，视左右手罔措也。上下内外大小之人，咸悲酸痛楚，以为不可复得也。传其慧心隐行，闻者叹者，莫不谓文人义士难与争俦也。余业为哀辞数千言哭之，格于声韵不尽悉，复约略纪其概。每冥痛沉思姬之一生，与偕姬九年光景，一齐涌心塞眼，虽有吞鸟梦花之心手，莫克追述。区区泪笔，枯涩黯削，不能自传其爱，何有于饰？矧姬之事，余始终本末，不缘狎昵。余年已四十，须眉如戟。十五年前，眉公先生谓余视锦半臂碧妙笼，一笑瞠若，岂至今复效轻薄子漫谱情艳，以欺地下？傥信余之深者，因余以知姬之果异，赐之鸿文丽藻，余得藉手报姬，姬死无恨，余生无恨。

（据世楷堂藏板《昭代丛书》本）

杜濬评语

己卯初夏，应试白门。……然往返葛藤，则万斛心血所灌注而成也。

杜茶村曰：是篇娓娓至数千言，浩浩荡荡，西起昆仑，东注溟渤，冲融窈窕，异派分支，千态万状，姿媚横生，顿使《会真》《长恨》等篇，黯然失色，非辟疆莫能为此文，非姬莫能当此作，真千秋大观矣。情语云乎哉！

壬午清和晦日，姬送余至北固山下，坚欲从渡江归里。……姬更云新安山水之逸，在人枕灶间，尤足乐也。

杜茶村曰：金山一点，屹当匹练之中。胭粉六朝，香染金陵之地。楼名烟雨，湖字鸳鸯，而二妙采真，披云撷秀，读之令人步步欲仙。宁但两越天都岚翠沾洒衣裾已也。

虞山宗伯送姬抵吾皋时，余待家君饮于家园，仓卒不敢告严君。……而一身之外，金珠红紫尽却之，不以殉，洵称异人。

杜茶村曰：断断是再来人，一毫不苟，一丝不挂。诚然而来，诚然而往。吾以比之董永织女、薛嵩红线。

余数年来，欲襄集四唐诗，购全集，类逸事，集众评，列人与年为次第。……其细心专力，即吾辈好学人鲜及也。

杜茶村曰：闺秀较书鉴赏，唐有薛涛，宋有李易安。涛风尘老丑，易安失身匪人，终为风雅之玷。宛君才藻精敏，益见芳贞。而真嗜殊好，本之天性，方之大家女史何愧。

姬于吴门曾学画未成。……至淫耽无厌化蟾之句，则得玩月三昧矣。

杜茶村曰：绝哉名香，重霄皓魄。奇花异茗，倚态争芬。自非真仙琼媛，莫可得而领略。兼之天才丽质，把玩晨昏；玉臂云鬟，馥郁于琉璃世界中矣。

姬性淡泊，于肥甘一无嗜好。……而又以慧巧变化为之，莫不异妙。

杜茶村曰：一七一窝，异香绝味，使人作五鲭八珍之想。

甲申三月十九之变，余邑清和望后，始闻的耗。……姬断断非人世凡女子也。

杜茶村曰：才子佳人，多生乱世。如王嫱、文姬、绿珠，莫可缕数。姬生斯时宜矣。奔驰患难，终保玉颜无恙。首邱绣闼，复得夫君五色彩毫，以垂不朽。孰谓其不幸欤？

丁亥谚口铄金，太行千盘，横起人面。……姬之生死，为余缠绵如此，痛哉痛哉。

杜茶村曰：此种精诚，格天彻地，呕血剖心，能与龙、比并忠，曾、闵齐孝，万祀千秋，传之不朽。

余每岁元旦，必以一岁事卜一签于关帝君前。……讵知梦真而诗签咸来先告哉。

杜茶村曰：名士名姬，精爽俱至。动与神孚，故其卜兆挥毫，宛然对语。顾造物胡不少延其算耶？惜哉！

（据世楷堂藏板《昭代丛书》本）

附　录

宣清·读影梅庵忆语赋　新城王士禄西樵

往事销凝久，把残编重读，香魂如迸。映红栏、弱柳怜人，伴文衾、寒梅成滕。随氏清娱，羊家净婉，那堪相并。看月坐，拥书眠，雅称夫君情性。　　如意珠沉，断肠花发，人去春风病。叹馆闭双成，绮窗深靓，紫箨碧牒空剩，钏里流霞，是他年、鸿都私证。

弟礼吉曰：缩笔《长恨歌》，词省而意具。

贺新郎《影梅庵忆语》久置案头，不省谁何持去。辟疆再为寄示，开卷泫然，怀人感旧，同病之情，略见乎辞矣。合肥龚鼎孳芝麓

雁字横秋卷。乍凭阑、玉梅影到，同心遥遣。束素亭亭人宛在，红雨一巾重泫。理不出、乱愁成茧。骑省十年蓬鬓改，叹香熏、遗挂痕今浅。肠断谱，对花展。　　帐中约略芳魂显。记当时、轻绡腕弱，睡鬟

云扁。碧海青天何限事，难倩附书黄犬。藉棋日、酒年宽免。搔首凉宵风露下，羡烟霄、破镜犹堪典。双凤带，再生剪。

<small>纪伯紫曰：呜咽缠绵，悲凉酸楚，试当想枫月黑时曼声歌之，应使帐中之魂珊珊欲出。</small>

莲坡诗话 <small>天津查为仁进坡</small>

龙眠方复斋先生为江南望族，行七，予年二十，复斋已六十七矣。方氏诸名宿，往来水绘园最久，故复斋谈冒氏掌故尤详。所言同人赠答诗文，多有本集他书所不载者。辟疆有姬人董白，字小宛，金陵人，善书画，兼通诗史，早卒。辟疆作《影梅庵忆语》悼之，一时名士吴园次以下，无不赋诗以赠。温陵黄俞邰虞稷二绝更佳，冒见之哀感流涕。其诗曰：珊瑚枕薄透嫣红，桂冷霜清夜色空。自是愁人多不寐，不关天末有哀鸿。半床明月残书伴，一室昏灯露阁缄。最是夜深凄绝处，薄寒吹动茜红衫。

（据世楷堂藏板《昭代丛书》本）

影梅庵忆语跋

巢民先生，生多奇遇。而中年后，屡悲死别，殆禅家所谓修福修慧，而未了愁缘者。顾色能伐性，忧能伤人，而先生独享大年，其以色寿者欤，抑以忧延龄者欤？

癸巳秋日，震泽杨复吉识。

（据世楷堂藏板《昭代丛书》本）

读影梅庵忆语

周瘦鹃

我在学堂里念书的时候，就喜欢读那种富于情感的文章：如韩昌黎的《祭十二郎文》，归震川的《项脊轩记》；袁随园的《祭妹文》，都是掬着心儿，蘸着泪儿，放在那行间字里，为我所百读不厌的。离校以后，又爱读那些富于情感的小说杂作，并爱看那些富于情感的新旧剧与影戏，非拨动了心弦，眼眶中有了眼泪不止。而许多富于情感的小说杂作中，最初便爱读明末冒巢民先生的《影梅庵忆语》，因为《影梅庵忆语》就是一部富于情感的书，而又好在写实，那字里行间，当真有冒巢民先生的心儿泪儿在着。

《影梅庵忆语》是为了纪念他爱姬董小宛而作的，小宛的为人，余澹心先生《板桥杂记》中曾有所记，其文云："董白，字小宛，一字青莲；天姿巧慧，容貌娟妍，七八岁时，阿母教以书翰，辄了了；少长顾影自怜，针神曲圣，食谱茶经，莫不精晓；性爱闲静，遇幽林远涧，片石孤云，则恋恋不忍去；至男女杂坐，鼓吹喧阗，心厌色沮，意弗屑也！慕吴门山水，徙居半塘，小筑河滨，竹篱茆舍，经其户者，则时闻咏诗声，或鼓琴声，皆曰：'此中有人！'已而扁舟游西子湖，登黄山，礼白岳，仍归吴门，丧母抱病，赁居以栖，随如皋冒辟疆①过惠山，历澄江荆溪，抵京口，陟金山绝顶，观大江竞渡以归，后卒为辟疆侧室，事辟疆九年，年二十七，以劳瘁死。"此外张公亮先生也有一篇《冒姬董小宛传》，似乎根据《影梅庵忆语》而作；至于冒巢民先生又是甚么人呢？知者固多，不知者怕也不少，因附带在这里介绍一下："先生名襄，字辟疆，自号巢民，如皋人，明名臣冒起宗子；幼有俊才，负时誉，史可法荐为监军，后又特用司李，皆不就。所居有朴巢水绘园、深翠山房诸胜，入清后著书自娱，宾从宴游，极一时之盛，有《朴巢水绘》二集。"我们看了他的生平，便可知道他是个才人雅士，得姬人如董小宛，那真是才子佳人的奇缘啊！

巢民先生对于小宛，确有极深挚的爱，但瞧他《忆语》开首说："爱生于昵，昵则无所不饰，缘饰着爱，天下鲜有真可爱者矣；矧内屋深屏，贮光阒彩，止凭雕心镂质之文人，描摹想象②；麻姑幻谱，神女浪传；近好事家复假篆声诗，侈谈奇合，遂使西施夷光、文君、洪度，人人阁中有之，是亦闺秀之奇冤，而嗷名之恶习已。"这一番话，将旁的人一笔抹煞，表示他赞美小宛，并无假饰，并非描摹想象，并不是假篆

---

① "疆"原作"彊"，据康熙间刻《说铃》本《板桥杂记》改，下文所引《板桥杂记》同。

② "想象"原作"想像"，下同。

声诗，佉谈奇合，也并没有嗷名的恶习，这样用力一提，就声明这一部《影梅庵忆语》是千真万确，而也显见小宛是十全十美了。第一节的末尾又说："余年已四十，须眉如戟，十五年前，眉公先生谓余视锦半臂碧纱笼，一笑瞠若，岂至今复效轻薄子漫谱情艳，以欺地下？倘信余之深者，因余以知姬之果异。"这些话简直是大声疾呼，要人知道小宛的是好女子，他决不敢打谎话骗人，看他词气的恳切，差不多达到了赌神罚呪的地步。

小宛的貌如何美艳？《忆语》中并未用力描写，不过第二节记良晤之始，有"面晕浅春，缃服流视，香姿玉色，神韵天然"四语：寥寥十六字，不作一废话，而已足见小宛的姿貌绝美，无可譬说，这十六个字，也可以说得是美人的重要条件，只须配得上这十六字，便是绝世美人了！下面接有："懒慢不交一语。"轻轻一点，却显得小宛不但美貌，并且是个极有品格的女子，和一般庸脂俗粉不同了！

男女之间，只要意气相投，性情相合，便如磁引铁，如珀拾芥的，很容易发生爱情。巢民之于小宛，却是更进一步：第一次见面，便已倾心，所以他记良晤之始，就有"余惊爱之"的话，那时他们两下里还没有开过口，讲过话，这岂不是一见倾心么？以后第二次、第三次见面，都是在有意无意、若即若离之间，而彼此心坎中的情苗，却已怒生滋长，不可复遏；因此引起小宛求见太夫人，作进一步的亲近，终于不顾女孩儿家羞人答答，先自向巢民婉达托以终身之意，然而巢民究竟还有些迂拘，不敢答应，同时小宛方面，也起了甚么纠葛！所以《忆语》第三节中，一则曰："为窦、霍豪家掠去。"再则曰："后为窦、霍门下客以势逼去。"这所谓窦、霍，分明是借用汉代窦皇后、霍光，隐指当时的甚么豪贵，但不知这豪贵毕竟是谁呢？当时巢民对于小宛蒙难，似乎并不在意，而只惦念他兵火患难中的老父，因有"负一女子无憾"之语；在巢民虽不失为孝子，对小宛却似乎过于薄情了！

小宛以后的生活，似乎很艰苦：一则为势家所惊，二则母死，三则想念巢民太切，因此种种，便不得不病了！病中相见，情深若揭，那时的情景，要是画一幅"红楼问病图"，定极缠绵悱恻之致；小宛的几句话,更来得悱恻缠绵,伊见巢民急急要去,便牵留他道:"我十有八日,寝食俱废,沉沉若梦,惊魂不安,今一见君,便觉神怡气王。"试想病了半个多月,至于睡不熟吃不下,一见了爱人,便会"神怡气王",倘不是为的"情痴",怎能如此?而也足见《西厢》上所说"治相思无药饵",委实不错:惟有爱人才是治相思的良药啊!第二天巢民上襄阳去,小宛竟象没有病的一般,带了行装,随路祖送,经浒关到梁溪、毘陵、阳羡、澄江,达北固,《忆语》中说:"阅二十七日,凡二十七辞,姬惟坚以身从,登金山,誓江流曰:'妾此身如江水东下,断不复返吴门。'余色变拒绝。"瞧伊这样的一往情深,誓死相从,真是难得,而巢民毕竟是个迂夫子,二十七天中,辞了伊二十七次,且还色变拒绝,他只为醉心功名,轻视情爱,终于遣去小宛,使小宛掩面痛哭失声而去,孤另另的重返吴门;他却还说:"余虽怜姬,然得轻身归,如释重负!"象这样铁石心肠的"薄情郎",合该借金玉奴的棒来,将他痛打一下!要不是小宛,换了个心志不坚的女子,早就死心塌地,另去爱上了旁的人,何必恋恋不舍于你这位薄情的冒大爷啊?小宛回吴以后,竟一百日茹素杜门,听金陵偕行之约,那知巢民自管去赶考,并不践约;累得小宛孤身带了一个老妪,从吴门搭船赶往金陵,半路上遇了强盗船。躲在芦苇中,又坏了柁,三天没吃东西,这种苦楚,不明明是巢民害伊吃的么?好容易彼此见面了,巢民又因老太爷回来,喜出望外,竟不为小宛谋去留,跟着他父亲往銮江去!又累得小宛搭船相追,在燕子矶遇了风,几乎身遭不测!这种苦楚,不又明明是巢民害伊吃的么?巢民在銮江候榜,中了副车,很失意的赶回家去,而小宛不因他不第而改变初志,仍是痛哭相随,谁知巢民因伊在吴门负着债,债户逼得很厉害,也并不给伊设法,竟唤小宛重返吴门,他《忆语》中说:"舟抵郭外朴巢,遂'冷面铁心',与姬决别;仍令姬归吴门,以厌责逋者之意。"试瞧他堂堂丈夫,不能给一个倾心相爱的女子料理债务,反叫伊回去,以厌责逋者之意,这分明是把伊投入虎狼之口,而自己反袖手旁观,这样的"冷面铁心",不但该借金玉奴的棒来痛打,直当一刀杀却;刘大行指斥他说:"辟疆夙称风义,固如是负一女子耶?"真骂得痛快;而巢民偏自厚颜，还说："黄衫押衙，非君平仙客所能自为。"硬要别人给他帮忙，幸而仗着大行等几个好友和虞山钱牧斋等一行人的大力，才给小宛还了债，落了籍，由牧斋亲自送到如皋；巢民说："然往返葛藤，则万斛心血所灌注而成也。"这话原是不错，但我以为这万斛心血，全是小宛和朋友们的心血，巢民始终是贪天之功，藉人之力。

　　小宛既归了巢民，巢民可就大享艳福了；如"偕登金山，时四五龙舟，冲波激荡而上，山中游人数千，尾余两人，指为神仙，绕山而行，凡我两人所止，则龙舟争赴，回环数匝不去。"文人爱弄笔头，说得未免过分了些，然而小宛的娟好，巢民的潇洒，可想而知。又如："秦淮中秋日，四方同社诸友，置酒桃叶水阁，眉楼顾夫人等，皆与姬为至戚，美其属余，咸来相庆，是日新演《燕子笺》，曲尽情艳。"又如江口梅花亭子上的轰饮；鸳湖烟雨楼畔的清游；都见得二人的豪情逸致，令人妒煞羡煞！

　　小宛不但美貌，并且是个有德有才的女子，如事姑事大妇，都能得伊们的欢心，《忆语》中所谓："服劳承旨，较婢妇有加无已，烹茗剥果，必手进，开眉解意，爬背喻痒，当大寒暑，折胶铄金时，必拱立座隅，强之坐饮食，旋坐旋饮食，旋起执役拱立如初；每课两儿文，不称意，加夏楚，姬必督之改削成章，庄书以进，至夜不懈，阅九年，与荆人无一言枘凿。至于视众御下，慈让不遑，咸感其惠；余出人应酬之费，与荆人日用金错泉布，皆出姬手，姬不私铢两，不爱积蓄，不制一宝粟钗钿。"读了以上诸语，便可知道小宛的贤德，真是难能可贵；试看现在一般大家的姨太太，那一个不是穷奢极欲，狂放无度？休想事姑事大妇，还得要丈夫去服侍伊；得了丈夫的钱，便用之如泥沙，不管他来处不易，至于钗钿宝粟，更愈多愈妙，钻石满身，全是逼拶丈夫的膏血而得，伊们以为做姨太太，是专为享福而来，不是穿得好，吃得好，插戴得好，便不成其为姨太太了！贤德如小宛，直可作往古来今一般姨太太的好模范。

　　《忆语》中又说："于女红无所不妍巧，锦绣工鲜，刺巾裾，如虮无痕，日以六幅，翦彩织字，缕金回文，各厌其拔"；又"余数年来欲哀集四唐诗，姬终日佐余稽查钞写，细心商订，永日终夜，相对忘言，阅诗无所不解，而又出慧解以解之"；又"学《曹娥碑》，日写数千字，不讹不落，余凡有选摘，立钞成帙，或遣事妙句，皆以姬为绀珠"；又"能作小丛寒树，笔墨楚楚，时于几砚上辄自图写"；就这数语看来，又可见小宛的才慧，试问今日女子中，有几个能绣，能书，能画，般般兼擅的，况且他出身勾栏，并未用过苦功，真是不可多得咧！

《影梅庵》雅事，不一而足，如烹茗品香，艺花玩月，都可以入诗入画；此外如酿饴为露，煎瓜果作膏，和手制食品等，也都说得津津有味，如今凡是读《影梅庵忆语》的，几乎人人发为幻想，愿化身作冒巢民，花晨月夕，与小宛相共，任是如巢民所说："余一生清福，九年占尽，九年折尽"；也一百二十个情愿啊！

巢民和小宛享了这几年清福，便逢了甲申三月十九之变，这一天便是李闯入寇，崇祯帝自尽煤山之日，真可说是天崩地塌了，他们所住的如皋城中，也有群横日劫杀人如草的恐怖，巢民一家不得不避难出走，不道入江遇盗，又经历了无限的艰险困苦，小宛所有珍爱，完全散失；第二年清兵入犯，薙发令下，大起骚乱，巢民为便利逃亡起见，想将小宛托与友人，虽说别具苦衷，论情也未免太忍。小宛口头不敢反抗，心中何尝愿意？但看伊对巢民说："君堂上膝下，有百倍重于我者，乃以我牵君之臆，非徒无益，而又害之；我随君友去，苟可自全，誓间关匍匐以俟君回。脱有不测，前与君纵观大海，狂澜万顷，是吾葬身处也！"这一席话，真是声泪俱下，万分委曲，料想伊那时的一寸芳心，正不知如何痛楚咧！然而巢民所舍得下的，他的父母却舍不下；毕竟仍带了小宛同走，《忆语》中说："自此百日，皆展转深林僻路，茅屋渔艇，或月一徙，或日一徙，或一日数徙，饥寒风雨，苦不具述，卒于马鞍山遇大兵，杀掠奇惨。"我们读到这里，不由得不寒而栗，替小宛担了无穷惊怖，近人盛传小宛并非病死巢民之家，是被清兵掠去，送入宫中，作世祖宠妃的，不知道是不是就在马鞍山遇大兵时啊？

自从这一次蒙难之后，《忆语》中便记他一百五十日的大病，如何得小宛的看护，上边说："此百五十日姬仅卷破席一，横陈榻旁，寒则拥抱，热则披拂，痛则抚摩，或挽其身，或卫其足，或欠伸起伏，为之左右翼，凡病骨所适，皆以身就之！鹿鹿永夜，无形无声，皆存视听；汤药手口交进，下至粪秽，皆接以目鼻，细察色味，以为忧喜；日食粗粝一餐，与吁天稽首外，惟跪立我前，温慰曲说，以求我破颜，余病失常性，时发暴怒，诟谇三至，色不少忤，越五月如一日。"又记他丁亥之病：说"姬当大火铄金时，不挥汗，不驱蚊，昼夜坐药炉旁，密伺余于枕边足畔六十昼夜，凡我意之所及，与意之所未及，咸先后之"。读了这两小节，真足使人天感泣，看伊这样的侍疾，便是一般孝子孝女，也未必能如此刻苦，如此周到，这真如杜茶村所谓"此种精诚，格天彻地，呕血剖心，能与龙比并忠，曾、闵齐孝了"！

《忆语》的最后几节，都是迷信恶识，其一：关帝君前的签语，有"忆昔兰房分半钗，如今忽把音信乖，痴心指望成连理，到底谁知事不谐"四语。其二：小宛之黄跳脱忽中断；其三：一日小宛偶读唐女子"所嗟人异雁，不作一行归"之句，为之凄然下泪，至夜和成八绝，哀声怨响，不堪卒读，第二年恰在这一天长逝！其四：作客在外，忽梦还家，举室皆见，独不见姬，急询荆人，不答；复遍觅之，但见荆人背余下泪，余梦中大呼曰："岂死耶？"一恸而醒；姬每春必抱病，余深疑虑，旋归则姬固无恙，因间述此相告，姬曰："甚异！前亦于是夜梦数人强余去匿之，幸脱，其人尚猗猗不休也！"因了这几节，便引起后人许多疑点，说清世祖的董妃，便是董小宛，所说小宛的死，实在是隐指被清兵掠去，并非真死，细读《影梅庵忆语》，确也很有可疑之点，不见《忆语》中对于饮食起居，都连篇累牍的细写，而独于小宛如何病，如何死，却偏偏不着一字！这是为的甚么缘故啊？近贤都以吴梅村《清凉山赞佛诗》为证，不妨摘录出来，作董小宛的研究，如故罗瘿公先生《宾退随笔》云：

> 吴梅村《清凉山赞佛诗》，盖暗指董妃逝世，清世祖感伤甚，遁五台为僧，语甚明显，论者向无异词；独董妃即冒辟疆姬人董小宛一事，则冒广生辨之甚力，盖小宛为水绘园生色，不愿为他人

夺也。

《赞佛诗》:"王母携双成,绿盖云中来",又"可怜千里草,萎落无颜色",屡点董字,"南望苍舒坟,掩面添凄恻",盖董妃生一子,先妃死,故云。(《三国志·魏邓哀王冲传》,字苍舒,年十三,建安十三年,疾病,及亡,哀甚)。"名山初望幸,衔命释道安,预从最高顶,洒扫七佛坛,灵境乃沓绝,扪葛劳跻攀,路尽逢一峰,杰阁围朱阑,中坐一天人,吐气如旃檀,寄语汉皇帝,何苦留人间?烟岚倏灭没,流水空潺湲,回首长安城,缁素惨不欢,房星竟未动,天降白玉棺,惜哉善财洞,未得夸迎銮"。盖世祖幸五台不就,祝发为僧,朝中以大丧告,所谓"房星竟未动",言帝实未崩也。又"澹泊心无为,怡神在玉几,长以兢业心,了彼清净理"。又"纵洒苍梧泪,莫卖西陵履";皆言帝出家,未尝御崩也。

陈迦陵《读史杂感》第二首,亦专指此事,曰"董承娇女",明言董姓也,曰"玉匣珠襦连岁时,茂陵应长并头花";盖董妃卒后半月,而世祖遂以大丧告天下也。

冒辟疆《亡妾董小宛哀辞序》云:"小宛自壬午归副室,与余形影俪者九年,今辛卯献岁二日长逝。"张明弼《董小宛传》云:"年仅二十七,以劳瘁卒;其致疾之由,与久病之状,并隐微难悉。"盖当时被掠于北兵,辗转入宫,大被宠眷,用满洲姓称董鄂氏,辟疆即以其被掠之日,为其亡日也,非甚不得已,何至其致疾之由,与久病之状,隐微难悉哉?

辟疆《影梅庵忆语》,追述小宛言动,凡饮食之细,器物之微,皆极意缕述,独至小宛病时作何状,永诀时作何语,绝不一及,死后若何营葬,亦不详书,仅于哀辞中有之"今幽房告成,素旐将引,谨卜闰二月之望日,安香魂于南阡"数语而已,未可信据也。《忆语》中"余每岁元旦,必以一岁事卜一签于关圣帝君前,至到底不谐则今日验矣"一节,按小宛若以病殁,则当作悼亡语,不当云"到底不谐今日验"之语也。

最后一则,自三月之杪至讵知真梦与诗谶咸来先告哉止,当是事实：讳以为梦耳！《忆语》止于此，以后盖不敢见诸文字也。梅村《题董白小像诗》第七首云："乱梳云髻下妆楼，尽室仓皇过渡头，钿盒金钗浑抛却，高家兵马在扬州。"盖指高杰之祸也。第八首云："江城细雨碧桃村，寒食东风杜宇魂，欲吊薛涛怜梦断，墓门深更阻侯门。"若小宛真病殁，则侯门作何解耶？岂有人家姬人之墓，谓其深阻侯门者乎?!

又《题董君画扇诗》，列题像诗后，接以《古意》六首，亦暗指小宛；词意甚明，编诗时具有深意，第二首云："可怜同望西陵哭，不在分香卖履中。"第四首云："手把定情金盒子，九原相见尚低头。"盖谓姬自伤改节，愧对辟疆也。第六首云："珍珠十斛买琵琶，金谷堂深护绛纱，掌上珊瑚怜不得，却教移作上阳花。"则意更明显矣！向读梅村诗，多谓梅村自伤之作，词意多不可通，无宁谓指小宛之为近也。

龚芝麓题《影梅庵忆语·贺新郎词》下阕云："碧海青天何限事，难倩附书黄犬，藉棋日酒年宽免，搔首凉宵风露下，羡烟霄破镜犹堪典，双凤带，再生翦。"所云"碧海青天，附书黄犬，破镜挑典"，皆生别语，非慰悼亡语也！董妃之为董小宛者，佐证甚繁，自故老相传已如此矣。

罗瘿公先生所说，确是很有见地，在我们一般读《影梅庵忆语》的人，本来也很愿小宛和巢民俩相亲相爱，厮守到死；生为冒家之人，死为冒家之鬼，万不愿见伊中途变节，做那异族皇帝的妃嫔，然而事实上要是如此，那也是无可如何的；据我想来，小宛的变节，实在也很为可疑，但瞧伊先前对巢民，一往情深，何等热烈，矢志相从，以死自誓，前后九年中，为他经历了千辛万苦，情爱之真挚，不用说了！为甚么末后会腼颜事仇，不能一死以谢巢民呢？所以我读了罗先生的随笔，还不敢指定小宛确是董妃，但不知冒广生先生的辩白，可举出甚么证据来没有？

关于小宛即董妃的一说，陈石遗先生的《石遗室诗话》中，也曾论及，文云：

> 吴梅村《清凉山赞佛诗》四首，为前清诗中一疑案，第一首第四韵云"王母携双成，绿盖云中来"，言董姓也，以下"汉主坐法宫"云云，至"对酒毋伤怀"，言皇帝定情，种种宠爱，以及乐极生悲，念及身后事也；第二首第三韵云"可怜千里草，萎落无颜色"，言董姓者竟死也！以下"孔雀蒲桃锦"云云，至"轻我人王力"，言种种布施，以及大作道场，皇帝亦久久素食也；末韵"戒言秣我马，遨游凌八极"，先逗起皇帝将远游也！第三首首韵云"八极何茫茫？日往清凉山"，言将往清凉山求之，以应第一首首六句云"西北有高山，云是文殊台，台上明月池，千叶金莲开，花花相映发，叶叶同根栽"，言身有自来，本从五台山来，故亦往五台山去也。自"此山蓄灵异"，至"中坐一天人，吐气如旃檀，寄语汉皇帝，苦何留人间"诸句，言来去明白，与山中见此天人，寄语劝皇帝出家脱屣万乘也；"房星竟未动，天降白玉棺，惜哉善财洞，未得夸迎銮"诸句，言非光明正大出家，乃托言升遐也；第四首自"尝闻穆天子"云云，至"残碑泣风雨"，言古天子之远游求仙，及佳人难再得，遂弃天下臣民者，以譬实系出家而托言升遐之事；不然，如安南国王陈日燇，传位世子，出家修行，庵居安子山紫霄峰，自号山林大士者，正可比例也。至"天地有此山"以下，则明言皇帝在五台山修行矣，故有"怡神在玉几，羊车稀复幸，牛山窃所鄙，纵洒苍梧泪，莫卖西陵履"云云也；于是相传为章皇帝董妃之事，然满洲蒙古无董姓，于是有以《董贵妃行状》与《影梅庵忆语》相连刊印者，有谓《红楼梦》说部虽寓康熙间朝局，其贾宝玉因林黛玉死而出家，即隐寓此事者，《红楼梦》为闺秀各起别号，独林黛玉以潇湘妃子称，冒辟疆《寒碧孤吟》为小宛而作，多言生离，而序言：太白之才，明皇能怜之，贵妃可侍，巨珰可奴。末又言：旦夕醉倚沉香，诏赋名花倾国，当此捧砚脱靴时，犹然忆寒碧楼否耶？《忆语》则既有与姬决舍之议，又有独不见姬与数人强去

之梦,恐其言皆非无因矣!

罗、陈两家,都以吴梅村《清凉山赞佛诗》为言,可见此诗之于董小宛,似有重要的关系,照录如下:

其一

西北有高山,云是文殊台,台上明月池,千叶金莲开,花花相映发,叶叶同根栽;王母携双成,绿盖云中来,汉主坐法宫,一见光徘徊;结以同心合,授以九子钗,翠装雕玉辇,丹髹沉香斋;护置琉璃屏,立在文石阶,长恐乘风去,舍我归蓬莱;从猎往上林,小队城南隈,雪鹰异凡羽,果马殊群材;言过乐游苑,进及长杨街,张宴奏丝桐,新月穿宫槐;携手忽太息,乐极生微哀,千秋终寂寞,此日谁追陪;陛下寿万年,妾命如尘埃,愿共南山椁,长奉西宫杯;披香淖博士,侧听私惊猜,今日乐方乐,斯语胡为哉?待诏东方生,执戟前诙谐,熏炉拂黼帐,白露零苍苔,吾王慎玉体,对酒毋伤怀!

其二

伤怀为凉风,深宫鸣蟋蟀,严霜被琼树,芙蓉雕素质;可怜千里草,萎落无颜色!孔雀蒲桃锦,亲自红女织;殊方初云献,知破万家室,瑟瑟大秦珠,珊瑚高八尺;割之施精蓝,千佛庄严饰,持来付一炬,泉路谁能识?红颜尚焦土,百万无容惜,小臣助长号,赐衣或一袭;只愁许、史辈,急泪难时得,从官进哀诔,黄纸钞名入;流涕卢郎才,咨嗟谢生笔,尚方列珍膳,天厨供玉粒,官家未解菜,对案不能食,黑衣召志公,白马驮罗什;焚香内道场,广坐《楞伽》译,资彼象教恩,轻我人王力;微闻金鸡诏,亦由玉妃出,高原营寝庙,近野开陵邑;南望苍舒坟,掩面添凄恻,戒言秣我马,遨游凌八极。

其三

八极何茫茫,曰往清凉山,此山蓄灵异,浩气供屈盘;能蓄太古雪,一洗天地颜,日驭有不到,缥缈雨云寒;世尊昔示现,说法同阿难,讲树耸千尺,摇落青琅玕;诸天近峰头,绛节乘银鸾,一笑偶下谪,脱却芙蓉冠;游戏登璚①楼,窈窕垂云鬟,三世俄去来,任作优昙看;名山初望幸,衔命释道安,预从最高顶,洒扫七佛坛;灵境乃沓绝,扪葛劳跻攀,路尽逢一峰,杰阁围朱阑;中坐一天人,吐气如旃檀,寄语汉皇帝,何苦留人间?烟岚倏灭没,流水空潺湲,回首长安城,缁素惨不欢;房星竟未动,天降白玉棺,惜哉善财洞,未得夸迎銮,惟有大道心,与石永不刊,以此护金轮,法海无波澜。

其四

尝闻穆天子,六飞骋万里,仙人觞瑶池,白云出杯底;远驾求长生,逐日过蒙汜,盛姬病不救,挥鞭哭弱水,汉皇好神仙,妻子思脱屣,东巡并西幸,离宫宿罗绮,宠夺长门陈,恩盛倾城李,秋华即修夜,痛入《哀蝉》诔;苦无不死方,得令昭阳起,晚抱甘泉病,遽下轮台悔;萧萧茂陵树,残碑泣风雨,天地有此山,苍崖阅兴毁;我佛施津梁,层台簇莲蕊,龙象居虚空,下界闻斗蚁,乘时方救物,生民难其已,淡泊心无为,怡神在玉几,长以兢业心,了彼清净理,羊车稀复幸,牛山窃所鄙,纵洒苍梧泪,莫卖西陵履,持此礼觉王,贤圣同一轨,道参无生妙,功谢有为耻,色空两不住,收拾宗风里。

又梅村《题小宛小像诗》《题小宛画扇诗》,与《古意》六首,和龚芝麓的《贺新郎词》,罗瘿公先生《宾退随笔》中,都引作小宛或即董妃的一部分左证,因也将全诗全词附录于后:

题冒辟疆名姬董白小像 并引

夫笛步丽人,出卖珠之女弟,雒皋公子,类侧帽之参军;名士

---

① "璚"同"琼"。

倾城，真逢未嫁，人谐嬿婉，时遇漂摇，则有白下权家，芜城乱帅，阮佃夫刊章置狱，高无赖争地称兵；奔迸流离，缠绵疾苦，支持药裹，慰劳羁愁；苟君家免乎？勿复相顾；宁吾身死耳！遑恤其劳；已矣凤心，终焉薄命，名留琬琰，迹寄丹青。呜呼！针神绣罢，写春蚓于乌丝；茶癖香来，滴秋花之红露，在佚事之流传若此，奈馀哀之恻怆如何？镜掩鸾空，弦摧雁冷，因君长恨，发我短歌，贻以八章，聊当一慨尔！

射雉山头一笑年，相思千里草芊芊，偷将乐府窥名姓，亲击云璈第几仙？

珍珠无价玉无瑕，小字贪看问妾家，寻到白堤呼出见，月明残雪映梅花。

钿毂春郊斗画裙，卷帘都道不如君，白门移得丝丝柳，黄海归来步步云。

京江话旧木兰舟，忆得郎来系紫骝，残酒未醒惊睡起，曲栏无语笑凝眸。

青丝濯濯额黄悬，巧样新妆恰自然，入手三盘几梳掠，便携明镜出花前。

《念家山破》《定风波》，郎按新词妾唱歌，恨杀南朝阮司马，累侬夫壻①病愁多！

乱梳云髻下高楼，尽室仓皇过渡头，钿盒金钗浑抛却，高家兵马在扬州。

江城细雨碧桃村，寒食东风杜宇魂，欲吊薛涛怜梦断，墓门深更阻侯门！

又题董君画扇

过江书索扇头诗，检得遗香起梦思，金锁涩来衣叠损，空箱记取自开时！

湘君浥泪染琅玕，骨细轻匀二八年，半折秋风还入袖，任他明

---

① "壻"同"婿"。

月自团圆。

古意

争传婺女嫁天孙，才过银河拭泪痕，但得大家千万岁，此身那得恨长门？

其二

豆蔻梢头二月红，十三初入万年宫。可怜同望西陵哭，不在分香卖履中。

其三

从猎陈仓怯马蹄，玉鞍扶上却东西。一经辇道生秋草，说著长杨路总迷。

其四

玉颜憔悴几经秋，薄命无言只泪流。手把定情金合子，九原相见尚低头。

其五

银海居然妒女津，南山仍锢慎夫人。君王自有他生约，此去唯应礼玉真。

其六

珍珠十斛买琵琶，金谷堂深护绛纱。掌上珊瑚怜不得，却教移作上阳花。

《影梅庵忆语》久置案头，不省谁何持去，辟疆再为寄示，开卷泫然，怀人感旧，同病之情，略见乎辞矣！

合肥龚鼎孳芝麓

雁阵横秋卷，乍凭阑玉梅影到，同心遥遣，束素亭亭人宛在，红雨一巾重浣，理不出乱愁成茧，骑省十年蓬鬓改，叹香薰遗挂痕今浅，肠断谱，对花展。　　帐中约略芳魂显，记当时轻绡腕弱，睡鬟云扁，碧海青天何限事，难倩附书黄犬，藉棋日酒年宽免，搔首凉宵风露下，羡烟霄破镜犹堪典，双凤带，再生茧。贺新郎

孟心史先生作《董小宛考》，洋洋万言，对于董小宛即清世祖董鄂

妃一节，力为剖辩；开始说：

> 清世祖出家之说，世颇有传者，其时董鄂贵妃之故后承恩，具在国史，时人目董鄂之译音，定用此二字，遂颇用董氏故事射之，陈迦陵之所谓"董承娇女"也，吴梅村《清凉山赞佛诗》之所谓"千里草"也，"双成"也，皆指董鄂事，何必另于疑似之间，强指他人而代之，又何必于凡姓董之人中，牵及冒氏侍姬之董小宛，事之可怪，无逾于此！

> 凡作小说，劈空结撰可也，倒乱史事，殊伤道德；即或比附史事，加以色泽，或并穿插其间，世间亦自有此一体，然不应将无作有，以流言掩实事，止可以其事本属离奇，而用文笔加甚之；不得节外生枝，纯用指鹿为马方法，对历史上肆无忌惮，毁记载之信用，事关公德，不可不辨也。

这一番话，简直把罗、陈二家和一般指董小宛为董鄂妃的人，都痛骂了一顿，他书中最有力的辨证，是"推考年代，巢民和小宛识面之始，是在明崇祯十二年己卯，即清太宗崇德三年，那时小宛年十六岁，清世祖二岁，巢民二十九岁"，二岁的世祖和十六岁的小宛，可真相差得远了；此外巢民和小宛所经事故，都有时日年岁作证，确足取信于人，而末尾纪小宛死的年代，更为有力，他说：

> 顺治八年辛卯正月二日，小宛死，是年小宛为二十八岁，巢民为四十一岁，而清世祖则犹十四岁之童子；盖小宛之年长以倍，谓有入宫邀宠之理乎？

看了这些辩证，便可将董小宛即董鄂妃的疑案完全推翻，而我们也可确知董小宛始终是冒巢民的董小宛，并无中途变节腼颜事仇的事，我这怀疑的心，便立时得了慰藉了。

（据上海大东书局1933年版）

虞山妖乱志

冯舒撰。二卷附一卷。叙常熟翁宪祥子女间相互淫乱残害，又牵涉阉党、复社势力，表现了明末世风日下的社会图景。《虞阳说苑》甲编、《说库》等收录。

虞山妖乱志序

予读《妖乱志》，未尝不废书而三叹也。夫世界降割，生此群妄，盖亦天地间戾气所钟。然罪之首，祸之魁，独一陈履谦也。履谦不引儒安拜万奄为父，不声张藉源德家财以通魏珰，则源德杀姊之心未必即发。履谦不入都中，则张汉儒不至效钱、瞿两公，而周应璧、王珰诸人亦不至死。惟其一人倾险，以至牵连破家丧身者，不一而足。及惧祸欲逃，猝遇同类之陆文声，片言挑激，卒之罹网以伏法，此亦足征天道报施不爽者也。至汉儒疏列牧斋婪赃三四百万事，款五十余条，抚按讯拟，昭雪无余，斯亦一大异事，可想牧斋当日势焰熏天，人不敢撄之一大左证。故默庵独志其以梳匣铜钵精镠，遣应璧以通抚宁而撼首揆，所谓管中窥豹，略见一斑也矣。嗟乎！默庵斯之虽无补于世道人心，然其直言不讳，使后世之士读是书者，知其时世风颓靡，上下一辙，莫可救药，有如此至于极也。

康熙癸亥闰六月晦前一日，虞山陆灿湘灵氏识。

（据上海文明书局1915年版《说库》本）

翁同龢跋

当明社将屋之时，朝政蹧乱不足论矣，独惟在野之文士播弄笔墨一至于此也。野有蔓草，识者犹斥其不知礼，乃从而增饰之，可乎？别嫌疑，明是非，君子之于恶人绝之已耳，乌有斥其人而兴口事，周旋于粪秽之中，而犹自命为清流者哉？□□□□□阴作阳，辞无一定，要之奔走于权门，□□□□□□□□□自道之。然则此书也，直谓□□□□□□□。

□□□六月出出老人记。

（据原国立北平图书馆收藏清抄本）

张处士墓志铭

朱彝尊撰。叙明遗民直隶永年人张盖以诗闻，工草书，在国变后，悲吟侘傺，以成狂疾，自闭土室，久而死之。小说将一位明遗民在明亡后的痛苦生活展现得淋漓尽致，同时，也寄寓了自己的遗民情怀。《旧小说》己集二收录。

张林宗先生传

周亮工撰。叙河南中牟人张林宗在李闯水灌大梁时，设法营救他人，自己因未及时撤走而卒。小说还交代了他工于诗文与书法等事。此篇除表达对张林宗才品崇敬之外，还再现了李闯水灌大梁给百姓造成的灾难。原出《赖古堂集》卷十八，《虞初续志》卷四、《旧小说》己集一收录。

郑醒愚曰：先生之才之品，俱足传，得栎园先生文，更传不朽。

（据扫叶山房1926年版《虞初续志》）

张南邨先生传

先著撰。叙明遗民江苏江宁人张憁作诗颇为人称道、奉佛不纳荤血、癖好山水、为人坦夷、遇劫不愠等数事。作者颇为赞赏张憁"不忤于世，不剜于天，可独可群，亦儒亦禅"的生活态度。《虞初新志》卷十六收录。

赞曰：策杖而去，裹粮而游，遇少倦而且休，至佳处而辄留。把酒而歌，执卷而吟，悠悠乎王、孟之音，有形神而无古今。不忤于世，不刺于天，可独可群，亦儒亦禅。束身止一棺，而遗文乃有千数百篇，称之为诗人，奚愧焉？

张山来曰：予慕南邨久，一旦迁甫为介，得以把臂入林。今读此，不胜人琴之感！

（据康熙间刻本《虞初新志》）

张侍郎传

杜濬撰。叙明末侍郎江都人张伯鲸，天启时不屈于阉党，崇祯时抗击"流贼"，扬州城破自刭死。原出《变雅堂文集》卷六，《广虞初新志》卷二收录。

杜濬曰：濬至广陵，则主因圃。因圃者，侍郎读书处，即率其夫人、子妇同日死节处也。为之徘徊壮跂而不敢以兴衰，虑取笑于魂魄矣。又问所谓灌木山庄者，则公畴昔既弛为河用，免发民间冢。呜呼，德厚哉！濬次公事，以向所疏记反覆参考，颇得其实。因窃叹公始终兵饷，为国劳臣，功名盛于西夏，虽范文正何以远过？即使其百六勿逢，委衾牖下，亦合于传之以劳定国者。虽疏爵后昆可也，而况重以常山若水之轰烈乎？夫忠孝性植，而名父尝无肖子。父蹈白刃，而子趋圭窦，向歆之恨，往往而然。而侍郎有子，独能刻痛于心，世守一节天之报施，于是乎异。

比良迁董，兼丽卿云。陈其年

岁丙申，公之子介子，交余已十年。朝夕尔汝，可谓忘形矣。及求作此传，必先期斋沐，肃拜尽礼，召宾客歌舞为寿极欢，然后以情告。余之好友，前民、尔阜，当时俱在座，不可诬也。盖重其父祖以及文章，前辈皆如此，不独介子然矣。今人待文成而后量酬，乃近交易之道，殊为不古。记之以告后五百年文人之有道者，知自重焉。此传介子

求详，故余不敢略。然班传皆详，凡不详者，不得其详也。着意略者元非是。自记

[据嘉庆八年（1803）刊本《广虞初新志》]

周端孝先生墓志铭

徐枋撰。叙周顺昌长子周茂兰在明末时，为救父而刺血上疏，乙酉（1645）兵变，避兵太常。卒于康熙二十五年（1686）。《虞初续志》卷六收录。

郑醒愚曰：是父是子，均不死矣。

（据扫叶山房1926年版《虞初续志》）

周夫人传

李焕章撰。叙明末山西总兵左都督周遇吉夫人事。周遇吉受李自成军围困于宁武关，周夫人誓死突围而不成，后闻周遇吉战死，亦自杀身亡。原出《织斋文集》，《虞初支志》卷一收录。

青垞曰：明季多奇女子，秦良玉、沈云英、刘淑英、邓夫人，皆有文武才。其余稽氏《明季佚闻》所载，张蕙姑、沈小云（云英族妹）、黄玉姑（得功之妹）、邓州苏兰姑、沁水霍氏，皆女子而有丈夫之勇者，而夫人与周忠武尤相得益彰。《明季佚闻》中述忠武从子元哥杀贼事，较此传尤详，并及忠武从子之妇之孝烈。此所云最勇者，殆即从子也耶？胡英奇毕萃于一门耶？〇古来知兵女子，如顾深母孔氏、卫州侯氏、滑州唐氏、青州王氏、陈州女将白颈鸦、谯国冯夫人冼氏，并近日李素贞之流皆是。吾里咸同团练得手时，有晏九娘者，闻亦有敌忾之风。下视辛亥之变，所谓女子敢死队者，真不堪婢学夫人矣。

（据商务印书馆1921年版《虞初支志》）

诸君简画记

毛先舒撰。叙古橘园主诸君简自幼好绘画，与董其昌、赵左有密交，能将二人画法融入自己画作之中。客有索画者，君简即与画。或持钱赠之，即酤酒。君简平生不习宦、不售画、不交上，作画自娱，故亦贫。《虞初续志》卷十收录。

诸天祐

王源撰。叙山东东昌人诸天祐，在关中抗击李自成军有突出表现，最后战殁于沙场。原出《居业堂文集》卷三，《荟蕞编》卷四、《虞初广志》卷三收录。

王源曰：吾闻章显善识路，仓卒经过山林险阻，雪夜亦能辨。而谈笑杀贼，丰神闲旷。又有常次卿者，被创洞腹，血殷马鞯，战益力。于戏，得士之多如此，天祐何不能待也。岂非先事者为其所难哉？可为流涕者矣。

南村曰：吾读《诸天祐传》，未尝不废书太息，惜乎狗虺之徒拥高位，而英烈奇伟之士乃碌碌抱志没也。明之亡，岂非天哉。

泣群曰：明季阉寺弄权，流毒宇内，官贪吏酷，遍地疮痍，遂致民怨日深，国运日衰。李、张二贼，乘机揭竿，肆虐闾阎，扰乱中原，未始非若辈酿造而成。诸将军知大丈夫杀身而卫社稷之义，奋然率众起义关中，大挫闯贼锋，其忠勇果敢，固足为吾民景慕。只以未能相机而动，卒难寸磔闯贼，惜哉！

（据上海光华编辑社 1915 年版《虞初广志》）

塵餘

曹宗璠撰。文言小说集，计有十篇，包括《荆轲客》《翟公客》《豢龙氏》《狱吏贵》《梁罍樽》《弋视薮》《惊伯有》《大椿》《花蝶梦》和《故琴心》。书中所叙十事，均为古代历史或寓言神话，作者或借古事以抒发兴亡之感，或借古事弘扬抗暴复仇的精神，或借《庄子》寓言，表达自己的归隐之心。《昭代丛书》丁集卷十五、《说库》《古今说部丛书》、《旧小说》己集二（节录）等收录。

篇末评语

荆轲客

赞曰：祸乱之起，岂可测哉！铜柱空燃，副车漫震。始皇自以天命在我，孰知其舆满鲍鱼，国堕玺易，竟在肘腋中，军令也。始皇坑赵卒四十万，故杀扶苏，弑胡亥，乃出赵氏公族。朔风萧萧，易水不寒矣。若客者揭来何暮，无补剑术，以行道运，迟诉巫咸，不其可悲乎！

翟公客

赞曰：萧、朱结绶，王、贡弹冠，史策以为美谈，继其道者谁欤？世人辄以张耳、陈馀为解，曰贤者不免。夫张、陈命争呼吸，位异侯王，以怼愤凶终，贤者犹鄙之。矧今所争不过毫厘，辄掉头不顾，且投石焉，何哉？此古人抱石沉河，不愿长祝于世也。

豢龙氏

赞曰：吾闻孙思邈得龙宫医方，则龙之饮食嗜欲与人同。古之世，龙与人狎，居以水，政修而人能其官也，然亦亵矣。语曰："白龙鱼服。"既鱼服矣，焉能禁人之不网罟也？然陆机、张华皆旷世逸才，酒沃龙酢，报以戮死，则龙其可鲊乎哉？《易》曰："云从龙。"又曰："龙战于野。"有从无战，其在亨利之际乎？

狱吏贵

赞曰：路温舒曰："治狱之吏，皆欲人死。非憎人也，治安之道，在人之死。"如是，吏安得不酷？亚夫之功，杨恽之才，京房之术，皆不能逃死于狱，冤乎哉！冤乎哉！微直为长，我王国也，高大其闬，扫除其墓，狱吏闻之，亦知警乎哉！

梁罍樽

赞曰：珠玉秽矣。若钟繇之笔法，桓元之书画，奇章之石，赞皇之草木，皆雅人韵事。然转盼之间，已为陈迹。云影漾目，鸟声娱耳，而必欲据以为己有。架蜃市之楼台，植空华之枝叶，腐鼠固不足以吓鹓雏也。

弋视薮

赞曰：昔父老吊龚生："薰以香自烧，膏以明自煎。"然则薰可变为茅，膏可化为石欤？植香于幽，藏光于晦，其有物物而不物于物者耶？内视元牝，颐养谷神，超超尘外矣。然叔夜凝神，终伤韵隽；子瞻学道，犹恨才奇。习气难除，刀锋海瘴，亦戒心也夫！

惊伯有

赞曰：或问吾师："惟彼悟人，死归太虚。愚夫魂散，凄风苦雨。借问二空，作何分别？"吾师曰："咄！虚空止一，不应有二。谁见凄风？谁见苦雨？若有见者，即堕风雨。惟其无见，故住虚空。"拟议即非，摄衣从之。

大　椿

赞曰：心即天，无我义。天即心，无物义。物我无，浑天体。一勺流，念海水。又乌知江耶，汉耶，济耶，河耶，各派之支委？其聚其故，听乎天机，合其湛寂而已。一影若留，为轮回，为妖孽。野火焚时，天地裂毁。

花蝶梦

赞曰：蝶以幻造，黄粉何萌。花以空殖，红脂何情。领其光气，窈冥飞鸣。虫蛰茎枯，春气独行。梦者知之，元天乃成。腾翼采英，海水泓泓。寄语觉人，心何能精。

故琴心

赞曰：罗敷有夫，文藻琅玕。设也狡童，怨不胜弹。嗟乎文君，双偶荪兰。琴心方协,哀诔再叹。为欢几何,帐冷灯残。月照秦蜀,香魂两寒。

(据世楷堂藏板《昭代丛书》)

麈馀跋

尝读弇州山人所著短长,叹为补阙求间,得未曾有。兹更扩而充之,莲花涌舌,玉屑霏霏,文人笔底,具有化工。彼钻故纸堆中,守兔园册子者,正未梦见在也。集中尚有《眉妩赋》,更为瑰艳。惜属有韵之言,不克汇入此编为憾。

丙申仲夏,震泽杨复吉识。

(据世楷堂藏板《昭代丛书》)

总制汪公逸事

毛际可撰。叙明末三边总制浙江遂安人汪乔年(?—1642)逸事,通过遂安余国桢、青州黄绶及黄州赤壁某八十老翁语,展现了汪公的清廉和节操。此篇表现了作者的故国之思的情怀。《虞初续志》卷三、《旧小说》己集二收录。

郑醒愚曰:着墨不多,全神已绘。

(据扫叶山房1926年版《虞初续志》)

白话部分

豆棚闲话

艾衲居士编。清初话本小说集。十二卷，每卷一则故事。这些故事主要反映了作者对失节者的讥讽、守节者的褒扬，如第七则《首阳山叔齐变节》；对清廷暴政的不满，如第八则《空青石蔚子开盲》；对晚明政治的反思，如第九则《渔阳道刘健儿试马》。主要版本有清初刻本、嘉庆三年（1798）宝宁堂刊本等。

[据乾隆四十三年（1778）书业堂刊本]

豆棚闲话叙

有艾衲先生者，当今之韵人，在古曰狂士。七步八义①，真擅万身之才；一短二长，妙通三耳之智。一时咸呼为惊座，处众洵可为脱囊。乃者㤞②鸧弥矜，懒龙好戏，卖不去一③肚"诗云""子曰"，无妨别显神通；算将来许多社弟盟兄，何苦随人鬼诨！况这猢狲队子，断难寻别弄之蛇；兼之狼狈生涯，岂还待守株之兔！收燕苓鸡雍于药里，化嘻笑怒骂为文章。莽将廿一史掀翻，另数芝麻帐目；学说十八尊因果，寻思橄榄甜头。那趟旧闻，便李代桃僵，不声冤屈；倒颠成案，虽董帽薛戴，好像生成。止因苏学士满腹不平，惹得东方生长嘴发讪。看他解铃妙手，真会虎背上觔斗一番；比之穿缕精心，可通蚁须边连环九曲。忽啼忽笑，发深省处，胜海上人医病仙方；曰是曰非，当下凛然，似竹林里说法说偈。假使虭呼宰我，正当谑浪，那思饭后伸腰；便是不笑阎罗，偶凑机缘，也向人前抚掌。迟迟昼永，真可下泉酲三升；习习风生，直得消雨茶一盏。谓余不信，请展斯编。

---

① "义"，乾隆四十三年（1778）书业堂刊本作"叉"。
② "㤞"，乾隆四十三年（1778）书业堂刊本作"骄"。
③ 原作"二"，据清初刻本、乾隆四十三年（1778）书业堂刊本改。

天空啸鹤漫题。

（据天津图书馆藏清初刻本）

豆棚闲话弁语

艾衲云：吾乡先辈诗人徐菊潭有《豆棚吟》一册，其所咏古风、律绝诸篇，俱宇宙古今奇情快事，久矣脍炙人口，惜乎人遐世远，湮没无传，至今高人韵士每到秋风豆熟之际，诵其一二联句，令人神往。余不嗜作诗，乃检遗事可堪解颐者，偶列数则，以补豆棚之意。仍以菊潭诗一首弁之。诗曰：

闲看西边一草堂，热天无地可乘凉。池塘六月由来浅，林木三年未得长。

栽得豆苗堪作荫，胜于亭榭反生香。晚风约有溪南叟，剧对蝉声话夕阳。

（据天津图书馆藏清初刻本）

豆棚闲话总评

第一则　介之推火封妒妇

《太平广记》云："妇人属金，男子属木，金克木，故男受制于女也。"然则女妒男惧，乃先天禀来，不在化诲条例矣。虽然，子即以生克推之，木生火，火能克金；金生水，水又生木。则相克相济，又是男可制女妙事。故天下分受其气，所以"妒""惧"得半，而理势常平。艾衲道人《闲话》第一则就把"妒"字阐发，须知不是左袒妇人，为他增焰也。妒可名津，美妇易貌；郁结成块，后宫参差。此一种可鄙可恶景象，缕缕言之，人人切齿伤心，犹之经史中"内君子，外小人"。揣摩小人处，十分荼毒气概；揣摩君子处，十分狼狈情形。究竟正气常存，奇衷终馁，是良史先贤之一番大补救也。知此则《闲话》第一及妒妇，所谓诗首《关雎》，书称"釐降"可也。

第二则　范少伯水葬西施

人知小说昉于唐人，不知其昉于漆园庄子、龙门史迁也。《庄子》

一书寓言十九，大至鹍鹏，小及莺鸠、鹪鹩之属，散木鸣雁，可喻养生；解牛斲轮，无非妙义。甚至诙谐贤圣，谈笑帝王，此漆园小说也。史迁刑腐著书。其中《本纪》《世家》《表》《书》《列传》，固多正言宏论，灿若日星，大如江海，而内亦有遇物悲喜、调笑呻吟，不独滑稽一传也。如《封禅》《平准》，如《酷吏》《游侠》等篇，或为讽讥，或为嘲谑，令人肝脾、眉颊之间别有相入相化而不觉。盖其心先以正史读之，而不敢以小说加焉也。即窦田之相轧，何异传奇？而《勾践世家》后，附一段陶朱；庄生入梦丧子之事，明明小说耳。故曰小说不昉于唐人也。艾衲道人《闲话》二则曰"水葬西施"，此真真唐突西施矣！然玩其序三代事，皆读史者所习晓，却苍茫花簇，像新闻而不像旧本。至于西施正传，乃不径接着褒姒，反从他人说浣纱赞美西施，无心衬入。觑觑缕缕，将一千古美姝说得如乡里村妇，绝世谋士，说得如积年教唆。三层翻驳，俱别起波纹，不似他则一口说竟。解"鸱夷"、解"夷光"、注西湖诗、谈选女事，皆绝新绝奇。极灵极警，开人智蕊，发人慧光。虽漆园、龙门，何以如此！唐人不得而比之。

第三则　朝奉郎挥金倡霸

读此一则者，不可将愚鲁、伶俐错会意了，就把汪兴哥看作两截人。其所以呆痴哑巴，万金散尽，正其所以保五州、封越国根基作用也。天下奇材大侠，脚彻万有，心中具不可窥测之思，观人出寻常百倍之眼。一言一动，色色不欲犹人，况区区守钱之虏、卖菜之佣，锱铢讨好，尤其所鄙薄而诽笑之也久矣。如隋末兵乱，世事可知，不能为唐太宗，则为钱武肃。若虬髯海外，又是一着妙棋，彼固不屑为北面本人之辈者也。处此乱世，倘不克藏身，露出奇材大侠，非惟无可见长，抑且招祸。即五代歙人汪台符，博学能文章。徐知诰出镇建业，台符上书陈利病，知诰奇之，宋齐丘嫉其才，遣人诱台符痛饮，推石城蚵蚾矶下而死。此不能呆痴哑巴之验也。篇中摹写兴哥举动，极豪兴、极快心之事，俱庸俗人所为忧愁叹息焉者。孰知汪君筹算瞭然，掀天揭地，已如龟卜而烛照之矣。锦囊一段波澜，固是著书人宽展机法耳。此则该演一部传奇，以开世人盲眼，当拭目俟之。

第四则　藩伯子破产兴家

凡著小说，既要入人情中，又要出人意外，如水穷云起，树转峰来。使阅者应接不暇，却掩卷而思，不知后来一段路迳才妙。如阎痴闻人说他父亲如此，还人文契、土田，此人情中所有也，及其大败一番，则人意中所无也。结纳刘赵二人，或得其平常应援，此人情中所有也。至于火烧一空，安身土窑，乃得中书同知，家中兵燹晏然，此人意中所无也。散金积金而身享之；不读书而功名胜于读书，不恃祖、父阴德而自积阴德；又身受用之。较之温公所训更进数层矣！乃知极力能痴，大聪明于是乎出焉；极力善穷，大富贵于是乎显焉。磨炼豪杰，只在笔尖舌锋之间。艾衲可谓陶铸化工矣。

第五则　小乞儿真心孝义

儒者立说不同，要归于全良心、敦本行而已。是篇天人感应在其中，亲仁及物在其中，义利贞淫在其中。虽起先哲先儒，拥皋比，众学徒，娓娓谈道叩玄，亦不出良心大孝，辨明人禽之关而已。然则何以举乞人也？盖为上等人指示，则曰舜、曰文、曰曾、曰闵，及与下等人言，则举一卑贱如乞人者，且行孝仗义如此，凡乞人以上俱可行孝仗义矣！人而不行孝不如云耳！冷水浇背，热火烧心，煞令人唏嘘感慨，寤寐永言，孝义之思油然生、勃然兴矣。予尤喜定儿对显者十数行，宛转激切，见得仕宦人弃家而锦归，虽道是显亲扬名，何如膝下依依，觞酒豆肉，为手舞足蹈之乐也！况普天下人子抱终天之恨者不少。览此一则，能不拊膺浩叹也哉！

第六则　大和尚假意超升

举世佞佛，孰砥狂澜，有识者未尝不心痛之。韩文公佛骨一谏，几罹杀身之祸。然事不可止，而其表则传，千古下读之，正气凛凛。及为京兆尹，六军不敢犯法。指之曰，是尚欲烧佛骨者。嘻嘻！辟佛之神亦威矣。今世无昌黎其人，所赖当事权者，理谕而法禁之，犹不惩俗，乃复为之张其焰，何也？夫彼以为咄嗟檀施，聊以忏悔罪孽而已。岂知上好下甚，势所必然也。纵不能如北魏主毁佛祠数万区，又不能如唐武宗驱髠者而尽发，第稍为戢抑，以正气风之，庶可安四民、静异端矣。此篇拈出李抱真处分死灰事，为当权引伸触发之机，虽不必如此狠心辣手，所谓法乎上，仅得乎中。代佛家之示现忿怒，即其示现哀悯也。犹夫梵相狞异，正尔低眉垂手矣。读者且未可作排击大和尚观，谓之昌黎《原道》文也可，谓之驱鳄鱼文亦可。

第七则　首阳山叔齐变节

满口诙谐，满胸愤激。把世上假高尚与狗彘行的，委屈波澜，层层写出。其中有说尽处，又有余地处，俱是冷眼奇怀，偶为发泄。若腐儒见说翻驳叔齐，便以为唐突西施矣。必须体贴他幻中之真，真中之幻。明明鼓励忠义，提醒流俗，如煞看虎豹如何能言，天神如何出现，岂不是痴人说梦！

第八则　空青石蔚子开盲

此则以瞽目说法，大是奇异。至后以酒终之，真是非非想矣。凡天下事到无可如何处，惟醉可以销之，所以刘伶荷锸、阮籍一醉六十日，俱高人达见，不已。俱高人达见，不徒沉醉曲糵而已。艾纳老人其亦别有万言于斯乎？

第九则　渔阳道刘健儿试马

古来天下之乱，大半是盗贼起于饥寒。有牧民之责者，咸思量弭盗。铅椠家揣摩窗下，谁不把弭盗寻些策料？也有说得是的，或剿袭前人，或按时创论，非不凿凿可听。然问策答策，不过看做制科故事，孰肯举行。及至探丸满市，萑苻震惊，乃始束手无策。坐视其溃裂，而莫可谁何。甚至开门揖盗，降死比比，却悔从来讲求拜盗有何相干。嗟乎！此迂儒懈弛之祸也。到不如道人此则原委警切，可醒愚人，可悟强横。大盗无不欧刀，王章犹然星日。真是一篇弭盗古论也！

（据宝宁堂刊本补）

第十则　虎丘山贾清客联盟

苏白赏佻达尖酸，虽属趣行，害同虺蜴，乃人自知之而自逃之。则虎丘乃虎穴矣，何足为名山重也。艾衲遍游海内名山大川，每每留诗刻记，咏叹其奇，何独于姑苏胜地，乃摘此一种不足揣摩之人？极意搜罗，恣口谐谑。凡白赏外一切陋习丑态、可笑可惊、可怜可鄙之形无不淋漓活现，如白赏诸人读之，不知何如切齿也。虽然，艾衲言外自有深意存乎其间。画鬼者令人生惧心，设阱者令人作避想。知之而不迷之，此辈人无处生活，则自返浮而朴，反伪为真。后之游虎丘者，别有高人逸士相与往还，雪月风化当更开一生面矣，虽日日游虎丘也何伤！

第十一则　党都司死枭生首

人能居安思危，处治防乱，虽一旦变生不测，不至错愕无支。明季流贼猖狂，肝脑涂地，颠连困苦之情，离奇骇异之状，非身历其境者，不能抵掌而谈。至于奸淫、忠义，到底自有果报。如南团练以纵淫谋叛，党都司以血战被擒，邪正判然矣。不意狭路相逢，陷落仇人之手。小人得志，将欲抒宿恨以博新欢。谁知精灵闪烁，乘此扶尸数罪之时，即死断生颅之举，天之报施忠佞，果若是其不爽耶！乃知世间尽多奇突之事，人自作井底蛙耳。得此叙述精详，一开世人聋瞽耳目。

第十二则　陈斋长论地谈天

滔滔万言，举混沌沧桑，物情道理，自大入细，由粗及精，剖析无遗。虽起仲尼、老聃、释迦三祖，同堂而议，当亦少此贯串博综也。且汉疏宋注止可对理学名儒，不能如此清辨空行，足使庸人野老沁心入耳。不宁惟是，即村妇顽童从旁听之，亦有点头会意处，真可聚石而说法矣。篇中辟佛老数条，是极力距诐行放淫辞，一片苦心大力。艾衲所云"知我不得已之心，甚于孟子继尧、舜、周、孔以解豁三千年之惑"，岂不信哉！著书立言，皆圣贤发愤之所为作也，亦在乎后学之善读。如不善读，则王君介甫，以经术祸天下，所必然矣。即小说一则，奇如《水浒记》，而不善读之，乃误豪侠而为盗趣；如《西门传》，而不善读之，乃误风流而为淫。其间警戒世人处，或在反面，或在夹缝，或极快极艳，而惨伤寥落寓乎其中，世人一时不解也。此虽作者深意，俟人善读，而吾以为不如明白简易，随读随解，棒喝悟道，止在片时，殊有关乎世道也。艾衲道人胸藏万卷，口若悬河，下笔不休，拈义即透，凡诗集传奇，剞劂而脍炙天下者，亦无数矣。迩当盛夏，谋所以销之者，于是《豆棚闲话》不数日而成。烁石流金，人人雨汗，道人独北窗高枕，挥笔构思。忆一闻，出一见，纵横创辟，议论生风。获心而肌骨俱凉，解颐而蕴隆不虞。凡读之者,无论其善与不善也,目之有以得乎目,耳之有以得乎耳。无一邪词,无一诐说。凡经传子史所阐发之未明者,览此而或有所枨触焉;凡父母师友所教之未谕者,听此而或有所恍悟焉,则人人善读之矣。则成十二先示人间。续有嘉言,此笔伊始。

(据天津图书馆藏清初刻本)

海角遗编

《海角遗编》又名《七峰遗编》，不题撰人，二卷六十回。小说当改编自同名杂史，杂史题"漫游野史纂"。小说成书于顺治五年（1648）后。小说以顺治二年（1645）清军攻占常熟、福山为背景，描述了那些慷慨殉国者、屈辱投降者、奋起抵抗者，特别是严栻组织军民的抵抗。作者在叙述中寓褒贬，体现了其对忠明者的褒扬和对降清者的批判的遗民意识。主要版本有上海图书馆藏清抄本等。

海角遗编序

此编只记常熟、福山自四月至九月半载实事，皆据见闻最著者敷衍成回，其余邻县并各乡镇异变颇多，然止得之传闻者，仅仅记述，不敢多赘。后之考国史者，不过曰："某月破常熟，某月定福山。"其间人事反复，祸乱相寻，岂能悉数而论列之哉！故虽事或无关国计，或不遗重轻者，皆具载之，以仿佛于野史稗官之遗意云耳。

时大清顺治戊子夏月，七峰樵道人书于朱泾佛堂之书屋事迹根由。

（据上海图书馆藏清抄本）

吊金陵

山川王气钟金陵，雉堞巍峨势莫登。定鼎六朝争虎踞，开基明祖肇龙兴。

江淮襟带舆图壮，吴楚星罗帝业弘。一自燕山惨变后，谁将半壁土全崩。

甲申年夏五月，南京弘光皇帝登极。是岁尚是崇祯十七年，诏以明年为弘光元年。闻大清摄政王遣副将唐起龙，致书扬州史阁部曰："君父之仇不共戴天，闯贼手毒君亲，中国臣民不闻加以一矢，朝廷念夙好、弃小嫌，严整貔貅，驱除枭獍，首崇怀宗帝后谥号，卜葬山陵，悉加典礼。人曰：'国家之定燕都，乃得之闯贼，非得之于明朝也。'贼毁明朝庙主，辱及先王，国家代为雪耻，仁人君子何以报德，乃乘寇稽诛，王师暂息，即欲雄据江南，坐享渔人之乐，岂可谓江淮以为天堑，遂不能飞渡耶！又曰：'予闻君子爱人也以德，小人则以姑息。'诸君子果识时知命，切念故主厚爱，贤王宜勒令削号归藩，永绥福土，朝廷当待以虞宾，南国安危在此一举，无贪瞬息之荣，致令故国有无穷之祸，为乱臣贼子所笑。予尚有厚望焉。"史阁部答书曰："可法待罪南都，凶信突至，一时臣民哀痛如丧考妣，无不抚膺切齿，立剪凶仇。而二三老臣谓国破君亡，宗社为重，相与迎立今上，以系中外人心。今上非他，神宗之孙，光宗犹子，大行皇帝兄也。名正言顺，天与人归，群臣劝进，仅允监国，迨臣民伏阙屡请，始于五月十五日进位南都。越数日，即命法视师江北，刻日西征。忽传我大将军吴三桂借兵贵国，破走逆贼，殿下入都，为我先帝后发丧成礼。凡为大明臣子，无不顶礼加额，感恩图报，乃辱引《春秋》大义来相诘责。善哉！推而言之，此为列国，君薨世子应立，有贼未讨，不忍其君之说耳。若夫天下共主，身殉社稷，青宫皇子惨变，非常而拘牵不即位之说，坐昧大一统之义。中原鼎沸，仓卒出师，将何以维系人心，号召忠义。紫阳《纲目》踵事《春秋》，其间特书莽移汉祚，光武中兴；丕废山阳，昭烈践祚；怀愍亡国，晋元嗣基；徽钦蒙尘，宋高缵统，是皆于国仇未报之日，亟正位号，《纲目》未尝斥为自立，卒以正统与之。本朝传世十六，正统相承，贵国凤膺封号，载在盟府，殿下岂不闻乎？今痛心本朝之难而驱除乱逆，可谓大义，百代瞻仰，在此一举。若夫手足膺难，并同秦越，规此员幅为德不卒，是以义始而利终也。贻贼人笑贵国岂其然乎？"又闻得使臣左懋第奉命往北京议和，面叱洪承畴不辱君命死节。自此徐、淮、颖、寿之间，守备虽严而清朝已有南牧之志矣。弘光不该信任马士英，凭他卖官鬻爵，纳贿招权，又差人往金华府观音寺，诱取王之明到京监禁，欲置之死。王之明者，民间相传实为先帝太子，倒读之则明之王也。有人题七言律诗于皇城云："百神拥护贼中来，会见前星闭复开。海上扶苏原未死，狱中病已又谁猜。安危定自关宗社，忠义何曾到鼎台。烈烈大行何处遇，普天同向棘园哀。"为此中外臣民俱有些不服起来。史阁部可法、何总制腾蛟，俱上疏切谏，马士英弄权，皆置不准，早恼了镇湖广大将军左良玉，举兵八十万水陆顺流而下，誓清君侧之奸，由是朝廷复有西顾之忧矣。

（据上海图书馆藏清抄本）

题海角遗编后

金陵王气化寒灰，胡马乘瑕破竹来。蕞尔琴川桴鼓动，弹丸福港义旗开。

黎元留发身先丧，赤子佳兵祸已胎。日久恐教多泯没，故将事迹缀成回。

天定焉能恃武功，不堪双泪洒西风。三吴虎踞终朝陷，七邑兵连千里峰。

榴火发时廊庙改，桂花香后室庐空。倚节直向天涯望，江水滔滔海气朦。

（据上海图书馆藏清抄本）

后水浒传

青莲室主人辑。清初章回体小说。四十五回。小说叙述了杨幺、王摩等由宋江、卢俊义等被害梁山好汉转世,在洞庭啸聚山林,最后兵败,遁隐地穴。小说批判了宋江接受招安,蕴含总结明亡教训的遗民心态。主要版本有清初刻本,藏于大连图书馆。

后水浒传序

天下犹一身也。天下之在一君,犹一身之在一心也。一心不能自主,则元气削弱,邪气妄行,遂使四肢百骸,不臃即肿。虽有良医,莫能救其死。

如宋徽、钦二帝,无治世之才,任用奸佞,以致金人自北而南。一身尚无定位,岂有余力及于群盗。故前之梁山,后之洞庭,皆成水浒,以聚不平之义气。至于走险弄兵,扰乱东南半壁,则莫不正名分,指目为强梁跋扈,尽欲荡平。

然究思其强梁跋扈之源:贺太尉不夺地造衅,则杨幺何由刺配;黑恶不逆首开封,则孙本岂致报仇;邰元之杀人,黄金奸月仙之所致也;谢公墩之被兵,王豹欺配军所致也。种种祸端,实起于贪秽之夫,不良之宵小,酝火于邓林之木,捋须于猛虎之颔。一时冤鸣若雷,怨积成党,突而噬肉焚林,岂不令鳌足难支,天维触折哉!请一思之,是谁之过欤!

大都天心又将北眷,国运已入西山。庙堂大奸大诈,草野无法无天之人事,又并横行于世,而不知回避。当此之际,虽有贤臣能将吐胆竭忠,亦莫如之何矣!况妒贤嫉能,犹瞽惑不已。正如人之半身,气血已枯,萎如槁木。而只一手一足,尚不知惜,犹听信逸谀,日移日促,希图一日之安,即至沉晦丧亡,唯恐盗贼之侵绝,不悔自无才之失算也。

嗟嗟!此大概也。分而论之,则杨幺之孝义可嘉,马霳之血性难泯,邰元一味真心,孙本百般好义,至于何能、袁武、贺云龙皆抱孙吴之雄才大略。设朝廷有识，使之当恢复之任，吾见唾手燕云，数人之功，又岂在武穆下哉！奈何君王不德，使一体之人，皆成敌国，岂不令人叹息，千古兴嗟，宋室之无人也！虽然名教攸关，谁敢逾越前后？曰妖曰魔，作者之微意见矣。

采虹桥上客题于天花藏。

（据春风文艺出版社1981年版）

剿闯小说

西吴懒道人口授。清初章回小说。十回。《剿闯小说》全名《剿闯通俗小说》，又名《忠孝传》《剿闯孤忠小说》《剿闯小史》《馘闯小史》等。小说叙事自李自成、李岩始，但详于崇祯十七年（1644）三月李自成陷北京至五月弘光立于南京，进封吴三桂为蓟国公，三个月发生的重大变故。小说重点描写了崇祯自缢、大臣殉国等，表现了作者强烈的亡国之痛。此书问世不早于崇祯十七年（1644）十一月。主要版本有弘光元年（1645）兴文馆刊本、言言斋善本图书本、清抄本、重庆说文出版社1944年本等。

剿闯小说叙

君父之仇，天不共戴。国家之事，下不与谋。仇不共戴，则除凶雪耻之心同；事不与谋，则愤时忧世之情郁。于是乎闻贼之盛则怒，闻有绌首拜贼之人则愈怒；闻贼之衰则喜，闻有奋气剿贼之人则愈喜。怒则眦裂发竖，恨不得挺剑而揕其胸；喜则振足扬眉，恨不得执鞭而佐其役。此天理人心之必然而不容已者也。壬申（笔者按：应为甲申）三月之变，天摧地裂，日月无光。举朝肉食之夫，既悠悠忽忽以酿此巨祸；迨乎溃败决裂，死者死，降者降，逃者逃，刑辱者刑辱。降者贪一日之荣，逃者侥一时之幸，刑辱者偷一夕之生，罪有重轻，失节则一。即死者亦仅了一身之局，而于国事何补？国家养士近三百年，而食报区区若此，岂不痛哉！吴三桂舍孝取忠，弃家急国，效申胥倚墙之泣，以遂秦哀逐吴之功。真正奇男子大丈夫作用。虽匡扶之局未结，而中兴之业已肇，是恶可无传！余结厦半月泉精舍，遇懒道人从吴下来，口述此事甚详，因及西平剿贼一事，娓娓可听，大快人意，命童子援笔录之。可怒可喜，具在编中，用以激发忠义，惩创叛逆，其于天理人心，大有关系，非泛常因果平话比。故兴文馆请以付梓，而余为叙数行于首。

西吴九十翁无竞氏题于云溪之半月泉。

[据弘光元年（1645）兴文馆刊本]

新编剿闯孤忠小说序

□□□（笔者按：前文缺）中夏未奠，当待勤王之师，能为攘夷急病，除乱讨贼者。且其间有十穷见节义，不受辱而死者，厥声喧喧矣。其有所过而迎降者，有舞蹈而称颂者，有违（笔者按：作"远"，语意更通顺）邦而鼠窜者，皆沦于夷狄，而伤教害义者也。此其人要不过不能明义而迷于利之一念为之耳。子舆氏又曰："苟为后义先利，不夺不厌。"管子曰："金满中饱，国必大伤。"今见金之夫，不顾百万疮痍之生命，百万貔貅之刍瘵，惟知嘘膏吸髓，以充朴（笔者按：当作扑）满，请借箸焉。朝廷为流寇新设额饷百八十万，新增三协饷五万，又节省光禄水衡，节慎库，八九十余万，草场召买五十余万，新增蓟、密、永、昌共百八十万，通津、登岛十四万，并议裁三吴织造，与江右之陶，滇粤之贝，蜀之漆扇，各省直等料，及水脚铺垫诸费。各州县预征带征加派之练饷，亦不下数十万，皆滋诸阉当道、有司穴耗，以为荣身肥家计。讵为狡寇垂涎，用百刑逼勒，颈枷，胁折，妻拶。子因不胜痛苦而死。象以齿焚其身，而天网恢恢，又疏而不漏也。此其人之利于何有？三代直道之人心，皆为痛快。而贼寇又于死难诸臣之家，愈加培护，则隐然之良，岂夷狄还有，而诸夏反无耶？是以葫芦道人，有感于心，由心而宣之口，由口而载之笔。据事直书，随文生义，成其一编，名曰"馘闯小史"。盖寓其至痛不能忍，存其给维世不得已之心耳。其文简而信，文而深，复而不乱，绎而不厌。真能上窥麟室之一斑，下翼当代之信史。公之一国，亦可以献天子，传四方，垂后世矣。然降夷诸人，著其姓氏，惟据征史，原无成心，而葫芦道人，犹嫌其近于黜陟为恐。夫人之所行，或不副其情之所存，则尊者或有时而杀焉。且以古人言之。如商鞅、李斯、李林甫、丁谓、蔡京、秦桧、贾似道，彼岂无名位乎？而不肯推尊之者，其奸贪无义，诚可鄙也。况为莽、操哉？今道人之书，其名字亦义所宜，矧与闾阎村鄙之父子兄弟，相对谈论，叙述于荜门圭窦之间，其抑扬舒惨，以发挥其喜怒爱恶，尊尊而亲亲，善善而恶恶，岂无情哉？东坡曰："嬉笑怒骂，皆成文章。"苏老泉曰："棒杌为小人而作。"今葫芦道人，为笃行潜修之士。以卢扁医和之技，直探岐黄灵素之典。铨其精蕴，羽翼经史。效《春秋》而存天理，以遏人欲。攘夷狄之辨人禽，呼醒人心。如针石关通，起死回生，俾正气生而血复流注。不惟良医兼之良相，真素王能有素臣矣。今新天子定鼎金陵，修明国策，则职史之官，又以是编为文献征矣，岂止于衍义小史之流哉？不佞待罪词垣，未尽臣义，乃欲赘以游夏之辞，毋乃自忘其丑乎？虽然，诗云："君子有酒，鄙人鼓缶，虽不见好，亦不见丑。"谨书之简端以就正。

甲申中秋前三日毗陵学士题。

（据国家图书馆藏言言斋善本图书本）

傅以礼跋语

《剿闯小说》，五卷。《䤥闯小说》，六卷。一署"西吴懒道人口授"，一署"润州葫芦道人避暑笔"。卷首有西吴九十翁无竞氏序，均不详其名氏。其书姓分两种，而事迹连属，疑出一手。余为所藏明季稗史不下百余种，其用平话体者，惟此书与《台湾外纪》也。卷中所载讨贼檄文见《史忠正公集》，诸书皆无异词。此书独属之"吴三桂且窜易首尾"数语。近人《甲申朝事小纪》遂袭其误，殊为失考。

丙子冬日，换番钱一圆，及之禾中友人，手司装缉，灯下标识记。

印章：节子（笔者按：傅以礼字）题识。

（据国家图书馆藏清抄本）

郭沫若剿闯小史跋

《剿闯小史》抄本十卷，殆前清乾隆年间所抄录，其中玄、铉、胤、弘、历等字均避讳缺笔，而颙、宁、佇、恬等字则否，即此可证。胤字有二处未缺笔，二处缺笔，盖抄时误带也。

书名未能一致。里扉面作《李闯贼史》，叙文标题《剿闯小说》，正文各卷标题前五卷作《剿闯小史》，后五卷作《馘闯小史》，卷尾复作"孤忠吴平西馘闯小史"。作者署名亦前后歧异，据"西吴九十翁无竞氏"所作序，称"遇懒道人从吴下来，口述此事甚详，因及西平剿贼事，娓娓可听，大快人意，命童子援笔录之"，则是"懒道人口述"，而所谓童子笔录者，前五卷各卷卷首标题之次即署"吴下懒道人口授"，但于第六卷则署"润州葫芦道人避暑笔，龙城待清居士漫次评"。今观其前五卷专叙北方事，确出传闻，而后五卷则撷拾文告与南都事以续之，一录一笔颇为瞭然。各卷每多附录，赞诗按语杂厕其间，与正文不相联贯。懒道人为谁，恐不易考，而所谓葫芦道人者盖即第八卷"感时事侠客上书"中之"毗陵匡社友人龚姓讳云起字仲震"其人。毗陵今之武进，古属润州。第四卷末按语中文作"延陵龚仲震"，附录其哭降文。第二卷末附"五月十六日恭闻哀诏代当代名公挥泪移文"，末署龚云起。则所谓无竞氏、葫芦道人，乃至第九卷首之五洲道士，殆均此龚姓者所化名耳。此人乃秀才未第，牢骚满腹，而迂狂之气，颇跃跃于纸上。

书中盛称吴三桂，但拥护南朝，而称满人为"虏"或"鞑子"。写作时代大抵在甲申、乙酉之间，南朝新建，满廷尚未十分露其毒焰时也。作为平话小说，实甚拙劣，但可作史料观。观其所记，与《明季北略》多相符，后书似尚有录取本书之处，如李信谏自成四事及宋献策论明制科之不足以得人才等节，几于一字不易，而《北略》颇有夺字夺句。又与《明史·流贼传》则大有出入，《流贼传》绳伎红娘子救李信出狱事，最宜于做小说材料，而本书则无之，足证本书之成实远在《明史》之前也。

书在当年或曾刊行，叙文曰："兴文馆请以付梓，而余为叙数行于首"可以为证。或未及刊行，仅有抄本流传亦未可知，而抄本当为转录，决非初本无疑。抄中错字甚多，脱落亦所在多有，几难句读，如"羽书"误为"洞书"，"袭异"误为"裘异"，"淆惑"误为"济惑"，"眼窝"误为"翌富贵"之类，均出人意表。今为校读一过，其确然知其讹误者，订正之，一并略施标点，以便籀读。但其可疑而无由推其原文者均仍旧，以待识者。

　　三十三年一月。

（据重庆说文出版社1944年版）

女仙外史

吕熊著。清初章回体小说。一百回。约成书于康熙四十二三年间（1703—1704）。小说以明永乐年间女英雄唐赛儿为主要描写对象，演述她系嫦娥转世，得天书，娴法术，拥戴建文帝而在青州聚义起义，与篡国者朱棣针锋相对地斗争，最后用飞剑诛死朱棣，太子继位，唐赛儿返回月宫。小说明显表达了对篡国者及其追随者的痛恨，以及对逊国者的同情与追思，这与作者的生活经历及江南地区普遍同情建文帝有关。主要版本有清康熙钓璜轩刊本等。

江西廉使刘廷玑在园品题　二十则

一、自来小说，从无言及大道。此书三教兼备，皆彻去屏蔽，直指本原，可以悟禅玄，可以达圣贤。此为至奇而归于至正者。

一、谈天说地，莫可端倪，而皆有准则；讲古论今，格物穷理，而皆有殊解。均不掇旧人牙慧，此奇而至于精者。

一、若魔道，自来仅有其名，从未有能考其实，此则缕析分明，本末灿然，又借以为寓言。此奇而诞者。

一、古来论鬼神者，但能言其已然，此独指出其所以然，微显一贯，阴阳一体，绝非虚诞。此奇而玄奥者。

一、天文，难言也。小说传奇，唯《三国演义》有"夜观乾象"囫囵之语①。此书则历历指出，如数列眉。

一、望气占云，难事也。史传但言其兆，此则说到至微地位，而云气之所以为兆，皆和盘托出。此奇之至也。

一、小说言兵法者，莫精于《三国》，莫巧于《水浒》，此书则权舆于《阴符》《素书》之中，脱化于六韬三略之外，绝不蹈陈言故辙，虽

---

① 《在园杂志》附录作"唯《三国演义》有夜观乾象，囫囵之论"（中华书局2005年版，第189页）。"夜观乾象"语出《三国志演义》第八回王允对董卓所言。

纸上谈兵，亦云奇矣。

一、阵法：圆阵若鼓，方阵如棋局，六阵如聚花，人阵若列卦。此书之七星阵，其形独如飞鸟，战则为阵，止即为营，行即为队伍，三者出于一贯，古今未有。可谓阵法之奇者。

一、武侯八阵，千古仅存其名，未有识其奥妙者。此书备言制度，与纵横开阖、变化生克之道，确有奇解。

一、书内拔城三十有八，从不用火炮、石炮、云梯、冲车之类，唯默运智谋而得。绝无矫强，更不雷同。此为大奇。

一、取开封府，内应止侠客一名，号旗一杆；拔扬州府，内应止女将二员，号旗一面，而遂败走敌兵数万。乃势所必然之事，并非侥幸成功。神乎神乎，奇至此乎！

一、拔荆州，止用一旗悬于神庙之杆，并无一人助力而能耸动亿兆之心，顷刻归附，皆情所必至，理所必得。神乎鬼乎，奇乃至此乎！

一、克济宁州，内止二女杀一监河；克庐州府，外止一人杀一都督，皆唾手而得，虽智者不及济其变。神乎化乎，奇更至此乎！

一、诸小说两军相交，胜者设谋，败者受之；或胜者之策巧，而败者之计拙。此则如善奕者，刚遇敌手，两棋对杀，以智斗智，至收煞止差一着，胜负出于天然。

一、诸小说临戎用智，多在胜负未分之先。此于败后，犹能用智以扑之。如卫青于是夕胜，而登州即于是夕克；朱能以今夕劫寨胜，而即于明夕被劫败。如斯者盖不可枚举。

一、交战用纸炮，此书独创。始于卸石寨用以为号，自后惊败兵，溃伏卒辄用之。而又用以破房胜大寨，披靡数万雄兵。以上三则，皆巧之至、奇之极者。

一、此书具有经济，如设官取士、刑书、赋役、礼仪，皆杂霸之语，与儒生侈谈王道者大异。奇人乎？奇才也。

一、书内颇多诗篇，诸体毕备，皆可步武三唐，颉颃两宋。又奇笔之馀事。

一、凡斗道术、斗法宝，莫不瑰玮光怪、虚灵变幻，出自诸书所无。奇矣，而余不以为奇也。何也？以画鬼易也。余所举者，皆画人手笔。

一、《外史》前十四回，是为赛儿女子作传，据《纪事本末》所述数语为题，撰出大文章，虽虚亦实。至靖难师起，与永乐登基，屠灭忠臣，皆系实事，别出新裁。迨建行阙，取中原、访故主、迎复辟，旧臣遗老先后来归，八十回全是空中楼阁。然作书之大旨，却在于此，所以谓之《外史》。《外史》者，言诞而理真、书奇而旨正者也。

岁辛巳，余之任江西臬使。八月望夜，维舟龙游，而逸田叟从玉山来请见，杯酒道故，因问史向者何为。叟对以将作《女仙外史》，余叩其大旨，曰："常读《明史》，至逊国靖难之际，不禁泫然流涕。故夫忠臣义士与孝子烈媛，湮灭无闻者，思所以表彰之；其奸邪叛逆者，想所以黜罚之，以自释其胸怀之硬噎。"余闻之矍然，曰："良有同心，叟书竣日，当为付诸梓。"壬午，叟至洪都，余为适馆授餐，俾得殚精于此书。癸未冬，余罣公事，削职北返，旅于清江浦。甲申秋，叟自南来见余，曰《外史》已成，以稿本见示。余读一过，曰："叟之书，自贬为小说，意在贤愚共赏乎？然余意尚须男女并观。中有淫亵语，盍改诸？"叟以为然。不日改正。所憾余既落籍，不能有践前言，乃品题廿行为简端，以为此书之先声而归之。

（据国家图书馆藏清康熙钓璜轩贮板）

江西南安郡太守陈奕禧香泉序言

余友逸田叟吕熊，字文兆。文章经济，精奥卓拔，当今奇士也。其生平著述，如《诗经六义辨》《明史断》《续广舆志》，发明三唐六义，并诗古文诸稿，几数百卷，而未知更有《女仙外史》。戊子，余补南安守，遇叟于淮南，延之修辑郡乘。舟行闲暇，叟始以《外史》见示请序。余览毕，不禁喟然叹曰："有是哉！何叟之默契余心也？"请得以僭言之：

夫武王伐纣，不期而大会者八百诸侯，所以谓之恭行天讨。而孟氏亦曰"闻诛一夫纣"。然伯夷、叔齐叩马而谏，则又斥之曰"以臣弑君"。即太公亦谓之义士，而孔子断之曰"求仁而得仁"者。夫道二，仁与不仁而已。若使夷、齐之谏为是，则周公之师不得为仁义；周武之伐纣为是，则夷、齐不得谓之仁，亦不得谓之义。然大圣大贤既两是之而两许之，则夷、齐自为古之圣人，而武王亦得谓古之圣君也尔。若夫《明纪》所载逊国靖难之事，更无圣贤执笔而定之，其说有可疑而可骇者焉。

夫永乐固英明之主也，然不得比周武之圣。而建文亦仁让之主也，又从无商纣一端之暴；其为之臣者，又皆杀身殉国之君子。顾使永乐之得天下也以道，则建文自为亡国之君；使建文之失天下也不以无道，则燕王不得为中兴之主。从古创业者谓之祖，中兴者亦称为祖，馀皆谓之宗。乃永乐尊为成祖，是中兴也。从来淫暴亡国者不追崇，不建陵寝。而在建文，则并年号而尽削之，是失德之已甚者也。从来忠臣义士为亡国之主殉节者，兴王之君亦莫不褒之谥之，而乃并禁锢其子若孙，是以为叛逆之徒矣。后世之论者，因其成败，亦莫不依违于其间。似乎以建文等之亡国之君，而永乐为中兴之主；道衍、三杨之辈可以为佐命元勋，而方、景、铁诸公不得为成仁取义也与！

此余所素郁于中，不能断而亦不敢断者，故曰叟之《外史》有默契余心者。俟修郡乘之后，当为叟梓行问诸天下后世。

（据国家图书馆藏清康熙钓璜轩贮板）

广州府太守叶勇南田跋语

南田曰：仙不可目之为妖，犹妖之不可妄称为仙也，余览《女仙外史》而窃有疑焉。夫岂爱之者谓之为仙，恶之者指为妖也哉？

按：《明史》纪"山东蒲台县妖妇唐赛儿反"。夫以女子而其术足以动众，俨然为戎首，是真妖矣。乃考其事实，则云："赛儿少寡。往祭夫墓，经山麓，见石罅中露匣角。发之，得天书、宝剑。遂精通其术。"剑亦神物，赛儿能用之。余谓天书殆非凡流所能解，宝剑亦非俗子所能用，今以女子，曾无师授，便尔通玄彻奥，其可谓之妖乎？又云："赛儿遂出家，以其教行于里闬，人呼为佛母。欲衣食物，随所须以术致。

又常剪纸人马，戏令战斗。当事者遂严捕之。"又似乎其为妖术也。然而杀败官军，攻拔郡邑，从未闻一用其术。迨徒众溃散，永乐必欲捕赛儿，逮系天下女尼女冠凡数十万，勘无踪影。赛儿返，自诣殿廷。因裸而缚之，处以极刑。锯解鎚凿，斧钻鼎镬，赛儿皆怡然而受，不损毫毛，至于无法可加然后已。噫嘻！果妖术乎，抑仙术乎？

汉末，有仙人于吉。孙策目之曰妖，百计剁之剐之，而吉初未之死。故天下不以为妖，而称曰"于神仙"。唐玄宗时，有羽士申泰芝者，与玄宗年庚八字相同，遂亦思作天子。自称为仙师，以其术鼓众倡乱，未几伏诛。是故天下不称为仙而称为妖。又洪武时，协律郎冷谦以幻术施友窃库金。官捕之急，谦跃入小瓶。上怒，击碎之，片片中有谦声音。似妖术也，而莫有指为妖者，以不拒捕。是则唐赛儿之见斥为妖也，以兴师拒敌之故。

夫永乐既为天子矣，而有举刃相向者，不得不谓之曰反。以一女子而有佛母之名，不得不指之曰妖，史官亦不得不大书曰"妖妇某反"。第文皇靖难师下江南，入金川，草诏登基之日，方孝孺、高翔、胡闰、铁铉、暴昭、练子宁诸大忠臣，莫不面斥之曰"燕贼反"，此反字有可证者。今赛儿兴兵，不于前之建文，后之洪熙，乃在永乐之世，而谓之曰反，此反字有可议者。何也？太祖授位于建文帝，帝固在也。故谓赛儿曰妖妇者止一人，而称之为仙姑、为佛母者，举天下后世皆是。嗟乎！一人之笔，又曷能胜众口耶？

夫如是，则逸田叟之以女仙而奉建文正朔，称行在，建宫阙，设迎銮使，访求故主复位，与褒谥忠臣烈媛，讨殄叛逆羽党，书年纪事，题曰《外史》，虽与正史相戾，自有孚洽于人心者，垂诸宇宙而不朽。

康熙岁次辛卯中秋望日。

（据国家图书馆藏清康熙钓璜轩贮板）

古稀逸田叟吕熊文兆自叙

曰：燕藩有武略，嫚视天子，顾以一旅之师，南向而争天下，不三载而竟逾江淮，破神京，犯帝阙，卒践帝祚。苟非天所命也，恶能若是？然而转战中原，所向克捷者，则第三子高煦之力居多。煦骁勇冠军，王师老将皆怯之，莫敢撄其锋。此又天之生此虎儿以助其得天下也。

噫，天道固如此，其若人伦何？方博士孝孺、景佥都清、铁司马铉、暴司寇昭、高侍御翔、胡大理卿闰莫不面斥之曰"燕贼反"，至于断胫抉喉，剥皮剔骨，惨死者众矣，死者益众矣。死者益众，而斥其为反、贼者更益众。正气溢乎玄穹，丹心贯于白日，扶植千古之纲常而弗坠者，诸大忠臣杀身以之。

迨宣宗嗣位，高煦兴兵作乱，盖循厥父之遗轨也。当日高皇帝以燕藩英明类己，出塞功多，欲立之，格于廷臣之议而止，而燕王亦以高煦英勇，为靖难元勋，欲立之，武臣皆忿愚，沮于文臣之议，同一辙也。燕藩誓师曰训兵以清君侧，所指者齐泰、黄子澄；而高煦兴兵，亦以除君侧之奸为名，所指者蹇义、夏原吉。又一辙也。燕藩纠合诸王同时作难，高煦亦连结赵王燧，亦同一辙也。煦为燕藩之庶孽，宣宗是其嫡侄；燕藩为高皇之庶子，建文帝是其嫡侄，叔侄私亲，君臣大义，又如是其一辙也。自古及今反乱之臣之事，未有若彼父子之丝毫无爽者。

第史官于高煦则大书曰"汉王高煦反"，书反诚然已，而于燕王则曰"受天之命"。夫燕王既为天子矣，为其臣者讳之，亦所宜然，乃并诸大忠臣探舌血而书"燕贼反"之三字而俱泯灭之，何哉？武王，圣人也。夷、齐斥之曰"以臣弑君"，煌煌然至今犹载史册。是则圣人之所不得泯灭者而毅然敢泯灭之，彼史官也果何心哉！然此三字如日月星辰之丽乎天，恐其终不泯也，遂并帝之年号而尽削之，帝之逊国以后事迹而尽灭之。高皇崩于三十一年，乃称至三十五年，下接永乐元年，若谓并无此建文一帝者。吁，不亦异乎？谷应泰先生云："顾使一龙不出，众虺皆摈。"信然。

夫建文帝君临四载，仁风洋溢，失位之日，深山童叟莫不涕下。熊生于数百年之后，读其书，考其事，不禁心酸发指。故为之作《外史》，大书帝之行在并建文年号，至二十六年，下接洪熙元年而止。谓之曰万世之公论也可，一人之私论也亦无不可。

(据国家图书馆藏清康熙钓璜轩贮板)

江西学使杨颙念亭评论　七则

念亭曰：正史书"蒲台县妖妇唐赛儿反"，今《外史》谓之"女仙"，得无骇异？余按：从来以妖法作乱者，如张角、王则之徒，邪不胜正，终必殄戮。而赛儿则解散部属，从容而去。成祖严行大索，必欲获之，逮系女尼、女冠数十万勘问。赛儿忽从空自至，虽刀锯、斧钻、鼎镬，不能伤其毛发。俟女尼等既释，遂御风不知所之。谷应泰先生《纪事本末》断云："仙乎？妖乎？吾弗知之矣。"意重在仙之一边。则叟之以赛儿为女仙，盖本诸此。

《明史》洪武三十五年，下承永乐元年。余考洪武崩于三十一年，传位太孙，改元建文。抚御天下者四载，仁慈恭俭，称为令主。从来亡国之君，纵使昏而悖德，后代何尝削其年号？如元之妥欢帖木耳，洪武尚追谥曰顺帝。若建文之逊国于叔父者，何以削其年号哉？隆庆间，粤东布衣谭清海伏阙上书，言成祖未即位之先，建文君天下也，有君则有政事，竟使之湮没不传，宁成信史？是永乐之削建文年号，不予其为帝，盖人心所共愤者。故《外史》于靖难时，特书建文某年，乃万世之公论。

《明史》永乐谥曰太宗文皇帝，至嘉靖追尊为成祖。今《外史》称曰燕王，又斥为叛逆，竟敢与正史相抗耶？余考文皇帝命方孝孺草登基诏书，孝孺大书"燕贼反"三字，掷笔于地。继之者大理卿胡闰、御史高翔、铁兵部铉、景佥都清、少司寇暴昭、副宪练子宁、佥宪司中、大理丞刘端，皆同声相应，面诟反贼，而叶太守仲惠编《逊国信史》，论靖难师曰叛党，顾使其人与言皆泯灭可也，奈此数公者，其姓字如日星之丽乎天，其言论如河岳之亘乎地，千载之下莫不尊敬而仰之。宜其《外史》之敢与正史相抗哉！若以为罪，则罪在于方正学诸公可乎！

《外史》称建文年号，至二十六年，下承洪熙元年而止。岂以彼削建文之故，而不免矫枉过正欤？则又称洪熙年号以终，何哉？大抵仁宗之得位也以父命，与建文之得位也以祖命，皆得之以正者。故不予其父而仍予其子，所以益著其父之无或命者为篡窃也。至称建文二十六年位号，此正正名讨燕之旨。按梁篡唐，而朱耶氏奉昭宗年号以讨梁，《纲目》亦深予之矣。

史书明太祖、成祖为先后英主，昭昭耳目。《外史》何书也，而云讨之？亦太妄矣。余按：建文烧宫时欲殉社稷，太监王钺亟奏："太祖遗有朱箧，可解国难。"启视之，缁衣、剃刀及度牒姓名毕备。建文已悟天位之终于此，故遁迹四十年，绝未萌复辟之心。若使建文南走越，北走胡，则天下之奉行在、兴义师而讨燕者，不终永乐之世不止。不知后之史官以建文为正乎，以永乐为正乎？曷不致思于其际哉？正史：当日勤王，有太守善、王太守琎、杨太守任、陈太守彦回、松江郡丞周继瑜、乐平令张彦方诸公。讨燕未克，丹心不泯。故《外史》推本诸公之志，以笔讨于百世之下。

《外史》大旨，既正名以讨燕，然后褒忠殛叛，得并行焉。在方、景、铁数公，人悉能知之。第正史所载殉国难者甚繁，虽制科之士，未或尽知，而况于世俗乎？叟广搜博访，正史尚有未载者，悉予其忠而特书之，善善长之意也。若靖难降燕文武诸臣，皆以正史为据，有者尚阙之，恶恶短之意也。至诸忠臣之妻女子孙，亦莫不纪其姓氏、表其贞孝节烈。昌黎云："诛奸谀于既死，发潜德之幽光。"其斯之谓与！

逊国靖难之事，正史既定，三百余年莫敢翻其案者，《外史》毅然执笔断之，伟矣。昔少保于公，曾刻"天下士"颜额以贻叟，则洵乎叟为天下士也。余素不喜小说，如世所称才子奇书，曰《水浒》《金瓶梅》，可以悦人耳目，亦可以坏人心术。《水浒》倡乱，《金瓶》诲淫也。今《外史》亦多奇诡，与小说无异。然立言之旨，在于扶植纲常，显扬忠烈，余故乐为论之如右。

（据国家图书馆藏清康熙钧璜轩贮板）

吕熊文兆氏自跋

逸田叟曰：老泉云："赏罚者，天下之公也；是非者，一人之私也。"夫子作《春秋》，有一善，则举而赏之；有一恶，则举而罚之。虽是非出于一人，而赏罚公之天下，赏罚公而是非为至当矣。晦庵作《纲目》，严邪正之辨，显彰瘅之殊，继《春秋》而行诛心之法。凡此者，皆非朝廷史官之史也。然而大圣大贤，盖取实事而论之，以正万世之大纲，而垂百王之令典，非徒托诸空言而已。熊也何人，敢附于作史之列？故但托诸空言，以为《外史》。

夫托诸空言，虽曰赏之，亦徒赏也。曰罚之，亦徒罚也。徒赏徒罚，游戏云尔。然其事则燕王靖难、建文逊国之事，其人则皆杀身夷族、成仁取义之人。是皆实有其事，实有其人，非空言也，曷云游戏哉？第以赏罚大权，畀诸赛儿一女子，奉建文之位号，忠贞者予以褒谥，奸叛者加以讨殛，是空言也，漫言之耳。夫如是，则褒不足荣，罚不足辱，爵不足以为劝，诛不足以为戒，谓之游戏，不亦直乎？

虽然，善善恶恶之公，千载以后，无或不同。其于世道人心，亦微有关系存焉者，是则此书之本也。至若杂以仙灵幻化之情，海市楼台之景，乃谐戏之余波耳，不免取讥于君子。

岁次辛卯人日，吕熊文兆氏自跋于后。

（据天津图书馆藏清钓璜轩贮板）

女仙外史回末评

第一回　西王母瑶池开宴　天狼星月殿求姻

刘在园曰："有几件至正至大的"数语，是提起大纲，照着全局。如龙门一脉，千支万派，皆肇于此。笔法自《史纪》（笔者按：应作《史记》）中得来。

陈香泉曰：此回意旨在月殿主与天狼星结仇，为全部大书之章本。乃先之以碧桃会，撰出如许光怪陆离文字，初不能测其机关。直至嫦娥宴回，陡遇天狼，方始豁然。如此灵心幻思，其餐霞吸露之人乎！《水浒》第一篇，以第一请天师禳疫而引魔君出世，落想固佳，然犹未能脱尽凡尘之气。

汤硕人曰：逸田先生作《外史》，原为建文帝逊国，表明君臣大义，与殉难诸臣之大节，顾赛儿一女子，正史所载，乃成祖所不能制者，因以为嫦娥谪下，何其当也！然后建文帝之位号，得存立于其间，忠臣义士望行阙而趋归恐后。故谓之曰有功于万世之纲常，信然。

洪昉思曰：斩除劫数，属之月姊，绝无所因，故以天狼求姻一事激之，乃为天子之心所必然者。于是降凡之后，种毒甚深，始终不许燕王为天子，即借劫数之刀兵以报怨。而作者亦即借彼之劫数，以行其褒忠诛畔之微权。结撰一百回之大文章，其开辟混茫之手乎！

第二回　蒲台县嫦娥降世　林宦家后羿投胎

韩洪崖曰：收煞灵活，遂使嫦娥降生、后羿转世两回之文情，全然镜花水月。谁能索色香光景于虚空之界？

高素臣曰：赛儿为扶植纲常之主，所以推本其始祖以至其父，历数十世不事二主，是以忠节传家者，尊之也。至林公子，则父无名，母无氏，不过叙明为羿之后身而止，更无一笔为之出相。本非场中人物，故卑且弃之。每见观者猜公子是正生脚色，是何以异于瞢瞽听演剧者与？

刘湘洲曰：余尝以赛儿八字推之，盖生为帝王，死作神仙之造。林公子易一己卯，本身既有三重相冲，合了妻命，又有四重来伐。无根乙（笔者按：当作之）木，能不立萎金风？至后回柳姻之庚辰，则乙与庚合。女子合多必为名妓，而辰助夫金，又主中岁奇贵。如此可略之处，尚且字字入彀，则睹其片鳞之光彩，而可以知龙之全体精神矣。

第三回　鲍仙姑化身作乳母　唐赛儿诞日悟前因

叶南田曰：韦母传经，汉朝可谓无儒。此回借赛儿口中阐发圣道之旨，正所以愧杀天下读书人耳。作者真眼大如海。

孟芥舟曰：摹写孝廉心思，赛儿性格，鲍母神情，与老婢之气质，及众亲戚之口吻，皆跃跃乎有灵气，呼之欲出。不意文章家，具僧繇之追魂手。

毛闇斋曰：相生相应，文之法脉也。不期生而自生，不必应而亦应，文之神情也。此回乳母，即前回天孙所云鲍仙姑，请他下界始终教育者，作者竟不点出；即赛儿问及，亦不说明；而鲍姑则跃然见于行文之际。真乃大家手笔，不落小家溪（笔者按：当作蹊）径。

第四回　裴道人秘授真春丹　林公子巧合假庚帖

香泉曰：文法倒行，如逆流之水，波涛冲激，恣（笔者按：当作姿）态尤奇。此非故作险笔，盖有势不容已者。如赛儿为全书之主，彼一林公子者来踞其巅，岂非佛头著粪？若使顺叙而出，则必加以点缀，施之藻采，竟与青螺妙髻，成为犄角之形，能不为金仙失色耶！逆叙之者，犹夫人之生一赘疣在隐微之处，又奚患焉？况复有神手并根拔去之哉！

眆思曰：此回有暗针。如认鲍母为姊，与授林公子玄术，即一人也。出林氏之别业，入孝廉之堂中，亦一时也。名字既自各别，文章又复逆叙，伏此一脉，颠倒看者，疑鬼疑神，才人狡狯可杀。

陈求夏曰：请问赛儿归于林氏，鲍、曼二师岂能相从？素英、寒簧两妹，何由相会？他如后数回赈饥祈雨，起兵勤王诸事，更有何法提起？此至险至难之路也。作者故设此至险至难之路，而回翔游衍于其间，结撰至精至奥之文。是炼石补天手段，不可以管窥者。

第五回　唐赛儿守制辞婚　林公子弃家就妇

香泉曰：要见奇松特立，必须斩却藤萝。翁姑、两伯皆赛儿之藤萝也。然在两伯，去之尤难。作者造出分产一段，出自人情所固有者，总要显女英雄出世，别无牵缠，并不是以文游戏，为当今荣华公子写照。

司马燕客曰：看《外史》者多以赛儿守制称为孝思，得其肤耳。正不知赛儿起义勤王，为时尚远，部下材官柳烟儿尚未出面，所以借此为女英雄地步。即林公子为昆弟逼迫，弃济上而徙海隅，亦借此为女英雄立根脚。文如无缝天衣，并不须夜来神之针钱。

第六回　嫁林郎半年消宿债　嫖柳妓三战脱元阳

芥舟曰：从来女子之有才者必多情，多情者必重于色欲而轻于伦理，死生之际有难言者。赛儿刻刻学仙，扫尽情欲。而其待公子也，生则温柔，死而哀恸，于夫妇之伦甚笃，其殆圣女乎！寄语当世，欲知闺人之贞否，于云雨时察其情之浓淡可知也。

乔东湖曰：公子为妓女淫戏而死，赛儿必欲此妓抵命，而作书者必要收拾柳烟为夫人之侍妾。既为侍妾，赛儿仍必欲处死，作书者又要收拾柳烟为夫人之心膂。至难至难矣。今观其命意措词，悉出于至允至当之情，而文则出于至精至妙。噫！如此才思，其庄叟之流亚与！

许旭庵曰：才人之文，出笔便雅，即使题甚俗，而能愈俗愈雅。庸人之文，落笔便俗，即使题极雅，而偏愈雅愈俗。读此回书，慧心者可以悟道，岂止雅云尔哉！

第七回　扫新垄犷遇计都星　访神尼直劈无门洞

孟峄山曰：计都星向赛儿深深一揖，柳烟就来挡在面前，可谓有冯婕妤当熊之胆智矣。观乎此而知柳烟足任赛儿之才官，不可为公子守节之妓，所以后回有揭祈雨榜文，并赚鹿怪诸事也。女英雄出世，绝无任使之人，作书者姑以柳烟充之，幸毋错认为守节。

吴钝铁曰：无门洞天，无心者能入之。若一有心，有门洞天亦障碍而不可入矣。天书、玉匣亦无缝者，以无缝之玉匣而藏于无门之石洞，盖作者取一无字。此无字，是如来无相无无相之无字。

燕客曰：柳烟志操甚坚也，作书者必欲毁之。所以开章先写其自矜机智，又写出其自露贵相。大抵女子炫其才者，必蔑于节，暗伏着十二回临难不肯捐躯地步。既受玷于畜类，则七十回之为伪汉之妃，顺流之舟矣。或谓"柳烟以珊瑚数珠出献，娼家之物，不宜受之"。彼亦乌知赛儿不纳其珠，无以安其心也？到后此珠着落，原是柳烟同类之人得之，方见女英雄之大作用。

第八回　九天玄女教天书七卷　太清道祖赐丹药三丸

香泉曰；按赛儿得天书、宝剑于岩石之间，非赤文缘字，即凤篆龙章，赛儿便能通之，又且精于剑术，其殆天纵者欤？而作者撰出玄女教授，盖以神道设教。独是分晰上、中、下三笈，其精微玄妙，前乎此所未闻者。毋乃前身是大罗仙，亦曾亲睹天书者耶？余谓使赛儿生于今日，必以作者为知言。

连双河曰：野史之难，倍蓰于正史。苟非其才可以雄视古今，乌敢立言垂后！比不得纂修国家之事，但取其制科出身，不问其才之尺寸也。如《明纪事》仅有赛儿得天书、宝剑一语，乃今欲绎出天书如何玄奥，宝剑如何神化，苟使无据，便成鬼话。兹阅其七卷所述，言言有本,字字有源。余虽制科中人,略读道书,故能测其涯涘。若《水浒传》,亦说宋江得玄女天书,仅言同吴用观看,并未指出天书上片语,以此而论《外史》之才在《水浒》之上。

第九回 赈饥荒廉官请奖 谋伉俪贪守遭阉

乔侍读曰:女子止可守经而不可行权。权者,权其义理轻重于毫忽之间,如管仲子事齐桓,狄梁公事武后,乃所谓权也。若夫女子至重者,不过"节"之一字,亦安所用其权哉?赛儿苟无法术,必困于计、罗之手,将守经耶?行权耶?故作者之意,第为赛儿出色,不可以垂训。

陈处一曰:此回于讲授天书之后,亟欲写赛儿大显威名。所以露台赈济,令人人瞻仰,以起济南郡守谋娶之心,一施其神通法力,远近莫不闻知,为他日英雄相会,起义勤王章本。或谓:赈灾是施德行仁,阉郡守是驱残除暴,亦见得一边。总而《外史》之文,如瑶室璿宫,进一层有一层的妙处。

第十回 董家庄真素娥认妹 宾善门假端女降妖

孟筑岩曰:寒簧性根中种着素娥,口呼者七载,礼拜者三年,及见素娥而反茫然无知,此悟道者之言,非文人才士所能造。

素臣曰:《明史》:董彦杲、宾鸿原为赛儿之部属。今欲以胡然天帝之人,而会绿林之盗侠,如之何其可以圜巧?终夜思之不能得也。逸田先生乃令寒簧生于董氏,既呆且哑,但能呼素娥而礼拜,于是月君现身于云中,而大盗诸人,无思不服。此等文心,若行空天马。至以曼尼、素英并安置于此,为遨游九州岛地步,<u>丝丝入扣</u>,又其余绪。

第十一回 小猴变虎邪道侵真 两丝化龙灵雨济旱

鲁大司成曰:假龙行雨,假鼓为雷,赛儿、鲍姑皆系仙子,犹不免于假,况世人乎?然假而为公,即为真;真而为私,返为假。如奎道志在获金,私也;赛儿心在救民,公也。余愿今之人,宁行假以济公,毋假公以济私。

硕人曰:青州济南,将来先后创建行殿。所以前回取贪守之私帑,大赍于众,此回为廉守祷雨,以济苍黎,为屯卦经纶之基本。至奎真,则在四十二三回，尚起多少干戈，方得结局。犹之长江万里，其支水之入而旋出，分而复合者，统汇一脉而朝宗于海。

第十二回　柳烟儿舍身赚鹿怪　唐月君为国扫蝗灾

杨念亭曰：柳烟儿当大难不能殉节者，自惜其才也。与文人才士忍耻忍辱以就功名，未之或异。故圣门之教，先行后文，有才者可不知所慎欤？

家涵亭曰：柳儿失身于此，是为第七十回月君用美人计遣柳儿入伪汉宫中章（笔者按：章当作张）本，要知《外史》题目甚大，林公子系局外人，正不必以婢妾守志为佳话也。看书者须体认作者主意，幸勿以柳烟失节为可惜，立功为可喜。

第十三回　邀女主嵩阳悬异对　改男妆洛邑访奇才

香泉曰：嵩阳标对，当世必非笑之，而独能邀女英雄一顾，幸矣。从来世所弃者，豪杰之士必与之；世所与者，豪杰之士必弃之。嗟乎！英雄识英雄，真难得也。

韩子衡曰：女英雄初未知有御阳子，而御阳子则早知有女真人。是彼其才，诚可以复建文之位，而泄忠臣义士之愤者。遂简在于心，他日寄以军旅之任，端坐宫中，抚御四方，故谓之曰女英雄之军师，信然；即谓之曰建文帝之军师，亦信然。

求夏曰：军师出处，莫伟于三顾草庐。今御阳子隐在嵩阳，岂有女主而前往就见之体？乃作者偏要月君过访，先以降怪引之，复以驱蝗导之，复又标出奇对以激之，于是改妆请谒，月君始知有御阳子，而御阳子之素知有女真人者，斯时返不知之，迨去久而再卜，方知女真人已顾茅庐，然后吕军师之出处为正。

丘珠岩曰：月君与御阳子相见，自然议论天下之大计，而唐勋非其人也。作者先以颜额"正士"两字引起，反复议论古人出处，落到切己所在，而天下之大计燎然。文势若九龙滩，回环曲折，究竟水脉直趋而下，唯波涛变幻，莫可端倪。此大慧才人笔也。艺苑操觚家能否？

第十四回　二金仙九州游戏　诸神女万里逢迎

王新城曰：神鬼精灵，出没笔端，妙在亦寓劝惩之旨，足以正人心而维世道。不可当作仙真游戏，草草看过。

在园曰：诸神女皆画鬼笔也，而其语言事实，则仍是画人。作者如僧繇、道子，追魂写照，悉臻神化。至若卷内诸诗，直可贯彻三唐，岂仅时流不敢望其项背。

香泉曰：余生平不恶妇人妒色，而恶男子妒才。盖妒色为常，而妒才则可异。然入宫不妒者有之，从未有立朝而不妒者。作者借妒妇以发泄，与余良有同心。

硕人曰：二仙遨游九州，正燕王围济南、攻东昌之日也。为月君者，出面固不可，缩头又不能，将何以处？作者算个去路，却撰出一篇开辟大文字。

第十五回　道衍倡逆兴师　耿炳文拒谏败绩

范大中丞曰：此回事迹，他人写之，数十篇而不能尽者，《外史》不数篇而已足。真如尺幅书内，收束万壑千岩；方寸锦中，攒簇回文百韵。

汪梅坡曰：程检讨亦青田次一流人物，建文帝命为平燕军师，正史上并不载其片言半语，乃同于卒伍耶？逸田先生特为补出，即起检讨而问之，亦必曰：此五色石也，真有补天手段。

第十六回　王师百万竖子全亡　义士三千铁公大捷

香泉曰：景隆为帅，燕王于数千里外知为竖子，而朝中不但不知，且有荐之者。何智识之相悬若是哉？余谓朝中岂尽不知？特以天子之左右亲近荐之，不敢复言耳。然则左右之言，公且不可以为准，而况于为私者乎？

汤若人曰：古人往矣。记其事而可以知其心，载其言而可以识其才。曾不知其须眉气象，为何若也？此回摹写铁公，直从纸上活显出来，觉凛凛乎，有英风逼人。信为第一枝史笔。

第十七回　黑风吹折盛帅旗　紫云护救燕王命

李渔村曰：从来天人一理，唯建文、永乐之际不然。建文之为君，人也。永乐之为君，天也。天之所兴者，人皆恶之；人之所立者，天则厌之。是天之所以畀邪黜正哉？曰：要成就多少忠臣义士、孝子节妇耳。

龚澹岩曰：炳文、景隆之败，战之罪也，人也；盛庸、平安之败，非战之罪也，天也。而不知奸臣之降燕，亦天也，非人也；忠臣之殉国，则是人也，而非天也。是故，天定可以胜人，谓一时之成败；人定可以胜天，乃百世之纲常。

求夏曰：文渊博士，道学先生也。何反间燕父子一策，直似谋士之用私智哉。卒之激怒燕王，临江一决，竟入金川。嘻！此但料事而不能料人之过也。若使当日降开诚之诏，竟赦燕王，旋师彻备，令永奉北藩，犹不失王者宽容大度，以笃亲亲之谊，尚有天下之全力，在燕王亦不能自决其必胜，而敢于抗命也。倘或悍焉不顾，则诏令人京让以帝位，燕藩亦岂能腼然受乎？如是而千载之下，帝可媲美于舜、禹，而燕藩之为莽、操，更无曲笔可庇护矣。

第十八回　陈都督占谶附燕王　王羽士感梦迎圣驾

香泉曰：建文登极之后，豫知燕王必反者程济，知燕王必得天下者亦程济，知忠臣之必遭杀戮者，亦止程济。迨出亡之后，往往脱帝于险厄者，止济一人；帝病困于狮子山，求药饵以疗之者，亦止济一人；送帝归于京阙，而使千百世咸知潜龙之未泯灭者，又止程济一人。嗟乎！帝不能用济于承平之日以保其国，而仅思济于危难之时以保其身，此帝之幸，济之不幸也。若济者，周旋险阻四十余年，白龙鱼服，终不困于豫，且其知略岂在青田之下？而作书者能测济之知略，补出几许未悉之情形，又岂在程济之下与？

张宾门曰：此四回，皆靖难师之实事。余读正史，每嫌其头绪太繁，脉理不能贯通，呼吸不能接应。读《续英烈传》，又怪其散漫若滥流之无源，蒙茸若藤蔓之附木。今读《外史》，自燕王造谋兴师，以至登极止，皆翦却荆榛而成康庄，理其棼丝而就经纶，条达贯穿，纵横驰骋而无所碍，奚啻拨云雾而睹星辰之象？故知庸流文笔能窒塞天下人之心胸，才子文笔能开豁天下人之智慧。

黄叔威曰：廖司马挈建文元子而附养于黔中之曾长官家，易姓曰曾，讳文烽，正史失之，此书特为指出，盖亦兴灭继绝之意。

第十九回　女元帅起义勤王　众义士齐心杀贼

杨人庵曰：谚云"纸上谈兵"，言用兵为难事，非能谈者便能用也。然必能谈者方能用，岂不能谈者而反能用耶？余素好兵法，见此卷内讲解，既越乎韬略之外，而仍贯乎韬略之中，与余意若合符节。作者殆善用兵者乎？

帅简斋曰：雕儿向在铁公部下，正不知因何而与周缙同来投军，及读二十二回而始知之。其叙于彼而不叙于此者，叙其所必应叙之处，不容叙于所不可叙之处，《国策》中往往有此行文之法。要知女元帅起义兴兵，事情何等紧急，文章之脉若悬崖飞瀑，其间纵有曲折而亦直泻于大壑，若将雕儿离却铁兵部情由一叙，便成中断矣。或谓满释奴何仍叙及？曰：释奴前此未见，突如其来者，知之乎？且欲显其铁弹神枝耳。

第二十回　太阴主尊贤创业　御阳子建策开基

裴又航曰：唐月君勤王，岂不凛然大义？然其因则在报仇一边。其奉建文年号，假之也。若御阳子披肝露胆，是真欲平僭乱而兴复帝位，为忠臣义士吐冤泄忿。其委身于太阴主，假之也。看书者要识得这个所在，方与作者之手眼相印。

求夏曰：作大文章之法，如山川之有龙脉，或起或伏，或分或合，总出于一本而后变化生焉。此部书第一回月殿求姻，为发脉之大原其。勤王起兵与建都立阙是正脉所注会，蜿蜒千里，至九十八回方止。而其干龙衍作数派者，虽有大小之殊，其间起伏分合亦无不然。此回之脉则发于嵩阳悬对、洛邑访才之时，伏而后行，纵横旋折，结穴于八十回。其余若诸公子义士亦各有起结显伏之处。识得草蛇灰线，在在自能燎然，否则与盲师无异。

刘再祈曰：太阴主以通天彻地之神通，贯古绝今之学识，为之军师者不亦难哉？然其用兵之机智则稍逊于御阳子，以其道心重而少变诈也。或谓御阳子与古来军师谁者可以颉颃？曰：以余揆之，留侯之博浪一椎，御阳子无其气概；青田洞察未来，御阳无其术数；武侯之七星坛与八阵石图及木牛流马，御阳无其神奥。舍此数者，当亦与三公相埒。请以质诸具法眼者。

第二十一回　燕王杀千百忠臣　教坊发几多烈女

香泉曰：帝既出亡，为之臣者，未可以死也。揆其势，即不得较比于唐之高宗，而与夏之少康、晋之重耳，亦无异焉。子在，回何敢死？师弟与君臣，其义一也。文丞相已受执于元人，而尚欲得为黄冠以去，岂真求生于仇敌之世哉！意盖藉此脱身，便可再图义举，以复宗祚耳。故夫建文诸臣，其有已被搜获而激于势者，固不得不死。苟全其身，宜图复位，而不能，而后死，何遽纷纷焉相率而尽节与？此逸田叟所以作《外史》，而寓其意于一女子。

念亭曰：凡逊国殉难诸臣，终明之世，未尝追谥。在成祖以为继高皇之统者是朕，若建文则年号已削，君既无之，焉得有臣烈子神孙，焉敢故背厥祖之意。虽方、景、铁诸公，得与日月争光，其外则泯灭无闻者不数矣。而附于成祖者如三杨，当时皆称为贤相，后之君子亦与之，即夏司农、陈平江诸公，亦未闻有黜其为叛逆者。《外史》则一一区分，若泾之与渭，意作者亦景、铁诸公之流亚欤？

饭牛山人曰：余友八大山人，常言永乐之杀忠臣，皆有激而致之。揆其时，处其势，苟非圣贤，亦不容于不杀。但止戮其身，而罪不及于妻孥，且表其墓而赐之谥，又可以风厉天下。余笑应之曰：诚如君言，则逸田先生之《外史》可以不作。

外史曰：杀身成仁，舍生取义，谓所恶有甚于死，而理所当死者。若可以死可以无死，反伤于勇矣。余谓逊国时殉难诸臣，当以从亡者、起义者、挟匕首者、拒新诏者为上，其不可全身而从容以死者为正，有可以不必死而死者与洁身而遁者次之。方、高、胡三公，逼之草诏，不死奚从？仁之至，义之尽也。乃不幸而至于夷及九族十族，与祖宗父母之朽骨皆锉碎而扬于溷厕，千载之下，犹然酸鼻。固燕王之灭绝天理，亦一时忿激之言有以致之。嗟夫！彼九族十族奚罪哉？于是赴阙痛骂者若而人，莫不罹此惨毒，不可谓非正学先生之所倡也。是诸公者皆过于仁，过于义，过于忠，而过于勇者。若齐、黄二子为燕王所切齿，是宜速死，何至于擒而受刑！噫，亦晚矣！

第二十二回　铁兵部焦魄能诛卫士　景文曲朽皮犹搏燕王

渔村曰：成祖屠戮忠臣，人多事繁，难分伦次。若为逐一作传，则事以人叙而明；或编年分书，则事以时叙而亦明。《纪事本末》则汇集而分列之，茫不知其为先为后，只以备夫采择耳。余观《外史》，以如许之人，如许之事，条分缕析，合成一局，若梭之贯丝，有纬有经；舆之辕辐，有柄有凿，此能脱化于《史记》之外而陶镕（笔者按：镕亦作熔）于《史记》之内者，更将铁、景二公另作一卷，尤为手眼卓越。叹服，叹服。

在园曰：余观《水浒》，以一石秀而劫卢俊义于法场，一黑旋风而劫宋江于法场，真令观者惊心摄魄，然皆有意造此至奇至险之笔。今《外史》以一女四劫刘超，以刘超先自劫于法场，拔刀相助，出于邂逅之顷。此无意于奇险而自然奇险之至者，百尺竿头，御风而去矣。而且夹在铁、景二公惨祸毒刑之后。见此一段淋漓痛快文字，能使天下后世，挥涕之余，鼓掌而舞。

香泉曰：写景、铁二公之忠愤气概，较之《国策》写荆卿之持匕首、蔺相如之挟赵璧，文之精彩，尤为较胜。至写二公之英灵飒爽，不啻青青、空空之剑，虹光电影，往来激射，令人胆悸魂飞，毛发直竖。此固贤愚所共赏者，唯二公于道上相遇而不相接，闲闲数笔，乃全篇之枢轴，方得织为无缝天衣。即法眼亦恐未察，余为表而出之。

第二十三回　鲍道姥卖花入教坊　曼陀尼悬珠照幽狱

香泉曰：今之人多讳己之所短，而掩人之所长，于是乎有争。争则妒心生，妒心生而杀机动矣。鲍、曼二师皆神仙者流，又岂有短长之别，而二师必竟各择其所优为者，分任行之。若使曼师入教坊，自无此等婉转；鲍师入囚狱，亦未必如是径捷。仙家且然，何况凡流。是故不讳己短，不掩人长，方可与之为国立功。作书者其将以针砭世人与？

吴钝铁曰：行兵者以奇兵为上，而疑兵又在奇兵之上，余谓行文亦然。如此回卷首叙明劫法场之道姑来由，原为文章之正脉，而疑兵则隐然寓焉。所以王昇即疑劫刘超者即系鲍姑，而教坊之诸夫人亦以刘公子为一道姑所劫，亦遂信是鲍姑。皆自然之机，亦自然之理，所以收功于反掌。我不知作者之笔，何自得来。

第二十四回　女元帅延揽英雄　诸少年比试武艺

绵津山人曰：观作苦用笔，写文士以神，写武士以气，而亦具有体格，且各表其身分，森森乎俨如列在目前，竟非纸上生活。少陵云："褒公鄂公毛发动，英姿飒爽来酣战。"又云："豫樟翻风白日动，鲸鱼跋（笔者按：原作拔，据《全唐诗》卷二百二十改）浪沧溟开。"《外史》笔力近之。

在园曰：比试武艺，《三国》《水浒》皆有之，第嫌其入于绳墨，而不能纵横脱化。《外史》则独出新裁，或显其试于不试之中，或隐其不试于试之外，洵在二书之上。结局打虎一段，较之景阳冈，情理尤确。精彩更殊，亦青出于蓝之笔。

第二十五回　真番女赚馘高指挥　假燕将活擒茄太守

马司农曰：月君赞御阳子初出茅庐第一功，余谓御阳之才原在孔明之下，而初出之功，则在孔明之上。盖火烧新野，止一炬败曹兵耳。此则斩都挥，擒太守，便克青州，实为开国之基，尤足伟者。预遏敌人来救之路，先发三军而进莱州，高监军遂由此而成功。即以归之吕军师，亦无不可。

香泉曰：正史写实事，故其文如写照，酷肖而止。若小说演义，多凿空之笔，既无可肖，则如散画人物，略有微疵，便生指摘。如满释奴一妇人，无是公也，正当如何描写，可以动人心魄？今观其初投军时，吐出一种英愤气概，固已精彩夺目；此回赚取敌将，出入剑戟之丛，凛凛乎有生气逼人。若谓并无其人，亦无其事，将焉信之。

第二十六回　全淳风义匿司公子　高监军计袭莱州府

梅坡曰："赛李逵"名目，有落小说故套矣。第许指挥署中，若无此人发愤奋斗，文章便无气焰。尤妙在既被擒获，旋复脱去，隐然伏一猛虎，尚有设施。学海狂澜，出没不定，余亦安能量之。

子衡曰：英雄识英雄。高之服吕，吕之荐高，二公足当斯语。外若相许而中则不信，乃假道学伪君子耳，非英雄也。

倪永清曰：试问如今缙绅先生，倘遇着神相之士，还是袁柳庄好，还是仝淳风好？

第二十七回　黑气蔽天夜邀刹魔主　赤虹贯日昼降鬼母尊

澹岩曰：吾乡曹能始先生有《秘舆图》，载青州云门山有劈裂峰，高插云表。南有九仙台，其阴崖又有水帘洞。考诸书皆无之，兹复见于《外史》。作者学问，可谓冥搜。至若讲到鬼母劈裂，俨然如画，犹之乎巫山云雨，一经宋玉作赋，即杜工部亦云"舟人指点到今疑"耳。

王竹村曰：小说家亦偶有叙及两处同日事发者，多不能措手，只以止有一枝笔，却无两张口，文饰完局，到相接处，显然露出笋痕。余看《外史》，取青取莱，既同一日，而刹魔与鬼尊下降，又与两军接战同时。如此纷纭，偏能堂堂叙去，另起头脑，至其绾合，则有灵脉贯通，出自天然。始知才之相越，岂仅什伯已哉。

第二十八回　卫指挥月明劫寨　吕军师雪夜屠城

程雨亭曰：御阳自劾，与孔明同出一辙。然街亭之失，未免知人不明；若卫青之劫，则焉能豫料。而恬然引为己罪，大抵二公之心，易地皆然，绝以圣贤自期者。至若后世，既设有条例以为范围，而犹巧为诡避，以冀夫幸免，其品节为何如。

昉思曰：十一回奎道人去矣，至四十一二回，尚有多少说话。此回卫都挥之去也，至四十三四回，亦尚有多少文章。方知《外史》节节相生，脉脉相贯，若龙之戏珠，狮之滚毬，上下左右，周回旋折，其珠与毬之灵活，乃龙与狮之精神气力所注耳。是故看书者须睹全局，方识得作者通身手眼。

第二十九回　设玉圭唐月君朝帝朔　舞铁锹女金刚截仙驾

徐少宰曰：唐月君于南郊立誓坛，昭告太祖出落得建文年号，何其尊崇正大。然永乐年号则不可泯，乃在后回塞外俺答口内说出，何其贬黜蕴藉。从来史鉴分别正闰，在大书细注之间。《外史》与正史不同，所以另出手眼，观者须察之。

顾幼铁曰：赛李逵、女金刚二人名色，似未免于落套，套则陈且腐耳。若以二人同居部曲，岂不可憎？乃出之虎斗龙争，不觉令人捧腹。

此化陈腐为鲜新法也。至其描写争斗情形，在纸上活现跳出，当与太史公人物赞齐驱方驾。

第三十回　吕军师献馘行宫　唐月君燕飨诸将

香泉曰：月君立行阙于青州，较之萧王河内、唐公晋阳尤为紧要，何乃汲汲焉竟适登州向蓬莱阁游燕耶？御阳子之请南伐，月君之调高军师，原已计及于此，而仍不免于一着之疏虞者，盖作者设为至危至险之境，而后能显至神至妙之笔，如良医之起死回生，英雄之拨乱反正，方见殊勋伟烈，故看者之心光，要与作者之神明若以镜照镜，始为得之。

蔡息关曰：献馘、饮至，军礼也，此似访其意而行之。第月君以草莽一女称尊，坤之黄裳与干之飞龙不同，说不得君臣一体，上下合德。然勤王之日，安能无插（笔者按：插当作歃）盟设誓之举？今之奏凯，又安能无燕飨慰劳之典？若遽自尊严，岂不令豪杰解体？行文至此，可谓厄运。乃竟有本事，平空截断，如神龙出没，但见其首而不见其尾，真化笔也。又恐二师来得突然，预在登郡大路曼尼从地底钻出，先为此处伏脉。噫，吾无间然！

第三十一回　骊山老姥徵十八仙诗　刹魔公主讲三千鬼话

在园曰：未知生，焉知死？孔圣所不言者，而六道轮回之说，唯释氏详言之。疑信者各半，即信者之心，亦不能真知其所以然之故。此复有魔教轮回之说，更超于释氏之外。即曰其言属诞，而其理则似真；其事属幻，而于义则可取。盖作者笔端，具有苏、张之舌。

洪崖曰：余尝登蓬莱，原止一阁，特立海澨，登临者只宜于晴昼。此书演说三层，格局殊为宏丽。余欲仿其式，从新构造，庶几信宿秉烛，可以观夜半日出，风雨晦冥，可以听骊龙潜啸，可以窥伺海市蜃楼之异。并将诸仙子之诗，镌石置于壁间，为《外史》之证。不亦洋洋东海，千秋之大观也哉！

昉思曰：或问以笔墨戏谑仙灵，有罪乎？曰：一要观其人之可以戏谑仙灵者，一要观其文之戏谑仙灵可以受者。大抵慧业文人，亦是仙流。他日会于芙蓉城内，群仙起而大哗，曰："子来矣！当各罚一大觥，即醉死亦不恕。"若其人其文不足数者，当如月君所云"割其舌而作哑狗"。

周勿庵曰：太古之世，元气淳厚，无所谓魔也。至轩辕制兵革，遂有蚩尤作乱，此魔王出世之始。迨乎中古，三教既立，而魔道与之平分，所以治乱各半。究竟三教中之为恶者，即魔也。降至季世，仅存三教圣人之名，更无有可以为三教圣人之徒者。故《外史》云"魔道日甚"，的系至言。

家卧园曰：乱臣贼子，王法之所必诛。乃后世人君，返多宠而用之者。所以耐庵借百八魔君，出而讨之。《外史》于建文、永乐之际，借一女子以彰天讨，辅之以曼尼、鬼母、刹魔主。余谓事迹殊，而意旨则有同然。嗟乎！魔者，兴乱之物，今以之戡乱，用心良苦。

第三十二回　两奇兵飞救新行殿　一番骑麕战旧细君

于少保曰：予观《三国》《水浒》诸书，凡将士授计而去，总不出军师所料，罔有毫发之谬，是无异于铁板数。《外史》不然。如前回令小皂旗、楚由基诈败，而竟至于真败，犹未为奇。若此回两番劫寨，则先有燕将返来夜劫，适遇鹏儿等，彼此皆莫知所由；及战胜而回，陡见大路复有一寨，径杀进去，却是自己人马，而又彼此各不知其所从来。何物文心，灵幻若是！我恐此书不久传于世间，当为造化遣六丁神攫去。

钝铁曰：古者阃以外将军制之，战守进退，唯其所宜，所以能应变，有胜而无败。李远被劫，便知是登州之兵，不可谓无将才。若能敛师而退，坚守济南，吕军师之成功，正未易易。其如后世命将出兵，有进无退，不至全军覆没不止。故《孙子》云："将能而君不御者胜。"噫！能用此言，方能将将。

硕人曰：燕王驻金陵，则居庸必危；徙北平，则南都可虑。世子留守于南，而已镇于北，此胜算也，亦此书之旋转枢轴也。然落庸才之手，自必整整齐齐铺叙一回，而文章之气脉斩断矣！此则仍从根本写起，返为文之过脉，即于中途命将攻取青州。又正值空虚少备之日，几乎攻拔，又几几乎文武星散，写燕军之气焰至矣。夫然后奔云骤雨，震电旋风，从空而来，使观者目不及瞬，闻者耳不及掩，有若阿罗汉之各显神通，不可思议。

第三十三回　景公子义求火力士　聂隐娘智救铁监军

鲁司成曰：文皇戮及景佥都之朋友，有青州教谕刘固者，与其兄国、母袁氏，适在南都遇害，未曾抄洗原籍。读史者非心细如发，不能悉也。即刘超为聂隐娘所救，亦云合家被戮，今投何处去好？则是身罹其难者，亦不能知原籍之无恙。作者乃于斩藤断蔓之间，抽得一枝刀刃未截者，特地标出，以延忠臣之脉。即云无其事，然不可谓无其理也。嗟乎！具此苦心，千载下犹令人堕泪！

洪崖曰：景公子以青州为妖寇，辱没祖父，是断无归卸石寨之事也。然公子虽有一火力士，探其意中，不无广结刺客、侠士，以为报仇之地。所以先写一驴鸣惊人，而异乎寻常；而驴傍之妇人，则又大异乎寻常。于是公子之心动，而向前一揖，即前日求见火力士之初心也。然后隐娘口中露出先救刘超，及今去救铁公子，而景公子之心折矣。作书者故出此险笔，撰为至奇之文章，亦属至正之理路。

八大山人曰：写出景公子天挺英气与火力士天赋戆性，跃跃乎呼欲出矣！但做的是博浪沙之事，如何转折以归于卸石寨？余掩卷深思而未能得。及读到遇一女娘奇矣，而又同入济南府更奇矣，又与副军师同立伟功更大奇矣。按《水浒》写豪杰之士，初必以梁山为盗薮，断乎不屑入伙，费尽多少心机，方能凑泊，终属牵强，不若此之吻合天然。

第三十四回　安远侯空出三奇计　吕司马大破两路兵

于少保曰：柳升夜劫董彦杲一策，胜算也；既胜矣，而能潜师以待敌之来劫，尤为上智之着。御阳子明知而故犯之，其妙在于三叉（笔者按：原作义，误）火炬，若有大兵为后劲之势，则彼必惊而败，败则必走大寨，而自相扰乱。所以先发小皂旗（笔者按：原作旆）一枝，焚其后营；又发雷一震等五将，捣其前寨。此时即有淮阴之智、项籍之勇，亦不能措手足。盖柳升之大寨严整，将猛兵强，殆难猝破。今乘其发动之机，于仓皇应变之候，骤然三面压之，如风雨雷霆，交发沓至。虽文人之笔墨乎，然吾知其胸中定有十万甲兵，与龙图老子方驾。

澹岩曰：兵法云："出其不意，攻其无备。"苟知用兵者，安得有此隙以召敌？孙子二语，似属虚文。今阅《外史》柳升劫破董彦杲，是出不意于意之中；吕军师即复劫而破朱能，并拔燕兵大寨，是攻无备于有备之外。可谓善用孙子之言。

查书云曰：人之变幻莫如心，若能通于笔墨，便为千古奇文。余观诸小说，欲大败之，必先与之以小胜，竟成故套。《外史》于吕军师拔登州，而卫青先得小胜；拔济南，而柳升先得小胜，于诸书同一辙。但此用反扑之着，而变化出于意外。神乎！神乎！

第三十五回　两皂旗死生报故主　二军师内外奏肤功

在园曰：济南已成垂拔之势，即无皂旗显灵，迟一日而拔，亦无损于用兵之奇、行文之妙也。余尝观历代衍义诸书，凡攻城拔国、覆军破垒，皆出于定算之中，而不能变易于定算之外，势固有所不能也。《外史》不然，偏于定算垂成之际，别又变出一局，骇人心眼。成功则同，而于始之方略，有大相殊异者。文心至此，即鬼神亦莫测其几微矣！

硕人曰：攻城用内应之策，诸书皆有之。《外史》则一变而奇，再变而奇且幻焉。如吕、高二公之定计，一攻于外，一应于内，宁知有铁监军、景公子与火力士来协助乎？又如定于念三夜拔城，宁知有皂旗将军显灵报国，竟于念二夜即入济南乎？如此变化奇幻之事，谓出于两军师之意外乎？盖作者之文心，特出于天下才子之意外尔！

第三十六回　唐月君创立济南都　吕师贞议访建文帝

又航曰：此篇为一百回之主。古文家宾主相生，所谓主中主也。其难处在于一十九人出见，若无伦叙，便为庸笔。观作者以五位老臣不可为使，自先设一大难，然后写出随驾三人之子，访主即属寻亲，更无可与争者。而中间又夹出九人，从容敷写，井井不紊，若晋之行师整以暇。此主中而又有宾主相生之妙，具见化裁之手。

宾门曰：韩、柳、欧、苏之文，如山峰之有八面，各显奇象；若河流之有九曲，各生变态。加以风烟岚雾，则不可得而名状焉！然于点出题之正面，不过平直允当而止，了无奇义。此回题之正面也，乃前有公孙之奇峰，后有曾彪之惊涛，云雷风雾，飞扬乎笔端，作者其天纵与！

第三十七回　帝师敕议内外官制　军师奏设文武科目

香泉曰：世道日漓，人心日险。爵侔位埒者，几微升迁之际，便生忌嫉，即有耕莘钓渭之徒，焉能骤登于廊庙乎？似属纸上空言，不可措诸实用。然有用之之法，如国人皆曰贤者，虽位在令牧，而竟越升至开府卿贰。其中材之守职者，仍循资格。若有不肖而秽迹彰闻者，重则诛，次则刑，轻则黜，逐尽除降级之令典。夫岂有稍加降调，而能使浊者清，不肖者贤乎哉？如是，则《外史》设官之制可行已。

南田曰：崔相读《阿房宫赋》，因荐杜牧于试官，此取士于素也。若在场中握笔，即以牧之之才，岂能有此至精之文耶？但较以一日之短长，则真耶？伪耶？倩制耶？抄袭耶？皆不可得而问。或谓《外史》所云，先观其平素著述，以定其学问之深浅，又岂无窃他人之作以为已有者？容亦有之。第宋齐丘攫取谭樵化书，千古止有此一事。大抵所云著述，是前人之著书立说之谓，非今人之揣摩窗稿，即谓之著述也，焉得而窃诸？

再祈曰：此回书，人所不欲观也。其有观者，胸中素蕴夫经济乎！然必与八十二回六科列榜之篇，合而观之，方得其取士之全法，作者盖前后互相发也。夫取士与设官二者，虽相须并行，然使所取皆贤，官制即有未善，亦无害于治国。是故取士为重。余观今之所谓士者，一郡一邑，动以千万计，其可用与否，我弗知之矣。

第三十八回　两军师同心建国　一公子戮力分兵

在园曰：予观诸公子中，若景星才略，当为冠军。何故初任将而遽折其气耶！且吕军师既知步不可以敌骑，又不以马夹步而用之，若为使之败衄者耶？此盖作书者亟欲收拾火力士也。虽然，力士亦一勇将，其亟去之也何故？要知力士，一勇之愚夫，仅足以任博浪一椎耳！若用以为将，必至屡败。屡败而处分之，《外史》之病也。《外史》中皆忠义之士，不可以行军令。余窃知作者之旨，评论如斯。

迟荆山曰：吕与高两公，料机应变，大略合符。要知咸宁之才，已踞百尺竿头，师贞则能于竿头更进一步。此御风而行，非人力所可几及者，伏龙之于凤雏亦然。

燕客曰：火力士列之诸将队中，本无可以出色之处，作书者以下报王御史为结局，俨然为他存一义士身分，笔有苦心。

第三十九回　美贞娘杀美淫宫　女秀才降女剑侠

梅坡曰：这回妙处，在于半中间又有一女秀才，然后可以杀监河，拔济宁，而为前后篇之枢纽，尤妙在于军师未至，三女先在城中，军师固不知有此内应，即三女亦不知军师之兵适到，有此外合。文心若天马行空，神灵莫测。耐庵之下，一人而已。

昉思曰：范非云，香闺一女子耳，至此回而雄杰之气毕现。观其向女秀才曰："何不把这座城子，当作贽礼？"眼中已看得监河十万雄兵不啻沙虫。又常言不能为国复仇，死有余憾，则知其夙有大志，故作者专写飞娘出色，返在剑仙之上。若公孙是成飞娘之志者，不得作救危难女子看，方透微旨。

八大山人曰：按《明史》，女秀才原在梅驸马府中，及梅殷死而不知所往。作书者为之补出。观其欲为驸马报仇，而又救取殉难忠臣公子，是重其有秀才之名与秀才之实也。必如是，方不愧为秀才。古人有云："秀才未第时，即以天下为己任。"若今之读几篇烂时文，亦称秀才，何与！

硕人曰：作者本意，原要公孙与飞娘入济宁而立大功，然不得不说去投济南。行至中途而邂逅一女秀才，是到济宁的，而后曲折敷写。此等文思，竟从烟霞天际飞来，不取之方寸内者。

第四十回　济宁州三女杀监河　兖州府四士逐太守

澹岩曰：将计就计，为诸书谈兵上着。《外史》变而通之，使敌人将我计以就他之计，我又将敌人之计以就我之计。说得字字入彀，言言合笋，固可措诸实用。又乌得以纸上谈兵目之？飞卿有云："霸才无主始怜君。"予将以赠作《外史》者。

南田曰：此回分兵西、南两处，有设歧路，若敌人只从一路败走，何以为奇？今看他两路追奔逐北，而又错出女将在内放火，知州来献首级，雷一窗活擒丁胜纷纭四出，如乱波争道，乃能从容汇成一脉，<u>丝丝入扣</u>，绝无奏接痕迹。程不识旌旗刁斗，纪律森严，可以百战百胜。余谓《外史》行文亦然。

刘冰崖曰：汉高既平七国，以兵临鲁，闻弦歌之声，命勿击。兖郡，圣人之邦也，若以争战而得，则必涂毒生民，可谓王师乎？是以归功于四士，作者有深意存焉。其四士为方、卓二公之后，向邀庇于圣公者。本欲兴起军师瞻谒圣庙也，所以瞻圣庙者，盖欲论定靖难之是非也。文源若昆仑之脉，非人力所能穷溯者。

第四十一回　吕司马谒阙里庙　景金都拔沂州城

澹岩曰：御阳子论留侯、武侯得圣人之权，晦庵、伊川得圣人之经，真乃千古只眼。说得出这话，便是能肩道统之人，然仅可与知者道。圣公之断燕王曰："方正学'燕贼反'三字，便是《春秋》之笔。"亦仅可与知者道。苟非知者，未有不奉承永乐天子，而排沮嵩阳下士者。

八大山人曰：圣公言："即我夫子《春秋》之笔，假之也。"假之，曷足以厌人之心哉？余忝先朝苗裔，窃尝论之：成祖于入金川之后，传闻建文帝烧宫自焚，即率群臣素服哭临，葬以帝礼；廷议应嗣统者，稍俟诸王、大臣上表劝进，逊让者再，而后即位，差足以掩天下之目，而杜后人之口。乃遽自登基，清宫三日，血肉蹀躞于殿庭，而又遣胡濙到处搜求建文。司马之心，行路者皆知之。《春秋》之笔诛心，故虽假之，圣人当亦不以为罪。余将问诸高皇在天之灵，为燕藩讳乎，否耶？

第四十二回　僇败将祸及三王　蛊谣言谋生一剑

又航曰：余观小说家，一回止叙一事，如独茧抽丝，便自容易；若一回而两三事，或三四事，则头绪繁多，集锦刺绣，非灵心巧手，不能萃而成文，然究竟难掩于金针之迹。此则一回而连及数事，浑然如无缝天衣。余安能量作者之才乎！

素臣曰：此回不亦奇哉！李景隆屡奏一奎道人，尚未出面，反平空先来一半道人，而又引出去寻三丰道人，何有几许佶屈夭矫文字。正如天女散花，但见氤氲缥缈之态，在空中翔舞，竟不知天女如何具此神通也。

勿庵曰：南都唱歌是半道人耶？燕京唱歌亦半道人耶？而所谓半道

人者，即是三丰道人耶？抑亦不是三丰道人耶？识得这个道人面目，方许他读《外史》。

第四十三回　卫指挥海外通书　奎道人宫中演法

在园曰：奎真斗法在十一回，卫青遁海在二十八回，而今同出于此。竟不知卫青作何向日本借兵，却在下回演出，谓之倒叙。若奎道人则是顺出。譬若山之峰峦，有正必有侧；树之华萼，有向必有背；水之波涛，有顺必有逆。乃造化自然之理，亦万物必然之势。明乎此，可以云《外史》之知己。

香泉曰：余观《外史》讲说妖法者四篇：八十七回之火首毘耶那，九十六回之太孛夫人，皆见道之语；七十二回之连黛娘，亦入理之言；唯此回奎道人之法，竟不足观。心窃疑之：《外史》亦有如是之劣笔耶？复审之而得其故。彼奎道人者为何物？如是写，尤为过分。譬之作列传，虽位在公卿，而实斗筲之器，即秉笔者十分曲徇，文章亦难出色。此之谓与？

第四十四回　十万倭夷遭杀劫　两三美女建奇勋

梅坡曰：或谓月君左、右而有柳烟、翔风二牝，岂不减色？余意人之邪正，女之贞淫，与物之美恶，皆由夙生习气，非渐濡陶育可移易者。如以尧为君而有四凶，周、武为兄而有三叔，萧娘为后而有朱贵人，不但人不能齐之，即天亦不能使之齐者。若使月君眷属无乎不贞，无乎不仙，此直作戏文耳。张公艺九世同居，犬马皆知礼让，亦古往今来偶然一事。

八大山人曰：卫青，永乐时名将也。若使其督率倭酋，亦死于神剑之下，便为恶笔；今收拾于汪洋浩渺之中，以全其英名与臣节，具见作者苦心。

永清曰：九州岛之内，八荒之外，男女交媾，无日不有，无夜不然，为天地之常经，古今之通义。乃有假道学之流，一闻人语及，即慎目变色，不知是何肺肠也！余读《外史》，见有所谓淫书者，皆出于情理之至微，超乎意想之至幻。因拍案曰："此真道学先生也！"乃浮三大白。

第四十五回　铁公托梦定切苍黎　帝师祈霖恩加仇敌

南田曰：汉戴封为西京令，遇大旱乃积薪卧于上，自焚以答天怒；火才发而大雨降，火亦随息。洪武世，有僧永隆，请焚身以救旱；火既熄而骸骨不倒，雨乃大澍。惜乎！月君求雨，未能如是。

涵亭曰：雨不可祷而可格也，数不可挽而可解也。解者一念之善，格者一心之诚。然大众之劫数，则有不能为之解者。何也？众心不一也。处乎此，则在各人自解而已。

第四十六回　帝旨赐谥殉难臣　天缘配合守贞女

王新城曰：此书有三大纲：一崇奉建文帝年号，二追议殉难诸臣爵谥，三讨燕十二大罪，皆具《纲目》之微意。故谓之奇书者，论其文也；若论其旨，则为正史。

又航曰：迄明之世，建文年号未复，殉难诸臣不追谥也。今《外史》称建文位号至二十余年，固为矫枉过正；第其追谥忠臣与其妻女，莫不允当。虽以泄万世人心之公愤，而亦以补一代褒节之令典。韩子云："诛奸谀于既死，发潜德之幽光。"非耶？朱子作《纲目》，操褒贬之大权，所以立纲常也。兹稗官者流，亦可谓得其微旨。

第四十七回　幸蒲台五庙追尊　登日观诸臣联韵

在园曰：泰山，月君所必登也，但不可特地行之。今乃联贯于幸蒲台之后，何其势若转圜哉！至夫登山而写云气，登观而写日景，写云海，玲珑瑰玮，陆离光怪，纯于毫端，显出虚无变幻之致。即季鹰、虎头之妙手，亦未能绘画其万一者。若联句十一韵，洋洋乎《大雅》遗音，尤为余事。

叶芥园曰：第十四篇月君神游九州岛，独不登岱宗，心窃怪之，及读此而方知留为鸾镳巡幸之地。故《外史》以百篇大文字，是先具成竹于胸中，而后挥洒出来，纵横曲折，莫不如意。不比小作家，逐段构思，费尽斧凿，接笋而成者。昔人赞苏长公之文，长江大河，一泻千里。余以此赠作史者不为过。

素臣曰：余考志书，济南有长白山，为泰山之别岳，并无太白山，岂作者之讹与？或舆图之缺与？抑亦有所岂讳与？但《外史》所用典故，言言有本，字字有据。夫岂以月君建陵寝之地，而属虚悬者耶？姑记于此，以质诸博学深思之君子。

第四十八回　炼神针八蜡咸诛　剪仙蘘万氓全活

梅坡曰：高司马答朝鲜之问难，自是圣贤至正至大的道理，而彼之君臣不服；全黄门抗言小数以折之，而始心屈。无怪乎今之当事者，往往重小数而轻大道也。

刘蕺香曰：何来女名字，趣极而新。不意洞仙中而有何仙姑，竟供才人之笔墨游戏。至若剪蘘疗疫，原有故事。此复出以化裁，亦便成新而趣极之文，吾不知作史者之笔，何自得来？

第四十九回　郑亨争将当先丧律　景隆充帅落后褒封

香泉曰：建文用李景隆为大将，燕王斥为膏梁竖子，何其明也？今乃自用为元帅，又何其暗也？总由献计毒害三王而得宠耳。是故人君于"宠"之一字，足以蔽明。

周东汇曰：高煦，劲敌也。此一纠缠，文势便成两岐。作者乃探高煦意中必至之情，必有之事，竟为摆脱，而使两家两处用兵，统归一致。此文脉回龙之法也，唯太史公有之。

第五十回　蒲葵扇举扫虎豹游魂　赤乌镜飞驱魑魅幻魄

澹岩曰：《三国志》孟获有聚兽铜牌，匪特无是事，亦并无是理。夫以野兽之无知，何铜牌之可聚哉？此则摄取精魄魂灵，虽无是事，却有此理。北海追魂碑，匪已故之迹乎？如此，则固胜于《三国演义》。

勿庵曰：鲍师讲镜，曼师讲扇，皆系玄门的旨，以儆世人之学玄犯色者。月君说到童真精血，一染他人，便极污秽，尤为顶门金针。至若罡风太阳之喻，乃明理所知耳。

第五十一回　鬼母手劈奎道人　燕儿腰斩李竖子

洪崖曰：借灭阳以说法，亦犹夫廉洁之人，不宜稍染污秽之气。其庄叟之寓言乎？

处一曰：杀景隆者，花花、苗苗二小厮也。二厮献计之念一起，景隆之一命已绝。苟无此机，平燕儿亦何自而下手哉？夫以景隆至鄙至秽之物，必使对垒运筹而后杀之，吾知作《外史》者所不屑也。庶几借彼宠奴之机括，与狗儿以赞成之乎？此中自有微旨，非浅见者所能领略。

第五十二回　访圣主信传虞帝庙　收侠客桌取燕朝使

绵津山人曰：汉之七国，削之则反，不削亦反，非晁错之罪。齐泰计先削燕，燕固反，子澄先削诸王，燕亦必反。二公智虑虽殊，然其心与错同（笔者按：同字不清，据天津图书馆藏钓璜轩本补）也。子澄之过，在于既荐昌隆为帅，而复掩败为功，以罔帝主。但其后景隆还朝，子澄曾力请帝诛之，则非党也明甚。故作书者谅其心，系之以诗云。

在园曰：二松道人略露形迹于此，直到数十回后，方显名姓，另建一场勋绩。如黄河发源甚小，伏流数千里，而后见其波涛出没。大异寻常，非人力可以排荡者。

求夏曰：燕王假以寻访三年为名，而实欲侦获建文帝。在程、曾二公，初犹未知。苟非大松、小松怀疑诘问，留一梗概于心头，安能于沐府门首见有京僚，触机便动？如是针线，真夜来神手段。

硕人曰：绰燕儿出落奇绝，不特为诛榆木儿，及代马灵为机密使地步，直到九十八回上，显出他所取之剑，为结局之大枢纽。此等手笔，我不知其乘风云而上天，盖犹龙也耶？

第五十三回　两句诗分路访高增　一首偈三缄贻女主

渔村曰：靖难师所欲诛者，只在齐、黄；即在建文帝逊国之际，亦云事皆误于二人。今已舍我而去，不无憾焉者？故此二公，原为天下人所指摘，虽家夷族灭，比不得诸臣殉节。燕王初无杀之之心，而自杀身以成仁者。第二公之志，原在为国，但以知虑短而至于误事，不可谓非愚忠。《外史》于两回书内，各叙其有后嗣，而不令其归于阙下，此盖权衡于铢黍纤微之际，而为彼曲全者。

香泉曰：月君访求建文复位，寻着固不可，寻不着又不可。要在似寻着而非寻着，并未寻着而竟已寻着之间。今观作者于两路寻访，均得此意。而文又变化，若如来之具三十二相，须法眼能辨之。

八大山人曰：子昂画马，以一身而能作数十马变动之状；耐庵作文，以一心而能作百许人之语言气象。嘻嘻，不亦难乎！如《外史》诸公子，个个有一种性情，人人有一种气概，竟在纸上毫端，呼之欲出。

第《水浒》诸人，出自草莽屠沽，各用方言，其声音气象，容易逼肖，若诸公子则诗礼之家，冠裳之裔，势不得不用官话而达以文辞，略觉不显。若细心以求，则是龙眠之淡墨罗汉，不假颜色，而鬓眉面目，迥乎各别者。此二回，程、叶、杨、曾彬彬四公子，一路同行，心事无二，尤为难以区分。乃能写出毫厘之辨，锱铢之爽，比耐庵为较胜矣。

汪静山曰：两回书内，奇情奇想，奇事奇文，计凡一十有五。正如万岫千岩，错综开阖，结撰出二华形势。当有六丁神攫去，藏诸仙岛洞府，不落在尘寰中者。

第五十四回　航海梯山八蛮竞贡　谈天说地诸子争锋

洪崖曰：吕儒六人出使海洋，若令凡笔为之，必至游说诸国，虽缁缁数千言，文如锦绣弗取也。何也？客胜于主，非《外史》之正事。逸田先生乃以日本用连衡之策，轻轻一笔提过，是行文家暗度陈仓之法。

闇斋曰：余观吕、高、刘、仝诸公折服夷使，直欲使阴胜于阳，天卑乎地，月迈乎日，男逊于女。嘻！不亦异哉？此等机锋，盖从禅关勘出，而具大辩才者。〇夷使入朝而敢抗言骋辩，殊非体统，故借以夏变于夷者泯其迹，非以此轻薄宁、绍也。余亦四明人，故为表出云。

第五十五回　震声灵遣使议让位　慑威风报聘许归藩

范大中丞曰：刘、仝二人之对燕王，以天子而为仇敌；燕王之视刘、仝，以敌国而称天使，其发言措词，当如之何而可？今观其对问之处，字字皆有筋脉，言言悉中綮窾，若庖丁之解牛，踌躇满志。

香泉曰：燕使报聘礼也，辱其使，则碍于礼；不辱其使，则非王朝之体。行文至此，真称厄运。今观月君饬谕一纸，在已辱未辱、不辱实辱之间。妙矣！而柳庄不与使事，居心可恶，因幻作狗头以戏耍之。却遥遥映射九十二回，状元变花脸，画士变狼头，合成一局。此真任公子一钓而连六鳌者。

第五十六回　张羽士神谒天师府　温元帅怒劈灵猴使

在园曰：余始见月君用一马猴为使，心窃讶之。及见其建阙济南，设迎銮卿于荆、扬二郡，访求行在，敦请数次，如此其诚；而帝从江千至于济上，又如此其易。然究竟始终不来复位者，只为道衍播散流言

"青州妖寇是畜类"之故，方悟到第十回收服猴怪，其紧着处，却是这个用法。是故读书者，能以己之心光，照见作者之神明，斯不为其所惑。

第五十七回　九魔女群摄地仙魂　二孤神双破天师法

香泉曰：余观《外史》，往往阐发玄门微理，岂肯以魔女凌侮真人，返为邪道生色，自毁其立言之旨？意在为修道者下顶门一针耳。至月君与魔主结成姊妹，盖用权术以驯之，使彼不为我挠乱。譬之狄梁公事武后，不但不猜忌，而且心悦诚服。此伏魔之方略也。作者盖庄、列之流亚与？

双河曰：《水浒》有天师祈禳瘟疫，《外史》有天师诛戮妖猴，虽事功各殊，而其阐扬道陵真人之法力则一也。古语云："道高一尺，魔高一丈。"修道而至于魔为仇敌，是道已垂成之候。若夫鹿鹿玄门者，魔所不屑一顾者耳。看者多倒认为天师受魔之困，此无异于村妪之听矇诵。

硕人曰：世传天师戏取了小姑履儿，被追至鄱阳湖，又为大姑挡住，乃掷鞋于湖，化为一山，至今名曰"鞋山"。后代子孙遂不由九江而行。余甚怪之。今得《外史》堂堂正正之文，可以一洗齐东野人之语。

第五十八回　待字女感梦识郎君　假铺卒空文调开府

香泉曰：诈请卜万阅兵而擒杀之者，陈亨与刘贞也。然《春秋》之法，首重诛心。故杀卜万者实惟燕王，而亨为从，若刘贞乃是堕其奸计中耳。使贞不孑身遁去，则杀卜万之刃，又加于贞之脖矣。作者特出一闺秀，为表其先人之志，盖予其忠于王朝也。

眆思曰：练公子与松娘为婚，是前回配合忠臣之子女余波也。松娘感梦而得佳偶，即铁柔娘梦与刘炎订姻之余波也。从来文之余波，是强弩之末，断不能如初发。此则益加后劲，更有胜乎前茅，洵为妙才。予将以公子、松娘，别作传奇，为千秋佳话。

钝铁曰：佛家有"非想""非非想"处，言非由想而可得者。此回假铺卒而递空文，亦非由想可得，当以"非非想"三字赠之。

第五十九回　预伏英雄坚城内溃　假装神鬼勋敌宵奔

于少保曰：行军对敌，从来用不着一戏字。作者因燕人讹传济南法术，不啻风声鹤唳，竟以戏笔而行戏法。妆神扮鬼，如做了一剧影戏。遂至走勋敌，拔坚城，而成莫大之勋。燕人卒不知为戏所败亡者，文心变幻，神灵莫测。

硕人曰：月君立阵法，别戎器，分建旗帜服色，精整严密，震惊一时，两军师未能易也。景开府则变其制度，五军皆绛，灿若赤城之霞，而且戎器服色，秩然不紊，奚啻李太尉临戎，旌旗壁垒，为之一新哉。作者却回照到景文曲爱着绯衣，上应星文皆赤，丕扬前烈以致其孝思，文之周致，可追《左氏》。

第六十回　高邮州夫妇再争雄　广陵城兄弟初交战

渔村曰：忠义为杀身之物。苟非秉于至性，即父子兄弟，其心亦有难齐者。至若女子之道，以顺为正。使释奴从夫降燕，亦无可加之罪；不从夫，不降燕，亦无可旌之典，然不可谓非奇女子，夫飞娘正而奇，释奴奇而正，与蜀汉冯邈之妻李媛唾夫之面，不肯降曹，自经而死者，亦在奇正之间，是当鼎立于千古，而与列宿同曜。

外史曰：崇北极为宗祧而降燕，且得富贵，南极为忠义而讨燕，成败正未可定，以世俗论之，自然许美北极，即如方、景、铁诸公，夷至九族、十族，三杨诸公，爵至公、孤、师、保，推其心，与崇之弟兄同辙也。百世以下，竟无论定。读书君子，破得此疑城，是亦孔、孟之徒与？

第六十一回　剑仙师一叶访贞姑　女飞将片旗驱敌帅

香泉曰：《外史》拔雄城数十处，唯公孙剑仙与范飞娘，以片旗而走敌帅，克扬州为第一奇之极者。或谓吕军师之取荆州，但虚悬片旗于神武庙，更无一人相应，尤为较胜。非也。要知荆帅平素获罪关公，陡遭周将军一刀了事，此盖有天幸焉。若得退入城中，闭关严守，搜拿奸细，斩断帝师旗号，岂不徒成画饼，又安能及两女将之锁钥在手，开门以延军师，闭关以拒敌将，更无间隙之可议哉！

冰崖曰：描写贞姑凤根仙氃，原属虚无窅缈之文，而却包含着精微正大之理，作书者其才人悟道者乎！

第六十二回　道衍设舟诱敌　雷一震落水归神

洪崖曰：忠义之士而能成神者，必生前具有煞炁，睢阳所谓死当作厉鬼讨贼是也。此书成神者，除景都御史上应列宿外，唯铁司马、司金宪二公。若雷一震，草莽匹夫，乃能成神显灵，与二公方驾，其雷万春之流亚乎？

湘洲曰：以勇斗勇，智敌智，天之所以掎扤人也。夫使武侯而不遇司马，则曹可灭；项籍而不遇淮阴，则汉可并。何也？人固能胜之也。今高军师一挫于瓜洲，他日景开府再败于皖口，遂使吕师贞荆州之舰，不能顺流而下金陵，非天也耶？虽然此作者之心也，而竟与天之所以为天者无间。此所以为旷世之才与！

素臣曰：燕之人疑济南为妖，逸田先生遂从一疑字，撰出多少奇文。如灵台官也，而燕王疑有法术；小皂旗之背插皂旗也，而燕将当作妖人；高军师之戏装鬼神也，而叱为神兵天将；雷一震之显灵也，而认为妖法之呼风啸雨。如此文笔，亦不啻神出鬼没，直超化工而上矣。

第六十三回　三义士虎腹藏兵　一将军龙头杀贼

人庵曰：虎腹藏兵，龙头杀贼。真乃至奇之事，至奇之文，至奇之策。若入之古今将略，及名将传中，首当压卷。

芥园曰：藏兵器于虎腹而诛州牧，安义士于龙头而杀都督，究是吴加亮之运筹，施耐庵之用笔，但别起炉锤，炼出锟铻，更为鲜曜耳。至若绰燕儿，即取舟子木篙，架空为梁，飞登城堞，方悟到粤西飞步独木仙桥，为此伏脉。凡《外史》相生相应、互起互伏之处，乃《水浒》笔法所无者。

第六十四回　方学士片言折七令　铁先生一札服诸官

息关曰：苏郡守姚公起兵勤王，同心倡义者，不独一钱芹，又有俞贞木、王宾二人，皆有异才而通兵法。姚公与贞木，均以死殉，宾遁于草野，其少时又与姚广孝为布衣交。后少师归里，徒步访之，宾方盥，掩面而走，从此终身不入城市。惟芹不知所终。此书为之补出，遂使当年晦蚀之事，旦旦于千秋。笔墨之功亦伟矣。

书云曰：武侯舌战群儒，其旨在一"耻"字，以激枭雄；吴用说三阮撞筹，其旨在一"利"字，以鼓莽夫。皆足以动心而易为功，第文辞绝不精彩。《外史》此回是以"忠义"二字逆折桀骜之官。苟措辞不善，恶能令其输服？今观方学士娓娓千言，光明俊伟，至正至大，无纤微之遗议，即以人之经传，谁曰不可？

第六十五回　两猿臂箭赌一雄州　一虎儿刀劈两奴贼

徐忍庵曰：行文用兵，必先从容之至，而后能迅捷。故取自我衷，得若神表，行文之妙也。守如处女，出如脱兔，用兵之妙也。《外史》均能擅之。

王宗堂曰：吕师贞之葬楚宝，释楚角，具有大丈夫气。若楚由基，亦不可谓非英雄惜英雄也。昔人云：死后有一知己，可以无憾。

第六十六回　谭都督夹睢水立重营　铁元帅楚浮桥破勍敌

于少保曰：兵法诈降，不难于用计，而难于用人。必如荆轲见秦王，至死而言笑自若者，方可去得。若有馁于中，则色动而事偾矣。孙翦诈降之语言，大抵授自钱芹，至其应对随机，全在乎翦之神明活变，察之而无纤毫或伪，即孙吴亦所必信，况谭忠乎？较之黄盖献苦肉计，更胜一筹。

乔侍读曰：作史者只叙一人一事为易，若并叙数人数事则难。如此回谭忠既劫铁鼎之营，而铁元帅又反劫谭忠之前寨，郭开山又劫谭忠之后寨，至俞如海又烧睢水浮桥，葛缵、谢勇又烧敌营粮草，顷刻之间，齐发毕举，请问如何写法？乃作者知于谭忠败逃之际，皆一一点入其耳目中。神乎！神乎！而又于结束处，提出头绪，括尽全局。此等笔法，自《左》《国》中来者。

第六十七回　一客诛都闻藩司　片刻取中州大郡

于少保曰：两军对垒，用知用谋，名将皆能之，若运诸方寸之中，而制于千里之外，惟武侯一人。何者？兵机变幻，近则可以猝应，远则不能豫定也。如师贞之锦囊一函，秘计三条，有似乎铁板数，是亦纸上谈兵已耳。虽然纸上谈兵，正非易事。

南田曰：专诸、聂政，行刺多在白日，因所杀者止于一人。此则欲掩取其城，故在黑夜，然使于鼾卧之际，一刀了却，岂不快捷？乃故作无数疑难，叠起惊波骇浪，眩人心目，而于蹇风子一段，尤有余笔，写出几许趣事。嘻，技至此乎！

永清曰：余曾见演绝技者，初闻风雨飒沓，山鸣谷应之声，出于帘内，泊而若千军万马，奔腾酣战，鼙鼓喧阗，不啻淝水大捷。又若鸟兽震惊。咆哮飞窜。老幼妇女，哭泣号呼，凡物之有声者，莫不酷肖毕具。初疑数人竞奏也，掀帘视之，则止一人。犹记圣叹引一绝技，以评《水浒》之智取大名府，较之余所引者，技之奇巧，固在其上而文笔之惊心眩目，更在《水浒》之上。

第六十八回　吕军师占星拔寨　谷藩王造谶兴戈

香泉曰：作军师者，上通天文，下知地利，中达人事，所以能料敌应变，百发百中。虽然，要皆不越乎理之外。如吕师贞言黄河必决，天文之理也；郧阳必入寇，人事之理也；其言距黄河，据成皋，地利之理也。若谷王之反，出于人事之外，断无料及之理。若并能料及而为豫备，则是神鬼前知之说，《外史》岂屑于此耶？所以《外史》为正大之书。

硕人曰：谷王造反有之，造谶亦有之，皆在南都之事，而谶语则正史未载。作者为之补出，移于河南，以鼎之一字，与铁元帅名讳牵合，解得恰好。真匪夷所思。

第六十九回　三如公子献雄郡　二松道人缚渠魁

洪崖曰：写出一家诈败，一家真败，文字中皆有声有色、有气有焰，能令人失笑，又能令人叫绝，的是《战国》笔路。

息关曰：《外史》才气闳肆，力量充沛，看他写出数人数事，同时毕举，如赵清遁走，既分三路，而追者却又分作四路。其间又夹一暴公子迎来。纷纭纠错，若梦丝之控卷。乃能提起头绪，剖出条理，纤毫不忒。笔下绰然，如游刃有余也。

宋浅斋曰：凡行兵者用诈败之策，不过胜一阵，杀一将而止。而吕师贞每以诈败覆敌之全军，拔敌之大郡，洵为此老独得处。毋怪乎其访南阳草庐，千载以上之武侯，引为知己。

第七十回　逞神通连黛统妖兵　卖风流柳烟服伪主

在园曰：好一幅大活春宫，好一对看活春宫女子，尤好的是看活春宫之妙法。作者之意，要使柳儿隳道念，动春心耳。文笔之恶，一至于此。

芥园曰：《外史》有奇女子八人。第一位，奇之大而正者赛儿，次则贞而奇者胎玉，节而奇者飞云，奇而义者王良之妾霜筠，奇而知且烈者戴给事之嫂项（笔者按：项原缺，据天津图书馆藏钓璜轩本补）夫人，其下速黛奇之邪者，女秀才奇之偏者，柳烟奇之淫者。然柳烟可淫而可贞，女秀才亦正正亦邪，连黛娘既邪且淫而复能正，所以均受得此"奇"字。

第七十一回　范飞娘独战连珠蕊　刘次云双斗苗龙虎

荆山曰：三员女将战毕，拱手而回，是写出飞娘与珠娘，不期而心照的情景。此等精细，非大慧人，正思不到。若蕊姑之拱手，乃是从而和之者。

书云曰：《水浒》武松用鸳鸯连环脚，打倒蒋门神，说者谓耐庵善于拳法。余观刘超刀劈苗龙，柄挑苗虎，作《外史》者，必善于武艺。

第七十二回　妖道邪僧五技穷　仙姥神尼七宝胜

香泉曰：此回文之奇幻，人所共知。至理之克制，作者已自讲明，其无余致乎？殊不知有难举以示人者，其中含有禅玄妙义。若今之方丈和尚，坐桄榔床，持椰栎杖，为大众说法，能作如是语者，天女当为之散花。

杨大瓢曰：此回斗法，可敌一部《西游记》，以希奇怪诞之物，皆讲出一片至理，便不落画鬼之诮。然《西游记》之法宝，却不曾说出理来，令人思而得之。至若《封神》《平妖》诸小说所云法物，只足令人喷饭。

第七十三回　奉正朔伪主班师　慕金仙珠娘学道

在园曰：此四回书，只成就得一位连珠娘，葬送了一个柳烟儿，恼杀了连黛，快恺杀了女秀才，降了毒龙，伏了狂象，尤便宜了石龙和尚。

张北山曰：朱耶，胡人也，而奉昭宗年号，《纲目》予之。刘通，妖贼也，而能奉建文年号，《外史》亦释之。虽不可谓之知义，然较之叛贼，奚啻泾渭耶？余揣作者恶叛逆之甚，故于妖寇无贬辞，其旨微矣。

第七十四回　两首诗题南阳草庐　一夕话梦诸葛武侯

香泉曰：尼父之梦姬公，是以道相感。然苟非圣人，谁不为妄？今御阳之梦武侯，是以气相孚。古诗云："死生异路气相通。"此有至理，不必论其为真与妄也。窥作者之意，先借武侯将御阳子夙因一提，是为九十九回归玉局洞天发脉。看书者要知《外史》事事皆有照应，篇篇皆有源流也。

再祈曰：御阳子以武侯为千古以上之知己，武侯亦以御阳为千载以下之知己。二公均有心事。要知武侯之遇先主，御阳子之遇月君，皆是知己中之有微歉者。夫以盖世之才，尽瘁终身，而事业皆半途而废。精诚相格，宜乎娓娓言之不倦与。

第七十五回　慕严慈月君巡汴郡　谒庭闱司韬哭冥府

在园曰：司韬开府青郡，仝然参军登州，并未调集赴阙，何得突然随驾？此《外史》之小失也。然余亦再思之：若使月君特调随驾，是豫知二人同有一梦矣，返为大谬。与其大谬，毋宁小失。此事之出于无可如何者。

书云曰：作书者通身手眼，看书者亦能如是，方无秋毫之不照，亦无纤隙之可议。若以之遣兴，当作走马看花，安能分晰其姿态，领略其香味耶？善看书者，要在于章法之开阖变化处，掩卷一想，下文当如何接凑，如何照应，如何摆脱，如何斡旋。然后再看，适得我心所同，则此看书之人，便是能作书之人。若竟出我意表，则作书者把天下后世看书之人，皆颠倒于一寸笔尖之上矣。若此卷之后，余未能揆度也，试以问诸天下才子。

第七十六回　唐月梦错广寒阙　老梅婵魂归孝谦主

香泉曰：月君之梦是广寒宫阙耶？是嵩岳之坤灵台耶？抑坤灵变作瑶台，广寒变作嵩阙耶？于此猛下一参，可以直透禅宗。

八大山人曰：老梅之不字，出于天姓，一奇也。与月君有主婢之分，每每犯颜触讳，二奇也。诚月君不坐济南宫阙，三奇也。如此纯一之心，乃女中之龙逢、比干。

东湖曰：月君以无上之根器，而具希有之道行。作者撰出始而错梦，继而错悟，几令颠倒于二错之间。文笔波涛，幻如江海。

卧园曰：此回不特收拾老婢，并收拾月君之父母，与月君要见父母之心。水火风扫却矣。

第七十七回　烧岘山火攻伏卒　决湘江水灌坚城

于少保曰：武侯八阵，仅传其制度，从无能究其变化者。此独指示数端，如剖太极而分出两仪四象，星汉山川，历历在目。虽然，亦仅可与上智说耳。

乔侍读曰：治水者，截横流而下扫排桩，收合龙门，良非易事。此以长矛刺入沙底，密排布囊，而水逐堰。盖以矛之干，柔而至劲，不可折，矛之刃，利而至坚，不可拔，用之适中。作《外史》者可谓才且智矣。然止可用于暂时。余欲变通其法以堰横流，流堰而后，下排桩，筑厚堤，便为永久之策，附之《河防要览》，谁曰不宜？

第七十八回　吕军师三败诱蛮酋　荆门州一火烧狼贼

徐少宰曰：读兵书与读经书一般，其用兵也与做文章一样，全在会得书理，方能运化，不是把昔人传注，便当作我之文字。赵括徒能读父书，原是言其不能用，非言其不能读，不亦明甚。此篇用兵之法，出自心裁，直可方驾孙、吴，齐驱管、乐。岂仅善读兵书者哉！

逸民曰：或云洞蛮之罪，何至于惨烧若是？昔武侯之烧藤甲军也，自叹减却寿算。彼作《外史》者，更当何如？噫，不知明季狼兵毒害我生灵，倭酋扰乱我边陲，遭其劫杀者不可数计。作者盖痛恶其以夷猾夏，故以一剑而馘倭奴十万，一火而灭三种蛮酋，恭行天讨，焉得减算？武侯之语，出自好生之心耳。

第七十九回　神武庙双建帝师旗　偃月刀单枭燕帅首

澹岩曰：周将军之斩吴帅，自为其秽渎神明，罪应诛耳，并非助建文而为吕律成大功也。作者以此影射，意别有在，法眼自能得之。

南田曰：以百尺竿头而忽建敌人旗号，自非捷材之刺客不能。即有大将在城，宁不虑己之首领耶？人心一摇，全局皆覆。其间原有真实作用，非侥幸于洞疑虚喝也。此等奇笔，从淮阴拔赵帜，立汉赤帜中变化出来者。

第八十回　吴侍讲十年抚孤子　吕师相一疏荐名臣

在园曰：吴学诚为当日之名臣，若非关神武之显圣，断不能晋谒。吕军师荐之于朝，一人入相而天下服。此作者之意与？非也。前此姚少师广布流言，以济南为畜类，故借神道设教，若为天所助者，可以杜天下之猜疑，亦可以动建文皇帝之心而来复位云尔。

芥园曰：读《出师表》而不堕泪者，其人必不忠；读《陈情表》而不堕泪者，其人必不孝；读《十二郎文》而不堕泪者，其人必不慈。余谓读此回书而不堕泪者，其人必不仁，必不义，必无恻隐之心。

第八十一回　卜兑卦圣主惊心　访震宫高人得病

鲁大司成曰：文章之妙，令人喜而击节！怒而发指者为难，能令人悲而堕泪者，尤为更难。昔人云："读《出师表》而不堕泪者，其人必不忠。"夫以千古以上之人之文，而能堕千古以下之人之泪，非神明之有相感哉！今余读钱芹请建文帝复位一篇，亦不禁陨涕。当与武侯二篇鼎立矣！

八大山人曰：或云程道人卦繇多奇中，宋以后读《易》者，一人而已。余谓更有一人。谁耶？曰：作《外史》者。

第八十二回　收英才六科列榜　中春闱二弟还家

香泉曰：今之世，容有不为科名而读书者，此其人必志趣不凡，具有经纬才略，然卒不能见用于世也。其一切为科名而读书者，驯而至于心之虚灵化为腐，耳目之聪明化为迂。迂与腐，其可用于世乎？虽科目之中，亦有翘楚，然不过百之一二。已拔置词林，用其文笔，似无不可，余则概以县令出身，一临民社，若理乱丝，茫无头绪。何者？以所设施，非其所素学也。如此而不为胥吏操持，不可得已。《外史》假设科条，畅发议论，盖亦补救之术，所谓先得我心所同然者。

硕人曰：此回大旨，总为念祖一人。当日嗣与唐孝廉为子，是月君的主意。到起义勤王之日，蒲台故里，沧桑大变，及今二十余载，渺无音响。所以还他个结束，以完月君之家事。而乃洋洋洒洒，敷衍出数千余言，可以为取士之制度，真经国大文章也！

湘洲曰：六科并举，盖为忠臣之遗孤，幼而甫成立者网罗之也。余观《外史》，以救狱中之诸公子，为招徕天下殉难诸公子之章本，然有景公子矢志不来者，一奇也。他如莱州之司公子、河南之三如公子、二松道人、兖郡之四士与淮安之六雄，各立殊勋而归者，皆奇笔也。其建行阙，访故主，为招徕耆旧诸臣之章本，而有吴学诚之矢志不来者，一奇也。他如史彬、郑洽、钱芹，虽来而不可谓之来者，又一奇也。至廖司马若云中之凤，田经若臃肿之木，朗然、齐己，略露云水踪迹，皆奇笔之余波也。而尤奇者，若胡胎玉、连珠娘、范飞娘，皆万万无可来之理，而或能拔之来，或能自拔而来，皆匪夷所思，奇而至于化者。再有刘松娘、女秀才，亦能自拔于泥涂，又奇笔之余波也。余知《外史》一出，而古今之小说、演义、传奇诸书，皆可一概抹煞。

第八十三回　建文帝敕议君臣典礼　唐月君颁行男女仪制

澹岩曰：月君所定典礼，非夏非周，非汉非唐，原出自杜撰。然其间斟酌损益，恰有合宜处。至后妃与公主二则，真为千百世可遵之良法。外此而妇女仪文，虽矫武曌之恶制，然而因循既久，习俗难移，返为闺壸所不乐。惟禁止艳妆一条，实足以服端庄妇女之心。余意谓妾、媵亦当禁制，但彼妓女则听之。良贱于此攸分，更为界限截然。

梅坡曰：男女仪制，作书者具有移风易俗之深心。但古圣王之教民也，如大地阳春一动，而庶物皆苏。《尧典》所谓"于变时雍"，《虞书》所谓"四方风动"者是也。若用政令以一之，又安能家喻而户禁之乎？周衰而十三国之变风，或夸或陋，或淫或悍，即有圣人出而亦不能移之易之，况乎后世之变，更有百倍于十三国者哉！此书也亦托诸空言而已。

北山曰：君尊臣卑之制，秦创于前，汉承于后，历代因之，皆以为当然者矣。古者诸侯朝见天子，有燕飨之乐，载在二《雅》，虽臣也而有宾道焉。迨至后世，无论内外，大小臣工，其体与主仆等，而犹夸称曰都俞吁咈，岂其然乎？

第八十四回　吕师相奏正刑书　高少保请定赋役

香泉曰：孔明有王佐之才而当乱世，亦不得不用霸术以济其变。余观吕、高二子，学本于王而业流于霸，其亦世之使然与！故自三代以下，虽有圣贤作，而王道有难于复者。今士子制艺之文，侈谈王道，此犹尘饭土羹，为乞人所不屑也！而乃卑鄙夫伯术以学我孟氏哉！

南田曰：余考古律书，但着其所犯之罪，而不推其所犯之情，虽曰恐开弊端，殆亦忍矣。今观《外史》，凡犯窃、盗者刖足，不计其赃之多少，此固诛心法也，施于甘心为贼盗者，宁不允当？若其间有饥寒迫于身，偶一窃而冀延生命者，概行刖之，则处今之世，晏子所谓踊贵而屦贱矣！

韩陶庵曰：先王五刑，皆残刻人之肢体以为法者，故不敢轻于一犯，而亦不能再犯，刑一人而可威一国；后世五刑，既无损于毫毛，则易于一犯，而复敢于再三犯，适足以长其凶焰，虽刑百人而不足以惧一夫也！余谓当全复古之五刑，而其轻者，但以杖责为矜恤之权，若此古今杂用，亦仅得其半哉！

第八十五回　大救凶灾刹魔贷金　小施道术鬼神移粟

于少保曰：孟子曰："人不可以无耻。"圣贤所重，在一"耻"字。余谓知仁义者，必有礼信；知礼信者，必然有耻。若无耻之人，即不仁不义、无礼无信之人也。而官常中于耻字，尤为难得，岂不可慨！《外史》特以此垂训，挽人心于沦亡，功亦伟哉！

又航曰：圣人以仁、义、礼、知、信为五常，乃所谓大知也。若夫小知，则一片私心，极而至于穿窬，亦莫不藉此以为用，是与仁、义判若霄汉矣！《外史》所讲"知"字，为贼中之王，大抵深恶用智巧以陷人者，盖有激之辞，观者勿以辞害志。

东湖曰：此回书乃游戏耳！然其去"五贼"一段议论，真勘破今日之人心！若富贵者能矍然而反，惕然而悟，即为圣贤之徒，于以知作者，其有救世之苦衷。

钝铁曰：藏金于家，以遗子孙；藏金于地，以遗他生也。然子孙受享与否，人所共见共闻。若夫来生，则或为人，或为异类，已非目所能见，耳可得闻矣。乃愚民莫不以掘金者为前生所积，不亦异乎？《外史》借此设法，以彼所攫取济南之人之金，仍归于济南之人之手。此觉世笔也。较之宗师棒喝，更胜一筹。

第八十六回　少师毒计全凭炮火　雷将军神威忽显云旗

在园曰：大凡英发之人，易于生怒。若能受十分之辱，而无一些之忿者，方成大勇。如东坡之论留侯，以一"忍"字而灭项羽是也。然临机决敌在于英，坚壁固守在于忍，二者不可倒用。周郎遇阿瞒，以英而胜；司马懿遇武侯，以忍而不败。此之鏖战，出自乌有，故作者以"英"字写金都，以"忍"字写道衍，而分胜败，皆其笔锋自相杀也。较彼演义之写实事者，精彩奚啻十倍！

香泉曰：吕师贞镇荆州，按其首也；高咸宁守瓜洲，捺其尾也；景丽天驻庐州，蟄其腰也。造成战舰乘流而下，虽尚父、武侯，不能措敌。大势若此，将直下金陵乎？抑按兵不举乎？故特设此一挫，以成两分之势。虽曰景家军，其咎实维骝当之。要知六十三回三马起义，总为用在此处结局。作者之心灵，非具慧眼，不能鉴其几微！

再祈曰：此回大书金都御史景清有子讨燕，不可以成败论，盖以兵讨逆，诛在一时；以笔讨逆，诛于万世。

素臣曰：以勇斗勇，以智敌智，其胜败之原，在于毫厘之谬。此之王师败绩，并不可以毫厘之谬归之。如马维骝下战书，兵家之常；景开府之发忿，是其英气所致。于兵计之得失，诚无毫厘之或谬也。文心至此，神乎！化乎！

第八十七回　少师谋国访魔僧　孀姊知君斥逆弟

王新城曰：馈之五千金而以为污，女中之伊尹也；但知有故君而不知有新主，女中之夷齐也。

香泉曰：以此媪而为道衍之姊，而姊之贤名益著；以道衍而为此媪之弟，而弟之逆名益显。

求夏曰：观伊姊斥詈其弟凛然出于大义，而有合乎圣贤之旨。嘻，不亦异乎！余谓《外史》中其贞而知大义者，大理胡公讳闰之女曰贞姑；烈而知大义者，拾遗戴公讳德彝之嫂曰项夫人；贤而知大义者，燕少师僧道衍之姊曰□氏。

第八十八回　二十皮鞭了凤缘　一枝禅杖还恶报

南田曰：少师，永乐之佐命也。后世亦遂从而佐命之。在当日更无一人如少师之阿姊者，无足怪也。岂千百世之下，亦遂无一人能如少师之阿姊者乎？余观《外史》，撰出无戒和尚一节，盖亦窃附于少师阿守之大义云。

徐西泠曰：作文有文笔，有武笔。笔曷谓之武哉？凡《水浒》与演义诸书，其中类多武笔，武比文较难，唯个中人知之。此无戒陡遇少师，纯用武笔，虽一杖横行，而气势遒劲，方略严整，不啻十万雄师，在笔端驰骤。逸叟之才，真可高视千古，俯视一世。余每读之，不禁拍案叫绝！

燕客曰：或问；少师于不意中受鞭二十，可谓辱乎？曰：此天之假手于王巡检以诛其魄，仅止辱耶？与其生还于朝，不若死之为愈。《外史》返与他杀身报主，大为体面。

第八十九回　白鹤羽士衔金栋凌霄　金箔仙人呼红云助驾

洪崖曰：道士化鹤而衔栋，传纪所载，永乐时实有其事。《外史》撰出为太宇夫人所使，不啻片云而化五彩仙霞。第宇为至阴之邪气，月为太阴之正气，其旨在于以邪凌正，仍有合于至理。断不可以作小说观也！

珠嵓曰：白鹤道人是以邪助邪，故必须黄金而后肯助；金箔真人是以正助正，不但不须黄金，而亦事毕即去，微妙之论也。乃于金蝉脱亮之间，而又幻出一张幻客，真所谓幻想幻幻想，鬼神莫能造其域也。

第九十回　丹青幻客献仙容　金刚禅魔斗法宝

南田曰：白鹤道人之事未毕，而忽到一金箔真人；金箔真人之事甫毕，而忽现一志幻羽士。如入山阴道上，烟峦叠嶂，骇目惊神，接应不暇。乃志幻羽士之事未毕，而又突然有一火首魔僧。此则三岛一峰，海上飞来，从空而下，宇宙之奇观止矣。

书云曰：三仙师与毘邪那斗法，道术已穷，若竟回宫请于帝师，或向别处又请救兵。此《西游记》笔也。于此而欲脱去轨辙，从空别开一路，大文人亦难措手，不知作者何由落想。忽有九鬼子不谋而集，似乎拔刀相助，而仍如风马之绝不相关者耶。异哉！行文之脉，变化过于圣龙，巧幻过于海蜃，吾不能端倪。

第九十一回　刹魔圣主略揭翠霞裙　火首毗耶永堕红玉袋

峄山曰：试问火首是何物？红玉袋又是何物？或谓世间以红玉袋而降火首者。恒河沙不可数，岂尽魔道乎？曰：以正用之，斯为正道；以邪用之，则为魔道。

旭庵曰：以数千年豆蔻含香之水，而制数千年龙雷蕴毒之火，水火调，阴阳和矣。此虽《外史》戏言，其中的有微旨。

第九十二回　状元正使现五色花脸　画士中书变两角狼头

香泉曰：胡靖之使济南也，如岱岳突出奇云，虽不知所从来，固自有云之根也。西平差员之进表也，如渤海忽起灵风，蠛浩乎茫无根脚。乃次叙出之差员口吻，如风之雇早催花，具有显著之迹。此作者之秘诀，仅可与知者道。

硕人曰：此回是结第一篇天狼永姻之果。真大才子手笔，大慧人心眼。

第九十三回　申天讨飞檄十大罪　命元戎秘授两奇函

香泉曰：此回王者之师正名伐燕，是申大义于千秋，表荩臣于百世，较之朱耶氏奉昭宗年号，兴兵而伐梁，尤为光明正大。其数燕藩十二大罪，较之汉高数项羽十大罪，尤为真确允当。

钝铁曰：景州夹在德、河之中，不可袭也。悬军而深入，有万死之机，而无一生之线。其定州列于真、保之间，原为可袭。纵使孤城受困，有可死之事，而亦有可援之道。乃作者于袭景州之至危反而为至安，袭定州之至易变而为至险，以至于覆军杀将。此盖表其小失以掩其大误。英雄欺人之语，明眼自能察诸。

第九十四回　燕庶子三败走河间　司开府一战取上谷

香泉曰：高煦袭景州如探囊，才得之手，而忽为有力者攫去；瞿雕儿之袭河间如探沸汤，几糜手指，而彼忽自倾其汤，逐并覆其器。文心之灵异，正如百折危滩，千盘激水，为山硖所控扼，皆出于自然之势，即鬼斧神工不能造也。

芥舟曰：刘璟取德州，司韬取上谷，截然两途，断乎不能合作一局，乃作者逗以河间之兵，赴援上谷。赵王燧甫逃出城，而徐理、李谦之救适至，而从后追蹑之，卜克、董翯亦至。司开府才入上谷，卜、董二将已杀败赵王燧等，亦至上谷矣。此等手笔，真乌鹊凌虚为梁，但使羽仙飞渡，非凡夫所能测其涯涘。

燕客曰：宋江为燕顺所获，缚之亭柱，拔取尖刀，剜心下酒，乃自叹"不意宋江死于此处"。燕顺便纳头下拜。此作《水浒》者，所以为大才子也。高熙率铁骑三千劫寨，刘、谭二公并未料及，亦不提备。燕兵（笔者按：燕兵二字缺，据天津图书馆藏钓璜轩本补）砍寨杀入，陡见中军帐内蜡炬荧煌，误惊中计，反戈而奔。此作《外史》者，所以为大才子也。要皆故弄险笔，褫看书者之神魄。

第九十五回　刘元帅破坚壁清野　谭监军献囊沙渡河

香泉曰：刘璟拔涿州，折却五员大将。此势之猝然致之，非其知之不周也。段民岸上连营，河内联舟，一战皆覆。此机之猝然使之，亦非其计之不善也。然势不可以预料，而机则可以转应。此则段民之不能以变济变也。虽然两家对垒之兵法，要各造于至精至微之位，而可无间焉者。

涵亭曰：月君凡三用美人计：一用歼灭十万倭奴，二用收附伪汉妖寇，三用斩馘劫饷二将首级。但此回美人，敌兵皆疑为即姓唐者。若以之赚取燕王，自是一出绝世的好戏文，惜乎大才小用耳。

卧园曰：此回大小凡九战，或如迅雷一击，裂石破山；或如惊涛澎湃，千樯摧拉；又或若云龙攫挐，刹那无踪；又若神虎呼啸，林木震叠；又有若烟雾纠纷，百灵腾掉。匪特诸演义所绝无，即《外史》亦所仅见。真奇文也，奇观也，亦兵法之至奇者也。

第九十六回　宁夫人暗施毒螫妖蟆　太阴主小试针锋剑铓

香泉曰：天下毒螫多矣，安得月君之针一一而诛之？虽然，无益也；针有尽而螫无尽也。至若妖蟆蚀月，则是忿恨玉蟾光彩大胜于我，所以吐妖焰而侵烁之。此与忌才者等耳，比之毒蜮无端射人罪须未减。

燕客曰：孛夫人出身何其光明俊伟，若使作用正大，亦不难轶太阴而上之。唯内有嗔心，外用邪术，瞭燕王之金栋以显神通，收沙蜮、妖蟆之阴毒以伤良善，宇宙之间闻说一"孛"字，莫不切齿焉。即如生长阀阅之子，掇巍科、膺膴仕，文才盖天下，而所工者逢君之术，所用者作奸之辈，原其心，不过亦为金栋遂至于此。故逸田先生之《外史》皆寓言也，卮言也，亦救世之格言也。

第九十七回　坎藏水火生红焰　土合阴阳灭白波

西泠曰：水精珠、赤瑛管，不过借物比喻，未足希奇。独于此中敷衍出五行生克制化之理，乃古人未发之玄奥，造物不泄之灵机。作者其超越五行之化人乎？

钝铁曰：《外史》全部闻发三教。儒以孟氏为宗，学者所共知也。其以程、朱为得圣之体，留侯、武侯为具圣之用，自是创见。禅以济宗为主，而提讲"因"字。虽为下乘说法，实出如来之正因。独于玄门，既直指本原，复提其纲领，析其条理，最为明切，固知作者深于玄。

勿庵曰：演义野史，大约设为诡诞之词以悦人耳，从未有谈及正道者。唯《西游记》全部皆阐玄理。第文辞太繁，意义太简，如树之枝叶，虽极畅茂，而根柢之蟠结者浅。《外史》亦阐玄书也。如乔松苍柏，蚪龙屈曲。枝叶则鲜，所谓童童若车盖者。至其微妙之处，则又若蓬岛之琪林珠树，华葩璀璨，枝干玲珑，有非凡眼所能领略其香色者已。

第九十八回　北平城飞玄女片符　榆木川受鬼母一剑

在园曰：《外史》之妙，妙在有无相因，虚实相生。历览全部，如神乐观王升，曾梦太祖命救太孙，而遂演出青田；半道人曾在金陵唱逐燕歌，而遂演出榆本；永乐时曾有道人化鹤衔栋，而遂演出太孛夫人。此无之根因于有也。又如连蕊姑之虚也，而引以实在郧阳之连氏；储福妻范氏拒聘是实也，而引出公孙大娘之拔刀相助；刘超仰天一呼，捆索尽断是实也，而引出聂隐娘之劫法场；景星之谋一椎虚也，而出之以实在之力士。此以虚为根，而实为苗者。今成祖崩于榆木川，秘不发丧，皆实也。野史之言亦所有也。作者乃以鬼母一剑实之，即有苏、张之辩，奚以措词？故其行文在乎虚虚实实、有有无无、似虚似实之间，非有非无之际。盖此老所独得。

涵亭曰：此一剑也，出自燕王，榆木儿受之，绰燕儿取之，程知星献之，唐月君藏之，鬼母尊索之，而仍归于燕王。以了此一剑，正以了结第一回。鬼母尊言臣愿维持嫦娥之意，文如万派下流，朝宗于海。

第九十九回　嫦娥白日返瑶台　师相黄冠归玉局

外史曰：《明史》云："山东蒲台县妖妇唐赛儿反。"前贤评之曰："仙乎？妖乎？吾弗知之矣。"其间存一疑似甚善。从来物之灵异者谓之妖，人之灵异者谓之仙。"仙"与"妖"两字，原有人与物之殊。是则唐赛儿之为女仙也无疑。夫使赛儿起兵于建文之世，名之曰"反"，诚然。今起兵于永乐之时，则彼之燕王篡位者，当谓之何？所以书中彼以此为妖寇、妖贼，此以彼为逆藩、逆贼。赛儿固不能灭燕，即燕亦何曾灭得赛儿？而建文皇帝且宛然在也，故借其位号以彰天讨云。

又曰：御阳子盖以建文为吾君，非以赛儿为我主也。然则何以屈身事之？曰：御阳子之大志，欲讨逆贼，复建文，而申大义于天下，其如力不能也。今彼一女子，而能起兵于草莽，震动中原，是可借其力以行吾之志，而申大义于天下。建文帝之位号既正，则无数之忠臣烈媛皆得吐气扬眉于千秋万世。所以屈身者，为帝也，亦为帝之忠臣义士淹没而不彰也夫。

第一百回　忠臣义士万古流芳　烈媛贞姑千秋表节

在园曰：谷应泰先生云："惠王居栎，仍杀子颓；襄王居郑，终诛太叔。建文之出奔，或亦有深意焉。观其恸哭仆地者五十余人，矢死从亡者二十二士，自神乐观而启行，由松陵而入滇南。乃沐氏忠心素苦，兵力最雄，因兹遁迹之时，宜图控告之义，非流彘而藉共和，则东迁而依晋、郑。一军出荆门，即襄、邓可摇；一军出汉南，即长江可据。狐、先《河水》之功，冯、邓云台之业，匪异人任也。奈何衽席有涕泪之痕，行旅多橐饘之奉。而兴复大计，阙焉不讲，或亦危叶畏飚，惊禽易落，亡国大夫不足以图存也与？虽然从亡诸臣，国尔忘家，四十余年，栉风沐雨，捍主于艰，即无包胥之义，复楚王于郢中，亦有子家之忠，哭昭公于野井。推此志也，虽与日月争光可也。而议者据永乐之实录，谓建文之自焚，疑一龙之未出，摈众蛇而不载。夫隐、巢之事，不直序于贞观，斧烛之疑，亦依违于兴国。时史所书，无非曲笔。"① 其信然矣。及余读逸田《外史》而叹谷氏之言，竟得之赛儿一女子，则知千载之下，忠义之不泯于人心也。

香泉曰：古今忠孝节义，有编入传奇演义者，儿童妇女皆能记其姓名。何者？以小说与戏文为里巷人所乐观也。若仅出于正史者，则懵然无所见闻，只读书者能知之。即使日与世人家喻户晓，彼亦不信。故作《外史》者自戒贬其才以为小说，自卑其名曰《外史》，而隐寓其大旨焉，俾市井者流咸能达其文理，解其情事．夫如是而逊国之忠臣义士、孝子烈媛，悉得一一知其姓氏，如日月在天，为世所共仰，山河在地，为人所共由。此固扶植纲常、维持名教之深心，《外史》之功也。虽然，亦《外史》之罪与？

硕人曰：或谓小说演义每无结局，《外史》亦然，其立言既属虚夸，曷不以建文真复位而朝群臣，令读者鼓掌称快耶？曰：此演戏文则可。余观《外史》要紧关节处，皆从正史引而申之，初未曾相悖缪也。其大旨只为忠臣烈媛泄冤愤于当时，播芳馨于后世。第建文之追赠爵谥，究属虚典。故卒篇重之以仁宗布诰天下，并立祠宇，荣莫甚焉。即建文帝归阙之后，寿登耄耋，归于禅寂，表曰"天下大师"，历代帝王从未有如此徽号者。夫忠孝节义，圣门所重，参悟正觉，释家所尊。结局得正天光明，皆吻合于三教大圣人之旨，子毋乃以富贵荣华为快于心与？

素臣曰：《明史》云："妖妇唐赛儿反。"此作《外史》者所不平也。故全部以用妖法悉属之于燕，而在月君，则为应兵破之即已。凡行兵布阵，正正堂堂，从未用及道术，若燕之招致异人术士。盖自谋为不轨之日已然，原非故为诬之者。又史载成祖必欲搜获赛儿，逮系天下女尼女冠，呼号于阙下数十万。赛儿忽从空而至，成祖愤极，命立斩。加以刃而刃为灰，加以斧锧而斧锧为尘，施以鼎镬而鼎镬皆成飞屑，更无

---

① 参见清谷应泰《明史纪事本末》卷十七《建文逊国》。

法可加之。如此，则不待仁宗谓之天仙，即天下后世亦靡有不信其为真仙者。正史所尊者成祖，自不容不目之为寇。既曰寇，又不容不名之曰妖。皆违心曲笔也。

陈西村曰：观《外史》者，犹之乎睹泰、华崇高，河、淮浩瀚也。莫能穷其峰峦峭拔与波涛之险幻，更莫测其峭拔险幻所以然之故。余读数次，又录一过，见其宏肆明畅如大苏，幽峭奇奥如柳州，纵横雄辩若《国策》，虚空结撰若《南华》，而其一贯，则可悟不可诠也。噫，作者其天纵与！

（据国家图书馆藏清康熙钓璜轩贮板）

樵史通俗演义

江左樵子编辑。清初章回小说。四十回。小说叙述了天启至弘光三朝二十五年（1621—1645）朝事，对明亡教训进行了全面总结，表达了对阉党、农民军、清入侵者的不满与痛恨，反映了作者的遗民心态。主要版本有清初写刻本、北京大学1937年铅字排印本等。

樵子识语

深山樵子见大海渔人而傲之曰："见闻，吾较广；笔墨，吾较赊也。"明衰于逆珰之乱，坏于流寇之乱。两乱而国祚随之，当有操董狐之笔，成左、孔之书者。然真则存之，膺（笔者按：疑为赝）则删之。汇所传书，采而成帙。樵自言樵，聊附于史。古云"野史补正史之阙"，则樵子事哉。

（据清初写刻本）

樵史序

樵子日存山中，量晴较雨，或亦负薪行歌。每每晴则故人相过，携酒相慰劳；而则闭门却扫，昂首看天。一切世情之厚薄，人事之得丧，仕路之升沉，非樵子之所敢知，况敢问时代之兴废哉。然樵子颇识字，闲则取《颂天胪笔》《酌中志略》《寇营纪略》《甲甲纪事》等书，销其岁月。或悄焉以悲，或戚焉以哀，或勃焉以忠，或抚焉以惜，竟失其喜乐之两情。久而樵之以成野史。不樵草、樵木，而樵书史，因负之以售于爨者。放声行歌，歌曰：山迳兮萧萧，山风兮刁刁。望旧都兮迢迢，思贤人兮焦焦。舟子兮招招，须友兮聊聊。心旌动兮摇摇，樵斧荒兮翘翘。醉起兮朝朝，醉眠兮宵宵。好鸟兮鸣条，好花兮未凋。容与兮逍遥，聊且兮为此中之老樵。吁嗟乎！山中之老樵。

花朝樵子自序。

（据清初写刻本）

重印樵史通俗演义序①

余闻《樵史》之名自谢刚主。刚主撰《晚明史籍考》,由杨秋室《跋南疆逸史》中载其目,而诸家征访明季遗书者祖述之,然秋室以外,实皆未见其书也。林宾《芝园樵史》,征访家尚能言其卷第篇目,知非一书。近自北京大学收贮马隅卿先生所藏珍本小说,乃有此书在内,谓之《樵史通俗演义》。所载原购价目为三百五十元。适然以惊。既知北京大学出版社部已拟转印流传,遂取原本亟读一过,知为明遗写实之作,而托体于通俗以自晦者也。笔墨甚高而故作俚语,观其一序,真面存焉。间有破缺数字,可以意会,不敢妄补,亦有缺至一页者一处,皆仍其旧付印。细绎作者之为人及其时代,其人盖东林之传派,而与复社臭味甚密,且为吴中人而久宦于明季之京朝者。其时代则入清未久,即作是书,无得罪新朝之意,于客、魏、马、阮,则抱肤受之痛者也。

袁崇焕在明,以思宗中清太宗反间,信为导敌入关,行其胁和之计,朝野翕然一词,入南都不改。此书亦将当时之清议以议崇焕,世传崇焕磔死之日,京师人争购其肉,人持一脔归,啖之以泄愤,全体肤革立尽,即出是书。或谓太污蔑袁督帅,然既遭不白之冤,即有此事,亦与熊廷弼传首九边等耳,特熊之冤当时尚有谅者,袁之冤非敌国自输情实莫喻也。因嫉袁之故而并恨其杀毛文龙,亦谓所以媚敌,且从而称文龙为忠、为杰,为见忌于袁而冤死。本书亦不免于诛毛、通敌并为一谈,然其先叙文龙事实,则罪状甚著,不因被诛于袁而追信其忠且杰,则闻见尚真也。其书文龙因过恶受人指摘,而杀其人以逞忿,一为身受大惠之王一宁,一为至亲之胞弟毛云龙。他书纪载不详,而以今考之,则皆可信,事在天启三四年间,而《熹宗实录》天启四年一年,为冯铨所毁,已不可复见,赖此书详其归宿。此为大有关系之事。

《天启实录》元年八月丙子书:"初,辽抚王化贞遣都司毛文龙率二百二十余人,由海东规取镇江,至朝鲜之弥串堡,侦知伪署游击佟养

---

① 亦题《书樵史通俗演义》,参见孟森《明清史论著集刊》(中华书局1959年版)。

真,抄杀黄嘴商山等,城中空虚。时右卫生员王一宁,往朝鲜借兵适回,文龙延与共计,令千总陈忠乘夜渡江,潜通镇江中军陈良策为内应,夜半袭擒养真及子松年等贼党六十余人,收兵万人,旧额兵八百人,南卫震动。"是日又书:"以毛文龙为副总兵,赏银三百两;苏其民、张攀、陈忠陷城缚贼,各赏银五十两,仍给守备职衔;任六、陈良策,各赏银三十两,如可用另议;生员王一宁,赏银五十两。"此可见文龙之功,由于一宁能得镇江内情,陈忠等特以兵应之,故以一生员而受赏与将弁等也;文龙当时所率,不过二百二十余人,是役乃收兵万人以上,东江之声势,实始于此,文龙亦立由都司擢副总兵,其豪纵跋扈之起端,谓由得一宁之力,诚不为过。

《天启实录》二年九月壬戌又书:"登、莱巡抚袁可立,疏陈海上情实三事,有言王一宁兵愿去而忽生异说一事,兵部覆言:'王一宁固所谓与文龙戮力同心者也,而改文受贿之首,抑何情面顿易也?虽真证真赃还未有据,而一柄一凿夫岂无因;反唇已见于殊域,被发何望于同室。乞敕下臣部,行文毛文龙,查王一宁有无受贿卖叛等情,据实具奏。'"至十月丙寅又书:"登州通判王一宁,奉委领海兵三千,解饷金五万,渡海接济毛文龙,以文龙信千总李景先之逸,申呈登抚,诬其受贿改文,溷冒功赏,因以兵属守备汪崇孝,以饷属守备唐尧卿等,独率家丁八十八人,航海欲赴文龙自诉。上疏白状,词甚悲愤。疏下兵部。一宁即镇江生员,借兵朝鲜,为文龙画策缚叛将以献俘者也。"

据《实录》所载王一宁事,已及为文龙所诬,特其事未竟耳。一宁疏达朝廷,身赴文龙面质,其为自恃有功德于文龙,且无疚于所诬之罪可知。卒以文龙恃魏忠贤为内主,杀一宁而莫为申理,故以后不见一宁之名;或其见杀在四年被毁《实录》之内,而要其诬杀一宁,则事必可信者也。

《天启实录》二年十二月庚辰书:"兵科给事中沈应时,疏陈狡奴情形叵测,当关备御宜严。大略述同乡塘报,谓奴必入犯,而欲登、莱与山海严为之备,因荐毛文龙胞弟云龙可用。上以应时不知大体,轻言封疆事,夺俸三月,仍戒不许擅自抄传。毛云龙即拟委用。"此为《实录》

见毛云龙之始。沈应时身在兵垣，所职者论列封疆等事，何故以轻言封疆而夺俸？乃所荐之毛云龙，则又因此委用。后三日癸未，应时又与议请撤回文龙之御史夏之令，同时革职，之令后且以此为计陷文龙，几孤疆事，坐赃拷死。则魏奄方庇文龙，杀逐东林，无所不至，而或以言为德于文龙者，则节取之，故应时之荐云龙，在被斥之疏内，独提出有效。

天启三年二月丁丑又书："赐平辽总兵官毛文龙尚方剑，加指挥佥事毛云龙锦衣卫衔，仍命云龙赍敕奖谕朝鲜，从科臣郭巩之请也。"三月辛亥又书："命铸平辽参谋锦衣卫佥事关防给毛云龙。"《实录》所见云龙之事如此。云龙方欣欣向荣，而后不复见，则必有事故，已无其人在东江军中可知。本书亦言其以谏文龙杀良冒功，与王一宁忤意相同而被杀，此亦必可信者也。

本书又言夏之令之拷死，乃忠贤恨其缉获奸细傅孟春，与《明史》本传不同。然忠贤之必杀之令，不止一端，之令之于文龙，不过谓孤军客寄海外，难于接济，议当撤回而已，坐以计陷文龙，自是加甚之词，其必杀之令，主因当不在此。之令之缉获奸细，《实录》书于天启二年十一月壬子，言"巡视中城夏之令，缉获奸细傅应春、王愁芳等，言奴散金行谍，广结内应，正犯幸已缉获，乞敕法司会审，仍令缉事衙门严缉余党，以破奸谋。从之。"应春自即本书所谓孟春，其为奸细，明言奴散金行谍。忠贤与建州有首尾，观杨涟疏动忠贤二十四大罪中，第二十一款言："边警未息，内外戒严，东厂访缉何事？前奸细韩宗功潜入长安，实主忠贤司房之邸，事露始去。假令天不悔祸，宗功事成，未知九庙生灵，安顿何地"云云。韩宗功为李成梁之婿，亦任辽东武职大员，至天启间以奸细著，所主者忠贤之邸。然则之令之缉获傅应春，与韩宗功同出一源；之令亦言仍令缉事衙门严缉余党，与杨涟所谓东厂访缉何事者同意；且言奴结内应，意亦有指，其为忠贤所必欲甘心者实在乎此。此又知此书可信者也。

作者在清初，未必即为遗逸。观其对清无贬词，且清所用之人，如冯铨明为奄党中巨擘，而颇称其善，谓虽由奄援引，而不失为正人；以张瑞图之金书忠贤寿文,载入不隐,牡之百韵寿诗,当时以籍没忠贤时发见,乃坐废弃,其事较瑞图之书屏为显著,且百韵诗全文,今尚载谈迁之《枣林杂俎》中,本书讳之,殆以铨入清一再入阁,有所顾忌。又吴三桂在本书,亦有褒无贬,陈圆圆一事,梅村诗能言之,举世自必尽传其语,本书于三桂之绝父拒闯,许以纯忠,初不及"一怒为红颜"事,则亦以三桂方为异姓王,其势张甚,亦不免顾忌而隐没之。吴中周顺昌被逮,开读激变,言之独为亲切;申用懋为吴中相国时行子,誉之若不容于口;又于周延儒无所褒贬,亦似讳恶。延儒与冯铨善,本欲起铨,而未果。作者于吴人善善从长,恶恶从短,述吴事独详,故意其为吴人。

王恭厂之火灾,描写尽致。此事颇见记载,而此书尤详。今考此事见于官文书者,有御史王业浩等一疏,载《三朝辽事实录》,所奏王恭厂火为京师巨变,声势可骇,附言:"时救火诸役,从厂中救出净身男子吴二,问之,口称身系场中本撮火药人役,但见飚风一道,内有火光,致将满厂药坛烧发,同作三十余人尽被烧死,止存吴二一人。最可异者,庭树尽拔,而无焚燎之迹;药楼飞去,而陷数丈之坑。库中军器如故,神前火木尘封。"此则时人皆述怪异,与本书相出入也。

书中于明列帝,皆以年号为名称,自是国变以后情状,然毫无尊重之意,此可见其非遗老。其于官名,二十五回中言:"范景文起为提督四方馆太常寺少卿。"当明之时,自应称四夷馆,四夷馆例以太常寺少卿为提督。入清以后讳夷字,遂改为四译馆。查《会典事例》直言顺治元年设四译馆,乾隆间乃合兵部会同馆为一,谓之会同四译馆。夫夷改为译,并无改定之明文,直是沿明官制,而廷臣自以意讳而改字耳。当以意讳改之初,必有改为四方馆之一时。后以译字与夷字,北音读法不殊,而义又恰合,遂从口语则并不改音,见之文字则截然有别,以此为避讳之巧法,定用四译馆之名,而此书则独存四方馆字样,必正在顺治初讳改未定时也。

范景文于崇祯二年由河南巡抚勤王,杨嗣昌方为河南副使,景文邀与偕行,嗣昌大哭,以老亲为规避计,景文乃听之,后评云:"范质公每向友人述之,非劈空描画以资谈柄也。"凡书中每回有评,皆作者自道其意之所在,决非另有评者。此说为亲得之景文口,则其为耳目相及之人,自无疑义。但此事并不他见,而嗣昌之祸国,后来竟一字不提,所倚以养贼、贿贼之熊文灿,不言其罪,所陷害之卢象昇、孙传庭,不表其冤,且于传庭又极道其无能,似颇为嗣昌左袒。此则同时人议论之难齐,然功罪久而已定,决不能信此演义,尽翻公论也。

其述同时人与人之关系,皆极详确。如二十回①叙范景文勤王事云:"到了定兴县,有乡官鹿善继的父亲封君,唤孙儿辛酉解元鹿化麟出郭迎军,又自己出饷二百担,劝乡人共出饷三百担,送至军前,以备行粮,范景文登门谢了年伯和年侄。"考景文本传,万历四十一年进士。鹿善继传亦同。而善继长子化麟,天启元年以第一人领解,则语语吻合。在当时无史传可检,且即有史传,亦无暇如此间中凑泊也。故作者必其时科目中人,范、鹿诸家,必交谊相当也。

书中于当时著名之文字,往往登载原文。如史可法之复摄政王,清代重视之,附入《实录》,本书亦载之。两相对比,则字句有不同也,此可以稍证当时真相。在本书亦未必无顾瞻时忌,稍加修改,而清代官书之修改,意思又有不同。如书末,官书称摄政作殿下,而本书则但称大国,此必本书是而《实录》非也。可法又有请颁讨贼诏书,与《史忠正集》亦有出入。《忠正集》刻于清代,不能无所讳改,本书亦不能无讳改,同为讳改而字句不同,必有可推定孰为近真者。多一异同之本,即多一推考之资,不能不重视此本也。

阮大铖恃马士英之私暱,咨荐将弁,皆疲癃残疾,强求位置,士英无奈何,乃出榜言:"将材且弗论,总须略似人形,始堪求进。"评云:"余是年在金陵,无论各镇分争,得之听闻,马阁部'略似人形'一示,实亲见张挂部前,不敢妄一语也。"南都儿戏之局,形容尽致,要是作者身在事中,其言如此。

左良玉讨马、阮,一疏一檄,本书自言一字不漏,檄文尤工。此事

---

① 当为第二十七回"范抚军不战成功 高闯王因山结寨"。

为东林、复社所快。马、阮斩除清流，用意太毒，急而自救，不暇复恤国之存亡，盖清流之为所罗织者，亦实赖国亡而后幸逃生命也。良玉在清流言之，谓之忠于先帝，忠于故太子，举兵非叛，马、阮实有应讨之罪。本书盛倡此议，后来《桃花扇传奇》即循此说，今尚传此良玉疏与檄之文，三百年来大公案所关，不能不以得读为幸。书中于良玉檄文云"马士英听得说是黄御史做的"，则以主稿人为黄澍。澍为恃良玉以仇马、阮者，推为主稿，未尝不为恰当。然澍亦有捉刀人，非复社健者不办，其人则不敢遽定尔。

李闯事迹，据书中评语言，时有《剿闯小说》及《新世弘勋》两种，然皆不足据。本书亦谓得之《异同补》，致为可信。今此三书皆不见，惟著者撰此书时，已有先成之小说数种，可知其已在平闯后数年；书以南都之亡为结束，不及唐、桂二王，或者成书在南都甫下之后，要其意在吐东林之气，则至马、阮之难解，而事亦已毕矣。此本书眼目之所在也。

民国二十六年一月心史氏孟森书于北京大学史料室。

（据中国书店1988年影印北京大学1937年版）

樵史通俗演义回末评

第一回　幼君初政望太平　奸珰密谋通奉圣

第二回　诸臣聚讼因边事　两奸招党乱朝纲①

轻重详略，具见裁剪之妙。所摘疏章，皆字字有关系者，可以补正史而垂千秋。〇熊、王二人功罪，笔端一一分明，演义所仅见也。

第三回　权奸收拾朝士心　岛帅②罗织忠言罪

官府、边陲如此，祸生有阶，为之浩叹！

第四回　白莲贼平归己功　中书官败累众正

写生手无一不肖，所难者尤在浅淡中见神韵之妙。

---

① 小说正文回目作"朝纲"，而小说目次则作"朝常"。
② 小说正文回目作"岛帅"，而小说目次则作"鸟帅"。

第五回　众儿著攻击之效　一手握枚卜之权
第六回　涿鹿道上红尘滚　爪牙班中青简繁

曾谓泰山不如林放乎？○要辨天启年间忠奸两案，请观《天鉴》《同志》《点将》《选佛》诸书，便了然明白。

第七回　杨都宪具疏几危　叶阁老受辱求去

小人志满，君子气夺，写来历然可观。然亦见世之小人固多，君子亦不少也。

第八回　奸计成一网打尽　正人败八面受敌

此何等世界？试览一过，应为毛骨竦然。

第九回　涕泣联姻敦友道　纵横肆毒乱朝纲
第十回　毙校尉姑苏仗义　走缇帅江上解厄

写到人心耸动处，疑有神工鬼斧。○苏民素称水蟹，言其柔弱也。然往往烈侠之事，独苏民有之，可以观风气矣。

第十一回　众正图圄再遭毒　异灾京邸忽飞殃

如彼流泉，滔滔汩汩，不入于海，则入于江，使览者心神奔放。

第十二回　杀义烈人心公愤滥祠荫祖制纷更

魏珰之恶不可谓非小人曲成之，彼只恨十彪、十虎，当时皆未必心服也。○五人死于珰而千古如生，真是快事。

第十三回　图居摄奸谋叵测　构心腹密计无成

这回乃接笋斗缝处，尤须以化工笔行之。此能使人奕奕神动。

第十四回　新天子除奸独断　大篡逆失势双褫

顷刻间升沉变态，写得活活欲舞。真所谓清夜闻素钟，令人发深省。

第十五回　应风云众正齐纠　震雷霆巨奸南窜

写得凄凉，正为千古奸雄猛下一砭。

第十六回　奸臣得娟①姬殒身　恶珰有义阍殉死

一宠姿，一小阉，守节仗义，为两奸生色，编中历历如睹。

---

① 小说正文回目作"得娟"，而小说目次则作"得情"。

第十七回　逆种寄赃慌落陷　客巴割爱泣投缳

此回败尽奸雄之兴，何啻晨钟三声。〇如客氏者，牡丹花下死，做鬼也风流。

第十八回　科部疏雪正臣冤　羁戍路逢天子赦

详略得体，笔端奕奕生风。

第十九回　伸刘冤奸弁伏法　锄遗孽各逆典刑

赫赫濯濯，有严天子。编中□□以言外史意，写出声灵。〇□□□□书所以备考□□。

第二十回　文武才擢抚甘肃　彪虎党定罪爰书

第二十一回　凶星出世多强力　恶曜临门得艳姿

李闯出身，细查野史，详哉其载之矣。《剿闯小说》及《新世弘勋》皆浪传耳，质之识者，自能辨其真赝也。至于因妻起祸，则或好事者之言，余何能知之。

第二十二回　李自成杀妻逃难　艾同知缉恶遭殃

此回摹仿《水浒传》潘金莲、潘巧云两段。然李自成杀君之寇，其出身双泉堡，得罪艾同知，举是实事，非好弄笔人漫无考据，如《剿闯》两小说之凭空捏造也。

第二十三回　新天子金瓯枚卜　众君子盛世弹冠

此回直是叙事体，错综可喜。

第二十四回　慰忠魂褒封特旨　毁《要典》采纳良言

倪鸿宝太史三疏，真千古大经济、大文章。虽不敢埋没，一一备载，犹恨限于尺幅，稍为删十之三，然已亘千古不朽矣。

第二十五回　范铨部超抚中州　申巡抚进秩枢部

节节实录，写得跃跃生动。哭不赴援一事，范质公每向友人述之，非劈空描画，以资谈柄也。

第二十六回　李自成报效新总　梅巡抚镇定乱兵

叙事夹议论，奕奕有神。〇李自成出身及陷身作贼，皆得之《异同补》一书，与《剿闯》诸小说迥乎不同，可为后来修史者一证佐，识者勿以演义而漫然视之也。

第二十七回　范抚军不战成功　高闯王因山结寨

此回事事摭实，高闯一段传闻甚确。特为拈出，以备正考。

第二十八回　叛贼聚众毒秦晋　流寇分队犯梁楚

流寇肆虐，此回已缕缕具载。邢氏又背李闯而随高杰，《汇略》刻载已详，海内播传亦久，非讹言说听，为识者所窃哂也。〇高杰改邪从正，较之闯贼实分霄壤。邢氏弃李从高，后得封一品夫人，亦此辈中之峥峥者欤？

第二十九回　李公子投闯逃祸　杨督师失机殒身

失师之臣，忠君之士，不烦多词，已千古如睹矣。

第三十回　众阉开门迎闯贼　群忠靖节报君恩

古来天子蒙尘者有之，未有遭变之惨若崇祯帝者。即古来忠臣炳炳千古者，固亦甚著，亦未有若明季之盛者也。握笔拈出，已眉竖骨立，况读之者能无魂惊心动乎？以备后来修史者之一助，良非诬也。

第三十一回　智士潜形获免死边帅愤志逐么魔

此段各书所载互有同异，以所见合之所闻，便可订讹。其间纷杂不□□者，亦删十之三，正所以存真也。

第三十二回　南京公议立新君　淮海沥血陈时事

明季经济之才，世每推史道邻为第一。余以为忠毅不□□。

第三十三回　褒忠臣权相市公　定爰书法司被逐

旌忠有隐而不彰者，惜未能表白；惩逆有误而失人者，幸一为辨正。善善长，恶恶短，附于《春秋》大义，未可以演义而忽之也。

第三十四回　史可法屡疏筹国　阮大铖阴谋翻案

字字实录，可为正史作津筏。

第三十五回　先太子真赝难分　权尚书锋芒太露

太子一事，千古疑案，聊为据事直书，以俟天下后世，不敢溢一词也。阮家公案，亦世所共闻，不敢失实。

第三十六回　祭先帝逆党假哭　选淑女宦官横行

第三十七回　各镇将纷纭互角　众武弁疲癃可怜

余是年在金陵，无论各镇纷争，得之听闻，马阁部"略似人形，方可留用"一示，实亲见张挂部前，不敢妄一语也。

第三十八回　假皇后禁死狱中　真将军兴师江上

童氏一案在京睹闻甚真，左将军一疏亦一字不漏，庶乎可以传远而示公也。

第三十九回　左将军檄文讨逆　史阁部血泪誓师

左之激烈，史之忠贞，虽微有不同，然亦可继张与韩、岳而鼎峙千古矣。樵子曰：为史阁部者更难耳。○读此一段，有不泪盈盈下者，非男子也！

第四十回　罗公山李闯卒灭　杭州路马相潜奔

明三百年一统天下，为闯贼残破，罗公山一死，未足溅①普天率土之恨。纪之以见流贼之结证不过如此，以警天下后世盗贼而怀篡弑逆党。○马士英后逃匿于天台寺中，其下黔兵缚送温州府，活剥其皮，使群下分食其肉。阮大铖经投诚清朝，随大军征闽，过仙霞岭，马上正扬眉得意，忽空中雷纁祚击之坠马而死，从人无一不见。此二事一得之《汇编》中，一得之莱阳张公子口中，俱非诬说也。○天启、崇祯朝渐渐有添注官、监军、参谋官，非祖制也。弘光未改元，马士英辄因重赂添注者，何止数百计，有"职方贱如狗，都督满街走"之谣。试问失南京之时，职方能调兵御敌乎？都督能统兵出战乎？

（据清初写刻本）

---

① "溅"在此处不通，当作"慊"。

清夜钟

薇园主人述。清初话本小说集。十六回。此书刻于南明隆武年间之杭州。共有图十六幅，大致对应十六回内容。刻工有刘子和等。《古本小说集成》据路工藏和安徽省博物馆藏二残本拼合影印，计十回，缺第九、十、十一、十二、十五、十六回。其中，第二、四、七、十四回具有浓郁的遗民意识。

薇园主人序

世人梦梦，锢利囚名。撇不去贫贱，定要推开；涎不到荣华，硬图捉着。美色他人强羡杀，偷香窃玉；意气自己是只知，踞胜争雄。勇者凌人，怯者丧己，巧者碌碌，愚者攘攘。白日里做尽一蚁膻，黑夜固不停鱼睫。衣一身，食一口，着甚么贪财不休？近中寿，远百龄，为甚的奔求不了？正如痴汉，朝暮营营，神情不定，昏夜倒头一觉，魂魄不清。乱腾腾上天下地，昏懵懵疑鬼疑神，宜到一杵清音，划然俱去，其提醒大矣。余偶有撰著，盖借谐谭说法，将以鸣忠孝之铎，唤省奸回；振贤哲之铃，惊回顽薄。名之曰《清夜钟》，著觉人意也。大众洗耳，莫只当春风之过，负却一片推敲苦心！

薇园主人言。

（印章）江南不易客、于鳞氏。

（据路工藏本）

路工识语

此书作者为陆云龙，浙江钱唐人，是明末一位重要的小说作家。我藏有他编选的《翠娱集》。

三春梦

《三春梦》，又称《刘进忠三春梦》。佚名撰。六卷三十三回。小说叙述了康熙十三年（1674）至康熙十六年（1677）间，潮州总兵刘进忠带领潮州人民起义反清事之始末，是中国古代小说史上唯一一部描写潮汕地方故事的长篇章回小说。主要版本有中山大学图书馆藏本（简称中大本）、汕头共和书局本（简称汕头本）、南京图书馆藏本（简称南图本）、天津图书馆藏本（简称天图本）及一些残卷本，多为石印本，多刊印于民国初年。整理本以薛汕校订本学术价值最高。

序

呜呼！自建虏[①]入关，明社邱墟，中原衣冠之族沦为左衽，神州陆沉，山河腥膻，此岂独英雄豪杰、志士仁人所为扼腕椎心、破脑陨首也哉！将[②]华夏含生之伦，亦莫不泣血呼天、同心抱痛者也。是以幽燕陷矣！宗社亡矣！南州群彦犹不避艰[③]危，拥立福王，正位南都，冀图恢复，而当大变警闻，黔黎洒泣，绅士悲哀；介胄之士，饮泣枕戈；忠义民兵，愿为国死！（以上六句史阁部语）故扬州屠、南都陷，妇人孺子引颈就义，不少屈抑；前仆后起，戈挥落日[④]，唐桂诸臣，犹将转战闽、粤、滇、蜀、黔、桂间，岭海血殷，天地悲愤；功虽无成，而大汉民族殉国热腔，固可无愧于天壤间矣。清鼎已定，明灰已烬。郑成功尚苦战海上，逐荷兰，占台湾，扬师闽、粤濒海，刻刻以复明为念，此其义烈，益有足多者，吾特惜夫刘进忠以献贼部将降虏（见《通鉴辑览》），得授潮州总兵，既知满虏横虐，起与清抗而不能以死自誓，终再乞降，不足与于忠义之林也。夫潮，岭海一隅，治乱安危，虽无关清虏盛衰，然当

---

① "建虏"，中大本作"满虏"，薛校本作"达虏"。
② 中大本无"将"字。
③ "艰"，中大本作"难"。
④ "日"，中大本作"且"，似误。

清初，郑氏在台，舶海出没，潮与闽之漳、泉，均为南方濒海重镇，故清以其续顺公沈瑞驻潮，使进忠苟诚发于义愤不惜死，虽有从贼降虏之愆，亦于足罪矣！而乃见义不真，居心反复。初贰于耿精忠，请假宁粤将军印，郑经入闽，始纳款郑氏，经授以伯爵，及清粤抚刘秉权督师击之，又将乞降，至谒郑经于闽，复怒其不礼，弗谢归清，康亲王至，遂俯首伏罪矣。由是观之，直知利不知义，以干戈民命为儿戏之人耳，尚足道哉！惟进忠以清康熙十三年甲寅四月起于潮，至康熙十六年丁巳六月降，以一州抗清虏，首末数年，其间战事多①有可道者。潮之父老至今类能言之，而《潮志》所载，略焉不详。余总角时，见有私家抄本，当清未灭，虽犯忌讳，然《郑成功》②一书，流布中国，独此书未有订正刊行者。今民国成立，前代掌故均须详考，以为治乱鉴戒；虽一州之微，亦不得废也。且小说杂纪，齐谐杜撰，丛出不穷，矧此书足当稗官野史，为修订《清史》之助者，而忍听其湮没何耶？岂以进忠非出义举，故鄙贱其人，遂不以传其事为重欤？然善者足劝而恶者足惩，未可泯也。今□□□主人③乃有出其藏本修正印行之举，余故乐而叙之，亦使世之君子知进忠而非妄人，则虽满清未灭，而其书已可风传于宇宙间矣，不至若是迟也。呜呼！可以鉴矣。④

[据汕头共和书局民国三年（1914）石印本]

书中紧要人物简明表

续顺公沈官名⑤发，字永祥。康熙主敕封公职来守潮州⑥，至半途身故，年十八岁。

续顺公沈官名瑞，字永兴。康熙主敕封续继公职，代兄守潮州，年

---

① "多"，中大本作"都"。
② 《郑成功》疑指江日昇的《台湾外记》。
③ 中大本无"□□□主人"。
④ 中大本无"不至若是迟也。呜呼！可以鉴矣！"另，中大本末尾署有"中华民国元年新正月，谷旦，刊者识"。
⑤ 中大本无"官名"二字。下同。
⑥ 中大本无"州"字。

十五岁。

二都统：左都统邓光明、右都统汤加备，系续顺公管领下。

四具山：阮成、觉罗离、周光租、刘世第。

八名防御：罗士卓、董钦、董山、董肏①、彭惠田、宁保、李大捷、李大嵩。

十二名参将：巴嗔、巴金、阿林、伊立布、那丹金、巴巴、汤先甲、黄存仁、王信臣、祝其勋、张志喜、张志悦。

十六名代子：于国璇、觉绍儿、郝咋兴、郝咋喜、张文德、张文隆、吉太、白盛世、包恩、李世裕、李世富、那林、那本、阿山、阿七、王康元。

三千披挂旗军、五百名马草军、三千鞑女妇、五百名马军的老小旗下婆。

众将官的老小家眷，一总共约有万人之数，来潮驻扎郡城。

[据汕头共和书局民国三年（1914）石印本]

计明府监内十八名好汉英雄姓名

第一者姓陈名殿②，系③潮阳河浦人，年三十八岁，使一枝古刚大鏟④，重二十六斤，脸上一巴乌痣，别名黑面虎。

第二者姓曾名仲，系澄邑盐灶人，年二十二岁，使二枝板斧，一枝重十二斤，两枝共二十四斤。贯⑤入水性⑥，带有干粮落水底，能站⑦二三夜日⑧，别名水里龙。

---

① "肏"同"命"。
② 中大本无"姓""名"二字。下同。
③ 中大本无"系"字。下同。
④ "鏟"中大本作"鞑"，似误。下同。
⑤ "贯"，中大本作"惯"。
⑥ 中大本无"性"字。
⑦ "站"原作"店"，据中大本改。
⑧ "店二三夜日"，中大本作"站二日夜"。

第三者姓黄名便，系揭邑棉湖①人，年三十五岁，使一翻柴牌，重一十五斤，一枝牌重五斤，正跳一丈二尺②，倒跳一丈七尺，别名柴头大王。

　　第四者姓唐名国民，系澄邑唐陇乡人，明朝吏部唐伯元公③五代玄孙，行④年三十六岁，使一枝大鐗，重二十三斤，生⑤独眼，别名唐只目。

　　第五者姓谢名奇峰，系揭邑上宁乡人，年二十八岁，使一粒流星锤，阵中打人百发百中，别名流星鬼。

　　第六者姓许名文忠、第七者许文宪：二人乃是同胞兄弟，系海邑宏安寨人，以卖私盐度生，各使铁扁担，各重二十四斤；兄弟性如烈火，只因兄弟打死城门兵，拟成死罪，解在府监。许文忠别名三脚虎，许文宪别名金钱豹。

　　第八者姓李名锭，系揭邑官锡人，年二十五岁，使一枝铁串，重二十三斤，别名铁串子。

　　第九者姓陈名大巴、第十者陈十三：两人乃是亲兄弟，系诏安白叶人。陈大巴使一枝大鐗，重一十九斤，生得两条大眉，故名大眉虎；弟陈十三使一枝大鐗，重一十八斤，又能用一番藤牌，重九斤，一枝牌刀，重三斤，别名蛀石虫。兄弟因打死饶平县铺主，问成死罪。

　　第十一者姓余名如山，系澄邑南洋乡人，年二十一岁，使铁锏两枝，每枝重八斤，是武童出身，因宗师临潮来郡考较，打死同馆内武童，拟成死罪，解在府监，生得面貌魁梧，眉清目⑥秀，唇红口方⑦，故名白面郎君。

---

① "棉湖"，中大本作"棉河"，误。
② 中大本无"尺"字。下同。
③ 中大本无"公"字。
④ 中大本无"行"字。
⑤ 中大本无"生"字。
⑥ "目"原作"眼"，据中大本改。
⑦ "唇红口方"，中大本作"唇红齿白、额阔口方"。

第十二者姓杜名明月，系澄邑涂城人，年一十九岁，使两口日月双刀，不计其重，容貌举止①、口气行藏与女子一般。兄弟三人，排行②第三，别名三娘子。

第十三者姓张名约超，系惠来赤洲人，一十七岁，使两枝厚朴刀，一枝重七斤，二枝共十四斤；阵上交锋，身上背有一皮袋，袋里藏石子，阵上打人出手双块，百打百中，因误打婶母身死，在县拟成死罪，解在③府监，别名双飞石。

第十四者姓蔡名世杰，系海邑沟下人，使一枝鐽刀，重一十四斤，拒住东闸桥，聚党数十馀人，为大兄前后田园纳他花红，往来船只纳过江钱，因打死棉榕票客，在揭邑主问成死罪，解在④府监。名称⑤截江虎。

第十五者姓苏名文海，系海邑后陇人，使一枝单刀，重九斤，一生好结交好汉报不平，因事扳罪入府监，别名苏大胖。

第十六者姓赵名阿龙，系潮邑山门城人，使一枝大鐽，重一十四斤；结交揭邑吴名勇武，系曲溪人，惯使大鐽刀，重十三斤馀，为人志气与众大不相同，专欲寻闹。张挺与赵龙同事，故名四片风。

第十八者姓叶名阿婆，系海邑林鸟人，使一枝鐽刀，重十三斤馀，因好胜路见不平则出身相助，因案入府监，别名无好面。

[据汕头共和书局民国三年（1914）石印本]

三十六名英雄

郑胡如、薛灶子、郭成世、谢阿五、马阿九、姚阿信、黄阿庆、许阿石、罗和明、彭仲略、杨成枝、杨成茂、王君禄、王名科、周伯仁、周伯义、周阿财、方子进、方阿报、陈青梅、陈青莲、陈金生、刘阿

---

① "止"原作"趾"，据中大本改。
② 原无"行"字，据中大本补。
③ "在"原作"来"，据中大本改。
④ 原无"在"，据中大本补。
⑤ "名称"，中大本作"别名"。

喜、刘阿顺、刘阿千、孙友仁、孙友义、余仲平、林荣贵、蔡阿坤、李守宝、吴玉川、邱文高、赵阿元、方子达、彭仲韬

[据汕头共和书局民国三年(1914)石印本]

水浒后传

陈忱著。清初章回小说。四十回。叙梁山英雄幸存者李俊、李应、燕青等30余人不满奸臣、贪官、土豪之迫害，再度啸聚山林，处死蔡京、童贯、高俅。时逢金兵南下，宋徽宗、宋钦宗北狩，于是他们又担负起勤王之责。在解救了遭金兵围困的宋高宗赵构之后，他们又征服暹罗诸岛，建立了自己的王业，支持宋高宗建都临安。小说寄托作者亡国之痛与憧憬复明之愿望。主要版本有康熙三年（1664）刊本、绍裕堂刻本（天津图书馆藏本、华东师范大学藏本）、乾隆三十五年（1770）刻本、达文书店1937年排印本等。其中，乾隆三十五年刻本为蔡奡序刻本，除对小说进行评点外，还对小说回目及内容进行了修改。

卷首识语

宋遗民不知何许人，大约与施、罗同时。特姓名弗传，故其书亦湮没不彰耳。今读《前传》，龙门《史记》也；《后传》，庐陵《五代史》也。而原本忠孝敦、崇道义，其于人心世道之防，尤兢兢致慎焉。世有删改前传，自目为才子书者，其是非颇缪，使当日遗民见之，定喝其言之不伦也。

康熙甲辰仲秋镌。

[据康熙三年甲辰（1664）刊本]

宋遗民原序

昔孔子摄政七日，即诛少正卯，而不能伏盗跖。其故何也？夫少正卯为鲁之闻人，诡辞波行，害于人心，将启杨、墨之祸。故毅然为两观之举。跖之徒三千横行天下，日脯人之肝，说之不从，释而不问，殆畏其威暴而不敢撄其逆鳞乎？非也。孔子之徒亦三千，有仲由、澹台、子羽之勇，冉求之艺，端木赐之辩，七十子皆有可观。岂不能上告天王，下檄泗上十二诸侯？孔子又尝言："我战必克，何难歼厥丑类？"不知跖之日脯人肝，必弑逆之臣也，必枭獍之子也，必悖义之夫也，必淫荡之妇也。孔子志在《春秋》，仅以空言惧天下，后世之乱臣贼子，未若跖之见于实事而日显，戮天下之乱臣贼子也。正所以辅行《春秋》，何必见讨跖之能以寿考终宜哉？宋自绍圣以后，何人非乱臣，何人非贼子？高贤肥遁，奸佞比栉。宋江为盗跖之后身，横衍江淮间，官军莫敢撄其锋。"替天行道"，即《春秋》之别名也。惜多假仁假义，而不保其终有以也。夫若一百八人悉为黑旋风、鲁提辖、武行者、拼命三郎，则乱臣贼子何患不扩清，中原何致陆沉，二帝岂口蒙尘哉？《后传》之作，补未了之绪余，如《春秋》之有左丘明、公羊、穀梁也。所存之人，无一黑旋风、鲁提辖、武行者、拼命三郎，而皆如宋江之假仁假义，何以能扩清中原之乱臣贼子而挽颓波于末世也？故流于海外，掩面而泣，以终西狩获麟之意。知我者，其唯《水浒后传》乎？罪我者，其唯《水浒后传》乎？

[据康熙三年甲辰（1664）刊本]

水浒后传序

尝论夫水发源之时，仅可滥觞，渐而为溪为涧，为江为湖，汪洋巨浸，而放平四海。当其冲决，怀山襄陵，莫可御遏，真为至神至勇也！及其恬静，浴日沐月，澄霞吹练，鸥凫浮于上，鱼龙潜其中，渔歌拥枻，越女采莲，又为至文至弱矣！文章亦然。苏端明云："我文如万斛泉。"是也。《水浒》更似之，其序英雄、举事实，有排山倒海之势；曲画细微，亦见安澜文漪之容。故垂四百馀年，耳目常新、流览不废。近世之稗官野乘，黄茅白草，一览而尽，不可咀嚼。岂意复有《后传》，机局更翻，章句不袭，大而图王定霸，小而巷事里谈，文人之舌，慧而不穷。世道之隆替，人心之险易，靡不各极其致。绘云汉觉热，图峨嵋则寒，非一味铜将军铁绰板提唱梁山泊人物已也。

嗟乎！我知古宋遗民之心矣。穷愁潦倒，满眼牢骚，胸中块磊，无酒可浇，故借此残局而著成之也。然肝肠如雪，意气如云，秉志忠贞，不甘阿附，傲慢寓谦和，隐讽兼规正，名言成串，触处为奇，又非口然如许伯哭世、刘四骂人而已。

昔人云：《南华》是一部怒书，《西厢》是一部想书，《楞严》是一部悟书，《离骚》是一部哀书。今观《后传》之群雄之激变而起，是得《南华》之怒；妇女之含愁敛怨，是得《西厢》之想；中原陆沉，海外流放，是得《离骚》之哀；牡蛎滩、丹露宫之警喻，是得《楞严》之悟。不谓是传而兼四大奇书之长也！虽然，更为古宋遗民惜。浑沌世界，何用穿凿，使物无遁形，宁不畏为造化小儿所忌？必其垂老，穷颠连痼疾，孤茕绝后，而短褐不完，藜藿不继，屡憎于人，思沉湘蹈海而死，必非纡青拖紫，策坚乘肥，左娥右绿，阿者堆塞，饱餍酒肉之徒，能措一辞也！安得一识其人以验予言之不谬哉？

万历戊申秋杪。雁宕山樵识。

（据天津图书馆藏绍裕堂刻本）

水浒论略

《水浒》，愤书也。宋鼎既迁，高贤遗老，实切于中，假宋江之纵横，而成此书，盖多寓言也。愤大臣之覆𫗧，而许宋江之忠；愤群工之阴狡，而许宋江之义；愤世风之贪，而许宋江之疏财；愤人情之悍，而许宋江之谦和；愤强邻之启疆，而许宋江之征辽；愤潢池之弄兵，而许宋江之灭方腊也。

《后传》为泄愤之书：愤宋江之忠义，而见鸩于奸党，故复聚馀人，而救驾立功，开基创业；愤六贼之误国，而加之以流贬诛戮；愤诸贵幸之全身远害，而特表草野孤臣，重围冒险；愤官宦之嚼民饱壑，而故使其倾倒宦橐，倍偿民利；愤释道之淫奢诳诞，而有万庆寺之烧，还道村之斩也。

梁山泊先起者亡，王伦也；继起者强，晁盖、宋江也；后起者王，李俊也。

英雄多诈，二代而下，开国创业者，孰不阴施阳设，何有于宋江？盗有道，特非君子之大道也，不可认真。

虞舜之烈风雷雨不迷，光武之渡河冰结，昭烈之跃檀溪，宋高宗之泥马渡河，所称王者不死。宋江不过绿林之豪，亦有十险：阎婆扭至县前，一险也；朱仝揭开地窨，二险也；清风山剜牛子心肝，三险也；清风寨元宵被捉，四险也；揭阳岭李立等候火家，五险也；穆家兄弟追至江边，六险也；船火儿请吃板刀面，七险也；江州上法场，八险也；还道村神橱内，九险也；攻大名疽发于背，十险也。

智取生辰纲①，巧矣。以晁盖之掌盘，吴用之运谋，公孙胜、刘唐之探报，阮氏三雄之效力，可谓周密之至矣，而失机于白胜。去年梁中书之生辰纲②，亦被劫去，反不败露，岂去年之豪客，更有神谋鬼算过此七人者哉！盖不泄漏，则不上梁山，而《水浒》一传，何由著成？与后之假蔡京家书而误用图书，同此机局。

宋江不通信，放七人走脱，则刘唐不送金子与书，不舍阎老棺材，则不娶阎婆惜，皆于施惠处便伏祸根，善不可为，岂不信哉？

吴用运筹帷握大有过人处，可惜失身小用，如韩延寿之投契丹，张元之归赵元昊也。故贤宰相收罗人材为主，困穷不售，必至他图，不特失我良臣，更资敌国。

其说三阮撞筹，圆融机变，鲜不堕其术中，况赌后如洗之际乎！播金莲之淫浪，王婆用十砑光，似皆小题大做，文章家如狮王奋搏，不管象兔，俱用全力，谓当大敌勇，小敌怯，吾不信也。

林冲误入白虎节堂，冤苦极矣！不有风雪山神庙，何以消其冤苦乎？雪天三限，屈郁甚矣，不有山亭大并火，何以豁其屈郁乎？陆谦附势忘友，王伦嫉功妒能，卒致杀身，读之生气勃勃。

王伦之不纳晁盖，亦不可深罪，翟让、李密之事可鉴。其失着在不结纳林冲，向使林冲久为心腹，纵强宾压主，犹不失绛、灌为伍，何至杀身？

晁盖为梁山泊承上接下之人，众好汉皆宋江延揽而至，惟一吴用是晁盖先交，然第一流人物为其所得，如昭烈之得卧龙也。忠义堂上灵

---

① "纲"原文作"杠"，据后文改。
② "纲"原文作"杠"，据后文改。

位，亦得安坐。

王伦之分例酒食，水亭号箭，晁、宋因之不改，如王介甫之助役新法，苏端明劝司马君实存之也。

鲁智深三拳打死镇关西，大醉闹法堂，火烧瓦棺（笔者按：当作官）寺，大闹野猪林，直是活佛，不须放下屠刀。

武松景阳冈打虎，勇士之常。其大节磊落，在念兄拒嫂，杀嫂祭兄，醉打蒋门神，血溅鸳鸯楼，恩仇见得分明，终逊鲁智深一筹者，机警未脱世法。

梁山泊馀人，只有武松一人不肯下海，岂惟余子碌碌，高于王进远矣。

柴进天潢之派，金穴之富，而不折节安分，结交江湖，招纳亡命，真是败家之子！两番皆受姓高之累，两番皆得节级之力，后为丞相，亦藉门第之贵、雅望非常耳！

朱仝是笃于友道人，捕盗而放晁天王，捉凶身而教宋江脱逃，解犯人而释雷都头，自去认罪，后又周旋其母，以致被难金营，真实无伪，诚哉君子！

卢俊义不上梁山，只一北京守钱汉耳！吴用说之入伙，其计最拙，而俊义泰安州进香，欲借此扫平山泊，其想最戆，宜乎不听燕青急流勇退之言，而堕水以亡也。

李逵不顾性命、不贪名节，杀人以爽快为主，吃酒以大醉为主，纯是赤子之心。斯民也，三代之所以直道而行也。

要去养娘，反背来喂虎，不害其为孝；差去请公孙胜，反杀罗真人，不害其为友；赌博而抢注钱，不害其为廉；作主人而自贪饕，不害其为礼。赚卢员外而扮哑道童，访李师师而充扮当，打擂台而妆卧病，坐寿张县而责原告，疑宋江而砍倒杏黄旗，作神行而偷吃牛肉，取鲜鱼而被张顺灌水；任人搏弄，插科打诨，天机所发，触处成趣。

其跳酒楼，勇往直前，不解思索，以救宋江为主，忘却自家身子。石秀之跳酒楼，必然算计而后出此，盖奉宋江将令，见卢俊义临刑而不救，是无勇也，故只得拼却自家身子。同一跳一楼，一忘一拼，有天然勉强之别。

石秀有申、韩之学，峭刻而多疑，当其乡下买猪回，见肉案收过，即将帐目与潘公赌誓。及杨雄醉后泄漏，不别而行，毕竟拿定把柄，翠屏山与潘巧云质明心迹，而耸杨雄杀死，劝上梁山，如此人唐宣宗云"近我者非太尉耶"？使毛发悚然。然安得公等数百，诛尽奸僧淫妇也。

史进会庄上人捉贼，朱武用苦肉计，因与义释，县尉收捕，烧庄散去，不肯在少华山落草，去寻师父王进，是个汉子。

杨志一生淹蹇，押花石纲，偏他翻了船，收拾一担金银营干，被高俅批坏，无盘缠卖宝刀，遭牛二蛮夺，梁中书差押生辰纲，尽被劫去，可称梁山泊钝秀才！

老奶公护短掣肘，似唐时用太监作监军，主将不得专行号令，以致败事。

杨志当生辰纲①劫后，宜上梁山，前者王伦钦敬款留至矣，何以到二龙山也？耐庵自有深意。王伦之钦敬款留者，欲其压制林冲也。若杨志上山，则王伦有心腹矣。林冲、杨志，正是敌手，岂能大并火？纵使得济，而晁盖等仇人相见，分外眼睁，岂得相安？故姑置之散地，所以全晁盖诸人也，正所以全杨志也。

公孙胜，学道人也。何以首启劫生辰纲之谋，与刘唐一辙？禀于师，禀于母，而后出耶？戴宗、李逵来请破高唐州，必要禀于师禀于母而后出，致惊倒老母，斧劈真人，岂晚年进德耶？破萨头陀，急人之难矣，冰冻关白，万人同日而死，终见道家狠心辣手处。

三阮各具雄姿，而小七尤骏爽，岂肯槁项而没，故有张干办之衅，遂为《后传》之戎首。

张顺入水无间，殆鲛人遗种耶？霸于浔阳江，死于西湖，故君子不恃其长技。得为金华将军者，以其聪明正直耳。

花荣风流尔雅，洵为儒将，为友之心甚切，因交宋公明，陪一个妹子，丧一条性命，其妻妹之贞节，子之英而贵显，天之所以报施也。

---

① "纲"原文作"杠"，据前文改。

双枪将董平，不能退敌，而甘心臣贼，有挟而求，杀人之父母而妻其女，品斯下矣！与一丈青全家受害，而屈配王矮虎，二女略无怨意，女生外向，缇萦、曹娥，岂不独称千古哉！

一部《水浒传》中，独有底三娘不置一语，内言不出于阃，还算良家女子。

李应雄才大略，而为天富星。两番皆为杜主管，无心招祸，河北饮马川若非其主寨，必不能聚众豪杰而归之江海也。

燕青忠其主，敏于事，绝其技，全于害，似有大学问、大经济，堪作救时宰相，非梁山泊人物可以比拟也。其过人处，在劝主归隐，黄柑面圣，竭力救卢二安人母子，木夹解关胜之患难，微言启李俊之施恩，遇艳色而不动心，辞荣禄而甘隐遁，的是伟男子！

乐和小牢子出身，作侯门押客，心巧气和，见机而作，救花逢春母子，脱李俊犴狴，定金鳌，取暹罗，不亚于燕青，人岂可以门第论哉？

关胜之降梁山泊，有愧祖先，赖有正谏刘豫，至死不屈，以盖前愆耳。

朝廷遣将，收捕梁山泊，大征战凡五，呼延灼之连环马为最，若无钩镰枪破之，梁山岌岌乎殆矣。神火神水只用一阵，后竟不说起何也。关将军亦碌碌无奇，童贯之十面埋伏，高俅三败见擒，复手搏负于燕青，宜乎纵横江淮间，官军莫敢撄锋矣。

宋江，剧贼也。祝家庄、曾头市幸与之相抗。人有读《水浒》而快其败者，如书诸葛入寇也，谬矣！

宿太尉，传所称正人君子也，其人可诛。明背朝廷，暗通山寨：当进香之时，忍辱偷生，不殊童贯；迨颁诏之后，招亡匿叛，过于高俅。夫俅、贯犹仇视梁山也，宿元景诚何心哉？

桃花山、二龙山、清风山、黄门山、对影山、少华山、枯树山、硭砀山、白虎山、登云山、饮马川，合各山之豪杰，而总会于梁山，如江、淮、河、汉，朝宗于海，群峰罗列，岱、华独尊也。

四太公：宋太公也，史太公也，孔太公也，穆太公也。皆生破车之犊，而忘身破家也。义方之训，不可不严。

四公子：呼延钰也，徐晟也，花逢春也，宋安平也。呼延钰自是将门子，而矫捷灵变，更觉后生可畏。徐晟能守雁翎甲，而英武亦过其父，但教场演武之外，不闻一展金枪之长，岂能守遗书而不能传家学耶？花逢春之称佳公子，亦如王、谢子弟，于举止气韵间定其品格，本领实逊呼、徐。宋安平虽成进士，然碌碌无能，公子中荫生也。

　　四淫妇：潘金莲也，阎婆惜也，潘巧云也，贾氏也。其淫则一，其罪不同。潘金莲错配武大，售色于叔不纳，故再售于西门庆，无王婆，则不杀武大。阎婆借嫌宋江之枕席情疏，而耽张文远风浪轻佻，尚可恕也；至于逼休书、勒金子、不还招文袋，尚可恕乎？潘巧云再醮之妇，通于海阇①黎，比比皆是；其杀机在坑石秀，而逢狠手；然无害杨雄之心，罪当未减。至于贾氏，配豪杰之卢员外，非武大之猥鄙也，非杨雄之糊涂也；通饿殍之李固，无西门庆、张文远之风流可喜也，握泼天之家私，而亲证其夫之罪，残鸩武大之甚，其服上刑何辞？

　　传中邀诸人上山，无如汤隆之哄徐宁，破祝家庄装假太守捉李应、杜兴也，一毫形迹不露，故曰吴用之说卢员外为拙。

　　时迁盗甲，极小文字，肖景摹神，写得活现。周公制礼，释迦说法，凡一切有其情无其事，都先虑而为之防范。如男女七岁，不同牢而食，古宿不听钗钏声是也。当知古圣贤，文心慧思，无所不有。

　　戴宗之神行法，张清之石子，花荣之射，燕青之厮扑，安道全之医，可称梁山泊五绝。

　　梁山泊好汉，尽不近色，而惟王矮虎好色；尽皆贪酒，而惟青眼虎不吃酒，亦是创见。

　　有一人一传者，有一人附见数传者，有数人并见一传者，映带有情，转折不测，深得太史公笔法。头绪如乱丝，终于不紊，循环无端，五花八阵，纵横错见，真奇书也

　　混江龙在梁山，上中之材，何以得南面称雄？古来豪杰起于徒步多矣，如王建呼贼王八，钱婆留起于盐徒，不可胜纪。安见李俊不可为暹

---

① "阇"原作"闍"，据《水浒传》改。

罗国主？况其存心忠义，辅弼得人，故《前传》言太湖小结义，投外国而作暹罗国王也。

一百八人，存者仅三十二，足以四子者，罡、煞合而成三十六之数也。

王进、栾廷玉等八人，不在梁山之数，何以概入也？英雄起事，豪杰景从，况与梁山俱有瓜葛？《史记》作传，常有附见者反胜本传人物，此正此志也。

杨林、穆春、邹润、杜兴等，皆中下之材，而《后传》中皆有可观，如蜀汉之廖化、胡班，皆得封侯拜将也。

三女将中，唯顾大嫂岿然独存，威风不减鸠盘荼，愈觉可畏。

漫言《后传》李俊，出词尔雅，不类渔户出身。不知福志心灵，古来豪杰，有目不识丁，而天纵聪明，吐纳极有文采，如石勒听读《汉书》，惊立六国后为误是已。

传中福善祸淫，尽寓劝惩意，不可以事出无稽，草草放过。天下事至赜至诡，不伦不理，凿凿有之。如《西游》之说鬼说魔，皆日用平常之道，特诡其名，一新世人耳目。

或言海外之人，而声口皆是中华，疑为纰戾，此可以理悟，可以情孚也。如闽中漳泉人，几于言语不通，嗜欲不同矣。而笑则色喜，哭则声哀，仕于四方，民情土俗皆能洞悉。岂以带水为限，膜外视之？

金銮殿四美成亲，可称"窈窕淑女，君子好逑"，《周南》之化，始于《关雎》。

国主、闻妃，腾蛟起凤也；花附马、公主，金枝玉叶也；宋安平、萧小姐，玉堂金屋也；燕青、卢小姐，道义始、恩爱终也；徐晟、呼小姐，兄妹假、夫妻真也；呼延钰、吕小姐，将门子女正是敌手；乐和、吴采仙，御沟红叶也；杨林、方氏，重整琼筵也；共涛之女配郓哥，嫁鸡遂①鸡、嫁犬遂犬也。然郓哥曾帮武大捉奸，闺门定然严谨。

---

① 此处二"遂"原作"逐"，据上下文意改。

奸党子孙接踵而至，何司马、苏、黄之后，再不出仕？然此辈亦来凑末运劫数。

共涛，逼罗之蔡京、高俅也，然为李俊驱民。

《后传》有难于《前传》处。《前传》镂空画影，增减自如，《后传》按谱填辞，高下不得；《前传》写第一流人，分外出色，《后传》为中材以下，苦心表微。

有高于《前传》处。读《前传》者，少年子弟，易入任侠一流，读《后传》者，名教中人，不敢道豪杰二字。

并有胜《前传》处。如李应、柴进、关胜等受害，偏有许多机关作用，从万死一生救出。人嗤《西游记》唐僧有难，便求南海大士，我亦嫌《前传》中好汉被陷，除梁山泊救兵，更无别法也。

有大段转换处，置却梁山，重创登芸饮马。有毫发不漏处，人如郓哥、唐牛儿，地如东溪、还道村，马如乌骓、玉狮，物如雁翎甲、松纹剑也。

《水浒》曾见原本，称古杭罗贯中撰。又有归之施耐庵者。或施、罗合笔，如王实甫、关汉卿之《西厢》是也。至遗民不知何许人，以时考之，当去施、罗之世未远，或与之同时，不相为下，亦未可知。元人以填词小说为事，当时风气如此。

文人著述，固有幸不幸焉。《前传》脍炙海内，虽至屠沽负贩，无不矢口成诵。而此稿近三百年无一知者。闻向藏括苍民家，又遭伧父改窜，几不可句读。余悬重价，久而得之，细加绅绎，汇订成编。倘遇有心人，剞劂传世，定勿使施、罗专美于前也。跂予望之！

樵馀偶识。

（据华东师范大学藏绍裕堂刻本）

评刻水浒后传叙

太上立德，其次立功，其次立言。斯三者，皆亘古而不朽者也。夫立德者，圣贤之事也；立功者，英雄豪杰之事也，其为难能而可贵，固无论矣；至于立言，则不过文人学士之事，何以与德、功并立而为三耶？岂非叹德之与功，惠泽在于一时？横而论之，近则数里数十里，远亦不过数百里数千里；纵而论之，近则在数年数十年，远亦不过数百年而止耳。若夫横则天下之大，数万里之遥，纵则数世数十世数百世之久，非言其曷能不朽耶？即立德立功，非藉言以传之，后人亦曷纵而知之志耶？则立言者，诚为重大之所寄，非仅文字之长也。顾言之：可贵者，上之则辅翼经传而圣道以明，次之则宣布王猷而国家以治。彰善瘅恶，寓劝惩于纪载褒贬之中，使后人有所劝而乐于为善，有所惩而不敢为恶，务有裨于世道人心，非可苟焉而已也。彼载道佐治之言，姑勿具论，即文人学士偶有撰述，欲其行今而传后，亦必期其有当于圣贤彰瘅劝惩之旨，而后可成一家之言。故以太史公之才，为史家之祖，而为游侠、货殖立传，后之人犹且訾之，独奈何而取绿林暴客御人夺货之行而传之耶？如《水浒前传》之述宋江等一百八人之事，已不可，则今兹之《水浒后传》，独奈何又取其残剩诸人而铺张扬厉之，不亦效尤而罪又甚焉者乎？而抑知其殊不然也。善读书者，必有以深窥乎作者之用心，而后不负乎其立言之本趣。《水浒后传》之作，盖为罡煞二字发皇其辉光，忠义二字敷扬其盛美也。夫仁义忠信，为人之所共钦，而富贵尊荣，为人之所艳羡。此天下今古之同情也。彼贩夫牧竖、妇人孺子之中，固有合于仁义忠信之事，而凡民庸众，亦有身都富贵而安享尊荣者。彼天罡地煞，固居然天上之星辰也，以天上之星辰，而其仁义忠信、尊荣富贵，曾不得与牧贩妇孺凡众争一日之长，安在其天星之可贵也哉？此传之序水泊残剩诸人，其人则犹是《前传》之人，而其事则全非《前传》之事，可同年而语矣。宋自靖康以后，奸佞盈朝，正人退位，以致金人蹂躏，社稷丘墟，生灵涂炭，而此数十人者，出其仁义忠信之天良，英雄豪杰之材力，诛锄强暴，芟刈奸回，既足以快人心而符天意，后之身都富贵，安享尊荣，正其材力之所应得。而开基徼外，海国称王，并非有所侵损于宋室，而且救驾铭勋，爱君报国，立德而兼立功，则诚无愧于天上星辰之位。使后之读是书者，无不欢欣鼓舞，赞颂称扬。有廉顽立懦之风，足以开愚蒙而醒流俗，则作者立言之本趣，庶几乎有当于圣贤彰瘅劝惩之言也夫！

大清乾隆三十五年，岁次庚寅，金陵憨客蔡奡元放甫题于野云堂之支瞬居中。

[据天津图书馆藏乾隆三十五年（1770）刻本]

水浒后传读法

《前传》之天罡地煞一百八星，在地穴中幽闭多年，甫能挣得出世。及出世后经了多少忧愁，受了多少苦恼，耽了多少惊怕，方才聚合一处。招安之后，东征西讨，建了许多功业。而征方腊之役，殁于王事者过半，已是可怜。而宋江、卢俊义，又被奸臣鸩死，吴用、花荣、李逵，亦皆为殉，更令人扼腕不平。其余三十三人，除武松残废不算，那三十二人之中，虽有几个为官，而大半亦俱忧愁放废，四分五落，不特有离群索居之感，而天罡地煞出世一番，并无一个好收成结果。天道人事之不平，孰过于此？作者因《前传》有李俊后为暹罗国王一语，因想到李俊既可去外国为王，则当日弟兄，岂不可去作一国之开基辅弼，使其另建一番功业，另受一番荣华，同归一处，以讨后半世成收成结果，作美满大团圆，以大快人心？此作《水浒后传》之主意也。　一

本传虽是将《前传》水泊残剩诸人，重加渲染，但《前传》诸人，虽是写出许多英雄豪杰，而论其大体，只不过是山泊为盗，即好煞亦不足为重轻。况《前传》只于天罡诸人，加意描写，至于地煞如乐和、穆春、樊瑞等诸人，不过顺带略叙，殊为不见所长。本传李俊既要到外国为王，而诸人，都要做开基良佐。若只是平平常常，便为削色。故一个个都要为他抬高身分，写得灿烂辉煌，十分精采，个个建功，人人出色，将《前传》中中下之材，都要写作最上一等，方见天上星辰，自有高出凡人之处。此一传之大体段也。　二

本传不特于山泊诸人，使之重复聚会，即《前传》中有名人物，凡与山泊诸人有关系者，亦皆收录无遗。不特栾廷玉①、王进、扈成等是豪杰一类，尽数收罗，即下至郓哥、唐牛儿等，亦不使一人遗漏。正是

---

① "栾廷玉"原作"栾玉"，据小说内容改。

微功必录，小善不忘。是谓补苴罅漏，张皇幽渺之笔法也。　三

　　本传虽是承接《前传》而作，然煞有胜似《前传》处。如《前传》所写杀人之事，固有死当其罪者，却亦有无辜枉死，令人可怜者。如秦明之家眷，瓦官寺之老僧，虽非手刃，然正如王导所云"我虽不杀伯仁，伯仁由我而死"。用事者，不得辞其过也。又如扈家庄已是通和，扈成又将祝彪解来，却将他全家杀死。至于朱仝之小衙内，更是可怜。又如鲁达之在李忠寨内，掳物而逃，石秀之火烧祝家店，俱为不满人意。本传写所杀之人，或是害民，或是误国，为公议所不容，其小者，亦是与山泊诸人，不是旧仇，即是新恨，素怀怨隙，明作对头，且俱各有应死之处，揆之天理人情，必须杀之而后快者。这方杀得并无遗憾，方是真豪杰举动，不是残毒，不是孟浪，比《前传》为更强也。　四

　　又如卢俊义本是好好一个北京员外，安居乐业，即是本领武艺甚好，而山寨中兵多将广，尽可不必需此一人。乃忽然平地生波，将他赚哄上山，要他入伙，弄得他家破人亡，受刑拷，犯思难，即他一身，亦几乎死于非命。虽说罡煞数应聚会，然毕竟觉道不妥。至于史进之于朱武等三人，虽为义气放去，却尽可不必往来。晁盖家道有余，何又劫取生辰纲，为此冒险犯法之事？宋江、花荣即已得救脱身，何必定要赚取秦明？他如李应、杜兴、朱仝等类，皆是可以不必之事。本传凡写一人起事，一人上山，必皆有其必不得已之故，无可奈何之情，则较之《前传》更为正当，更为光明，使读者更无异议也。　五

　　即以文字论，本传亦有强似《前传》处。如每回有提纲二句，乃一回之眼目，亦可以征作者之笔法者也。《前传》之前七十回中，用"大闹"字者凡十，不特其中事迹不尽合二字之名，亦且数见不鲜矣。其次序亦有不妥处。如私放晁天王、议夺快活林、醉打蒋门神等，提纲与传内之事，次序皆颠倒，亦是小缺陷处。本传之回目提纲，尽皆工稳妥切，令读者于回内之事，一目了然。则本传之于《前传》，正如蔗浆炼蜜，不是狗尾续貂也。　六

　　本传既名《水浒后传》，则传中之事，自应从《前传》生来。但《前传》叙过之事，既不应重赘，则本传之事，又从何处生根？作者因

想《前传》，原是从石碣村起手，而受天文回，又用石碣作结束，则本传何不仍在此处生根？况阮氏三雄之中，小七现在，近在山泊脚下，故作感旧而上山祭奠，引出张干办巡察生出事来，便是因风吹火，用力不多。由此而逐渐生去，便令读者只觉仍是旧人旧事，并非无故生端矣。最得倚山立柱，宿海通河之妙。　七

既说李俊为暹罗国王，则李俊自是本传正生脚色。若开手即接《前传》，而写李俊入太湖，会赤须龙以至顿兵金鳌，然后写中国诸人往会，亦何当不可？但李俊材具，颇甚平常，而手下辅佐，仅有童威、童猛与费保等四人，虽略有武艺，却并无一出色者，则何以便能夺得金鳌，制伏暹罗国主？即因《前传》写乐和是个机变伶俐之人，故要他来做个军师，又写一花①逢春是家传神箭，在武将中出类拔萃。有此两人，做了股胶，则②夺地用兵，方有倚仗，方才等得诸人来会耳。　八

一友问云："若说李俊先来勾结诸人，一同泛海，何如？"答曰："那便③又有碍手处。诸人既已散在四方，所居窎远。况为官的为官，隐遁的隐遁，贸易的贸易，出家的出家。无论各人有志，不能相强，况安主重迁，何得尽舍故吾，而来冒此风波不测之险？即使写得极好，亦必不免牵强扭捏撮凑，为文章苦海矣。今只使李俊等数人先往，然后使诸人牵牵引引，一个个弄出事来，直到无地可容，然后想到海外来会，方为情理妥当也。"　九

《前传》石碣天文，李俊位次在第二十六。而所存之人，除公孙胜出家人不算，他如关胜、呼延灼、柴进、李应、朱仝，位次皆在其上，即人品、武艺，亦皆强胜许多。若一同出海，则暹罗国王一席，正轮不到他。今既要写李俊为王，则自必使李俊先去创业。但李俊若先已为王，则后来诸人，于定海之役，毫无功力，有何光采耶？况暹罗于海外，亦称大国。李俊等仅仅数人，若只凭兵力，一旦遽然灭其旧主而王

---

① "一""花"二字原缺，据上下文意补。
② 此处"股""胶""则"三字原缺，据别本补。
③ "便"字原缺，据别本改。

之，不特事体太易，而人心亦未必肯服。今先用花逢春做个引子，在彼国和亲以为之地，李俊只是驻军金鳌岛，以为犄角声援，直等共涛篡弑，机会凑来，然后去讨贼，为其旧主复仇，则嗣统为王，方为自然之情理也。　十

　　本传之于宋朝诸政事，有与正史全合者，有全不合者，有半合半不合者。盖此书原为山泊诸人作传，非为宋朝纪事。故其事有与本传无碍者，悉照正史敷陈。其与本传稍有龃龉者，不得不曲为迁就，以求与本传之事，宛转联合。稗官之体，只合如此。细评在各回下。　十一①

　　王进、栾廷玉、扈成，自是《前传》山泊中一色人物。只看他们言语举动，气味原自相同。当日打破祝家庄，栾廷玉、扈成若不逃去，宋江自必与李应、杜兴，一样收罗入伙。其不得同聚者，时之不偶也。况祝庄破后，不载栾廷玉下落，只在宋江口中，叹息一句道"可惜栾廷玉这个好汉"，便已留下疑案。本传却将他三人，一并收来，不是与《前传》故为牴牾，正是为《前传》满意也。　十二

　　祝庄破后②，前传说扈成后为中兴名将，及观《宋史》，中兴诸将中，并无其人。则《前传》之语，亦是莫须有、想当然耳。不如与栾廷玉一总收来，同归海国之为妥密。况有一丈青之一脉，尤为现成瓜葛耶？　十三

　　写闻焕章一人，特为其女与李俊作妃而设。盖山泊旧人，皆是弟兄之数，纵有女子，不可为婚。若用暹罗国人，则殊不足以为配。然若不是现在国中之人，李俊岂能泛海而来聘娶耶？故先③写焕章有女，是个贵相，因遭患难，暂住登云，遂得一同泛海，及④选妃之令一下，只消安道全一言说合，便已现现成成，更无多事，岂不直捷痛快耶？　十四

　　传中所叙诸人诸事，事非一时，人非一处，南北东西，远近不一。若每一人、每一事，即归并于一处，是为印板画片矣。且事冗人繁，亦

---

① "十一"原为"十二"，据上下文序号改。
② "破""后"二字原缺，据他本补。
③ "故""先"二字原缺，据他本补。
④ "泛""海""及"三字原缺，据他本补。

复难于安顺。故先于东南写一登云山，就于西北接写一饮马川。既有了二处作根基，然后诸人诸事，凡近于东南者，悉归于登云，凡近于西北者，悉归于饮马。俟诸人收拾已全，然后写饮马住不得，只得并入登云；登云又住不得，然后思量泛海。如此谋篇，可谓制锦为衣，聚花作幛之手。　十五

本传章法，有与《前传》相同者。如每一人入伙上山，必使立功；每一番大征战后，必写一番派拨大发放；每一件大事、一段大文，或前或后，必有一件小事、一段小文以间之。如此之类，则与《前传》如出一手也。详见各回总评内。　十六

正在叙事时，忽然将身跳出书外，自着一段议论，《前传》亦有数处，然俱不过略略点缀。本传则皆将天理、人情，明目张胆，畅说一番，使读者豁然眼醒，则较之《前传》为更胜也。　十七

本传与《前传》，有犯而不犯之法。如《前传》高俅寻事王进，本传张通判寻事阮小七。王进之逃，是子母二人，母乘马，子挑担；阮小七之逃，亦是母乘马，子挑担。王进子母二人，在路上闲论；阮小七子母二人，亦在路上闲论。王进之母患心疼，阮小七之母，亦患心疼。王进因老母心疼，引出一人；阮小七因老母心疼，也遇见一人。都故意写得极其相似，以与《前传》相犯也。然高俅寻事王进，王进却不能奈何高球；张通判寻事阮小七，阮小七却能杀得张通判。高球之欲害王进，是唤去处分；张通判之欲害阮小七，是自来擒捉。王进母子之去，极其从容。阮小七母子之去，却甚急促。王进之马，是家中素畜；阮小七之马，却是张宦骑来。王氏母子之闲论，是恨他人；阮氏母子之闲论，是怨自己。王母之心疼，在史太公庄上；阮母之心疼，却在途中。王母之心疼，好得甚迟；阮母之心疼，好得甚速。王母之心疼，是史太公药方医好，阮母之心疼，却是自愈。王进所遇之人，是素昧平生；阮小七所遇之人，却是旧有瓜葛。王进授徒后，便飘然远去；阮小七①报仇后，却共事同居，则又毫不相似。乃作者故意于相犯之中，翻出不犯之巧者

---

① 原文缺"七"字，据上文补。

也。　十八

又如《前传》，李逵在僻路失母；本传，阮小七亦在僻路失母。李逵之母，口渴思水；阮小七之母，心疼思汤。李逵取水，爬山越岭；阮小七取火，过冈奔林。此又极相似也。然李母之失在黑夜，阮母之失在白昼。李逵之母，只是空身，阮小七之母，却有包裹马匹。李逵之母，是独坐空山；阮小七之母，却安居古庙。李逵之母，是遭虎害；阮小七之母，是被人擒。李逵寻母，只逢四虎；阮小七寻母，却遇三人。李逵之母，永无还期；阮小七之母，少顷即见。此又于相犯之中，翻出不犯以自显其笔力也。　十九

《前传》，宋江夜看小鳌山回，写灯节景致，火烧翠云楼，亦写灯节景致。本传，李俊在常州看灯，写灯节景致，后观灯大宴回，亦写灯节景致。却都无一笔相似。乃作者自显笔力以为快乐也。　二十

《前传》，写宋江在浔阳江被劫，又写张顺在扬子江被劫。本传，又写蒋敬在江州被劫。却并无一笔相似，江上劫财，本是极平常事，极平常题目，却要变换出各样文字来。　二十一

写饮酒亦有许多写法。阮小七梁山感旧之饮，写得悲愤；李俊缥缈峰赏雪之饮，写得豪举；公孙胜、朱武重阳赏菊之饮，写得清幽；李俊初到清水澳赏月之饮，写得开阔；金鳌岛龙舟庆寿之饮，写得华彩；南北两寨大聚金鳌之饮，写得畅遂；暹罗观灯团圆之饮，写得富丽满足。一饮酒耳，何人不饮，何时何地不饮，愈是极平常事，极平常题目，而却各各写出各样文字来，而却无处不妙。作者即欲不谓之才子，不可得也。　二十二

"穆春、蒋敬既已杀却陆祥、张德男女三人，则报怨之事已毕，又已取回银子，自当径往登云山便了，何为又写姚瑰与双峰庙之一篇耶？此二事，于《前传》既无根荄，于本传后亦无复照应关会，不几蛇足乎？"曰："君不观之《前传》乎？鲁智深离却桃花山，便该径往东京相国寺，胡为而写瓦官一篇？武松离却张青店内，便该径至白虎山，以遇孔氏弟兄，何为又写蜈蚣岭之一篇耶？盖此等是文章家一实一虚、一中一外、一正一旁相间成文之法。知所以写瓦官寺、蜈蚣岭之故，则知所

以写姚瑰、双峰庙之故矣。" 二十三

问曰："鲁智深之于瓦官寺，武松之于蜈蚣岭，穆春之于姚瑰、双峰庙，若是者班乎？"曰："是又不然。崔道成、邱小乙之于鲁智深，王道人之于武松，俱原无干涉，二人只是路见不平，除凶殄暴耳。其事皆无可无不可，姚瑰与双峰庙则不然，穆春之于姚瑰，则同地之熟识也。竺大立，亦素知之人。姚瑰前既欺骗穆春，今又局赌赖产，则双怨也。竺大立与焦若仙等，又商谋擒捉送官，则仇敌也。且众人既将蒋敬锁禁后房，又将行李财物藏去，则穆春断断住手不得。且姚瑰霸住揭阳镇，竺大立等又号为双峰三虎，朋奸结党，生事害人。又有许多奸淫凶恶之事，正与陆祥、张德为异名同类之恶人。而穆春又身受切肤之害。若不扫除，于天理、人心，俱为不顺。故借穆春之手，一齐杀却，使读者心中眼中，亦复为之快然也。" 二十四

传中所有各种文法甚多。如相间成文法、跳身书外法、犯而不犯法，俱在前则说过；其馀仍有数种，皆是野云主人偶然看出。今略为点出，以公世赏。其不尽者，散见各回总评细评内。 二十五

本传与《前传》，有明点法，有暗照法。如阮小七登山祭奠，将山寨旧事指示众人，到登云山下失母，说李铁牛失母，顾大嫂说孙立前日样子，打登州时写孙立打扮，登云山用替天行道旗，蒋敬舟中吃酒，说张顺被劫，中国乐人船到清水澳，阮小七要泅水取鱼，李应说张顺、李逵浔阳旧事，赋诗回说柴进曾做方腊骑马之类，是明点也。蒋敬之在双峰庙，几个转身，与武松在鸳鸯楼相似；到登云山脚下酒店，与梁山泊朱贵酒店相似；牛都监拿解黄信，与清风寨黄信拿解花荣相似；公孙胜破萨头时，写掣出松纹古定剑，以照《前传》之破高廉；六和塔下，武松见了众人，叫声"呵呀"，以照《前传》景阳冈遇虎之类，是暗照也。至于本传前后自作明照暗照之处甚多，俱见各回细评下。 二十六

有忙里偷闲法。于百忙叙事中，忽写景物时序。如阮小七、扈成初到孙新酒店，李应兵并龙角山，郭京、张雄兵到二仙山，乐和到雨花台，李俊在清水澳赏中秋，蔡京爱妾房中，燕青村居，呼延钰在杨刘村之类，都是于极忙中写出许多清幽景致，而且点出时序，令人耳目爽然

一快。至于明珠峡说暹罗风水，临安说钱塘风水，愈忙愈闲，另是一样文情，以显其笔妙也。　二十七

有借树开花法。如要写孙氏弟兄与扈成上登云山，便写一毛豸是毛仲义之子，与山泊旧仇，要借邹润来生事陷害，以逼成之；要写收宋清上山，便借一曾世雄是曾涂之子，与山泊旧仇，生事陷害，以逼成之；要写救吕小姐，便写一百足虫，是赵能之子，与山泊旧仇，来山上寻事，以凑合之之类，不须另起一头，另撰一事，只借《前传》所有之人之事生来，却又随手了结，文字何等省力！　二十八

有烘云托月法。燕青之与卢俊义，是主仆而骨肉者也。俊义既死，燕青即欲竭忠图报，已无其由。今写一卢俊德，是俊义嫡亲瓜葛。燕青不辞劳瘁，不避艰险，尽力以救其妻女。则俊义若在，其报称又当何如耶？此是借旁形正，正如烘云托月一般。不然，请问看官，传中必写此一事者，岂专为要他女儿为妻，乃费如许笔墨耶？　二十九

又如山泊江忠则教其散去伙众，守分营生，则其不欲人为盗可知。于郓哥一言许过，虽相隔许久，必留心存一女子以为之配，则其不肯失信于一人可知。于共涛之女，方且原情救拔，则其不肯忘一有功、戮一无罪可知。于武松残废之人，既系无功，又不入队，亦不惜捐重资以与之，则其不贪不吝、笃于故旧可知。此皆于无文字中着文字，读者须细心理会也。　三十

有加一倍写法。如虎峪寨斗法，另外写出三座高台，郭京儿戏陷神京，先写在钱老家捉怪，又写其黄河渡口叫化，又写与汪五狗偷鸡；写马国主游春，先写在官中商量，又写沿路看景，又写祭墓，又写流觞曲水之类，总要写得十分满足，热闹便热闹之极，出丑便出丑之极，快活便快活之极。使文字有琼花插琪树、海水泛洪涛之妙也。　三十一

有火里生莲法。如蒋敬江中被劫后，写遇茅庵老僧一段；金人掳二帝后，写燕子献青子一段；姚平仲兵败后，写入蜀遇仙一段之类，使人如在烦恼火坑之中，忽现清凉世界，令人烦心顿息也。　三十二

有水中吐焰法。如公孙胜、朱武之重阳赏菊，何等幽闲自在，二人

一段议论，已是脱网忘机，却顷刻便有张雄、郭京兵马来捉。戴宗之在泰安山与安道全一段说话，与公孙、朱武一般，谁知顷刻便有童贯来取去军前效用，使他推辞不得。又如李应、黄信等，都是安分自守，却遭人连累，以致被拿入狱，皆是陡起风波，出于意料之外。此等处，使人不敢作消受清福之想。　　三十三

有灰线草蛇法。如李俊在金鳌岛救起安道全，为后引两寨诸人入海之线；闻小姐患病，求安道全医治，诊太素脉，说他大贵，为后嫁与李俊为妃之线；郓哥随呼延钰去时，说银子原为娶妻之用，为后请留共涛之女，赏与为妻之线之类，皆是远远生根，闲闲下着，到后来忽然照应，何等自然！　　三十四

有欲擒故纵法。如龙角山之毕丰本可杀却，却放他走脱，以为后来借金兵攻饮马之地。铁罗汉等三人，本可同倭兵一齐了却，却放他逃回本岛，以为后来征三岛之地。既获共涛，本可将萨头陀一齐擒获，却放他逃去，躲在塔上，以为共涛女儿立功救死之地。如此安放，真是七穿八透之文。　　三十五

有背面铺粉法。如丁自燮、吕世球之贪污狼藉，却写一清正不准关文之苏州太守以陪衬之。张邦昌、刘豫顺金叛宋，却写一使王铁杖刺杀奸臣之开封太守以陪衬之。有林灵素、郭京、萨头陀之欺诳妖邪，却写一真仙正道之徐神翁以陪衬之。有日本倭王之贪悖不仁，却写一忠顺善良睦邻访道之高□□□以陪衬之。见得虽在乱世之中，一般也有正人君子，不肯骂煞世人，是作者存心忠厚、留馀地处。　　三十六

有移花接木法。《前传》说燕青能通各路乡谈，是赞他心地聪明，口舌利便耳。然其所通，不过中国诸乡语耳。至于金人，乃外番之国，中间又隔了大辽，从未与中国通问，燕青何由而能通其番语乎？然要写他扮作金人，用木夹去救关胜夫妇，与入金营献青子及黄河渡口赚乌禄。若不能通其番语，何以能建功耶？故就他能通各路乡谈，而推广之，作移花接木之用，庶不棘手耳。　　三十七

传中诸人，自《前传》招安建功之后，虽隐显不同，然却都是应授统制之职。今入本传，自应俱称统制，不应仍用《前传》称呼。而燕青

之呼小乙，穆春之呼小郎，戴宗之呼院长，杜兴之呼主管，尤为不合之甚。但作者恐看官从《前传》看来，本传忽然改了称呼，便使耳目易混，故只一概仍其旧号，使读者只如接着《前传》一气看下一般，庶不致混淆难辨也。　三十八

本传四十回大书，上而神仙帝王、忠臣义士，下而厮养乞丐、奸佞凶残；大而礼乐征伐，揭地掀天，小而饮食起居，细微琐屑；中国外国，男子妇人，件件写到，可谓如火如锦，无所不备矣。然却皆是乌有先生，乃作者凭空撰出，以娱后人耳目。恐读者误认为真，故于结末团圆时，写一演戏，而其戏却恰与李俊作对照，使读者知此传，不过是一本戏文，读者但当赏其文章，不可认为真事，将作者费无限惨淡经营，结构出来之妙文，尽行埋没也。　三十九

作者又恐看官讥其荒诞不经，故借演戏，将虬髯公来做个比例，见得当年却曾实有其人，实有其事，正与此传相符，可见作者不是瞒天造谎。故于演戏时，在李俊及诸臣口中，节节点明，处处映出。尤妙在说先要点一本《邯郸梦》，将来做个影子，以见人生荣枯得失，虽变态万端，而究竟不过是一出戏文、一场春梦，不足深较，将本传数十回大书，尽付虚空了结也。　四十

[据天津图书馆藏乾隆三十五年（1770）刻本]

野云主人①回首总评

第一回　阮统制梁山感旧　张干办湖泊寻灾

此一回书虽是叙事开场，然当有具笔力之大处、笔法之严处、笔径之巧处，方为善读其眼之人也。

开手先将宋朝一代之君臣，统加评论。亘以"优柔不断"四字为诸帝总评。盖此四字实是诸君通病，由泊诸人之得成事业，全赖刚决善断

---

① 乾隆三十五刻本《水浒后传》题"古宋遗民雁宕山樵编辑　金陵慧客野云主人评定"。蔡奡，字元放，号野云主人，金陵人。生卒年不详，生活于乾隆时期。除评点《水浒后传》外，还评点了《东周列国志》等。

耳。见讥评宋室君臣，实与水泊诸人激射，是其笔力之大也。

阮小七虽曾授都统制之职，然既已削职回家，则仍是齐民，而非统制矣。张通判虽由干办出身，然既已所授济州通判，则人皆通判之矣。又进而谋署济州府印，则人又从而太守之矣。此回中、回目、提纲却大书曰阮统制、张干办。盖小七之去官，由于奸臣之谗谮，而非其罪，则虽经削职而其所以为统制者自在也。张干办以权相门下一走狗，而滥所重位。此不过权奸窃柄，佞幸夤缘，而非国家设官用人之正理。攻到通判太守而仍以干办名之，盖以见一时之名位可幸，明而于古之是非难假借。此其笔法之严也。

阮小七与老母逃难，势必需一脚力。然小七湖滨渔舍，舟楫生涯，马非其所应畜。若村邻小户，芦汀蓼苇之间，则愈非其物矣。则此一脚力，岂不大费经营？今却用张干办骑来。后面阮小七亦并未预先打算，只于出门时，见那马在绿杨树下嘶鸣。忽然想起脚力，便收拾将来轻轻借去，写得在有意无意之间。是其笔径之巧也。

阮小七一生直截爽快，是其天性。今无事被谗削职，虽曰不以动心，然岂能毫无郁郁耶？感旧而登山祭奠，抚今追昔，对景兴怀，其悲愤何止数倍！试观祷祝数语，及与伴当指点议论，已可想见其神情。此际即毫无触犯，犹恐豪气难驯。今恰遇一寻事惹祸之张通判，当面喝骂，若使有刀在手，岂能更忍须臾耶？然使此时便杀却张通判，势必仍须回家收拾，老母家资，其事非一刻可毕。而本地官长白昼被杀，何得寂然罢手？势必进捉斗争，使苦牵缠不了。今只写作无力轻轻放去，直待第三日夜间重来，方始结果，则湖村黑夜追捕难得便来，以便阮家母子，从容收拾干净脱身。此等布置想头，岂寻常小说家所及？

《前传》张干办、陆（祥①）、陈宗善到山招安，擅作威福，凌侮雄豪，沮坏国事。虽则未曾得志，而觉得平安以去，殊令人愤懑不平。本传此回，却令与小七哥相遇，而赠之以肋下一枪，脖上一刀，真足大快人心！不特为水泊诸公泄忿已也。

---

① 原文缺"祥"，据文中内容补。

《前传》阮氏三雄，虽出名于第十四回。然山泊事业，却自晁盖上山，方为开创，而晁盖上山，却得力于阮氏三雄。盖出石碣村，紧接梁山泊也。况天罡夫①煞之出世，始于伏魔殿内之石碣，至后忠义堂上之座次，又定于天降之石碣。是"石碣"二字，实为全传之朋自。阮氏所居之地，即名石碣村，则阮氏又实为全传之枢纽也。今前人已去，后人欲复兴旧业仍从石碣村起手，正与《前传》煞有关会。是作者眼光如炬，笔力如椽处。

阮小七同老母行了十余日，已近登云山矣。若竟写作间到山下，小喽杂引进，邹润连按上山。不惟文字太嫌径直，且毛豸、扈成一事，必须身起渡澜，累笔费墨。今乃于相近之地，借心疼一闪，忽然将老母失去，却随将扈成走入庙来，说诉毛豸一段，雨下逗出机缘。阮小七只要扈成帮他寻母，许他助力夺回货物。此时已并无一邹润、一登云山，在其意中矣，却因饥渴之故，回店酒饭，因而引出顾大嫂、孙新，而阮母已居然先至邹寨。三人会而之后，只同去了结毛家一案，而小七母子之事已毕。又省力，又明净，其穿插联络处，又极曲折，真是好笔。

第二回　毛孔目横吞海货　顾大嫂直斩豪家

以《前传》而论，扈成与山泊诸人，自是仇敌，若在他处与阮小七等相遇，即不能争斗报仇，亦断无谈心通问之理；今只因同在，患难中有互相借助之意，便将前仇翻为瓜葛。"同病相怜"四字，写得令人泪落。

孙立叫孙新不要与邹润往来，非写孙立之待朋友薄于孙新，亦非写孙立之安分守正、胆小怕事，正是写孙立之笃于兄弟处。盖《前传》孙立之劫牢入伙，原非孙立本心，及出于孙新与顾大嫂之逼迫。此时既已归正，而邹润重复落草，则孙新之往来，实是有损无益之事，则孙立教之，勿与往来者是也。但邹润却是与孙新起手共议之人，则孙新交谊原该比孙立加厚，则孙新之不听兄言，非逆兄而不受教也，正是笃于朋友处，不特二人各成其是，而写来分寸恰与《前传》合拍。然孙新初与扈

---

①　"夫"当作"地"。

成等商议之时，先说只怕连累哥哥，算计与他同走，及剿灭毛家之后，便急急云报孙立，要他山来，则仍是笃于兄弟，未尝不相关切也。

邹润之重上登云，实是孤掌难鸣，其势必当借助于旧友。旧友之最近者，无如孙氏弟兄。然孙立、孙新既已各安职业，何由又复拢来？今只说毛太公家有一孙子毛豸，要与山泊旧人为难，便已挑动其机，只消阮小七、扈成一来，便已凑四合六只，借《前传》作根，顺手生出，更不别寻头绪，何等省力。

扈成与阮小七同到孙新店内，于百忙叙事中，却有闲笔点出景物，又能借景物点逗时序，令人眼光爽亮，便与《前传》手笔无异。

点逗节序既令文字舒徐，又照下毛豸因过节在家饮醉，以致被杀。此等处，岂凡笔所能。

写毛豸先已立心与山泊诸人为仇。又在当权时节，实有汉贼不两立之势。则后面剿杀一举，便不单为扈成报仇夺货而已。及伏窗窃听，又点出毛豸口中欲兴大狱，以害诸雄，则焚灭全家，不是孟浪，亦不惨刻矣。写得妙甚！

毛太公之子毛仲义，毛仲义之子毛豸，心术举动都是一般。可见恶人有种，但毛太公因赖虎诬盗，以致全家被祸，可谓惨矣。偏生毛豸又来敛怨算人，究竟未曾算计得人，而自己之被祸更惨。人亦何乐而为恶人耶？

毛家被祸后，写众邻人议论之语，不特酷肖神情，而最后数句，借旁人口中说得果报森然，足令恶人骨竦。

阮小七、扈成初至登云时，借意表出山寨险峻广阔，与《前传》曹正送鲁智深、杨志初至二龙山，表出山寨险峻，正是一样笔法。

表出山寨险峻广阔，一则为来日栾廷玉攻打不入地步，二则后面方容得许多人相聚也。安放妙甚！

表出登云山寨险峻广阔，以为后来诸人同聚地步，最是吃紧事。今只借阮、扈二人初到时观玩山景，用淡笔闲闲，不露一毫，张皇布置形迹。是何等笔法！

第三回　病尉迟闲住遭殃　栾廷玉失机入伙

扈成煞是妙人。只看他一闻领兵是栾廷玉，便算到赚城。及收罗入伙，彻始彻终，可谓算无遗策。究竟后来皆如所算，则非侥幸成功者也。后半重新开创之功，扈成当居第一。

扈成在山寨定计，原意只要赚得令箭，便可入城埋伏，候登云兵到，以便里应外合耳。至栾廷玉之分兵托付守城，则非初意之所料也。今既得兵柄入手，则更便更易矣。时运到来，便自然有此凑巧之事。作者却不肯明白说出，只藏在叙事之中，令观者自家理会。是故意肉各处。

扈成之赚栾廷玉，几番说话，虚虚实实，入情入理，段段合拍，节节入妙，不由栾廷玉不信。至后之说入伙，分剖利害，恺切详明，而为廷玉计，实亦更无别法。况廷玉兵败无归，已在窘急之时，不用追擒逼迫，只用说词，仍为廷玉留身分，则前之谎赚虽不为无罪，而后之成事则实是有功也。

栾廷玉之于扈成，是当时多年师弟又系同时被难今次相逢，而以心腹相托自是人情之常。虽不幸而失事，乃变出意外，不得以此为廷玉病也。扈成既上登云入伙，众人又曾为助力，不特在秦为秦，而自己安身立命所在，自不得不为保全。既欲保全，则自不得不赚廷玉。此亦事势之无可奈何，不得以此为扈成病也。独叹廷玉之前在祝家庄，既为同师之孙立所赚，今在登州又为相好徒弟之扈成所赚。何廷玉之不幸，皆在朋友之间耶？然廷玉因此而上登云，后遂因此而入海国，建功立名，荣身裕身，则又因不幸而得此大幸也。祸福倚伏，往往如此。

登云重聚仍算创业，故序立坐次，不必定依山泊旧制。况又有新聚之栾廷玉、扈成，则亦自然不能仍依旧日之次序也。另作铺排，最为妥当。

第四回　鬼脸儿寄书罹祸　赵玉娥炫色招奸

《前传》李应原是富翁，祝家庄之役不肯接见宋江，不受宋江礼物，则原无意于宋江也。只因误被宋江赚哄上山，事出无奈而随顺耳。与裴宣、杨林原系落草者不同，今已成功身退，既不顾为官，自无反愿为盗之理。况重整家园仍成当室，则"饥寒为盗"一语，更用不着，却如何使之复来入伙耶？作者因想到《前传》是用杜兴作药线，今何不仍旧在他身上生情？故特写杜兴路径登云被劫，以致会着孙、阮诸人。但若径写杜兴同在登云落草，以致连累李应，非不省手。但杜兴是李应得力之人，既受重托行财，又同在殷实之地，遽弃安而就危，舍利而就害。不惟无此情理，即杜兴亦不成人品，而李应之重托亦为全无眼力矣。故写杜兴不肯落草，只为孙立寄书与乐和，遂致惹出事来，以为后来株连李应之地，有灰线草蛇之妙也。

杜兴前不肯在登云落草，是在无事之时。今刺配彰德而遇杨林，可以别就饮马川口，却因恐累李应，宁忍贱辱而不肯去，感官营之情而不忍去。赵玉娥之美色俯就，而不一动其心。及见马舍人与玉娥奸状，即怀忿思除卒之，竟为管营报仇，杀死奸夫淫妇。夫《前传》杜兴之在山泊，不过中下之材，今在患难之中，却写得满腔忠义、大节凛然。如此，大为山泊诸人生色。

孙立寄书与乐和，自是至亲关切处。然作者必要写作托杜兴寄去者，则只是要杜兴惹祸耳，不必定要会着乐和也。故写作乐和先已知风逃出，最为省笔。

乐和若接着孙立书信，自然径往登云有何趣味？今写作不曾得信，便两不相照，方好去建康收出花家母子，以为遇李俊等入海地步也。

第五回　老管营寒遭横死　扑天雕冤被拘囚

老人取少妾，已是惹祸之根，况营伎乎？李管营之娶玉娥，原有取死之道，但若不遇冯舍人来，或尚可少缓耳。况又不知防闲，奉差远出，留住厢房，怨女旷夫，与之以便。及事已败露，又不知所以处之之法，逞一时之忿，以致毕命。顷刻可为好色，而不知量力之戒。

从来说赌近盗，奸近杀。赵玉娥只因与冯舍人通奸，嫌杜兴碍眼，便想了他性命；因管营要打发舍人回家，便又想送管营性命，何其恶毒？一至于此也。究之身膏野草，血溅荒沙，杀机所发，还以自中可作奸淫人当头棒喝。虽在稗官，其有益于世道人心不小。

舍人、玉娥，一双色鬼，蓦地相逢，两情眷恋，恰遇管营远出，得遂私情，可谓得意。及杜兴逐去，管营暴死，又无他人拘束，从此可作偕老夫妻，二人可谓快心满意之极矣。乃欢娱未纵不眴眼，而命丧荒郊，其得意处适所以自祸，古人云："爽口物多偏作疾，快心事过必为殃。"信然！信然！

杜兴之于李应，只是财东与主管耳，非父子、兄弟、至亲可比，即拘囚李应，岂能必获杜兴？况杜兴自东京刺配彰德，又已隔过一层，愈不应连及旧主矣。但若不趁此时收拾李应入伙，更待何时？若使官府未曾擒累，只杜兴自来纠合，李应便肯上山，便不成李应人品。今李应已被官府捉去，家已无主，则杜兴一来，便可将人眷家资，径自收拾上山。李应出狱之后，即欲不从亦不可得。故写作冯彪株累，官府糊涂，只是为又要逼迫李应起事，又要为李应留身分耳。故李应虽则入狱，却写得不曾吃苦，总是一样意思。

杨林要救李应出狱，只是几两银子，与一包蒙汗药，便已停当，原不消借助于蔡庆。其所以必要蔡庆者，只为后面会樊瑞时，使童贯差官家人，认得是响马，好逼走樊瑞，累及公孙耳。如此安放，较之《前传》倒插汤隆于未破高廉之前，笔径更隐更曲，岂俗笔所敢望耶？

李应越狱后，又写作遇着男妇逃走，兵并龙角山。亦必写王媚娘一段者，遥为冯、赵二人作陪衬，以见此等奸淫之事，处处有之，无论强弱之人，皆不能免，而山泊诸人之不杀为豪杰之行也。不然，岂以逐散逃走之男妇为有功，以能夺包袱为勇耶？抑以不杀逃走之妇人与叔①王媚娘为仁耶？既皆无所取义，则可知其为玉娥陪衬无疑也。

济州太守要捉李应，缉捕使臣说："李应有万夫不当之勇，须哄出来方好挈得。"写出极知事人，机深手辣处。越狱后铺兵在酒店遇着，说："若拿住李应，倒有三千贯赏钱。"写出极不知事人，贪利而不顾害。各尽其妙。

铺兵一认一追，林中一闻，借此了却冯彪。后面便不致再生枝节，使文字简净，真是好笔。

---

① "叔"疑为增字。

第六回　饮马川李应重兴　虎峪寨魔王斗法

樊瑞、郭京斗法：樊瑞胜处，先是题目做得好，郭京之遣猛虎、毒蛇，万蜂烈火，非不利害，然皆明做对头，使敌人易于防备；樊瑞却换过题目来，只用玉女献桃使对敌者先，已眼花撩乱，莫测其将如何，而算我即真有法力者，犹恐为其所眩，况郭京耶？然后闪出天将一掀一掷，自不虑其不上我算矣。郭京以刚樊瑞以柔，郭以直樊以曲。郭败以有心，樊出其不意。即小小一斗法，亦必写得有情有文，有声有色，真是妙笔！

梁山术士公孙胜出名，樊瑞不出名。郭京只知有公孙胜，不知有樊瑞，故一闻家丁之言，就疑到公孙胜身上。从来名高最为身累，乱世末流，欲全身远害之士，慎无为赫赫之名也。山泊诸雄，威名久播，碌碌数辈而欲擒之，岂易为功？郭京与樊瑞虽以斗法致仇，而李良嗣与山泊却素无干涉，差官亦是事外之人，即功名热中，何必作此险事？至于郭京斗法不胜，已见虎鼠不敌，何尚不知回避，而妄思逞其螳臂耶？不自揣度，贪利妄行，幸是樊瑞、蔡庆耳。若遇李逵、阮小七辈，三人性命岂能更待于后日耶？

公孙一清此次出山将来便直入暹罗矣。若写作老母尚在，则将听其老死家庭，抑奉之同往海国；若留死家庭，则伤于一清之孝；若同往海国，则文字势必曲折累坠①。且《前传》老母不上梁山，此时何可使之却上饮马耶？故写作先已物故，最为简净也。

若写作罗真人尚在，则此番之事知耶，不知耶？若说不知，则不可以称神仙，而与《前传》矛盾。若说知之，则将何以教一清而使之免祸耶？且张雄、郭京兵马来时，作何区处发落耶？故只写作先已羽化，更为简净也。

一清与朱武重阳赏菊一段话头已是置身世外。甘老烟霞饮酒高歌，逍遥自在，可谓与人无患、与世无争，而孰知大福已在咫尺之内。可见人生穷通出处，自有定数，只好随缘度去。勉强营谋，人固不是。即立

---

① "坠"当作"赘"。

意隐避，人亦不是也。

神仙者，至尊至贵，旷世而不一遇者也。较之枢密差官，其相去何啻天渊！李良嗣既认樊瑞为仙，而一闻差官之来，便弃而往接，已属可笑。及后信郭京簧说，反思擒捉请功。则所谓好道者，正如叶公之好龙耳。此等人，如何干得大事？以通金之举，适以败国亡家而已。

第七回　李良嗣条陈赐姓　铁叫子避难更名

公孙胜既到饮马川，若不写李应留住，则后来又费一番收拾，留住饮马。则公孙地位原高，不可屈居下位。若竟让之居尊，则一清之在山泊，只以道法见长，非有奇谋秘计，运筹帷幄，足以克敌致胜，则只是副军师身分，而非主将材料也。今使之男居白云坡，不即不离，不远不近，最为安放妥当。

马俊、张雄征剿饮马川一段，自是必不可少之事。且借此使郭京不敢复回，方好打发他往建康，另生枝节耳。

李应即败马俊之兵，张雄逃归，童贯大怒。读者必谓又有一番大征战矣。今却只用边报紧急，遂尔中止。下面便接到李良嗣条陈陛见，通金出镇，遇见郭京，荐往建康等事，竟将李应一边高高搁起。文字有横云断山，筑鼓截曲之妙。

李良嗣建议通金，以图复燕云之地。其事则是，其人则非。故后来贻祸甚大，虽有吕大防之谏阻，其如君相之不听何？有明夏言、曾铣之图复河套，亦此类也。

李良嗣之条陈童贯之荐举，原是极正经事，却说童贯必要使之先谒蔡京。蔡京方昔赞助权奸，专权怙势，小人谄佞夤缘，一齐写出，令人浩叹！

郭京，无赖小人，处处出丑，固不足异。但作者必要分作几番描写，非仅欲丑郭京也。盖林灵素是宋徽当时尊为师傅之人，郭京则灵素之得意弟子也。今却写出如许丑态，不特贬驳灵素不成人品，实见宋徽之尊礼师事，为可笑也。

写郭京之丑，已是不一而足。又必写丰乐堡钱老家捉怪事者，盖郭京别事下流，还只是自己之丑，至所贵乎林真人者，原为其法术有验也。今郭京是其高弟，不特不能捉怪，乃反为妖怪之所荼毒。如此则其所谓通真达灵者，果何在耶？丑尽灵素，并以笑煞宋徽也。

欲使郭京得遇尹文和，何事不可作引，乃偏要怡为偷鸡解纷，真可谓有腼面目矣。灵素有如此高徒，大可为仙师增色。

第八回　万柳庄玉貌招殃　宝带桥节孀遇故①

《前传》写史进去寻王进，只为要使他遇着鲁达耳。既已会过鲁达，便不须更遇王进。此回写乐和去访柳陪堂，只为要他到建康去救花家母子。既已到了建康，引出花家宅眷，则不须更要访着柳陪堂。此是文章家借径分支之法，而却写不曾遇着，以免笔下牵缠，使文字简净。两传如出一手，盖知《前传》史进不曾遇着王进，则知此处乐和自然不必访着柳陪堂也。

乐和不借郭京之便，何能进入王宣慰府中？不是在府中相熟，后面怎能救出花家宅眷？一路曲折伏线，全为后文地步。读者慎勿谓乐和肯认郭京为师为辱，而为之失口一叹也。

郭京一遇乐和，爱其伶俐，便想收为门下，带进宣慰府中及在万柳庄，一言阻兴，便思逸谮逐遣。写小人胸无定见，喜怒不常，易合易离，不顾自相矛盾，情文活现。

堂堂宣慰不能为朝廷宣布德意，慰安远人，乃因路见美色，辄起淫心，假传圣旨，擅拘命妇。王宣慰之鄙贱横肆，不必言。只说宋徽用此等人作大官，国家不亡何待！

若说王宣慰将花、秦二恭人，拘至府中，便有许多不便。盖宣慰衙门人役甚众，拘执妇女入府，难免招摇。一也；既要谋说亲事，自不可拘留外署。若收入内宅，则夫人府眷岂能隐瞒？二也；内宅之中，乐和难于入去。三也；府署房屋必然宽广。逃走之时，前门自不可走。欲出后门，则势必经由内室，难于取路。四也；出府之后，路途写远妇女难于行走。五也。今只说监在饮虹别墅，则无前项之碍。而别墅近在河边，则逃出之后，就便下船，不愁阻隔矣。真是安放得好。

---

① 目次作"故"，正文回目作"盗"。

写乐和设计救出花家宅眷一段，节节灵变，事事妥贴。真是通身机警，满腹乖巧。《前传》虽亦称其伶俐乖巧，而自救出二解后，颇觉不见所长。得此一番描写，方显出乐和身分，后面方好同入暹罗，作李俊之得力赞画也。用笔亦利便灵活之甚。

乐和既已救脱花家之难，要往杭州，舟楫无阻，可谓幸矣！却忽然写出太湖遇盗，陡起风波。而舟中人力寡弱，难于捍御。使读者心魂甫定，又复吃嚇不小。是作者故意作恶处，却是文章家极生色，极有趣处也。

第九回　混江龙赏雪受祥符　巴山蛇截湖征重税

李俊间国暹罗，身跻王位，创业垂统，传之子孙，自是掀天揭地极大事业，非寻常些小可比。此回是开卷第一章。若只直叙平铺，便于体裁不称。今写先在缥缈峰赏雪，天降石版，以作祥符。于出狱到家后，又写宋江显灵托梦，力士呼王，黑蟒飞腾。种种瑞兆，二处各有一诗，总用"金鳌"二字作骨。有此两番大提掇，便使李俊之王暹罗分外出色，不是冒昧冲风，偶然徼幸也。大事用重笔，最为得法。

缥缈峰石版，暗与《前传》两番石碣相映。但忠义堂之石碣是宋江建醮祈来，缥缈峰之石版是上天自然降下；忠义堂之石碣钻入地底，缥缈峰之石版落在山根；忠义堂之石碣是作一番收煞，缥缈峰之石版却作全部提头。用各不同，文章亦异，最好手笔。

缥缈峰赏雪一段，写出李俊豪侠胸襟。饮酒中间，发出一番议论，又雄壮又高旷，豁达激昂，慷慨悲壮。必须有此胸襟，方是开国称王身分。非仅江上渔翁，守着几个渔船、数间茅屋，日食三餐，夜眠一觉，便可了却一生者也。

太湖乃朝廷官也，百姓依以为衣食者，不下数万家。丁自燮焉能占为放生湖？况太湖最称巨浸，广三万六千顷，中藏五个小湖，又有七十二山。是何等广阔！丁自燮即使饕餮横行，亦焉能估①踞大半？且既称放生湖，便必须立有堤坝，分出疆界。若大派通连，其生放于何处？则

---

① "估"应作"佔"，即"占"。

丁自燮谋占吕志球出示，禁人打鱼，自是理所必无，亦是断做不来之事。作者只要写出奸人贪利害民，引出李俊来发公愤，以为惹祸之端，方好离却太湖，作泛悔之计耳。读者勿为所混。

李俊既不愿做官，甘心隐于渔钩，便自然该敛迹收心，何得又去惹事？今却写出丁自燮、吕志①球结党渔利，使势害民，使胸中有豪气人自然按捺不住。然只是略谓雄锋，稍泄豪气，便不再往，仍合李俊避地避人之初意，方不是首鼠两端，为惹笑之冯妇也。

李俊等既以触怒了吕，则二奸自然不能忘情罢手，但若苏郡关提，竟为拘摄。纵使写得好，亦必致笔墨龌龊，文字蹩戾。今写苏郡不准开文，转出设计放灯，就于城中擒捉，方显得奸人诡秘私情，不是正大光明之事。而李俊等后面之执役，为直这捕快也。

丁、吕二奸结党害民，百姓之受其害者，敢怒而不敢言。即二奸自己或亦几忘其所行之悖矣。今知因拿了李俊，使李俊在大廷广众之中，明目张胆明斥其并痛骂一番，词严义正，使奸人更无置喙处。真是痛快人心也。

写李俊入常州看灯。篇中描写元宵景物，虽是短幅，却分作六段。一段一转，越转越妙，令读者如在山②阴道中，应接不暇。

第十回　墨吏赔钱受辱　豪绅敛贿倾家

前回乐和遇童威后，重叙李俊始末。中间若干事迹，娓娓四五千言，入此回只用一二笔，便轻轻掉转，接得毫不费力，只如一气呵成，全无扭捏牵挽痕迹。此等笔力，岂寻常稗乘家所能？

前已历叙李俊事迹，此回入童威口中，重述一遍，却简练明爽，使读者全然不觉。其复是何等笔力！观此可悟立言之法。乐和用花公子计赚吕志球一事，妙就在于王宣慰身上生情，不特未受其害，而且反借其力。写伶俐人，触处生机，通身活便处，有得心应手之妙。

---

① "志"原作"世"，据文中内容改。
② "山"原作"曰"，据《世说新语》改。《世说新语·言语》："王子敬云：'从山阴道上行，山川自相映发，使人应接不暇。'"

乐和教花公子哄骗吕太守一段话头，曲尽词令之妙。盖富贵之家，自是不打抽丰。即使经过，何须拜望太守？故说要拜门生。若拜门生，便该送上贽礼，何以素手晋谒？故说进香经过。进香非少年公子之事。所以说随奉家母一段谎话，却说得圆圆全全，丝毫不露破绽。乐和真是妙人，真是词令妙品。吕志球安得不入其玄中。

劫质一事，从来有之，然皆大盗作取财计耳。今写乐和用此法救出李俊等三人，较之用别项计策，甚为省力。借用古事处入化。

李俊、乐和若杀却丁、吕二人，非不可称痛快。但地方长吏被杀，事体便关系得大，势必引动干戈，战争追捉。笔墨累坠，一时难了。今写只是取其财物，并不害他性命。在乐和口中说明所以不杀之故，使读者觉得处置恰合，其宜有称物平施之妙。则彼二人亦易于歇手，是文章家省力处。

以丁自燮家财，代百姓交纳秋粮。百来张告示，非一日所能猝办。太守原是出来拜客，必无携带印信之理也。能即时用印佥，押米谷三千余斛，分散与附近居民与各佃户。又凡抽过鱼税，俱要加倍偿还。人多事冗，亦非一时可了。作者只要使读者快心悦目，故写得畅遂尽情。正所谓"过屠门而大嚼"，虽不得肉贵且快意耳！读者于此等处，切莫胶柱鼓瑟，向痴人前说梦也。

李俊惹出丁、吕一事，原为入海作引。今既构怨已深，思为避祸之策，自然该商量泛海矣。但李俊、费保两行人，虽曰同是出身泽国，然一向只是寄迹江湖。至于海道，非所谙习。海外又毫无援引依傍，若突然便说想作浮海之游，不特文字直致，亦且不合情理。今先用费保想就在太湖举事，童威思量复上梁山。二者自是意中该有之策，却用乐和两番指破，断其必不可行。已是更无余策，便可接出泛洵矣。又复仍作一顿。顿住，接出宋江托梦赠诗。以金鳌背上四字，暗合石版祥符；用"徼外"二字，挑动乐和泛洋之想。然后定却主意，一往不疑。论文字，则曲折幽微；论事体，则尽情周匝。方无渗漏之讥，与径直之病，孰谓稗乘为易作哉？

已到海岸矣，偏还要写作阴晦冥濛，使李俊望洋兴叹。又写众船不合样式，进退两难，然后转出岸边海舶。乐和算计借用，本不是故意难为李俊，只是文情怕直耳。

第十一回　驾长风群雄图远略　射鲸鱼一箭显家传

　　韭山门营汛在浙闽交界地方，设立战船兵弁，用以捍御外夷，盘结奸细，亦是要紧口岸。而守备田富却是高俅私人，倚仗高俅脚力营干来的，是以全无本领，只会一味刻薄残酷，以致素失士心，遂将国家十只战船，三百名兵士，轻轻送与李俊，写出宋朝军政可笑之极。

　　李俊由太湖泛海，事出仓卒。除众弟兄外，不过数十渔丁，所劫之船不过二只。又是商舶，并无战船。旗帜、盔甲、器械等物，将来到清水澳，如何可称大宋官兵？择地驻扎耶，故写韭山门一段，杀却田富。又得许义率众来归，则俨然像个奉差兵将。后面说谎，方才有根也。

　　写许义原是山泊旧人，则可托以心腹。而久居海滨，熟谙洋面，则可用作向导。不是蓦生人，摸不着头路，冒昧行去矣，写得最好。

　　鲸鱼一段，只为要表出花逢春家传神箭。先在此处赞叹一番，则后面清水澳之射沙龙以救李俊，与在暹罗城外之射天鹅，方是有本之事，不是突然想出，撮凑成文也。

　　金鳌岛为暹罗雄镇，地险兵强，沙龙又骁勇过人，李俊等兵力甚是单弱。焉得即思攻取？故写先得清水澳以为根本，屯田招军，养成气力。然后因利乘便，一鼓而夺之。循序渐进，最为要。

　　金鳌岛地处僻远，历属暹罗，从未服习中国王化。李俊等即以兵力夺之，岂能遽使岛夷心悦诚服，而为我用？若民心不服，则立脚不稳，而不堪为久远之图矣。今因沙龙残忍好杀，奸淫掳掠，严刑重敛，许多恶事。岛民受其荼毒，久已积怨深怒。李俊一来，尽反其政，省刑薄敛，布德施恩，使其有更生之乐，则惠爱有以深中于其心，自然悦服而愿戴矣。正如关中之民，苦秦苛虐，及汉高入关，约法三章，而民皆欢跃，惟恐沛公之不王关中也。

　　李俊初到清水澳，不过偶尔上崖散步。及闻地土膏腴，风俗淳扑[①]，

[①] "扑"当作"朴"。

又是散岛，素无系属，已自可喜。又因"金鳌"二字，逗着两番先兆。又闻沙龙残虐不仁，人心不附，则有可以进取之机，遂信口嘈出"大宋官兵，差来镇守"等语。一则写机缘凑合，不假多求。二则写李俊福至心灵，随机生变。我本无心求富贵，谁知富贵逼人来。写得妙极！

李俊初得金鳌岛后，一连写出十五件事。件件皆是断不可少，亦是不可迟缓之事，而却写得不板不漏，看去只觉井井有条，并无一毫手忙脚乱之迹，逼近史公。真是好笔！

李俊既得金鳌，论其协力弟兄，只不过八九个人，却写得自正有副，有内有外，有守有战，有文有武，有坐镇有犄角。必须具此规模，方是开国为王气象。不是侥幸苟安，偶得一时之富贵，便惇惇自足，而不知远大之图者也。

第十二回　金鳌岛开基殄暴　暹罗国被困和亲

兵法云："知己知彼，百战百胜。"马赛真既知宋兵打破金鳌岛，门户已失，却并不探听虚实，并不知宋朝是何等兵将，与兵数之多寡强弱情形。孰冒冒失失，起兵前往？共涛吞珪，又毫无智术，恃勇轻进，以致兵败将亡。写得小邦不知兵法，轻举妄动，可笑之极。

金鳌岛者，暹罗之门户，所恃以为外固者也。沙龙者，暹罗之勇将，所恃以为外援者也。沙龙素日骄横恣肆，民受其殃，而暹罗君臣曾莫敢如何者。盖亦因其兵力之不能与敌也。今宋兵一战而灭沙龙，取金鳌，则可知其兵将必然大胜于沙龙矣。今以不如沙龙之兵将，而反欲取胜于宋兵，已自不知分量，即虑宋兵逼近，国势将危，不得不为捍御驱逐之计。亦当候各岛之兵齐集，以为犄角之援，而徐图攻取，犹之可也。乃虽传令各岛，而并未有兵来。仅恃吞珪一人之力，即冒昧兴师，尤为孟浪之至矣。亦幸而李俊不即为夺国之图，故借和亲一着，得以少缓亡灭耳。不然，内无良将，外少援兵，地无险阻，国少谋臣，几何而不为沙龙之续也？

乐和破共涛吞珪之计，不过是夜间劫寨，内外夹攻耳。本无甚奇特，只是李俊等又非大败，乃不收兵进城，而反开去外洋，便是可疑之处。乃共涛吞珪，并不思算防备，而竟去攻城，以致堕其计中。则李俊之幸，而遘罹之数合败亡耳。

李俊既败共涛，杀吞珪暹罗之兵，不能再至，可以高枕无忧，且图逸乐而安享矣。却因其国主柔懦，兵力单弱，便奋勇起兵，以为吞并之计，兼弱攻昧，取乱悔亡，李俊有焉。

写玉芝公主，必要写兼好武事。只为要亲自上城看兵，以为看中花逢春地步耳。

李俊之攻暹罗，原是要去吞并，一闻和亲之议，便转过念头来，想到自己初立基业，恐各岛不服，不得安靖，且允和亲，以养羽翼。而看机会，却又是至稳至妥之计。写得李俊见机而作，得风便转，煞是活变灵通，非胶柱鼓瑟者比也。

写马赛真是伏波将军之后，而立国暹罗却亦不过数世。有两个意思在内：一则见其立国不久，则亦非从古世守之国。马氏既可得之他人，则李俊亦可取之。马氏不是创见创闻之事，使人心不服。况马氏亦系中国之人，则李俊之嗣统，只算仍以中国之人受中国人之国，不致使外洋邻国动忿生端；二则因其立国日浅，所以支庶无多，后来共涛篡弑后，使统系已绝。李俊既为之复仇戮篡，便可承统居尊，无居宫逼子之嫌，使国人更生他议也。是作者巧于安放处。

玉芝公主迎请花恭人入宫奉养一段，不过写出公主贤孝，花逢春所配得人耳，无甚深意。

第十三回　救水厄天涯逢故友　换良方相府药佳人

乐和乘花恭人入宫之便，使倪、高二将帚（笔者按：疑为带）五百兵驻扎国中，以防共涛，而助花逢春。自是绝妙者数，后面虽然不曾得用。而此时之安放，却不可少。文章家亦有备而不用之，法此其也。

李俊既于海外开基，大势已定，必无复来中国之理。而中国诸人方且四分五落，远隔茫茫大海，又何从而通消息耶？改借海上风波救海舶，而遇安道全，以为之线。既使李俊等得知登云、饮马二山之事，而乐和与孙立郎舅至亲。安道全登州上岸，往登云山，正是顺便。则乐和托其寄书与孙立，自是情理必然之事。因而使中国诸人，从此得知李俊踪迹，则后面两寨大聚会时，便好一齐泛海而往会矣。古人诗云："金针刺破窗儿纸，引入梅花一线香。"吾于安道全也亦去。

写卢师越妒恨安道全，以致换药而毒蔡京爱妾，并进若许谗言，使蔡京大怒。不解必欲致之死地者，只是要逼走安道全，便好引出闻焕章，并累及萧让、金大坚二人，使往登云聚义耳。读者莫便深惜安道全不能谨言以致招祸，又致恨于卢师越之因小怨而构大祸，又为蔡京痛惜佳人而为之失声一叹也。

第十四回　安太医遭谗避迹　闻参谋高隐留宾

安道全不过一个供奉医官，以蔡京权势，既欲加害，直是吹灰之力，却偏有一宿太尉，作绝妙救星。若安道全已送大理，宿太尉然后去救，便要费力，好在安道全先在府中候见宿太尉回来，只消赠与衣服、盘缠，便可脱身逃走。城门纵有盘诘，而有太尉家人同去，自不患其碍手矣。本意原只要逼走安道全，则只此便足。安道全文弱之人，又且有功无过，何须定要使他吃苦耶？是作者笔下有分寸处。

安道全，医家也。宿太尉素日必有用他处，故情厚救他。若萧让、金大坚，则与太尉无涉焉，肯为之出力耶？故写安道全途遇干办，寄书求托，使太尉推屋乌之爱，自不得不为援手。不特写出安道全良心，且使二人虽受其累，而仍得其力，以得从轻①日后，方好相见而无愧也。

安道全被祸逃亡，无可归着，有乐和寄书一脉，自然该径奔登云矣。但若说径往登云，则文字太嫌直致。故写信步行去，得遇闻焕章，留治女病，耽延时日，因而得选萧、金二人。又即使闻焕章以感德之故，推爱分忧，将萧、金二人家眷接取同居，以为后来同人登云之地。又因往泰岳进香，得遇戴宗。以为文章去路，总要写得七穿八透，机缘凑合，皆是不期然而然，不肯作一直笔，以取径率之诮也。

篇中写朔风淡日，衰草黄沙，寓闻焕章庄外之古木山冈、小桥涧水，村居之土垣茅屋、木榻纸窗，庄外赏雪看梅，与日观峰看日初出，圣帝殿前香火垒台，随处点缀，绝妙文情，稗乘家之所最为难得者也。

---

① "轻"作"今"似更通顺。

第十五回　大征战耶律奔溃　小割裂企弓献诗

戴宗既已不愿为官，出家离俗，则香灯祝诵，便了一生。彼既无扰于人，人亦无需于彼，自不应复有惹事之处矣。今却从"神行"二字上生情，定要引他出来。盖大战大争，军兴旁午，钱粮兵马，羽檄交驰，正是需用神行之日。则童贯之奏请、调用，自是事理所宜有，不为无故生端也。因此而转到建康，接落蒋敬。后日便借此转到沧州，为柴进被困求救之用。然后方好仍与山寨旧人同心并力，一齐入海也。

此回原为戴宗作传，故中间虽则夹写通金灭辽、招降奏凯许多大事，却只算是戴宗传中过文。末后仍旧归到戴宗辞职，童贯婉留。然后转到差往建康，得遇蒋敬，方是正文结煞处。读者于此等处，最须理会，方才是识得体裁，分别轻重。不是看见一件事，便说传中又有一件某事也。

篇中叙金、辽二国诸事，悉与正史合，特略而不详耳。然在稗乘家，只合如此。

正写通金灭辽，军国大事，却夹写设斋、听讲、建会许多尊荣道教之事，为后京城被围，信用郭京修演六甲之根。又夹写灵素造谎，郭京用事，总是丑绝灵素，笑煞宋徽也。

林灵素造出许多无影谎言，哄骗宋徽欢喜宠信。只不知后在五国城受苦时，亦曾追想而自愧，并痛骂灵素否也。思之令人失笑。

篇后幻出戴宗一梦，忽然梦到暹罗，将后日之事，先作一影。盖戴宗一生伎俩全在神行，而后来却到不用神行地方归结。以见世人功名富贵，不尽在意料之中，是作者点醒世人处。

自安道全归后，匆匆叙述中国诸事。李俊一边，无由照顾，全却借戴宗一梦，蓦然提起，使读者眼光忽然又往暹罗一照，李俊一边便不冷落。忙不忘闲，旁不失正，最是文章化境。

写蒋敬独为商贩，亦是从"神算子"三字上，生情渲①染耳。然若非遇戴宗，只好白白被甘茂骗去若干银两。可见作客能算，不足为长

---

①　"渲"原作"瑄"。

也。一笑。

第十六回　浔阳楼感旧题词　柳塘湾除凶报怨

陆祥、张德谋命劫财，原图快活享用，谁却劳心费力。江上劫来，转眼之间，却从家中原封还去，又贴上三条性命。天道好还，报应甚远。令二贼死而有知，当亦惧悔不迭。

张德只知谋劫客人，不知家中妻子早被陆祥□①。劫得之物未曾享用丝毫，先遭支解之祸。陆祥□□□□□望独舌□□□估妇人，又想搬去镇江，使人□□□□算计未尝不好。岂知恰遇穆春，寻出根脚，双双被□□□□□。张德竟似为蒋敬报仇，穆春之杀二人反似为张德雪恨。总是天理不容，便自然要败露，必不能逃脱也。

陆祥、张德谋命劫财，应得死罪。陆祥又因奸杀死张德，罪更难逃。穆春既已寻获，又问确妇人口词，只消捉住送官，自是光明正大之事。他却等不得，便忙忙杀死，悄悄逃去，反似劫财害命者然。写粗人只任一冲性子，莽憨行事，不会打算将极有理事，反弄做无理也。

蒋敬江中被劫后，忽写出茅庵老僧一段殷勤救济，便弹然是古佛现身。后面一段话头，恩仇齐泯，一片慈悲。如听高衲讲《楞严》《法华》，虽行恶之人，亦当油然而主其善念也。

蒋敬尊阳楼饮酒题词，只为会着穆春作引耳，却写得牢骚感慨，凄怆悲凉，为失路雄豪放声一哭。然后接出穆春，便使人有日暮途穷，陡逢知己之乐，更加一倍气色也。

穆春、蒋敬既已杀人，便该急谋远处，却还从容自在，借银去赎姚瑰房产。直等杀却姚瑰，方才思量去路。可见他二人把杀陆祥男女一事，看作理之当然，并不犯法。粗人不知理法，任性乱行，写得可笑。

赌钱场上，最重歇结，得趣抽身，方为能事。穆春前半得来，便该住手，色不回头人不赌，姚瑰添本复局，自是惯家。若穆春虽则好赌，只是傻角呆子耳。诮以质之当行，谓信然否？

姚瑰估踞穆春产业，捐劢（笔者按：当作劝捐）勤贴银，已为豪

---

① 此处缺二字，其中"祥"字，据前文补。

横。及穆春交银来赎，又复局赌赢他，吃人无厌，险恶极矣。即常人亦难甘心忍，况素在揭阳称霸，桀骜不驯，如穆春者耶？丧命破家，宜其不能更缓也。

第十七回　穆春喋血双峰庙　扈成计败三路兵

（前缺）然揭阳双峰之处，又只是穆春出力，蒋敬毫无见长之处。则此番之出面，立在登云，不太觉削色乎？故写扈成设计用他假扮黄信，于是说出蒋敬许多做作言语，大开生面。因而得成破三路大兵之功，方显出蒋敬身分，不只是碌碌因人滥厮诸君之列者也。

第十八回　黄统制遭枉归山　焦面鬼谋妻落井

黄信原是梁山旧伙，先既托病不来，今才来合营，恰遇山寨来递降书。蒋敬若竟说准降，能保邬琼等之不疑心乎？一动其疑，便有许多掣肘矣。妙在蒋敬斩钉截铁，说得不可准降，却让俞仁说劝邬琼做主。到劫寨时，忽然从内杀出，出于三人之所不意，最为得法而有理。

蒋敬说不可准降，是论道理，说得极是。俞仁说出许多缘故，该准其降。是就事势上斟酌立论，又说得极是。然若把俞仁一番说话，放在蒋敬口中，则道理虽是一般，于位分上便有许多不妙矣。发言之人不同，则听言者亦随之而异。作者最为解得此意，故安放恰合其妙也。

既有蒋故作内应，便不诈降，亦可劫寨。然有诈降一节，慢其军心，使彼中不作准备，则劫寨取胜更稳耳。好谋而成山寨诸人有焉。

蒋敬上山，既有假黄信内应，袭破三寨大兵之功。而劫寨之举，山寨诸人亦各各奋力用命，独萧让、金大坚皆系文弱，不能建立武功。虽曾假作青州府知会文书，而却出于栾廷玉之指使，不足以为身也。故此回写萧让挺身往说黄信，若金大坚，则与萧让本是同功一体之人。写萧而金在其中矣，写山寨亦必无一尸位素餐之人，正与《前传》是一样笔法。

《前传》黄信拿解花荣，此处牛都监拿解黄信；《前传》用囚车，此处亦用囚车；《前传》花荣被燕顺等劫救，此处黄信亦被栾廷玉等劫；《前传》不曾捉住黄信，此处亦不曾捉住牛都监；以至解车行路，遇劫问答之语，亦全与《前传》相同。可谓故意犯之，而极其壮似矣。然花荣与刘高,是文武不和。此处青州太守与黄信,却极其相奸。黄信是奉上司差遣,是公事;牛都监却未奉明文,只是为丈人报怨,是私情。燕顺等是特救宋江,顺便救出花荣;栾廷玉等却是专救黄信。黄信拿花荣,是计赚,是用软;牛都监拿黄信,是径行,是用硬。《前传》劫救后,又有秦明一段话文。此处劫救后,牛都监便寂然往手,则又极不相同,以自显其避之之笔法,以为娱乐也。

穆春与蒋敬一同上山。蒋敬既干大功。穆春虽则一同埋伏,邀截莱兵,而俞仁却死于孙立之手,则不足以显穆春也。故又写其独往闻宅,接取萧、金家眷,即顺便杀却焦面鬼。而穆春上山立功之事,始毕以自成一传之体裁。此等笔法,便与《前传》,如出一手也。

仲子霞胡氏焦面鬼一事,只是为要闻焕章往东京,与闻小姐上登云作楔子耳。故借穆春之手,杀却焦面鬼。既足畅快人心,又使后面更无枝节,以免另作收拾,是文章家得省即省处。

只为要逼闻焕章往东京,却写出仲子霞家一事,为丧妻子幼而续弦人,悬一榜样。又使再醮妇人偏爱前子而丧心蔑理者,下一针砭。借文警世,可谓婆心。

穆春先把闻①小姐接到登云,后面闻焕章便可将呼延灼家眷,送来一处相聚。剪裁顺手收拾,非文径烂熟不能知此。

第十九回　纳平州王黼招兵　逐强徒徐晟夺甲

闻焕章原是高俅参谋。今遇有事,却只是去求宿太尉。虽是为安道全起根,然亦可见君子、小人,气类各有相合处。

真空所说灾异诸事,皆出正史所载。上天如此示警,宋徽尚不知修德勤政,亲贤远奸,犹然狎比群小,逸乐宴游。则后日之亡国陷身,又何足怪!

张毂乃辽国大将。既已降金,曾未几时,又谋降宋。举动轻率,人品已不足数。及为宋守城,合兵攻围,方才三日,便不能守御,弃城而走。才具庸下,可知此等人,真是死不足惜。

---

① "闻"原作"閒",即"闲"或"间",据上下文意改。

张觳虽则才具庸下，而平州却是大所兵力不为单弱。若宋朝将师，是有谋勇之人相助为守，协力捍御，金兵亦未必即能攻下。今却因掌兵的是个童贯，愚鄙庸陋，畏懦小人，毫无谋略。既不能助守平州，而张觳死后，自己亦即逃遁。致使金人得肆其志，以至宗社邱墟，生民涂炭。童贯杀材，固不足责。只说宋徽用此等人，为将国家不亡，何待？

童贯谥杀张觳父子，除不能退得金兵，反致郭药师疑贰叛去，以致导金深入，遂使国家亡不旋踵。童贯之罪，真是万死犹轻！

焦面鬼既被①穆春所杀，则闻焕章之事已了。今又必补写胡氏一段者，所以深着报应之理，而为再醮妇人说法。故于叙事后，自着一番议论。明白晓谕，使其有所畏惧，而不敢横行也。一片警世婆心，读者切须理会。

呼延灼请闻焕章作西宾，只为后面好使他送家眷上登云山耳，却顺手叙出徐晟夺甲一段。随即收来一同讲学，竟像请先生，是特为教训徐晟者。令读者不觉其留为后事作地。妙甚！

呼延灼收养徐晟一事，又是念旧，又是爱才。然《前传》部领连环马军，而征剿梁山泊者，呼延灼也。教使钩镰枪而破连环马者，徐宁也。今呼延灼不记旧怨，反肯收口其子，教养备至，以得成人。写呼延灼，真好胸襟，真好义气。

《前传》时迁盗甲之时，原看见徐宁有子。本传借以写出徐晟，自有根据。但写他家道虽贫，却能宝惜先世所遗之甲，不肯轻弃。及被光棍骗去，又能奋力夺回。则徐宁真可谓有子矣。后与呼廷钰教场演武一段，写得奕奕生动，神采飞扬，有笔歌墨舞之妙。

天下已是大梁山泊诸人，亦收拾将先。则呼延灼家眷自然该先事安顿于山寨，后面呼延父子方好轻身往会。然若在京时，先得王善乱信，则闻焕章如何好说出送往登云。即使说出，呼延灼亦未必便肯。今已行至中途，忽然闻报回家不能，回京不可，除却登云，别无去路。又好在先有闻小姐在彼，则闻焕章便好硬作主张，而不虑呼延灼之责备。取径

---

① "被"原作"破"，据此回文意改。

最曲，而合拍甚巧，真匠心独运之文。

第二十回　卖杨刘汪豹累呼延　失保定朱仝投饮马

杨刘村是黄河第一紧要隘口，关系綦重。呼延灼与汪豹合守两营，相倚为命。汪豹一番说词，已露机关。呼延灼即以其无确据，而不便揭首，亦当禀知梁方平，求其改调他将协守，庶或可支。岂仅分屯小山，些须犄角，便可保其无事者耶？卒之金兵暗渡风雨劫营，以致全军覆没，仅以身免。虽是汪豹卖降，呼延灼亦殊失算计。

汪豹一番说话已明明是要降金。呼延灼若假作听信，与他商量，探得他真话出来，然后另作主意，岂不于国事、己身俱属有益？可惜汪豹之言未毕，便云乒乒乓乓一顿抢白，致使汪豹随即改口，却去暗引金兵，渡河劫寨，以致坏事。呼延灼虽有忠心，却未免粗直而无心计。

观呼延灼对汪豹一段说话，忠用义胆，大节凛然。写呼延人品，确有不可及处。

此回中，既写汪豹卖国，金兵渡河劫寨，呼延灼父子被围，一番大战。又写飞虎失守，朱仝兵败。又有昙化请兵、饮马御敌等许多大事。中间于杨刘兵败，后却偏要写出父子三人村店论旧一段。万庆寺与僧兵斗后，又写徐晟栏边取獐一事。又写出静室内和尚强奸妇女一事。只觉笔墨舒徐，全不见节促音繁之态，非俗笔所及。

呼延父子村店论旧一段，不特笔墨舒徐。且将《前传》连环马、钩镰枪事，提掇一番，妙在有徐晟在侧，恰好心上眼前，此人此事，抚今追昔，风景依然，回环照应，有烟波江上之妙。

呼延灼兵败去投保定，若使先会朱仝，后遇金兵，既不能为朱仝出力，为一齐奔败，岂不大家没趣？今写遇不着朱仝，中间用万庆寺一隔，幻出静室和尚一段。至次日直投饮马，已置朱仝于度外矣。却于途间恰遇朱仝败逃，金兵追赶。然后杀退金兵，救脱朱仝之难，便令呼延父子三人面上平添许多气色。

呼延灼会不着朱仝，本是就该去投饮马，因嫌文字直致，故写静室和尚一事，以作一波。且带表出和尚淫恶，并与饮马川久成仇敌。借此一催，以为昙化请兵作引。七穿八透，非俗手所能测也。

第二十一回　李应火烧万庆寺　柴进仇陷沧州牢

昙化虽有勇力武艺，却单单只得一人。三百僧兵只算名色好看，并无一人出色。万庆寺虽大，却无险阻可守。饮马川形势险隘，而且将广兵多。以地利论，昙化先已输却一着；以人力论，又为寡不敌众。虽是借得数百金兵，却不关痛痒，不听调度，又无勇将相助，何所恃而必欲与李应等为难耶？毫无智术，恃力妄行，宜其死，不旋踵。

昙化以一和尚，有财有宝，饮酒食肉，有好房屋居住，又有许多美色妇女，开心取乐，真可谓极乐世界。他若不先与饮马川为难，李应等也未必寻到他僧寺中去，岂不受用一生？他却偏要生灾惹祸，撩拨群豪，以致倾家丧命。想亦是恶贯满盈，天降之罚，故假手于李应等耳。

万庆寺是胡太后所建，列朝又俱供养，香火自然十分茂盛，所以拐骗得许多多妇女。这许多妇女，自必是烧香作会来到寺中，所以遭其拐骗藏匿，肆意奸淫。和尚之淫恶固不必言，只是今人偏要纵听妻女入寺烧香作会者，正不知是何等心脚耳。

和尚明明饮酒食肉，倒无害于人品。既如《前传》，鲁智深何尝持斋戒杀，而竟得成正果，则可知佛①法之所重者，不在于此也。惟对施主，则假妆受戒修行，而暗地恣啖酒肉者，最为可耻。若再犯奸淫，则不特神人共怒，亦为佛法之所不容矣。试将昙化与鲁达比较而观，便自了了。

金人围困汴京，宋朝下诏征兵勤王，金人立刘豫为帝。李邦彦力主和议，许割内地三镇，并搜括金帛犒师等事，虽俱是朝廷大事，然非本传之所重也，却又不得不为叙出。今只在戴宗为柴进求救，传中顺目表过。不系不漏，最得体裁。

既借搜括金帛犒师以为柴进受祸之故，又带写一高源诡诈奸恶，不减高廉，以甚高俅之罪，是作者有意应合。《前传》写②柴进狱中闻得吉孚报知高源取命之信，悲泣嘱托，惊惧觳觫之态，甚是出醒，然欲写得

---

① "佛"原作"仰"，据文意改。
② "写"原作"庭"，所文意改。

可悲可骇，使读者动情，自不得不如此耳。

柴进本是贵介公子，养尊处优，不是破浪冲风，强梁撒泼体段，故于生死之际，未能从容撇脱。即《前传》亦只写其仗义疏财，多情好客而已，非勇侠一流可比。则此回虽是写得稍欠身分，然于《前传》却亦非有所矛盾也。

写吉孚救柴进，许多做作，转折布置，真是极有心计，老手身分，更无些子破绽。至为柴进画计，传信退兵，暗藏内应，以为破城之用，竟是老将知兵，不仅押牢节级而已。

《前传》高廉要在狱中谋死柴进，为狱卒蔺仁所救。此处高源也是要在狱中谋死柴进，又为节级吉孚所救。非写柴进偏与狱卒有缘，亦非写沧州狱卒偏爱柴进，都要与本官相构。只是作者故意弄奇，使两传相犯，而又极不相似，使读者眼在此处，心照前文。文章家亦有取其相近以为用者，此类是也。

唐牛儿开门吃饭与邻舍闲话一段，写得自在安舒，坦夷潇洒，觉比小舟藏庾吴郡，尤为不露痕迹。

第二十二回　破沧州义友重逢　困汴京奸臣远窜

饮马川诸杰，率兵马盛气而来，一卒未交，胜负未卜，并未挫折锐气。攻围仅只三日，又非师老粮尽之时，何以忽然退去，便有可疑。开门放民樵采，固不可免，然高源亦已怠于防备。虽说城门严加盘诘，只是具文。不然，戴宗、杨林等面生之人，何以竟得混入耶？高源虽则小有恶才，见识毕竟有限。

杨林遇燕青一事，若论记事，只消说二人在观中借宿。因道人回说没米，杨林寻到村里去买，遇着一人却是燕青，其文便毕。今却先写石桥，泞溪流水，山冈松竹，草房杨树，鸦声霞色，土墙竹扉，庭内花竹，草堂帘幞，几上炉烟，丹青窗榻，件件写到，已可写遇着矣。又用小童一番问，故作一隔。出门之后，已见山巷人来。又还要写出巾袍、履袜、弓弩、野花、斑鸠，件件写到，然后写认出相会令。读者只觉一派清幽潇洒之景，赏鉴不暇，几忘其在兵戈扰攘、国乱民愁之际，不特深得急脉缓受之法，而笔致萧疏磊落，雅韵琳琅。文章至此，几于出神入化矣，那得不拍案叫绝。

前写山庄一段，只是从"小桥通曲径，流水绕柴门。垂柳隐栖鸦，乔松带晚霞"数句诗中化出，而却写得曲折幽秀，彩绘天然，如阅辋川画图，令人动桃源绿野之想，岂寻常稗官俗笔所能望其万一耶？

传中所叙金兵围汴、宋人战守与割地议和诸事，有与正史相同者，亦有全不相合者。其中李纲、种师道、姚平仲、耿南仲、宗泽、陈东、李邦彦等，虽俱是实有其人，然其议论行事及进退措置，与正史多不相合。盖本传只是借作过文，所重不在于此也。读者欲知真实，当于正史求之。此但喜其笔墨简净耳，故概不置论断。

太学生陈东上书，与各奸贬窜，先后生死，亦与正史不同，皆非实录，故亦不加评断。

李纲与聂昌遣王铁杖行刺一事，亦是作者故意撰出，以取快人心，并非实事。然就其所说看来，却写得活现，竟像实有其事者，使读者心头眼底如见其人，自是作者笔妙。

第二十三回　丧三军将材离火宅　演六甲儿戏陷神京

李纲才具优长，赤心为国，前次措置守御，已有成效。钦宗却不肯专心听任，三用三黜，反听李邦彦、张邦昌等一班庸懦小人簧惑，为金人所愚，力上和议，有眼无珠，不知好反，卒致国破身虏，实皆自取，于人乎何尤！

种师道老将知兵，其说金兵孤军深入，必不能善其归，最为有理。其论战和两说之利害，亦甚明白剀切。无奈钦宗先则惑于李邦彦等之说，只是要和；后则坏于姚平仲之不听节制，劫营致败。所以其志不行，国家遂以败坏。真是可惜！

种师道不听姚平仲之言，不肯轻易出战，必要等其弟师中兵到，未必果如平仲所疑，欲功名出于一门也。盖金兵慓悍，且乘屡胜之锋，未易挫折；宋兵积弱，其气先馁。勤王之师虽多，大率未必精练，而目前将帅，除平仲外，亦无深信可恃之人。故欲俟师中与关兵来到，以图万全，自是老成持重处。平仲勇虽有余，然未免少年恃气，智计不周，擅违节制，轻动贻殃。既送却二万人性命，自身亦几乎不免。又使钦宗愈不信用主战之说，则种师道与平仲二人之才识优劣，亦可见矣。姚平仲虽不听种师道之言，恃勇轻动，以取败衄。然原其心，则固出于忠君爱国之诚，非报怨行私，贪功侥幸者比。盖京城围急，君上焦劳，士民涂炭，实是时刻难安。幸而得旨许战，则急欲出师，冀一得当，以图纾国难者，亦豪杰之同情也。况劫寨取胜，乃兵家之常事，不为冒险弄玄。若无裨将之漏泄，则斡离不亦未必有备，突然劫之，焉知不可以成功乎？总之，天不祚宋，故使其计不成，不可以此而深病平仲也。

平仲奋不顾身，以求纾君国之难，虽未成功，而忠心自足炳耀今古。较之贪生恋爵，畏难苟安，坐视君国之危亡而不救者，相去何啻天渊。故一回头访道，而即遇钟离子之度也。

姚平仲自是有根器人，只看他一遭兵败，便想到游仙访道一着，不特名爵可捐，并家业亦复不顾，超然远举，何等斩截！故遇钟离接引，竟成仙道。若林灵素、郭京辈，名虽身入玄门，却纯在势利场中趋膻逐臭。这等人千劫轮回，只好在火坑中翻筋斗而已。

两国用兵，克敌制胜，全凭人力，自古及今，从未见有以神力代人而取胜者。汴京之围，可谓至急。钦宗朝中，现放着李纲、种师道等济世之才，不肯信任，却反听郭京之邪说，欲借神兵以胜强敌，此妇人孺子之见耳。其愚至于如此，真是不值一笑。

钦宗即甚愚，亦何至将社稷大事付之郭京，欲以神兵退敌，儿戏至于如此？想亦由道君素日宠信，林灵素崇奉师事，钦宗习见习闻其诞谬不经之说，以为实然。故于郭京浮诞，不复致疑加察，遂堕其术中而不觉耳。

第二十四回　献青子草野全忠　赎难人石交使义

古云："求忠臣于孝子之门。"事亲孝，则忠可移于君，顺可移于长子。亦谓："求义士必于忠臣之门。"事君忠，则义可移于友。盖忠孝节义四字原自相连，忠孝是根本，节义者，由忠字而推之者也。《前传》燕青之遇道君而乞得赦旨，全是李师师之力，非有所特爱于燕青也。本传此回却写燕青感德至深，至于国破陷虏之后，不惜身入危地，冒口险以求一见，是其忠爱之诚，出于至性，非矫饰于外、沽名钓誉者之可比。惟其如此，则《前传》之出死力以救玉麒麟，此回之罄产竭力以赎俊德妻女，方为真正好义而有根柢。不然，则前此之救俊义，只是私情，后此之赎莫、卢，只算豪举，均不足为豪杰之真义气矣。故君子论人，贵识其大。

人君于国家太平无事之日，只喜谄佞逢迎，全不以忠贞之士为意。直到国家败坏，辨出好歹来时，却又无补于国事了。即如道君皇帝陷入金营，方才知道勋戚近臣之不足恃，而悔不简用草野之忠臣。尚何及耶！可悲可叹！

不特国事也，即如富贵人家，平日在热闹场中，只喜软媚小人奉承和哄，至于老成才智之亲友，去之惟恐不远。及到有事之时，奉承软媚之人既都无用，而有用者又一时招致不来，遂有无助之叹，正是一般局面。

燕青论亡国之君一段说话，直是透彻古今，贯穿全史，深中闇主权臣之弊而出之。简括明快，乃老师宿儒之所望洋，非山寨诸人之所及也。

燕青与卢俊德交情，前后两传，皆无事迹。只是燕青口中说：与我相好，故来投他。则所称相好者，亦不过寻常投契，非有恩厚德中于其心也。当此患难仓皇之际，人皆自顾不暇，而燕青为之尽心竭力赎其妻女，既尽捐己资不足，又称贷而益之，以求必济者，何欤？盖《前传》写卢俊义之爱燕青，可谓主仆而骨肉矣。俊义刺配之时，燕青虽杀董超、薛霸而救之于林中，不眴眼而仍被捉去，则此救为劳而无功。法场之劫，出于石秀，大名之破，出于梁山之群力，燕青不过奔走报信之劳，若未足以为报俊义也。今俊德之妻女，乃俊义之至亲，瓜葛推屋乌之爱，则报俊德如报俊义焉。故写燕青之极力以救莫氏母女者，其报俊德者犹为在次，而实即藉手以报俊义者，是其本意之所在也。

燕青之救赎，虽曰推爱，然俊德终不比于俊义。燕青即不救其妻女，亦不为负心，而燕青终必尽力以救之，则其忠厚过人，非恒情之所及矣。

写燕青之于莫氏母女，处处皆出于仁厚恻怛之诚，不作一豪侠意气之语，用笔甚妙。

第二十五回　折王进小乙逞雄谈　救关胜大名施巧计

　　此回夹写剪径之二小贼，所以为山寨诸人映衬，亦所以观燕青也。盖山寨与剪径，不过有大小之分，而其事业实为同类。山寨以异姓之人，仗义疏财，互相敬爱。燕青不忘已故之主人，推爱于其亲戚，不惜竭重赀，倾囊橐，以扶其妻女。李应等又推朋友之爱，慨然助以多金，以全其事。则身虽在绿林，而实有仁人义士之道焉，故能相与有成，而后竟得享终身之富贵。二贼以同胞之手足，见色则夺，遇财则争，弟不让兄，兄不爱弟，至于骂詈斗殴而不已。则其分量之相去，何止云泥之隔，所以旋即败露，而并致杀身。读者须自出眼力，分别贤愚，慎毋以其事业相同，而遂一例视之也。

　　二贼之名，曰郎富、郎贵，是作者调侃。世人言绿林豪客，反能打破财色关头，仗义挥金，见色不乱，虽下及奴仆，亦必生死周全。而富贵郎君中，却多有此等贪财好色、败伦伤化、丧心蔑理之人，为绿林之所笑也。

　　王进深恨于投顺金朝，改换服色，挟割乡民之百姓而欲杀，原说得有理。盖此等人实是可恶，即燕青、杨林前亦言之矣，但出之他人则可，而出于兵败之将帅则不可。夫朝廷设兵以卫民，兵既不能御敌，而害及于民，则于民又何责之有？燕青言者是也。故王进闻之，自不觉屈服而不能答矣。

　　燕青折王进一篇话，有反有正，有情有理，有宽恕，有责备，有议论，有事实，首尾不过一百五六十言，而起承转合，丝丝入扣，分明是一篇绝妙古文。作者其才如海。

　　王进要杀改妆之百姓，只是一时忿激之语，不是真心，只看一"笑"字、"你说"字便知。

　　王进在《前传》中原是第一流人物，自史家村别去之后，更无踪迹，殊未餍读者之心。前守黄河渡口，又随众奔败，无可表见。此处却详其始末，收拾拢来，令读者如获久失之物，如逢久别之人，胸中忽然一快。

作者于正叙金人立刘豫为齐帝之时，忽然将身跳出书外，将所以分立二人之故，畅论一番，直将金人狡诈心窝中隐微曲折，深深勘出，如老吏断狱，丝毫颠扑不破，乃史家最上一乘，岂止稗官之才而已。

关胜抢白刘豫一段话，明目张胆，直斥其非，忠肝义胆，慷慨激烈，真不愧武安王之裔，阅之令人增长无数意气。

按正史，关胜因激怒刘豫，旋即被害。本传却要将山泊诸人尽数收拾，归于李俊一处，作大团圆，故写作燕青，设计救出耳。

关胜监禁东司，燕青虽有才智，想要救出，亦难插①手。今却幻②出拾得木夹，便借达懒之名去讨，使刘豫不敢不送出。又为重取家眷，及后赚乌禄，破金兵，杀汪豹，渡黄河之用，真是匪夷所思。

第二十六回　逢天巧荒殿延英　发地雷寺基歼贼

燕青救关胜家眷，只就上回取关胜之说，一气生来，又现成，又相像，能使刘豫并不疑心，不必别寻妙计而已。是绝妙好计，所以不劳而获。写燕青真乃浑身是巧。

既然写出王进，自然要合做一处。然写燕青去说他入伙既不可，若说王进自己来归，又难于着笔。今只借刘猊、张信一番战斗，使王进兵败无归，恰好重遇燕青，便不知不觉，自然要归拢一处了，何等省力！

关胜先已上山，家眷辎重在后，若虑路上难行，自然该是关胜领兵接取。今写关胜并不来，却是李③应使呼延灼等三人来接。既见关胜之不急己私，又见李应之于弟兄，关切周密，是何等义气！所记于无文字处着工夫也。

此回一番征战，只算了却毕丰，而结饮马川之局。但若单写毕丰，不特寡弱冷淡不足以显山寨诸人之智勇，且李应等亦何必急急撒弃节巢，别寻路数耶？今将毕丰写在张信一处，部下自有五千兵局，而先已开阔了。又有刘猊、秃鲁领皂雕旗相助，便越显。待声势煊赫，方成得

---

① "插"原作"揩"，据文意改。
② "幻"原作"匀"，据文意改。
③ "李"原作"来"，据文意改。

一番大征战而败却。

刘猊、秃鲁，则挞懒与刘豫势必不肯罢手，李应等有众寡不敌之虞，自不得不急思变计矣。不然，只守定饮马川，何由而往登云相聚耶？

李应等于饮马川起手之时，便先并却龙角山毕丰一枝人马。今次之弃饮马川，亦由毕丰之请兵复仇，得毕丰之兵而饮马以兴。既杀毕丰，便弃饮马。则作者写一毕丰，实与饮马川相为终始，以成一事之章法者也。

初读至二十一回，正疑作者何故必要写一昙化，又何故必要写李应烧却万庆寺也。读此回，乃知是特为留此寺基，以为毕丰屯兵之地。盖漫野立营，难以悬揣，而伏地雷，即能预料其地，而地雷一发，人皆奔散，安能聚而歼之乎？今有寺基，则有定处，地雷不致虚施，而寺毁墙存，则用兵守定，便一个也跑不脱矣。如此谋篇，岂非惨淡经营，而匠心独运者哉！

第二十七回　渡黄河叛臣显戮　赠鸩酒奸党凶终

金人之兵多于李应，汪豹不肯出战，欲请大兵来攻，亦可谓知兵而计出万全矣。燕青一口便猜破他，可谓针锋相对，巡哨而获，其夜不收，因得用计以成功。兵法云：知己知彼，百战百胜。若燕青者，岂非知己知彼者耶？

乌禄本要出战，却是汪豹阻住。燕青假扮差官，催令出战，正与乌禄意思相合，故其计易行。尤妙在说汪豹是南朝人，不肯出战，恐有贰心，使乌禄决不再听汪豹之阻，真是中窾。

汪豹与蔡京、童贯、高俅是一流人。蔡京等败坏国事于内，汪豹献杨刘渡口勾引金兵过河，以坏事于外，厥罪维均。今在此一回中一齐杀却，可谓痛快人心。

按正史，蔡京流贬儋州，不久而死，死后乃诛其家属并蔡攸等四十余人。童贯亦是先窜后诛。其事俱在汴京未破以前。今写作与李应等相遇于中牟县，逼令饮鸩而亡。非故与正史相左，盖蔡、童、高三人皆与山泊诸人各有深仇大怨，非手刃之不足以伸浩气而快人心，故不特不同于正史,并不肯于前回。今与王黼、杨戬等同死于王铁杖之手者,止为留在此处,今山泊诸人得以快然,一泄其忿也。

李应、燕青等处置蔡京等四人,虽止一事,却分作八段写。其中之文与事,有大有小,有远有近,有繁有简,有冷有热,反复曲折,不板不漏,读之如并剪哀梨,令人胸中积闷,涣然冰释,爽不可言。

高俅与童、蔡虽同为误国奸臣,然就《前传》山泊诸人而谕,则林冲、柴进实皆身受切肤之害。高俅之怨浮于童、蔡,兵败被捉上山,竟为宋江礼待放还,令读者胸中殊为郁郁。今令李应、柴进等面数其罪,斥辱一番,并令王进亦得发抒积愤,然后同以鸩酒取命。作者之笔,可谓"好恶准人情,予夺符天意"者矣,快不可言。

第二十八回　横冲营良马归故主　郓城店小盗识新英

饮马与登云两寨,相隔窎远,自起事以来,未尝一通音问。今欲将饮马寨中诸人并入登云,若在俗笔,必不免老大段落。今却只借戴宗探信之便,说彼寨穆春也来探信,偶然遇着一语斗争,不费丝毫气力,便将诸人轻轻引上登云。文字之简练明捷,如水到渠成,有"天风吹云入东溟,瓦雀衔花落砚池"之妙也。

《五代史》载:后唐明宗少时,选五百铁骑自将之,每两军合战时,辄从左右冲出,横截敌军以取胜,号李横冲。又明末流贼李自成有养子弘基,甚骁健,选男子十五以上、二十以下者,训练精熟,号孩儿兵,用以越山渡岭,爬城冲锋,所向辄捷。后为周遇吉所擒灭。此回镕铸两事,合而为一,作阿黑麻,收呼延钰、徐晟之用,可谓用古入化。

《前传》原说宋清有子宋安平,后成进士,今写作被阿黑麻掳入横冲营,为呼延钰、徐晟救出。既见呼、徐二人少年义气,笃于世谊,又借以引出宋清,便于一齐收拾泛海也。

照夜玉狮子与踢雪乌①锥,是《前传》出力写出两匹好马。后自人群离散,马亦泯没无传。虽曰贵人贱畜,此不足为重轻,然以空群骥足,竟令与驽骀混处同湮,亦殊为可惜。今宋安平者,乃宋江之侄;呼

---

① "乌"原作"鸟",据《水浒传》改。

延钰者，乃呼延灼之子。因被掳之便，而使二马适逢故主，得以同归。作者可谓眼大如轮，心细如发。

呼延钰、徐晟二人，文武双全，智勇俱备，于阿黑麻大军之中，竟能从容脱去，可谓伶俐机警之至矣。乃于郓城村店，被药酒麻翻，几至丧命。是作者为少不更事人切实指点，以见至没要紧处，俱要留心，稍一忽略，便有危亡之惧。人莫蹶于山而蹶于垤，处世防患者，当三复斯言也。

本传原从《前传》发脉而来，梁山泊是其根基聚会之处，故开首便先写阮小七感旧登山，遇张干办来寻事，以为一传之根。今饮马一寨，少焉并入登云，即同为泛海之游，从此梁山遂成永别。而两寨之人，又不可令其无故忽然来此，故只写作呼延、徐、宋三人。在酒店内偶遇郓哥，说出山上有江忠守庙，使三人上山祭奠，即将庙宇塑像描写一番。既补完徽宗建庙之案，遂以作梁山结煞，从此而飘然径去，乃可以不嫌其恝然矣。既不牵蔓支离，而又深得回龙顾祖之妙，真是好笔。

此回草草看去，只似过接闲文，无关轻重，可有可无，不知其中正是前后两传照应，收煞大关节处。如郓哥之酒店，与朱贵之酒店同也。朱贵用蒙汗药迷人取财，郓哥亦用蒙汗药迷人取财。朱贵有水亭响箭，郓哥亦有水亭响箭。江忠原是梁山泊上小头目，今又聚众劫人，仍是宋江之旧稿也，故其名曰江忠。江忠者，一则曰宋江之忠臣，再则曰宋江之中心固如此也。其用事者曰郓哥，则以宋江固郓城之所产也。是写一郓哥，分明步朱贵之后尘；写一江忠，即山泊诸人之变相也。本传开首是阮小七感旧祭奠，此处亦用宋、呼、徐三人感旧祭奠。阮小七祭奠遇张干办来，是山泊旧仇；宋、呼、徐三人祭奠遇百足虫来，亦是山泊旧仇。阮小七杀却张干办，呼延钰、徐晟杀死百足虫，虽迟速不同，其揆一也。况宋、呼、徐三人相聚已经多日，却偏等到今日在山上方才结拜，是明欲与一百八人相映，以作两传之收煞关键。如此章法，都是作者惨淡经营、匠心曲折中来，予特为拈出，以公世赏。锦绣才子，必不河汉予言也。

第二十九回　还道村兵擒郭道士　紫髯伯义护美髯公

本传凡写一人起事工山，或相投重聚，必皆有其必不得已之故。今宋安平已为呼、徐二人救出，送至家中，宋清久已安于农亩，则父子乐守田园，亦足没世。故前回即说宋安平意在隐遁安居，则山寨之中，可以无彼父子之迹矣。今因曾世雄报仇焚掠，郭京贪贿拘禁，以致求救于昔日义友，则即不得不重入山寨，乃宋清父子必不得已之故，以成一传之大章法也。

《前传》宋清之在山泊，惟掌筵宴，则无他材技可知。本传宋安平又文弱无能。则此二人者，文无运筹帷幄之才，武无跨马提戈之艺，山寨极无需于二人，二人亦尽可不入山寨。但宋江乃罡煞之首，已身没而无后，宋清父子则其同胞之弟侄也。且宋清亦系地煞星数，诸人既皆复聚，岂得独弃而不收耶？故止于此处，众人已经齐集之时，写其被难救出，便同上登云，随众泛海，不复更令立功，是为二人藏拙处。

曾世雄即欲报仇，挈住宋清，便应杀却，故写出郭京贪贿诈财，方得缓延待救，且借此以了结郭京，亦顺手牵羊之法也。呼延钰、徐晟自东昌与大队失散，已经多日，若李应等先上登云，则此处为宋清求救，往返耽延时日。且阿黑麻大兵在近，焉能容山寨兵马来往自如耶？今因欲投张宣抚一顿，便将大队留下，袭取郓城县，所谓迅雷不及掩耳，何等便捷！

朱仝之于雷婆，不过朋友之母，乃推恩奉养，生死不忘，是何等气谊！钱歪嘴以姑侄至亲，乃反诱取其财物而凌辱之，其心肺之相去，何啻天渊！

写钱歪嘴之妻巫氏必是淫妇，而钱歪嘴又必明知而故纵之，是作者寓意骂世。言人之惟财物是视，而不念至亲骨肉者，男必是龟奴，女必为娼妓耳。真是骂得痛快。

呼延钰许救宋清，宁置己事于后，而不肯失信于宋安平，呼延灼亦教之以朋友，交谊正该如此。李应曰："宋清有难，不可不救。"朱仝之于雷婆，殷殷注念，且曰："他的母亲，就是我的母亲一般。"皇甫端于宋清、朱仝回护养膳，设法救援，皆出之诚心，毫无勉强。见山泊诸人之皆能以义气相尚，而后人之亦能嗣续前徽也。写得都好。

第三十回　聚登云两寨朝宗　同泛海群雄辟①地

此回是山寨诸人在中国大结煞处，要看其章法之紧密，叙事之简净，笔致之闲冷，跌落转换之自然，皆是作者用意写出，读者不可草草看过。

如众人屯兵必在元②女庙，是结《前传》受天书之案也。押宋安人必用曾世雄，所以结曾头市之案也。杀郭京，所以结本传虎峪寨及陷汴京之案也。借济州追兵，杀却牛都监，所以结青州捉黄信之案也。送银子与江忠，所以结梁山泊之案也。

登云共聚之时，众人或作论旧，或作感恩，或作感慨，或作赞叹，将本传从前许多大事一齐收煞，而末后阮小七口中直结至最初起事之始，回环缴昭，章法紧密之甚。

要杀曾世雄，便写他押宋安人来取银子；要赚入济州城，便写曾世雄有兵随来；要杀牛都监，便写他领兵来追；要泛海，便写阿黑麻监造战船；要抢船，便借闹济州；遣开阿黑麻，便写毛乾与太守俱懦弱无能。极大事体，只用一两笔或三五句，轻轻说过，叙事何等简净。

曾世雄已到元女宫，不便下手擒捉，偏用樊端等捧出银子；又说呼、徐二人就是张龙、张虎，要他补足；又说央人来担待，然后押出郭京来；朱仝、杨林去杀钱歪嘴，偏写巫氏要做衣服，还血盆愿心，写雷婆在锅边烫酒；郓哥已愿随去，却补问麻翻时银包；舟出大洋，写出海面风日波光；因倭丁争杀，写出公孙胜慨叹世情；燕青追论中牟县处置四奸之事；阮小七要泗水取鱼；李应重提李逵浔阳之事，以作鉴戒。笔致是何等闲冷！

李俊创业暹罗，救安道全之后，至此所隔，已将二十卷。中国诸人，南北奔驰，扰攘多事。今读者眼花撩乱，应接不暇，几不知与李俊尚有相关之事矣。今用安道全一语提掇，便使通身俱动，有千里游丝忽

---

① "辟"，目次作"梓"。
② "元"本作"玄"，避康熙帝讳。

然飘落之妙。却从众人商议，中国无地可容，遂使安道全忽忆李俊金鳌可作安身立命之所，跌落转换，何等自然！

李俊泛海是借用商舶，今次众人泛海亦是借用刘梦蛟战船。商舶是次日开洋，故帆樯舵艇人手齐备。今刘梦蛟战船开洋尚杳杳无期，亦复写得各项器械人手齐备。李俊泛海有韭山门一阻，今众人泛海有萨摩洲一阻。李俊是先到清水澳，今众人也是先到清水澳。皆是故意写得相似，自作照应，以成一传之章法也。

泛海原是极险之事，若说一直行去，便到地头，殊为不像。故前于李俊出海时，有鲸鱼一险；今次众人出海，有失风误落萨摩洲一险。不特文字有开合跌宕，且见泛海自有许多艰难险阻。诸人之得成事，全是天幸，令后人不敢妄生觊觎，庶不致向痴人前说梦也。

大船上许多好汉，并兵马火器，虽大敌且不惧，何有于倭丁小寇？今却写得倭丁是亡命无赖，不顾死活，另是一种局面，而落在套中，失其地利，遂使诸人无法可处，直等给赏招安。方才得脱，可见智勇有所穷，而材力不可以尽恃。指点世人，可谓明切之甚。

第三十一回　国主游春逢羽客　共涛谋逆遇番僧

共涛久蓄异谋，欲行篡弑，不在国主之游春与不游春。就是马赛真与徐神翁相遇一番，亦无补于生死废兴之数，何为要写国主游春一事耶？盖特为李俊得国后作地步也。李俊驻扎金鳌，虽说富饶，毕竟只得一岛之地，为富几何？讨共涛之乱，拒萨革之兵，已多烦费。得国之后，就接写三岛煽乱，日本用兵，一番大征战，费用不赀。又接写征讨三岛，又接写金鳌救驾，又接写纳妃及众人聘娶，兵粮礼币之费，又复不少。使非连年国中丰稔，人民富庶，蓄积有余，如何可当此劳费？若经费不给，则立国之初，作事便多掣肘，许多大礼，何能兴举？故先把暹罗之富庶蕃盛，极力喝采一番，好使李俊任意施为，不愁竭蹶。但若直直写来，不特没处着笔，即写得好，亦只是无故生端。今只借国主游春眼中看出，口中说出，只似闲闲叙事，而读者早已为李俊庆幸，则后面之劳费，自不愁不继矣。此文章家冷处安根，不露痕迹之妙。

即借祭奠之便，写烧坏龙袍一事，又兼借道士偈语不祥，使共涛疑说国主数尽，触动心窝，故逆谋愈急。故一遇头陀，即思量借力行事，又是顺手牵羊之法也。

共涛虽急思篡弑，然无得力辅助之人，又忌惮李俊、花逢春。兵强将勇，惟恐画虎不成，然其心固未尝一刻放下也。故写一萨头陀踪迹跷蹊，相貌凶恶，刺入共涛眼中，所以一见即请到府中相会，而殷殷留款。写有小人时刻留心处，甚妙。共涛初见萨头陀，只思量要用他做刺客耳，及闻他法术本领，正可作帮扶谋逆之用，所以倾心结纳，认作泰山之靠，而放胆行事矣。层次分寸，俱写得好。

写徐神翁与马赛真三番问答，不即不离，亦隐亦露，真是好笔。

厌胜之术，从来有之，且无论书传所载。本朝康熙年间，吾邑前有俞道婆，后有钱道婆，俱行此术，俗名拜樟柳神。其术取樟木刻为人形，约三寸馀长，取人家小儿聪俊者窃得其年甲、书符纳于木人腹中，用符咒拜祭七日，其儿即死。二孽前后俱为太守所毙，予曾亲见其案牍。此处写萨头陀魔法，不为荒唐诬诞也。

写萨头陀用厌胜一事，只为要伤却世子，好使李俊讨战复仇后，即得嗣统耳。

第三十二回　庆生辰龙舟观竞渡　篡宝位绮席进霞丹

共涛使萨头陀魇魔三人，若竟如其所说，是死生大数俱在妖邪掌握，而上帝无权；若竟全然无验，是法术俱为无用。今写作国主患病，世子暴殇，使妖法在验与不验之间，最有分寸。

写花逢春庆寿，必要早去几日者，何也？盖共、萨二人已行魇术，若到临期国主患病，世子暴殇，则花逢春之进退，便有些碍手。今写他先去，则国中二事不致毕牵，而却说只怕临期风泛不便，有误寿期，则是一定该早去之故，使读者不觉也。

马赛真在丹霞山，因火烧龙袍，又遇道士，偈语不祥，心中便有许多疑虑。今日共涛请驾临幸，何以定其必无反心？国母与玉芝之谏不为不切，却拒而不听，以致受祸亡身，真是愚愦之至。

共涛谋算头陀进毒，虽是奸心毒计，但今人些小病患，医人付与丸散，谨慎者还要斟酌再三，不肯遽服。今马赛真以一国之君，在他人之宅，遇一外国素不相识之人，陡然进药，便不问好，反深信不疑，遽然即席吞服，何以孟浪如此？总是命尽时衰，故使祸来神昧耳。

□（笔者按：疑似若）好人共为一善事，无论几个人，必是同心合胆，彼此相为。奸恶人共事，便是两个人，亦必各自为心。如共涛篡位，只想自家受用萨头陀，虽则帮他，却先已算计着他，事情还未动头，便先想估他女儿，又想想把革家兵威压他，又想要断送他性命，只是自为自己，何尝为着共涛？共涛却认他作好人，事事倚靠着他，亦是愚愦之至。

共涛虽然篡位，却不曾安稳了一日，旋为李俊等所擒，故未见萨头陀之恶耳。若竟灭了李俊、花逢春，后来亦必死于萨头陀之手。只看妖僧起手之时，便晓得了。

治国齐家一切事，若不顺人情，便做不来，即使勉强做来，亦断断不能安稳。小事且然，况易姓受命、国统相承之大事？共涛为相，素日既无惠泽中于人心，为臣民之所感戴。一旦弑君篡国，又不能以德拊循，听萨头陀凶恶之谋，以杀为威，以致臣民胥怨。即无敌国外患，也未必能安享，况有李俊、花逢春之强敌在近，而能保善其终乎？共涛虽是奸人，其实愚甚。

共涛之杀戮国内诸臣，以事理论之，实为愚悖；若以文字论之，则是作者为中国诸人出缺也。盖暹罗虽是富饶，然只算做小国，地方不过数百里，虽统辖二十四岛，亦只是羁縻附庸之类。李俊将来借中国弟兄之力以定国，自无不用为僚佐之理，则本国旧臣如何安放？若使各仍旧职，则小小一国，岂堪平添两倍官员？若尽去旧人，则人心亦必不服，亦非善策也。作者想到与其得国后布置周章，不如借共涛之手，把这些旧人先行除却，则国中大僚之位多半空虚，于是尽用中国之人以补其缺，自不劳踌躇安放，而国人亦可无他议矣。真是妙笔。

共涛、萨头陀虽是逆天行事，而革氏三弟兄俱是强将，五千苗兵俱是劲卒，数又不少。萨头陀又有妖法，实劲敌也。李俊处论将不过数人，除花逢春善射外，亦无出色者。现兵不满三千，则讨罪复仇之事，亦不能操必胜之权者也。高青之言度德量力，诚为有理。李俊只因情理上过不去，遂不顾利害，勇往直前，自是真豪杰、真义气处，写得最好。

第三十三回　头陀役鬼烧海舶　李俊誓志守孤城

共涛虽是奸险恶人，却全无智术。若写萨头陀亦是一粗蠢之人，则李俊诸人易于取胜，而复仇得国甚易，不特事体不合体裁，而径直草率亦不成文字矣。今写萨头陀亦复知兵，亦能用计，而革家弟兄俱是战将，苗兵标悍又复不少，则与李俊等正是棋逢对手，将遇良材，而李俊难于取胜。然若单是兵将相持，也还有可以取巧之处。而萨头陀又有妖法以济之，则使李俊等虽有智勇，亦难措置，则其艰难更加数倍，屡经败衄，损折多兵，战已难战，守亦难守。金鳌已有累卵之危，然后忽然中国兵到，是文章家大开大阖之法，此处写来恰在个中也。

前回写共涛篡弑。花逢春既不在国中，李俊又远隔数百里海面，已是迅雷不及掩耳。若共涛与萨头陀竟进宫中，则诸妇女自必难保。纵使李俊得胜除凶，亦复何益？此回明珠峡之火，亦是危险至极，若竟被烧死，则虽中国兵来，纵使杀贼复仇，亦有何益？今于前回则写赤气罩宫，二贼晕倒。此回则写雷雨解围，皆是出自意料之外，并非人力之所能为。使人知万事皆有天意，不特贪愚好险之辈是枉作恶，即忠臣义士智勇兼全，亦不足以自恃也。最是作者点醒世人处。即如明珠峡之火，亦是死手计，却遇天降雷雨救去，只说喷筒秽物，可破妖法，而前段劫寨时，并无放处。及到岸上交战，喷筒皆在船中，兵士不得上岸，两番俱不得力。高青爬上城头，偏就遇着共涛、革鹏巡察过来。萨头陀攻围金鳌岛，已是将破，却遇中国诸人兵到解围，总使人拿不定，算不着。以见凡一切功名，虽是用尽人力，而其成否，却全是天意也。

第三十四回　大复仇二凶授首　议嗣统众杰归心

此一回虽只是一回书，却是六大段。六大段内却写出七件大事，每一大段内又各分数小段，有开有合，有因有果，有干有枝，有发端，有收煞，而却是一线穿成，全不见笔墨周章之迹。看官须逐段细心赏鉴，不可草草看过，埋没作者一片苦心妙文也。

李俊会着中国诸人与萨头陀交战，至得胜进城，是一大段。其中凌振放炮碎船，是一小段；公孙破妖法，是一小段；四将交战取胜，是一小段。然每段只是数句，何等简捷！

众人到府中，各述往事，至说还有人船在清水澳，是第二大段。其中先写诸人见礼，叙寒温与三小将叙旧，是一小段；排宴把盏，是一小段；李俊从别宋公明说起，直至解围大恩，是一小段。首尾不过四百言，便把从前七八卷书中错杂写来之事，尽行叙出。次是李应诉说中国诸事，是一小段，亦只是四百言，却包括许多大事。提纲挈领，又明又简，使看官只似另看史中一篇小传者，真是好笔。

花逢春请众位复仇，至众人同住元帅府，是第三大段。其中李俊设宴，众人看城喜悦，与李俊起兵，见一小段；萨头陀回国，使革鹏借兵，是一小段；共涛问计，萨头陀招亲，是一小段；高青内应，宋兵入城，是一小段。而内外来去先后，写得井井不紊。

萧妃请李俊相会，至饮宴称庆是第四大段。其中李俊与萧妃相会叙话，是一小段；燕青等议事，是一小段，安插中国诸人，并国中政事，是一小段；李俊设庆功宴，说出四大喜庆，是一小段。其中言语布置与安放情理，色色妥当，真是好笔。

乐和等缉贼，至发丧安葬，是第五大段。这一段中，却写出两件大事：前半段是缉获萨头陀，后半段是安葬马国主。前半段，自乐和等出门，至塔下饮酒，是一小段；自萨头陀逃出，至酒醉睡着，是一小段；自共涛女儿想计，至将萨头陀监禁，是一小段。后半段，自禀知国母，至设祭受吊，是一小段；自打扫法场，至决贼祭献，是一小段；自起柩至安葬已毕，是一小段。中间许多大事，许多转折，都只用一两笔或三五句叙过，不烦不漏，笔妙之甚。

萧妃又请李俊相会，至定议回府，是第六大段。这一段却只写得议嗣国位一件事。其中写萧妃升殿，百官朝见，是一小段。随写萧妃说起嗣位，李俊答，花逢春说，众人说，李俊辞；接写花恭人说，燕青说，李俊又请垂帘听政，燕青又说，然后用王进数语收煞，然后李俊应承大家回府。六个人往来反复，共是十小段，而却是一层深一层，一步紧一步，节节相承，有曲有直，有劝有断，又不重复，又不支离。各人还他各人心思，各人口气。论道理则正大光明，论词令则简快明畅，始终无一懈笔，作者真是其才如海。

第三十五回　日本国兴兵构衅　青霓岛煽乱歼兵

写李俊建国，虽设六部，却都只是侍郎，所以避天子之尊也。写得有分寸。

写吞并暹罗，原是倭王久有此意。革鹏之来，正合机彀，故不费辞说，就许兴兵。不然，倭王岂肯为他人之事，遽然劳师动众耶？

三岛都是跋扈之臣，李俊践位后，若说他就是这等顺从屈服，便不像；若说他遽然蠢动，又似过于孟浪。今却说革鹏勾结，又借日本兵力，然后一齐作乱，使无二者之嫌也。

若等灭却倭兵，三岛重复煽乱，便要另起炉灶。今写革鹏勾结，就借日本兵来一同举事，便省却多少笔墨，又显得兵势汹涌之甚，则后面诸人建功，更加一倍气色。

若说三岛之兵与倭人一齐冻死，不特文字草①率，而后面之征三岛，便无意味。今写先破这三处之兵，放三人走脱，然后歼灭倭兵，另征三岛才好。使诸人分头建功，而派拨镇守，悉用中国之人，方是一劳永逸。安放甚好。

利于水者不利于火，诸葛武侯之烧藤甲军是也。能耐热者必不能耐冷，朱武之策倭兵是也。便写出军师见识，甚好。写公孙建第一大功，后面之享高爵厚禄，方为无愧，真写得好。已是破走三岛，灭却倭兵，却便接要出师靖乱，笔墨甚有余劲，不落强弩之末之诮。

第三十六回　振国威胜算平三岛　建奇功异物贡遐方

铁罗汉等三人在马赛真时，既皆跋扈自恣，不遵约束，反与共涛结党，狼狈为奸。及李俊嗣统，又不肯降伏，首先歃②盟煽乱，助倭兵犯顺攻城。虽则兵败遁逃，而负固之心未思，且又附在近郊，易为肘腋之患，卧榻之旁，岂容他人鼾睡！前回朱武之言，极为有理，则李俊之

---

① "草"原作"革"，据文意改。
② "歃"原作"歌"，据文意改。

出，其征讨自不可缓。然以中国之人，嗣海邦之位，岛民素未服习教化，则虽用兵力，灭却三人。倘岛民未尽归心，则亦非久安长治之道。今写三人，皆是暴虐凶残，奸贪淫纵。岛民积恨素深，一旦忽得仁义兵来，除却凶暴，又施恩布德，便是伐罪吊民，使人有"我后来苏"① 之意，则皆心悦诚服，不致更有他虞，然后为真平定，真安逸也。平三岛，写得各有微险，不甚容易，所以表诸人之功。然只略略跌宕，不作甚难。盖此处体裁，只消如此。

写三岛风土景物，各各不同，然却俱有珍奇美异之处，亦是表出暹罗之富庶繁盛，为李俊等一快也。

第三十七回　金鳌阁②仙客留诗　牡蛎滩忠臣救驾

先到四大岛，传示各小岛，分明写得与大舜巡狩、肆觐群后一般，但无五玉三帛等诸礼制耳。稗官野乘，乃欲与典谟所载圣帝比德比事，岂非奇想奇文！

夹写徐神翁一事，一则缴照前回，二则吊动后事，又写出取酒取果，献花招鹤，仿佛《三国志》中左元放在魏王宫一般，以作文章渲染，使看官于征战扰攘之中，忽见一神奇游戏之事，别换一番眉目，自不觉神情开畅，真是好笔。

按别传，高宗因金兵陷临安，遂航海移温、台，舟浅于牡蛎滩。滩之上有金鳌山，山上有金鳌阁，阁上有徐神翁诗，与在潜邸时所得道士诗合，即本传所载之诗也。金鳌乃山名、阁名，非岛名，在台州府境内，亦不属暹罗国，本传乃借用耳。

高宗之至牡蛎滩，是遇浅候潮，非为金兵追逐围困。本传只为要使李俊救驾立功，以为封王张本，故借写耳。

写李俊救驾，写得健劲赫濯；写公孙、燕青两段言语，写得爽朗恺切；写元旦庆贺，写得花簇富丽；写送驾，写得圆满周致。真乃各极其妙。

---

① 《孟子·梁惠王下》："《书》曰：'徯我后，后来其苏！'"
② "阁"，正文回目作"岛"。笔者按，金鳌为山名、阁名，非岛名。

第三十八回　武行者僧房叙旧　宿太尉海国封王

第三十九回　丹霞宫三真修静业　金銮殿四美结良姻

此一回回目提纲，虽只是两件事，篇中却写出四大段、四小段。虽都是缴照结束之文，却写得件件另有铺排，恰又都是看官心中记挂之事，一件也不可少，故是妙笔。

送天使后，将国家大典，及各人职掌，一一派载，分明是一大段，却接写丹霞山一小段；建宫建庙、修真报德之事，作一大段，接写赦出共涛之女与呼延钰领去一小段；就接写国主纳妃一大段，又接写四家婚嫁一大段，接写四人朝谢一小段，萧妃让宫移居一小段。大事小事，相间成文，不使笔墨拖沓累赘，最是合人赏鉴处。

或尔国政，忽尔家务；或尔公事，或尔私情；或尔大故，或尔小节；或尔幽远，或尔繁丽；忽尔迂腐，或尔诙谐。一篇之中，无所不有。令读者如入山阴道中，只觉耳目应接不暇。

因拨派职事，引出公孙等三人修真；因颁赦令，引出共涛之女赏于郓哥为妻；因赏郓哥，引出燕青劝李俊纳妃；因国主纳妃，引出四家婚男嫁女；因四家婚嫁已毕，引出萧妃移宫。燕青要令众人婚娶，节节相生，头头相续，毫无牵强撮凑之迹。如此妙文，在稗官中岂可多得！

第四十回　荐故观灯同宴乐　赋诗演戏大团圆

开首找足前回众人完娶一口，却将熊胜等六人结入此事之中，正是无微不到。

又将国中诸大政从前布置颁示者，照应总结一段，严密周匝，一笔不漏。

高丽国王来聘一段，一则照应高宗圣旨，二则收缴安道全，然却将卢师越也收结在内，何等周匝！

太素脉原是术士炫奇造出，无甚理解，本不足信，前人已曾辟过。本传只欲将"神医"二字拍举一番，且为闻小姐嫁李俊作地。此处又借高丽王作一陪衬耳。

《前传》一百八人齐集梁山泊时，用石碣受天文一总。今日开国，已将现在诸人口作结束，而昔日共事，弟兄终觉未可恝然。况宋公明托梦一番灵显，亦未可不一报答，故写建醮荐亡，不特写出生死交情，而借此将《前传》亡过诸人，复作总结，写出上天显应，正与受天文回光景一般，而且与缥缈峰赏雪一回映衬，又将马赛真亦顺便结出，笔力之大何如？

写放灯欢赏，方好将在内、在外诸人，一齐会聚拢来，使其一个不少，方是真正大团圆也。

写到赋诗一事，似乎蛇足。不知作者是因汉史公以"马上得天下，亦将以马上治之乎"二语生来。盖李俊诸人，全以武功定国，不曾用一文事。若不渲染一番，则李俊只一粗鄙战将，全然不知文墨，岂不是偏枯缺略？且闻焕章、萧让、宋安平虽亦同来海外，而文弱书生，无所建白。今写赋诗一段，使其各显所长，则并不冷落一人，并不遗漏一事。而李俊将来治国，有武备者必有文事，亦从此处发端。不只是驰马试剑，大戟长枪，便了却而公一世者也。若说是粉饰太平，便为剩笔。

又写柴进等数人，亦俱赋诗。是为书生只有闻焕章等三人，大觉寂寥冷落，故用数人作陪衬耳，无甚深意。

诸诗皆无甚佳句，盖本传所重原不在此，故不甚如意耳。

唐人有诗而无词，宋人有词而无曲。曲者，元人之所创始者也。有曲然后有传奇，宋时无全部。梨园与整本传奇之事作者，特借之以作一传之结煞耳。语详具读法中。

[据天津图书馆藏乾隆三十五年（1770）刻本]

雁宕山樵回末评

第一回　阮统制感旧梁山泊　张别驾激变石碣村

石碣村若不过梁山泊，阮小七未必去祭奠。通判不是张干办，也未必去寻事。石碣村也，阮小七也，张干办也，人与地俱有祸根，所以机彀一发，住手不得。如肤寸之云，迷漫六合，世上事每每如此。

张干办已死，馀人杀者杀，逃者逃，剩下坐马，苦无着落，妙在绿杨树下，嘶鸣不已，阮小七牵与娘骑，是史家点滴不漏处。不知者但为阮家母子，喜其凑巧耳。

第二回　毛孔目横吞海货　顾大嫂直斩豪家

一篇文字俱从《前传》打祝家庄生出。顾大嫂驱除毛歹，由于前日之赖虎诬盗。栾廷玉计擒孙立，种于当手之里应外合。冤家路窄，积恨难消，令人不敢复念睚眦之恨也。○孙新自上梁山，前售苦无见长处，今读弟兄朋友数语，足见生平。

第三回　病尉迟闲住受余殃　栾廷玉失机同入伙

杨戬托兄弟于栾廷玉，是待以心腹也。栾廷玉命扈成领兵守护城池，是待以心腹也。孰知事出意料之外，皆至偾败。甚矣，推心置腹之难也！栾廷玉致使杨太守一门受害，与朱仝抱小衙内看河灯，被黑旋风所杀，同一有苦难诉，再无归路矣。扈成竟作登云山之屈戍。○读前文阮小七庙门遇扈成一段，正疑何故此处必要插入扈成，读此乃知遥遥为栾教师上登云山地耳。结构之妙如此。

第四回　鬼脸儿寄书罹重祸　赵玉娥错配遇多情

古云"貌陋心险"。杜兴竟不其然。信乎！冯舍人美如冠玉，其中未必有也。○只消费一张纸，三人一样说话，却有三样神情口角。《公》《谷》《国策》，每以叠见生奇。

第五回　老管营少妾杀命　扑天雕旧仆株连

杜兴认得杨雄，要修书讨时迁，因与祝家庄交恶。今又为孙立寄书，而余波累及。李应两番皆为主管受祸，毫无怨言，非仅收拾稻子上仓之田舍翁也。○越狱追逃，极旧题目做出极新文字。乃知操觚家必要另拣题目，正是拙笔无可见长耳。

第六回　饮马川群英兴旧业　虎峪寨斗法辱黄冠

斗法是稗乘常例，因要惹出公孙胜来，故借此敷演。且提起李良嗣、郭京，为宋朝失两河之故，是一部大头脑。

第七回　李良嗣条陈因赐姓　铁叫子避难暂更名①

历写郭京丑态，阅之喷饭。赵良嗣虽存厚道，然借王宣慰②作成郭

---

① "名"，目次原缺，据正文回目补。
② "慰"原作"尉"，据上下文改。

京，犹之谨具大宋与金朝也。大以成大，小以成小，痴心热肠，定然偾事。

第八回　燕子矶玉貌惹奇殃　宝带桥金兰逢故友

乐和若上登云山，文情便径直冷落，妙在途遇郭京，入王宣慰府中，因而救出花家母子，以致得逢李俊。乐和不登山而出海，使李俊早得乐和之助者，郭京之力也。一路层折生奇，真如武夷五曲以上，匪夷所思矣。○乐和访柳陪堂，直到建康，作者遥窗花逢春地耳。既已到雨花台，则柳生便不消寻着。如《前传》□□①出家，需用戒刀度牒。张青店中，先有药翻□□□□□②之不必真有，则知柳生之不必相遇。文章有借路还家之法。此其一也。

第九回　混江龙赏雪受祥符　巴山蛇截湖征重税

空虚无人之地，至太湖止矣。李俊处湖南，丁自燮处湖北，又风马牛不相及也。一因小不忍进城看灯，一因见小利截湖征税。烟水茫茫中，无端祸不可解，天下又得有与人无怨，与物无争之地也哉？

第十回　墨吏贪赃赔钱纵狱　豪绅聚敛加利偿民

李俊将入海矣。此回轻轻递下。倘杀太守廉访，阖门良贱，便兴兵追捕。笔墨拖沓，终无已时。不如将吕太守倒赃饶命，愚民沾不费之惠，丁自燮感不杀之恩，不烦一兵，不折一矢。见机即进，得手即在，使李俊得从容间渡，一帆无恙③。乐和肯留余地，正是作者之不肯犯手也，是文章家识轻重处。

第十一回　驾长风群雄开霸业　射鲸鱼一箭显家传

看李俊设施次第，具有开国规模，倏然居幽迁岐气象，非同虬髯一往豪气，聊以自娱也。

第十二回　金鳌岛兴兵图远略　暹罗城危困乞和亲

暹罗国求和亲，真是创见之事。其中叙马赛真之仁柔，吞珪之有勇

---

① 疑缺"鲁达"二字。
② 疑缺"头陀，知头陀"五字。
③ "恙"原作"羊"，据达文书店1937年排印本（下文简称达文书店本）改。

无谋，共涛之奸险而难展一筹，萧妃之见机，公主之婉媚而贤达，赔了夫人又折兵，写得淋漓细润如许。

第十三回　翻海舶天涯遇知己　换良方相府药佳人

此回是一部中最吃紧处。李俊既到金鳌，远隔茫茫大海，掉转极难，所以翻海舶而救安道全，从新收拾山东、河北无数人物也。○卢师越略点染凑撮几句，便成天大之祸。莫说蔡京，即正人君子听之亦当动念。三言投杼，良非虚语。

第十四回　安太医遭谗先避迹　闻参谋高隐款名贤

此回写得两贤相遇，并无矫饰。萧、金不出怨言，闻焕章慨然托妻寄子，世人尽若此，绝交论不必作矣。○岱顶观日出一段，高怀远想，稗乘家无此寄托。

第十五回　大征战耶律淳奔溃　小割裂左企弓献诗

夹攻①辽国，是第一失着。悉依正史敷演，故无奇特处。

第十六回　浔阳江闷和酒楼诗　柳塘湾快除雪舟恨

张德、陆祥、姚瑰同是一样心肠，但行业各异，而报应却同。小遮拦一生快事，当与下回并看。

第十七回　穆春血溅双峰庙　扈成计败三路兵

《水浒》一书，兄弟合传②者，唯阮氏三雄。七郎最快，余皆让美于兄，而《后传》则为其弟独开③生面。伯通云亡，文叔乃勤还略④；孙郎早世，仲谋始创霸图。古今理势宜然也。穆春在《前传》中自吃病大虫打后，奄奄不振矣。此何其雄⑤姿英发乃尔？岂贤者不可测耶？抑作书者之立意如是也？若孙新、邹润，皆然也。

第十八回　镇三山遭冤入登云　焦面鬼谋妻落枯井

穆春先送闻小姐上山，后来闻焕章使可护送呼延灼家眷竟到登云。

---

① "攻"原作"功"，据达文书店本改。
② "传"原作"皆"，据达文书店本改。
③ "开"原作"问"，据达文书店本改。
④ "还"疑作"远"。"略"原作"抟"，据达文书店本改。
⑤ "雄"原作"花"，据达文书店本改。

省却许多兜搭,极得剪裁之法。

第十九回　启兵端轻纳平州城　逞神力夺转唐猊甲

徐晟能守先世之雁翎甲,渊圣皇帝不能保祖宗之天下,真可慨①也。

第二十回　呼延灼父子透重围　美髯公良朋解险厄

此回头绪颇多。作者如穿九曲之珠,一线串出,呼延父子兵败落荒,诛僧遇友。读之有一波未平一波复起之乐。

第二十一回　扑天雕火烧万庆寺　小旋风冤困沧州牢

极奇、极险、极快文字,如驰快马,峻坂收,到如张饱帆,江心回舵。读者至更,无可转身处,几几乎有死之心,无生之气。何况身厌其地者!○宋遗民自评:通篇精神,周匝章是,不减《前传》,真叫苦自知之言。

第二十二回　破沧州豪杰重逢　困汴京奸雄远窜

擅开边衅者,王黼也。放逐之后,犹妄意议立异姓,俨然自居,贼臣罪通于天矣!王铁杖之匕首,定然匣中先啸。

第二十三回　跨青骡英雄寻退步　演六甲儿戏陷神京

虎头健儿化作鸡皮老翁,良可浩叹。姚平仲骑骡,一夜入青城,可谓神龙见首不见尾。读之如冰雪一浇。又见郭京一段儿戏,渊圣之弃天下犹弃敝屣也。觉平仲之弃官入道,还算不得达人。为之掩卷一笑。

第二十四回　换青衣二帝惨蒙尘　献黄柑孤臣完大义

燕青之忠君念旧不由勉强,随他做不来。寻不到处,必要婉转成就,完其本愿。世徒赏其灵变机警,非知小乙哥之深者。其知可及也,其愚不可及也。

第二十五回　野狐铺正言折王进　大名府巧计救关胜

燕青是本传第一出色人物,前篇表其至性,此回写其才情。中间夹叙王进、关胜峥峥卓荦品格,各自不同。所谓欲画猛虎,四围草树冈峦,皆挟劲势也。

---

①　"慨",天图藏绍裕堂本作"鲜",华东师范大学藏绍裕堂本、达文书店本作"慨"。

第二十六回　小相逢古殿话新愁　大征战松坡获全胜

登云山、饮马川两处，譬诸江、汉分流。此番大征战，结饮马川之局，以便并入登云，如汉水入江，同归于海，洵是巨观。

第二十七回　渡黄河叛①臣因授首　进鸩②酒狭路巧相逢

按正史，蔡京流贬儋州，年八十余赐死。家属四十三人，皆诛戮。今借供众好汉唾骂，以快人心耳。可谓《后水浒传》成，而乱臣贼子惧。

第二十八回　横冲营良马识故主　靖忠庙荩卒奉英灵

是书亦有四公子传。如此篇专写呼、徐两郎，分外精采。中间串出小宋，遥映花公子。妙在同上梁山，重叙通家世谊，岂盗泉恶木皆有根源耶？读者勿因雕龙绣虎之文，误作芝醴观也。○百足虫必骑黄马上山，作者正为明日吕小姐下山计耳。看宋安平换坐五花骢，便知四人走路，有妇人焉，三马必难换坐，不如借重百足虫，先骑黄马，也是作者苦心处。

第二十九回　还道村法斩郭道士　紫髯伯术护美髯公

第三十回　阴阳设计铁扇离殃　南北两寨金鳌聚义

此篇是一部书大转落处。有关锁、有提挈，文章之枢纽。○昔贤曾有诗云"神京如海独无医"，盖寓意也。安道全一言，便送无数豪杰入海，可见太医手段。造福不能，作祸极易。

第三十一回　马国主游春逢羽客　共丞相访道遇番僧

徐神翁天机预示，难救国王。萨头陀妖法阴谋，断送丞相。可称对股文字。

第三十二回　庆生辰龙舟观竞渡　篡宝位绮席进霞丹

祸福无不自己求之者。马赛真之交败运，自不必言。共涛不肯安享富贵，妄念一生，遂至全家受戮，一败涂地。人也，非天也。

第三十三回　萨头陀役鬼烧海舶　混江龙誓志守孤城

李俊誓死孤城，登阵慷慨；乐和随机应变，谨慎周详。到得万分绝

---

① 目次作"叛"，正文回目作"因"。
② 目次作"鸩"，正文回目作"鈂（按：耽之异体）"。

地，方透一线生机。可见十将解围，良有天幸。共涛妄思一丸毒药篡取，宜其不旋踵而灭也。

第三十四回　大复仇二凶同授首　权统摄杰士尽归心

有此一番大排场，方不是草窃（笔者按：当为寇字）哨聚。然不是变故，李俊岂得为暹罗国主？故为大将军驱民者，丞相共涛也。

第三十五回　日本国借兵生衅　青霓岛煽乱兴师

此书每至谈兵处，别有慧想幽思，出人意表。行间纸上，不但无血腥气，并无烟火气。诸葛君真名士风流。

第三十六回　振国威胜算平三岛　建奇功异物贡暹方

历叙三岛山川、形势、方物，俱有隽语铺缀，并不雷同合掌。可作三岛小记。〇叙用兵处，不甚费力，此处文体，只合如此。

第三十七回　徐神翁诗验金鳌岛　宋高宗驾困牡蛎滩

天特送高宗航海，作成李俊做好人。赵良嗣、王朝恩可称李俊功臣。牡蛎滩救驾，李俊之幸，非高宗之幸也。古来有意思人，偏有好题目做。所谓兹乃天意，夫岂人谋！

第三十八回　武行者叙旧六和塔　宿太尉敕封暹罗王

送驾还朝，无甚话头。借武行者之英雄，回首浩气如虹；李师师之风韵犹存，柔情似水。西湖灯火南渡，繁华满纸。界画楼台，一卷金碧山水，如观梅道人大泼墨后，忽睹小李将军画，令人注目忘倦。〇宋末元初，有讥会试举人，诗云："无情最是沙洲雁，口①遇春风便兆②飞。"鸽子向南，师师较公车诸孝廉（缺）。

第三十九回　丹霞宫三真修静业　金銮殿四美结良缘

国主纳妃，四美完配，已成体统。尤妙在卢小姐③之配燕青，国母作媒，撮合风流华藻，尽态极妍。《前传》无此细事④。

---

① 此处疑缺"才"字。
② "兆"作"北"，似更通顺。
③ "卢小姐"原作"户小姻"，据达文书店本改。
④ "事"，达文书店本作"笔"。

第四十回　大聚会弟兄同宴乐　好结果君臣共赋诗

百单八人一上梁山尽是死数。宋江之受招安正是死中求活，然后东征西讨，向活路寻死。李卓老云："使一①百八人一个不死，朝廷何以处之？即一百八人②亦何以自处？则知他效死③沙场鸩④酒毕命，非不辛⑤也。李俊知机，遁入太湖⑥。其余三十二人，类多忧愁放废无意风云，而机縠一发，萌芽复生，几几重入死地，直至称王图霸，开国承家。人为⑦李俊诸⑧幸，不知实至幸中之不幸也。何如五湖终老长为消夏渔翁之足乐哉？"总之李俊吃苦处只因《前传》"逼⑨罗国王"四字误煞一生。此书四十卷，只如一字不增，一字不减，于《水浒》何有焉？于李俊诸人何有焉？〇是回结局矣。不诞不腐，似假似真，读之如游仙⑩一梦，作者意在逍遥秋水间矣！

（据华东师范大学藏绍裕堂刻本）

---

① 此处"云""使""一"三字缺，据天津图书馆藏绍裕堂刻本（简称天图藏绍裕堂本）补。
② 此处"八""人"二字缺，据天图藏绍裕堂本补。
③ "效死"，天图藏绍裕堂本作"潮"，据达文书店本改。
④ "鸩"，天图藏绍裕堂本作"盉"，据达文书店本改。
⑤ 此处"辛"缺，据天图藏绍裕堂本补。
⑥ "湖"，天图藏绍裕堂本作"潮"，据达文书店本改。
⑦ "为"，天图藏绍裕堂本作"局"，据达文书店本改。
⑧ "诸"，达文书店本作"之"。
⑨ "逼"，天图藏绍裕堂本作"进"。
⑩ "仙"，天图藏绍裕堂本作"仰"。

隋唐演义

褚人获编。清初章回小说。一百回。小说叙事自隋文帝起兵伐陈，终于唐明皇还都而死，计170多年的历史，故事情节以隋炀帝与唐明皇为详，间插隋末秦叔宝等乱世英雄传奇。小说中的材料承袭前人隋唐题材而来，但显然增加了不少妃子、美人、大臣殉国之事，以及对安史之乱中一些忠义人物的描写，而对于那些"附逆"与变节者则明显持批判态度。这种遗民意识的表现盖与作者处于抗清斗争非常强烈的江阴地区有关。主要版本有本衙藏板和四雪草堂本。其中，前者十卷一百十四节，每卷前标明史事起讫。封面题署"徐文长先生批评"，序末署"山阴徐文长撰"，实系伪托；后者一百回。卷首原序末题正德三年（1508）林翰撰，亦当系伪托。初版或为康熙二十三年（1684），褚人获作序为康熙三十四年（1695）。上述二版本《古本小说集成》均有影印。另有商务印书馆1932年排印本。

褚人获序

昔人以《通鉴》为古今大账簿，斯固然矣，第既有总记之大账簿，又当有杂记之小账簿，此历朝传志、演义诸书所以不废于世也。他不具论，即如《隋唐志传》，创自罗氏，纂辑于林氏，可谓善矣，然始于隋宫剪彩，则前多阙略，厥后铺缀唐季一二事，又零星不联属，观者犹有议焉。昔箨庵袁先生曾示予所藏《逸史》，载隋炀帝、朱贵儿、唐明皇、杨玉环再世姻缘。事殊新异可喜，因与商酌，编入本传，以为一部之始终关目，合之《遗文》《艳史》，而始广其事，极之穷幽仙证，而已竟其局。其间阙略者补之，零星者删之，更采当时奇趣雅韵之事点染之，汇成一集，颇改旧观。乃或者曰："再世姻缘之说，似属不根。"予曰："事虽荒唐，然亦非无因，安知冥冥之中不亦有帐簿登记此类，以待销算也。然则斯集也，殆亦古今大账簿之外、小帐簿之中所不可少之一帙与时！"

康熙乙亥冬十月既望长州褚人获学稼氏题于四雪草堂。

(据康熙间四雪草堂本)

隋唐演义原序

罗贯中所编《三国志》一书行于世久矣，逸士无不观之。而隋唐独未有传志，予每憾焉。前寓京师，访有此书，求而阅之，始知实亦罗氏原本。第其间尚多缺略，因于退食之暇，遍阅隋唐诸书所载英君名将、忠臣义士，凡有关于风化者，悉为编入，名曰《隋唐志传通俗演义》。盖欲与《三国志》并传于世，使两朝事实愚夫愚妇一览可概见耳。予既不计年劳，抄录成帙，又恐流传久远。未免有鲁鱼亥豕之讹，兹更加订正，付之剞劂，庶几观者无憾，夫饱食终日，无所用心，不若博奕之犹贤乎已？若予之所好在文字，固非博奕技艺之比。后之君子能体予此意，以是编为正史之补，勿第以稗官野乘目之，是盖予以至愿也夫。

时正德戊辰仲春花朝后五日，赐进士出身资政大夫南京参赞机务兵部尚书致仕前吏部尚书国子监祭酒左春坊左谕德兼经筵日讲官同修国史三山林瀚撰。

(据康熙间四雪草堂本)

四雪草堂重编隋唐演义发凡

《隋唐演义》原本出自宋罗贯中，明正德中三山林太史亨大复加纂辑授梓，行世已久，而坊人犹以为未尽善。近见《逸史》载隋帝、唐宗与贵儿、阿环两世会合，其事甚新异，因为编入。更取正史及野乘所纪隋唐间奇事、快事、雅趣事，汇纂成编，颇堪娱目。非欲求胜昔人，聊以补所未备云尔。

书名《隋唐演义》似宜全载两朝始末，但是编以两帝两妃再世会合事为一部之关目，故止详隋炀帝而终于唐明皇。肃宗之后尚有十四传，其间新奇可喜之事，当另《晚唐志传》以问世，此不赘及。

古称左图右史，图像之传由来久矣。乃今稗史诸图，非失之秽亵，即失之粗率。秽亵既大足污目，而粗率亦不足以悦目，甚无取焉。兹集图像计五十贞，为赵子同文所写，意景雅秀，又刊自王子祥宇、郑子予文之手。缕刻精工，似当为识者所赏。

是编草成已久，刊刻过半，因末后二十余回偶尔散轶，遂至中止。兹幸得之一友人箧中，始成全帙，付之剞劂，以公同好。倘有翻刻者，千里必究。

四雪草堂主人谨识。

（据康熙间四雪草堂本）

点校隋唐演义叙

自中古而下，事不尽在正史，而多在稗官小说家，故辀轩之纪载，青箱之采掇，所谓求野多获者矣。说者谓非圣之书不可读，矧小说家俚而少文，奚取乎？不知史故整而裁，正如崔（季）珪饰为魏武，雅望非不楚楚，苦无英雄气。而不衫不履，裼裘而来者，风神自王。故欲简编上古人，一一呵活眼前，无如小说诸书为最优也。且今日多演小说为院本，学士大夫往往卜画卜夜以穷哀乐，即妄言说鬼，未尝不时时抵掌以耗磨此壮心，而独谓小说之不可读，何居？作诗者必求老婢解，作文者即嘻笑怒骂而成，以此读小说，可通已。昔不读书而耳顺者，得一人，曰石勒。勒之听人读《汉书》，请立六国后，惊起曰："此计当失！"至销印，喜曰："赖有此耳！"此勒之所以雄一世也。好读书而竟解者，得二人，曰陶潜、杜甫。潜之读书不求深解，甫之读书难字过。此潜之能返自然，甫之能破万卷也。试以此语学究，自扞格不入耳。苏长公云："余幼时听人说三国小说，至阿瞒唯恐其不败，至大耳儿唯恐其不胜，虽好恶在人，千载不泯，亦触吾耳之易也。"它日复有听唱《小秦王》之句。此来《三国演义》盛行，而《秦王传》见者置焉。余暇日喜读而点校之，谓此亦正史之鼓吹，庶几附于求野之义，即不然，较之《水浒》《西游》为子虚乌有之言者，不犹贤乎！不犹贤乎！

山阴徐渭文长撰。

（据首都图书馆藏本衙藏本）

四雪草堂本回末评

第一回　隋主起兵代陈　晋王树功夺嫡

【总评】自古帝王出世，必有一段惊异非常气象。然篡位正统，未有若隋文帝之易者也。陈主昏愚政乱，与民间败子何异！李渊杀死丽华，虽属忠臣计国迂谋，然杀一丽华，能禁此无丽华乎？总为一妇人，已伏隋亡唐代之萌。数也，人何尤焉！

第二回　杨广施谗谋易位　独孤逞妒杀宫妃

【总评】废太子，佞臣画策，写得何等深刻。幸美人，隋主晚景欢娱，历历如画。可见嫉妒好色，不特庸愚凡夫蹈此，即古帝王亦然，然皆随①运气，故不入天使之也。人何能为耶？

第三回　逞雄心李靖诉西岳　造谶语张衡危李渊

【总评】徼福之人，不过是哀求叩泣。李靖是何等男子，竟同北方人问路。有问必竟要答。若是糊涂，就想使起性来。不意西岳大王竟怕李药师说硬话，即以灵示，第恐日有这样个人来问答，神宁不欲迁居。

第四回　齐州城豪杰奋身　楂树岗唐公遇盗

【总评】旧本有太子自扮盗魁，阻劫唐公，为店公所识。虽演义亦无不可。予以为如此衅隙，歇后十三年，君臣何以为面目？故更之。

第五回　秦叔宝途次救唐公　窦夫人寺中生世子

【总评】唐公不是叔宝来救，何知东宫护卫宇文所使。单通无端被唐公射死，以致雄信终身饮恨，不甘投唐。总是大数预定，出自意外。

第六回　五花阵柴嗣昌山寺定姻　一蹇囊秦叔宝穷途落魄

【总评】佛地上原不是分娩之处。先发十两，又是万金，住持僧不得不奉承矣。柴公子姻缘反出保母许氏计较，小姐亦伶才之至，不独李公。王小二讨店账，畏缩不前。秦叔宝少盘费，一时无措。写得两人光景如画。

---

① 四雪草堂本作"隋"，据商务印书馆本1932年排印本（下文简称商务印书馆本）改。

第七回　蔡太守随时行赏罚　王小二转面起炎凉①

【总评】天下人那个不是炎凉的？惟有做下处主人，尤其出相交海邀游之士，想无不遇王小二者。但不能得贤明妇人如柳氏、高母耳。英雄如叔宝，无了钱财，使觉一寒至此。岂特床头金尽？壮士无颜色而已哉！

【又评】说者谓叔宝拖轿受杖，大不似公门人。不知叔宝若像公门人，则只成一积捕而已。惟带一疏快之气，才见英雄。

第八回　三义坊当锏受腌臜　二贤庄卖马识豪杰

【总评】以穷求助，岂豪杰行藏？况且无因至前，亦岂壮夫所乐？不住见，不通名，才见叔宝出人头地处。总之，雄信自好客，叔宝自爱鼎，不可同年而语也。

第九回　入酒肆莽地逢旧识②　还饭钱径取回乡路

【总评】叔宝只是耻穷，一今不出自家局促。然观其忍耐王小二、簸弄王小二处，却是有度量有超致，常人不能及也。

【又评】如叔宝者，真乃贫而有守者也。有轻财之友而不投，遇富贵之交而不认，所云"穷且益坚"者非耶？今人自己贪得多求，反议其耻贫贻困、将饥附饱，而反为豪杰乎哉？

第十回　东岳庙英雄染病　二贤庄知己谈心

【总评】秦叔宝亏命里带着魏道士、单员外几个恩星。若是命里没有，要在世界上寻，恐不能遇巧如此。

【又评】穷到卖马，还要找上一场大病，此正穷乏拂乱，天所以玉成也。况乎玄成之全英雄于困顿、雄信之极恩礼于穷交，俱由此一病生出。则此病亦何可少也。独恨母既因望子不至而沉疴，子复因母遄归而披祸，其为叔宝累不小耳③。

第十一回　冒风雪樊建威访朋　乞灵丹单雄信生女

【总评】单雄信之待秦叔宝有一段至情。其赠厚资，恐说明叔宝决

---

① "凉"，正文回目缺，据卷首目次补。
② 目次作"入酒肆莽地逢旧识"，正文回目作"入酒肆莽逢旧识人"。
③ "小耳"二字原缺，据商务印书馆本补。

不肯受，故暗藏于被褥中。不料因此生出许多事来。作者苦心正于此见。

【又评】无一曲笔，又无一直笔。一改未平，一波复起。真令看者应接不暇。设使当时樊建威不遇雪天，不宿东岳庙得逢观主，那知秦叔宝在单雄信家中。单雄信不将几句大孝小孝言语留住叔宝，叔宝看了家信，即便归家，那时金鞍马辔未完，那得马蹄银缝在铺盖里生出皂角林一场大祸来。至于番僧丸药说到怠政卸权，为后边伏案，直是太史公笔法。

第十二回　皂角林财物露遭殃　顺义村擂台逢敌手

【总评】叔宝得银之喜，张奇抢银之状，捕人设计之密，雄信周旋挽回之苦，写来入情入理。叔宝投店估银，全属疏脱。其不肯打擂台，才见英雄本色。见佩之输了，发愤上去，不免见猎心喜。若非张公谨细密周到，安知不又撩下一场事来？如公谨者，其友周旋，不减雄信，而精密过之。后来举龟投地，十分勇决。英杰不可测识如此。

【又评】以最幻之笔，写最奇之事。人但知描想捕人行状，擂台混打一场热闹可观，不知真写朋友交情。古今罕有处，友朋为五伦中之一。不是天下大豪杰、大英雄，那有几个异姓兄弟？然诺不苟的单雄信、张公谨赤心为交，始终如一。两人不约而同，后人可以为鉴。

第十三回　张公谨仗义全朋友　秦叔宝带罪见姑娘

【总评】张公谨做事缜密精练，全无武夫气，真是大作用人。其写二尉迟打点衙门光景，宛然如睹。至罗艺见了"秦"字便生猜度，可想古人亲谊之厚。此时叔宝极徼幸处。

【又评】只一个人荣枯得失、离合悲欢，有何定处？人生世上当作如是观：水上浮萍，顺风荡漾可耳。写出叔宝一闻父名、夫人，一见侄儿处，苟有胸心者莫不下泪。

第十四回　勇秦琼舞简①服三军　贤柳氏收金获一报②

【总评】秦琼舞锏不奇，射枪杆不能，而托言射鸟则奇矣。罗公欲

---

① "简"，商务印书馆本作"锏"。
② 此回【总评】与【又评】原缺，据《古本小说集成》影印本末尾之《辑补》补。

谅其平射，而必欲穷其奇射，则又奇矣。公子暗助一弩，其周全叔宝、爱恋叔宝，真有一段至情。日后事业已见其概。叔宝金赠柳氏，固是厚道，然与其夫妆成圈套，以愚叔宝，已不及高母，又安可与漂母同论哉！

【又评】看他叙事一丝不乱，极细微处正是极周到处。无一漏语，意到笔随，如见当年情事。

第十五回　秦叔宝归家待母　齐国远截路迎朋

【总评】齐国远粗人高兴，秦叔宝识性支吾。此中自有处世法门，虽小说，正是足观。

【又评】单雄信前番曲留叔宝，今番速令归家，此中俱见是至情至理。叔宝母亲睡去，听得叔宝床前絮絮叨叨，亦是至情至理。叔宝作事，步步小心斟酌，令人有不可及处。

第十六回　报德祠酬恩塑像　西明巷易服从夫

【总评】天下豪杰英雄断不望人报德，亦惟豪杰英雄，平生断不肯负德。彼此虽不相照，寸心总有着落。

【又评】红拂私奔一段写得神出鬼没。非李靖不可以动红拂，非红拂不可以配李靖。看他作事心细如发，何闺阁中生此奇物？

第十七回　齐国远漫兴立球场　柴郡马挟伴游灯市

【总评】形容出皇都灯景，富贵繁华，如入万花春谷，使穷措大见之，不觉惊目称快，毕定永夜畅游，弄出一番事来而后止。

第十八回　王婉儿观灯起衅　宇文子贪色亡身

【总评】王老娘一时兴起，同婉①儿玩月观灯，不意弄出这样大事来。叔宝虽念李药师之言，至义愤所激，奋不顾身，其直前处正侠烈处。幸宇文述因唐公之疑，叔宝辈遂得安然免祸。使非天默佑，亦皆齑粉矣。

第十九回　恣蒸淫赐盒结同心　逞弑逆扶王升御座

【总评】弑逆一段，总属权奸所为。若炀帝不过提偶耳，至此人伦

---

① "婉"原作"碗"，据此回内容改。

斩绝,何暇顾蒸淫逆理耶?①

【又评】杨素、张衡躬佐弑逆,虽分首从,然隋文杀素而不及衡,岂以其疏远而恕之耶?抑故假手于逆子以②?

第二十回　皇后假宫娥③贪欢博宠　权臣说鬼话阴报身亡

【总评】宣华原是个国色,故使炀帝着魔。何知红颜命薄,一旦轻抛,安知非文帝阴魂能衔恨于杨素?岂反忘情于宣华耶?至于萧后假装宫女,情景虽佳,亦属轻挑。总写妇人女子,要讨好丈夫之心,无所不至也。

第二十一回　借酒肆初结金兰　通姓名自显豪杰

【总评】程咬金虽做响马,观其临去通名,其气象毕竟不同,真乃晋时祖士雅、戴若思一流人,但知节之气略粗耳。

【又评】通名自是粗率处,非豪举也。此段光景,视据胡床自若者,何似哉?就个中评,是非原是向痴人行说梦,若论作者描神写照之妙、知节之真,英雄全在信,俊达不疑,遇叔宝不隐,故卒能委身真主,以功名善终。

【又评】天下将坏,未有不起于加赋。多一费即多一赋。贪官污吏又从而渔耗之。小民不堪,因而为盗。岂得已哉!官司失事,从而捕之,比之嗟嗟,民不聊生,遂有不守本分、聚谋不轨耳。看尤俊达知结交友朋,信义服人。程咬金肝肠如雪,豪爽压众。俊达知咬金失银必至,料事如见。咬金对薛亮通名,粗中少细。然咬金极粗卤而事母甚孝,其母嘱咐尤员外谦恭妥当。此岂绿林中人邪!作者曲曲写来,何等酣畅。

第二十二回　驰令箭雄信传名　屈官刑叔宝受责

【总评】单雄信传令箭以邀朋友,箭到毕赴,则信义素孚,真大豪杰!程咬金爽直快人,到处尚气撒泼,几至贾祸。尉迟北年少粗卤,尉

---

① 此处【总评】,商务印书馆本缺。
② "以",商务印书馆本作"耶"。
③ 目次作"娥",正文回目作"俄"。

迟南举动官方，诸人性情写来，跃跃如从纸上出。

【又评】朋友相叙最为乐事，况又值朋友之母上寿。相叙一堂，岂不甚快？而秦叔宝却又比较响马一件夹杂其中。刘知府又一味蛮打，真闷杀人也。此处联络颇觉费手，作者到此能一一描写得曲曲折折。单雄信邀集朋友却用令箭，一奇也。义桑村得遇知己，又在草楼中斗殴，不更奇否？此都是无中生有。忙处无漏笔，闲处有补笔，细心点染，看者幸勿草草忽过。

第二十三回　酒筵供盗状生死无辞　灯前焚捕批古今罕见

【总评】咬金慨然自招盗扛，友义可嘉。叔宝可有烧批义举，无非一念所激。如此交情，可风末俗。

【又评】程咬金直吐真情，真乃大英雄气概，乃是不欺故友，非粗率也。叔宝若欲周旋，而咬金摸出扛银，使叔宝无辞可以遮护。至于雄信划策，本欲两全。叙宝焚批，几成自害。所见有到不到，亦叔宝义气人。见咬金如此义气，众人如此惊疑，遂不暇瞻前顾后耳。

【又评】要写咬金认劫财，先写相叙拜寿；写拜寿，又先写相聚。在贾闰甫家，又先写咬金与叔宝是旧交，然又不一直写去，却写叔宝比较受杖，张社长好言劝慰，有无可奈何处。后见咬金直认，是豪杰本色。叔宝焚批，义气真不可及。雄信划策，亦是善全朋友之计。天下惟此等人，乃做得此等事。若畏首畏尾、贪财负信、庸庸者流，何足以语此！

第二十四回　豪杰庆千秋冰霜寿母　罡星祝一夕虎豹佳儿

【总评】群雄祝寿原不易见，更奇在徐洪客暮夜来访，筵上添许多佳景。可见豪杰声名千里同气，较与末世单说好话、诵俚语者迥别。

【又评】四方豪杰相聚一堂，亦是快事。要写拜寿，先议完咬金一段，如何安当。此是正笔。然后入单雄信同朋友登堂拜寿，形容礼物、果肴，错综上下，城内战外、近地远方，交游不一。此是陪笔。后复添出徐洪客仙醪进祝、噀酒灭火，却不是正笔中之陪笔、陪笔中之正笔耶？读者宜细玩之。

第二十五回　李玄邃关节全知己　柴嗣昌请托浣赃官

【总评】李玄邃对来总管，恳以直对快人，自宜如此也。柴嗣昌对刘刺史，婉以曲对套头，人宜如此也。其间刘刺史之宫腔，秦叔宝之侠气，樊建威之卑琐，王伯当之排调，写来各各与一生面。

【又评】尝云：世治尚文，世乱尚武。不知世界之坏，都坏于者也之乎，不如一刀一枪之为直捷也。看李玄邃见来总管，三言两语竟将秦叔宝充做将领，给文与他前去。何等爽快，别无牵绊说话。看柴嗣昌向刘刺史说秦叔宝，不要论座师之子说来听不听，偏有许多留难话头，不止要赔三千银子，又要五百两做人情，送与嗣昌。甘言美语，两边好看。文人武士之辈，犹犹写曲尽。至单雄信、王伯当、秦叔宝、尤俊达、程咬金，英豪之气，一个人有一样口角，一样身分，写得须眉毕见，岂不奇绝。

第二十六回　窦小姐易服走他乡　许太监空身入虎穴

【总评】窦建德原是天挺英雄，故生此线娘虎女。单雄信着处，无一友不周全，无一事不周札，真交道中之朋今少有。许廷辅囊中财帛已为己有，不意李如珪二人劫去，和盘献出，快极畅极！可见天地间义气事，虽在绿林中，亦不可少。

第二十七回　穷土木炀帝逞豪华　思净身王义得佳偶

【总评】庸人有了几个臭钱，不想去嫖妓女，便思量娶姬妾。只请看士子功成名遂之后，无不逞志骄淫、罗列锦屏，何况贵为天子？前人喜①，后人哀，今古皆然。单可笑矮民王义要割去阳道，入宫事主，亏得那通情皇帝，反赐其家室，到交起运来，真是梦想不到。

第二十八回　众娇娃剪彩为花　侯妃子题诗自缢

【总评】古今妇女有巧思奇想者，定有非常遭际，必有非常结局，但恐红颜命薄耳。览侯夫人一段抑扬描写，情景宛然，胜看演《牡丹事》、醉读《琵琶行》矣。

---

① "喜"原作"裹"，据商务印书馆本改。

第二十九回　隋炀帝两院观花　众夫人同舟游海

【总评】女子能歌善舞、心灵秀巧者，未足为奇。独怪袁紫烟以幼龄弱质能观天指象，议论凿凿，令人可疑而不可信。至于杨李齐芳、鲤鱼逐浪，一时异事汇集，虽属英雄，亦觉心中揣揣。

第三十回　赌新歌宝儿博宠　观图画萧后思游

【总评】赌唱新词，嫔娥情景宛然。又妙在宝儿翻调、萧后欢赠，愈见作者心思。其中各院丽人喜笑怒骂，无不历历如画。至后观园一段，淡淡接入，益见文境愈有情致。

第三十一回　薛冶儿舞剑分欢　众夫人题诗邀宠

【总评】美人舞剑、娇娥咏诗，极趣极韵之事，聚合一时，古来天子风流莫其有过于此者。虽卒至败亡，可无遗恨。沙夫人怀孕，妙在无心中逗出，如入山阴道上，令人应接不暇。

第三十二回　狄去邪入深穴　皇甫君击大鼠

【总评】人生有为物之精者，如杜预蛇精、郭璞鼍精、肃宗儋耳龙、禄山为猪龙。今炀帝乃鼠精，何物之小而淫荡若此？想古人悲贪残而赋硕鼠者，或有见于此矣。

第三十三回　睢阳界触忌被斥　齐洲城卜居迎养

【总评】自来英雄豪杰随处要救济人，贪官污吏立心要刻剥人，原属两途。不意天公巧于播弄英雄，使叔宝不是一番黜陟，何以全其品志，为后日功名之地？至若麻叔谋好啖婴儿，行同狗彘，罪不容诛。然冠裳中吃人脑者，更多似无足怪。

第三十四回　洒桃花流水寻欢　割玉腕真心报宠

【总评】妥娘临流洒花，宫女采莲唱歌，韵事趣事不一而足。正在情浓燕乐之时，忽然当头一击，击出一个情真意切的朱贵儿来，说出有许多大议论，割腕救主。噫！世间果有此妇乎？何耳目中未之见也！

第三十五回　乐水夕大士奇观　清夜游昭君泪塞

【总评】此回如雪阵风回，东西飞舞；又如泼墨乱梅，纵横错落。妙在入情入理，句句照应，步步双关，无一段如乱丝难截，令人读之，几回神往。求如此一夕好梦，亦不可得。

第三十六回　观文殿虞世南草诏　爱莲亭袁宝儿轻生

【总评】世南草诏，文章华国，无愧词臣。炀帝不过赞他数语，卒以三杯润笔，非吝而薄也，实忌其才耳。袁宝儿憨态，可想见其温柔和雅，有不识不申之风度。其投池一段正为末后徇难张本，若因炀帝一语而遽欲捐生，我意宝儿不若是之愚而浅也。

第三十七回　孙安祖走说窦建德　徐懋功初交秦叔宝

【总评】谢安石燕乐东山，原非忘世；秦叔宝退守泉石，岂曰无心？看他收拾罗士信，便想到后日替国家之一助。徐懋公畅论人才，识见洞然，与曹瞒青梅论时，自是不同。

第三十八回　杨义臣出师破贼　王伯当施计全交

【总评】老臣出师，自然与众不同。岂山鬼堪与之对垒邪！无奈隋数将终，一旦撤（笔者按：商务印书馆本作撒）回义臣，使败灭之寇复而猖獗。王伯当与李密真生死交情。看他一人驱驰道路，设计脱陷，何等用心。然原仗金钱遂意。可见人处颠沛中，钱财尤不可少。王伯当云："量你拿不出银子，所以犯了罪。"只①一句，道破世情。

第三十九回　陈隋两主②说幽情　张尹二妃重贬谪

【总评】炀帝在观澜亭遇见陈后主一段，虽说鬼话，而其情境宛然，如同生面。张、尹二妃值此贪淫之主，独不能沾其余沥。如馋人入酒肆，看人大嚼，不知咽了多少津唾。与其匍匐求井上半李，反不如守西山之饿为高也，况后又有许多奇遇乎。西京之贬又何憾焉。

第四十回　汴堤上绿柳御题赐姓　龙舟内绛仙艳色沾恩

【总评】驾龙舟，殿脚女，栽堤柳，赐御姓，古来帝王未有如此快畅极乐之事。更妙在众美人听淫声后个个揣摩设想，忽然平空震动不时，使炀帝情魂欲荡，即读者亦觉悚然。果作者匪夷所思耶？抑真有其事耶？落后麻叔谋金刀之斩，更觉胸中快爽。

第四十一回　李玄邃穷途定偶　秦叔宝脱陷荣归

【总评】李玄邃颠沛时，得王雪儿属意，亦逆境中添一段生色。秦

---

① "只"原作"各"，据商务印书馆本改。
② "主"正文回目作"王"。

叔宝得意时，被宇文述计陷，热闹中冷多少宦心。喜处怒处总不如扫径烹茶之多佳况也。高明以为然否？

第四十二回　贪赏银詹气先丧命　施绝计单雄信无家

【总评】李密念友投奔，雄信尚义送女，文势错综，甚难关合。不意突出主管单全，随事不惧，勇敢绝伦。非雄信英豪，安得有此快仆？落后带王雪儿归寨，与自己家眷相聚，更觉奇幻绝妙。一折戏文。

【又评】做小说者不是说谎。真正胸有成算，然后落笔如飞，写得快畅，写得奇幻。前回李玄邃忽然订婚，此回朱粲强来夺取，何等奇特。单全作事细密。王伯当三人杀詹气先何等爽快。空中楼阁，点水兴波。作举业者能如是，断非池中物矣。

第四十三回　连巨真设计赚贾柳　张须陀具疏救秦琼

【总评】一席酒，你推我让，费许多唇舌，得徐懋功一番议论始定。共经济早见一斑。连巨真片言之间，巧赚贾润甫上路，亦是妙人。秦叔宝若无张须陀担任，具疏解救，难脱宇文之陷。真千古知心，死后殡殓，何足云酬？然处此忌刻深仇之际，欲立功于庙廊，叔宝虽豪杰而终无学问也。

第四十四回　宁夫人路途脱陷　罗士信黑夜报仇

【总评】罗士信随你，天大的事，一味蛮法爽直；身虽为官，法度文仪一毫不懂。惟在恩怨两字上讲究。噫，世人因忘恩怨，故多昧心耳。独奇在黑夜寻仇，取财散民，较之武松更进一筹。

【又评】人生世间，俱因酒色财气害了一生。那酒色财气中，财之害人更大。孔子曰："及其老也，戒之在得。"可知自少至老，断不能割舍者，惟财而已。谚云："财与命相连。"恋着钱财的，便是小人，便有杀身之祸；不恋钱财的，方是大豪杰、大英雄。周至为齐州郡丞，奉公拘人，原无可杀之道。但点烛排银，封好寄归，一心恋财光景，不知害了许多百姓。天假手于士信耳。士信报仇雪耻，不惟杀周至、杀计成为快，且将所收桌上银子尽数散于贫民。此正圣贤作用，佛菩萨念头。世人读此回者，但知宁夫人脱陷，余赖义气兄弟罗士信报仇，大快胸中之忿。那知士信轻财，所以脱难；周至贪财，所以杀身。看者当于此处着眼。

第四十五回　平原县秦叔宝逃生　大海寺唐万仞徇义

【总评】秦叔宝虽云不得已而从贼，然去得明白晓畅，非独感恩知己而然①，亦天性之忠良不昧耳。及母子相见，情景宛然，妙在程母数语，描出快人生②，而非此母不生此子。末后祭奠张须陀一段，逼写三个忠魂，恍如活跳面前，令人起敬。

第四十六回　杀翟让李密负友　乱宫妃唐公起兵

【总评】李密不杀翟让，事之成败尚未得料，一盘棋局独失此关，令众豪杰离心，以致无成。看末③后来归唐复叛行径，真庸流也，何足言乎！尉迟敬德出处虽属平常，其气概自觉卓荦不群。

第四十七回　看琼花乐尽隋终　殉死难香销烈见

【总评】琼花败兴，天公弄巧，不意又接题桥听歌，更觉宴乐赏心。而萤灯代火，真是匪夷所思。直至国破身亡，顿使一朝英雄气尽。幸有慷慨激烈许多夫人、美人殉难赴义，不枉一生在裙带下用心。阿鸨虽死，谅无遗恨。

【又评】从来国破家亡之人，前乎炀帝者，指不胜屈。后乎炀帝者，亦指不胜屈。但未有自知灭亡不可收拾，而竟流连荒亡若此者。炀帝曰："好头颈，谁当砍之？"嗟乎！如此梦梦，不过酒色之徒，安能享天下？读史者，谁惜之而谁怜之耶？朱贵儿之被杀，袁宝儿之自刎，反觉过分，然不可谓非烈妇人也。

第四十八回　遗巧计一良友归唐　破花容四夫人守志

【总评】杨义臣以哑谜遗士，及亦以哑谜答之，各出幻想，绝好酬酢。及看到沙夫人一番议论，四夫人各破花容，不特生者尽欲捐躯，使死者亦有生气，跃跃如从纸上出，看者自宜屏息揣摩。

第四十九回　舟中歌词句敌国暂许君臣　马上缔姻缘吴越反成秦晋

【总评】杨义臣请允三件事，词严而义正。隋氏一代诸臣止此一人

---

① "然"，商务印书馆作"外"。
② 商务印书馆本无"生"字。
③ "末"原作"未"，据文意改。

而已。罗成年少英雄，线娘闺中俊杰，欢喜冤家恰逢其会。马上关目情景，绝好一出戏文，幻绝妙绝！

第五十回　借寇兵义臣灭叛臣　设宫宴曹后辱萧后

【总评】李药师、徐懋功才智至此，略见一斑。化及父子，本属庸流，何堪三利矢以射其的。可惜窦建德一番事业，却与一荒淫独夫、失节愚妇做来。觉得耳目未新，人心未厌耳。幸亏曹后席问再三勘驳，稍释微恨。不然，萧后只道那秽辱之事，落得做的。

【又评】《旧隋唐传》始于剪彩为花，继以游幸江都，殊无头绪。且以萧后为扬州妓女，始事太子勇。炀帝立以为后，污蔑已极，亟为改正。但炀帝被弑，失身化及；化及灭后，又归建德。适义成公主遣使来迎萧后及南阳公主，建德遣千余骑送至突厥。至贞观四年，太宗伐突厥，萧后又归于唐。贞观二十二年，卒于唐宫。事见《纲目》正史，不能为之讳也。曹后母女嘲笑，与下回赵王拒斥，虽属作者描写，亦默寓维持风化之意。

第五十一回　真命主南牢身陷　奇女子巧计龙飞

【总评】秦王北邙之射，非有意于窥伺，而程知节踊跃追擒，必欲甘心。幸赖金龙现爪，叔宝救护，犹身陷南牢。冀邀思赦而未获，魏玄成铁以"不"改本，原系一时仓促之计，与叔空当时应上焚批何异？徐义扶议论真切，作事直捷爽快，似高出三人一筹矣。

第五十二回　李世民感恩劫友母　宁夫人惑计走他乡

【总评】自来悲欢离合不外乎情，而情缘义起。若舍情义而强为立言，是背理而扭捏。不但情之不真，即义亦几抹杀。作小说者往往昧此。今看此回提出一徐义扶，便有多少情中串插，义上生文。末后得贾润甫敌语，隐隐瓦岗起义一段，皆不泯灭. 可称快史。

【又评】母子至情，却是天性。世上那有几个赵苞弃母的人。徐义扶设计使叔宝弃魏归唐，先嫌其母，确是妙策。后又转出润甫来，说明魏征、徐世勣、秦琼囚禁南牢之故，因萧铣借饷，即赦出三人。一段委委曲曲，情文备至。

第五十三回　梦周公王世充绝魏　弃徐勣李立邈归唐

【总评】李密不归徐世勣而欲归唐，真昏愦已极。玄成不为筹划，岂无私心？独喜程咬金溯前而论，凿凿剖晰，愧杀魏廷诸臣，兼欲喝醒李密，而密竟不动心者，岂非天乎？张永通三梦周公，事见《纲鉴》。世充假之以胜魏。魏虽胜，不知世充亦在蚁穴中施为耳。

第五十四回　释前仇程咬金见母受恩　践死誓王伯当为友捐躯

【总评】李密奸雄半世，以天子之力大索天下，不得；后至权势赫奕，唾手几于成功。这多是群英汇集之力，奈何末路，却都避忌，着着失手。岂非天眷真主，故夺其魄耶？若无王伯当甘同殉难，一生交结英雄徒虚语耳。至览隋唐旧本，杀独孤公主而逃，大失李密本来面目。其时事密虽情怀暴躁，恐不至此，故改正之，深得行文之义。

【又评】摹写程知节见母一段，竟如琵琶上绝好词曲，一团性理直。吐出句句生情，笔笔描活，可称绝倒。

第五十五回　徐世勣一恸成丧礼　唐秦王亲喑服军心

【总评】冰冷一个死李密，弄得热热闹闹，大家重开生面，翻出许多情景。其间关目次第，断断续续，如风回花舞，节节照应紧凑。雾时间，许多人收拾得干干净净。真与旧本迥异．阅者不可不细细咀嚼。

【又评】大约忠孝之人必有义气之事，若图富贵、厌贫贱，必然踽踽凉凉，千人所指，万人所骂，那能豪杰同心、一呼百应，做出成王定霸事业来？试看徐世勣之痛哭一场，就动唐帝一点念头，赐他礼葬。王娘娘与伯当夫人将身寻死，同归泉壤，亦是至情感触。至唐主御祭，秦王就喑，一军皆哭，非忠义之气激动人心，决不至此。作者于极忙极乱之中写出极闲极整之笔，又其馀事。

第五十六回　啖活人朱灿兽心　代从军木兰孝父

【总评】前篇已写麻叔谋啖婴儿，此又写朱灿之吃人。叔谋之啖婴儿，出于陶柳儿盗献，灿则公然席上烹人，更为凶恶。《水浒传》写武松打虎之后又有李逵，潘金莲淫荡之后接踵阎婆惜与潘巧云。写来尽态极妍，全不相同。木兰一段，前人已有诗词诵之，今经一番描写，就觉宇宙中大有生色。

【又评】议论极奇却写得极正。朱灿吃人可谓奇矣,然段懿竟不饮酒,说几句正经话,焉得受此奇祸?只认真旧时好友,酒后狂言,所以被害。此正笔也。尉迟恭说并力法,抑又奇矣。天下罕有此事。秦叔宝说打石块,却又理之所有,此即"三简换两鞭"之说,正笔也。至木兰女扮男装,又是奇中之正笔。曷婆那可汗忽然杀了刘武周、宋企刚,不又是正中之奇笔乎?变幻莫测,写出当时事理如见,令观者如入山阴道上,不暇应接。

第五十七回　改书柬窦公主辞姻　割袍襟单雄信断义

【总评】雄信追赶秦王,懋功扯着衣袂,敬德单鞭救驾。昔日未必有其事,而仅有其言。今日听其言,竟若当年确有其事。写得错综,又写得整齐,真化工之笔,读者勿以稗史忽诸。

第五十八回　窦建德谷口被擒　徐懋功草庐订约

【总评】人之成败生死与姻缘聚散,莫非天数。建德安坐河北,孰敢窥伺?而乃越境就擒,数也。紫烟潜居守墓,初无意于婚姻,而懋功安抚郡县得通西贝生,与紫烟定偶,亦数也。至曹后死烈、凌敬死义、宫奴殉难,忠节凛然,可风末世。

第五十九回　狠英雄犴牢聚首　奇女子凤阁沾恩

【总评】作此种书,要写得极闲极紧、极浓极淡。囚车中二三偶语,忙乱时写各人情性,却甚闲暇。禁狱中似可淡描,又写得何等紧促。其间铺张叙义皆从情理中打出,一丝不乱,一针不走,前后串合,深得《水浒》行文之法,至孝女救父、豪杰从僧,真使人幻想不到。

第六十回　出图圄英雄惨戮　走天涯淑女传书

【总评】炀帝宫中被弑,李密、熊耳阵亡,死法各自不同。独看至雄信就戮,觉得猿啼鹤唳,情景惨伤。古人云:"读《祭十二郎文》不堕泪者,非好男子也。"木兰亦死得激烈,不愧女中丈夫。至后又兰千里奔驰,为他人作嫁衣裳,深见男子中全信义者不可得,却在巾帼中描写出来,亦作者慨世之一助云。

【又评①】世上有真正豪杰视死如归者乎？有真正节女一丝不乱者乎？读到单雄信临刑时慷慨不怕死，秦叔宝、徐懋功、程②知节狱中之别，情绪难堪。雄信毫不介意，真豪杰也。作者能笔笔描出花又兰不肯苟合，罗公子书房款洽、始终难犯，令人钦敬，真节女也。此可与名将传、列女传并垂不朽。

第六十一回　花又兰忍爱守身　窦线娘飞章弄美

【总评】尝说女子无才便是德，不如有才非无德。有才便有妒心耳。线娘独居深处，罗成音信杳然，岑寂之况不言可知；一接花又兰无数欢喜、无数狐疑。听说花二姑教住在书房中半月，不得不着急将酒醉他，探其下体，妒到极处。验明全璧，方叹又兰不可及，罗郎真君子！上本辞婚，正是上本求婚；说得愈缓，见他愈急；看他愈推，见他愈就。必要唐帝作主，始见不是马上草草定盟。才与德兼，妒又不露，真一个奇女也。

第六十二回　众娇娃全名全美　各公卿宜室宜家

【总评】天生神物，必不埋没。到底那英雄好汉，事业可观。若美貌女子亦不终身冷落。此皆天意，非人力也。线娘配罗公子，天也。江、贾、罗三夫人配程、魏、尉迟，及懋功配紫烟，亦天也。天岂肯付之荒烟、蔓草中乎？人可安于命矣。

第六十三回　王世充亡③恩复叛　秦怀玉剪寇建功

【总评】炀帝被弑，十六院美人星散。至此一一叙来，不知费多少笔墨。看他挽处合处，各有章法。南阳公主守节，不遇着宝、花两位夫人，何由得到女贞庵，与秦、狄、夏、李四位夫人相会。落想俱从天上得来。至丧车所过，扶柩者有人，安歇处有店，次序绝无遗漏。即今画工描写，恐亦不能尽其曲折。而其中周旋照应，更有一番苦心，真神笔也。

---

① "评"原无，据商务印书馆补。
② "程"原作"梓"，据文意改。
③ "忘"，目次回目作"亡"，正文回目作"内"，依文意当作"忘"。

【又评】英雄好汉气岸，各有不同。关大刀口角身分，不可移于贾润甫。润甫精细，大刀刚直爽快，出口便异，写得曲尽。至杀死王世充、邴元真，仗义不取财物，此又是英雄好汉的本色，更不必言也。

第六十四回　小秦王宫门挂带　宇文妃龙案解诗

【总评】从来上行下效．捷于影响。初时晋阳宫人谁奸之乎？今日张、尹二妃又谁奸之乎？以臣犯君，以子犯父，天之报施如是。而在唐时更觉不爽。淫乱之风，于斯为盛。秦王挂带，二妃硬诉。此时唐帝即将张、尹二妃正法，岂不甚快？乃听御史李纲之覆奏，及宇文昭仪、刘捷妤之劝解，胡乱不提，终非了局。所以阋墙之祸，不能免也。尉迟敬德杀死黄太岁，岂无故哉？阅者于此处留心细玩之。

【又评】建成、元吉，到张、尹二妃分宫楼中，欢呼快叙，谁人不知？季纲及宇文昭仪、刘婕妤对帝数语，亦是极存大体。若必要推问，到底竟成大狱。天下事有权难处者，此类是也。

第六十五回　赵王雄踞龙虎关　周喜霸占鸳鸯镇

【总评】此回单说萧后末路不堪：昔日繁华有如冰解，今宵冷淡实觉难安。令人顿生伤感。至于收拾韩俊娥、雅娘并义成公主姜亭亭，更觉次第井然。

第六十六回　丹霄宫嫔妃交谮　玄①武门兄弟相残

【总评】唐帝有言曰："今日破家亡躯由汝，化家为国亦由汝。"是唐帝原以天下许世民，今四方平定，唐帝一旦食前言，已启兄弟之隙，又欲遣居洛阳，建天子旗旌，如汉梁孝王故事，是二天子矣，速其乱也。无论兄弟不和，即友于最笃的，亦必互相嫌疑，况今建成、元吉渎乱宫闱，淫恶素著，而小人有不乘间作乱者乎？玄武门之举，秦王不得已，天下人皆快心者也。唐帝闻之尚拍案大哭，是见其愚而已。

第六十七回　女贞庵妃主焚修　雷塘墓夫妇殉节

【总评】作文不论今古，须看章法，有开问，有提挈，有挽合，有收拾。若少开阖、提挈、挽合、收拾，文虽佳，总散衍无绪。若此回序

---

① 玄，正文回目作"系"，回目末注曰："'系'古'玄'字。"

述中，读者但见其委委曲曲，每于闲处着笔，如画工然，无一笔不到，步步引人入胜。不知萧后一进庵中，秦、狄、夏、李四夫人接见时，追叙昔年光景，处处是开阖，处处是提挈，处处是挽合、收拾。及见南阳公主跪在膝前，哭个不止。此母女至情，见者闻者亦当酸鼻。王义与薛冶儿夫妇同时殉节墓前，忠节可嘉，亦是收拾隋帝前文之章法也。

第六十八回　成后志怨女出宫　证前盟阴司定案

【总评】放宫女原是一节快事，妙在长孙皇后帮贴数语，觉与萧后天渊。朱贵儿等忠烈久已揭过，今从太宗魂游地府，目听击勘炀帝一案，成现帝王宰官身，或现妇女畜生身，颠之倒之，以彰报应，以践盟誓。结上案者，正为后文张本。作者苦心，幸勿草草阅过。

第六十九回　马宾王香醪濯足　隋萧后夜宴观灯

【总评】从来有正史有野史，正史传信不传疑，野史传信亦传疑，并轶事亦传之。故耳闻目睹之事，正史所有，人人能道之，不足为异。若耳所未闻、所未睹之事，人闻之见之，未有不惊骇。为后人之诬前人也，不知皆野史中之确有所见，确有所闻之轶事也。回中写马周洗足、萧后赏灯，看者安得不疑？然皆史中之可据者。但描写曲尽，如艳花锦族，引人观玩不了。此文人之妙笔也。

【又评】回中以武媚娘为李玄邃后身，以见媚娘后日败唐，为周杀唐子孙殆尽，非①无因也。此正作者苦心处。

第七十回　隋萧后遗梓归坟　武媚娘被缁入寺

【总评】天下真有之事，写得不好，令人厌观。绝无之事写得可听，不觉听之不倦，况真有而非绝无者乎？但写之者，从确见确闻中酿花成蜜，写出一段当时实事，不比淫词艳曲，句句无根。且见得上天好善恶恶，欲世上人为善不为恶。为善者得善报，为恶者受恶报，昭然不爽。如萧后在隋时何等作业，末路何等结局。今日武后何等起手，已伏后来何等收场；写到极可笑处，正写其极可怜处，岂真稗官野史也哉？

---

①　"非"原作"菲"，据商务印书馆本改。

第七十一回　武才人蓄发还宫　秦郡君建坊邀宠

【总评】从来妇人能为天子，有天下乎？亘古以来，惟武氏一人而已。武氏之能为天子，有天下者何？赖李勣、许敬宗之言，高宗遂废皇后、淑妃而立武氏为皇后也。高宗之能废能立者何？其祸不始于听李、许之言，而在武氏束发还宫一段，此履霜之始也。高宗丧心灭伦，而武氏又蛊惑之，秽乱不堪道，以乱天下。呜呼，此皆天也。贞观十一年秋，洛水盈溢。越两月而武氏入宫，至为昭仪。越一月而水入寝殿。夫水，阴象也，天已告之矣。人君不察，而罹此大祸。读史者曰："麟德以前之天下，帝与武氏共之。麟德以后之天下，悉为武后有之。"可不惜哉！此回较正史尤为详悉。

第七十二回　张昌宗行傩幸太后　冯怀义建节抚硕贞

【总评】淫秽之事流毒宫闱，古今未尝无之。但在武氏，最彰明较著者也。然其最著处，又经后人十分描写，装点曲尽，而恶恶之心始觉快然无憾。或者当时未必尽然。子贡曰："纣之不善．不如是之甚也。"是以君子恶居下流，天下之恶皆归焉。读者又宜谅之矣。至怀义之恶滔天，又有招安一段增其作孽。天下事不可解者，每每如此，安得不掩卷叹息也！

第七十三回　安金藏剖腹鸣冤　骆宾王草檄讨罪

【总评】天生武后，秽乱极矣。又生韦后，唐之天下日坏，天厌不甚深乎？止赖二三正人，如狄仁杰、骆宾王辈内外扶持，正气所以不坠。万世之后，一贬一褒，令人毫发毕现。嗟呼，人何不自省？稍为失脚，遗恨千秋矣！

第七十四回　改国号女主称尊　闹①筵小人怀肉

【总评】从来女子无才便是德，有才者往往有丑行。彼视丑行为细事无妨也，亦大失权衡矣。武后淫乱宫闱②，不顾羞耻，然其才终不可及。改元及定服色、官名，除后宗室，立武氏七庙。此等事无才而能之

---

① 目次回目作"闹"，正文回目作"间"。作"间"者，文义不通。
② "闱"原作"闻"，据商务印书馆本改。

乎？以禄位收人心，刑赏御天下，无才而能之乎？且贡士殿试，宰相撰时政记，迄今尚行之。无才者不能也。见骆宾王檄即曰："宰相之过。人有才如此而使之流落不偶乎？"何其见事之敏捷也！傅游艺、杜肃将肉包子出首，时武后即召秦怀玉云："卿自今请客，亦须择人。"何其胸中了了！小人甘心为小人也。至于赏花赋诗，又其余事耳。三代以下有才之中主，能如是乎？惜乎其司晨也，遗臭也。

第七十五回　释情痴夫妇感恩　伸义讨兄弟被戮

【总评】醒花与贾生一段姻缘，实出意外。张说赠而遣之，太后闻而是之。此亦惟太后可张说耳。双陆点筹，状元掷色。此高宗所不为，即太后亦不为。

第七十六回　结彩楼嫔御评诗　游灯市帝后行乐

【总评】佳人阅才子之文，极是趣事，然或闺阁闲评如此。欣赏则可，若朝臣文字命宫婢品题，则亵渎甚矣。况秽德彰闻，如上官婉儿者，又何足称佳人乎？当时沈、宋辈为其所赏，正是为其所辱耳。

【又评】中宗与韦后微行观灯于市，且①纵宫女几千人出游，多不归者。此事载在《纲目》，真绝无仅有之事。至于内廷开宴、俳优杂技嬉戏谐谑，又不足怪矣。

第七十七回　鹡鸰主竟同儿戏　斩逆后大快人心

【总评】韦氏之复为后也，宜以武氏为鉴，痛改前非。何今所行反更甚于武氏。彼只记惟卿所欲语耶？中宗懵懵，祸及于身，诚不足惜。而韦氏之肆行无忌、倾危宗稷，非临淄王之义兵匡复尽所诸韦，则宫廷之淆乱，何日已哉！

【又评】重俊以子举兵，三思诛而身殒于乱军。隆基以侄举兵，韦氏诛而相王即帝位。内行不修，外衅叠起，家庭之内，兵刃相加，视为常事，皆太宗贻谋之不善致之也。

第七十八回　慈上皇难庇恶公主　生张说不及死姚崇

【总评】从来宫闱之乱，至唐极矣。武氏后有韦氏，韦氏后又有太

---

① "且"原作"里"，据商务印书馆本改。

平公主，更继以惠妃之谗谮，贵妃之宠爱，而天下大乱。可见贤相如姚崇、宋璟、张九龄、韩休，不敌宫中一牝鸡也。可概也！嗟乎，郭元振诸人岂可少哉？史中所述，炳如日星，一经指视，更觉纤毫毕露，岂非董狐之笔！

第七十九回　江采苹恃爱追欢　杨玉环承恩夺宠

【总评】晋天下有一不妒之妇人乎？偶有之，亦是让千乘之国，好名之人耳，非真不妒也。然妒有隐与显之别，无才而妒，梅纪是也。观其要见新人，要他拜见，妒之藏于内者也。无才者也。若杨妃能迁梅妃于东宫，能掷金钗于地下。此妒之形于外者也。败亡之祸萌于此矣。作者先将两人性情各各写出，而玄宗周旋其间。无可如何景状，可发一粲。

第八十回　安禄山入宫见妃子　高力士沿街觅状元

【总评】天地间误里传误，错中多错，何处不有？当初□□夫人之像，如何在盈盈手中，非伊母为养□不可得也。此理之所有，写来何等识力！玄宗料秦国桢在虢国夫人家，不究此事。夫人直认不辞，只因藏着少年耳。写得花团锦簇，误者不误，错者不错，化工笔也。①

第八十一回　纵嬖宠洗儿赐钱　惑君王对使剪发

【总评】宫闱之乱至唐而极，然亦气数使然。明皇倘不为杨妃所惑，安禄山安得擅权作逆？赐洗儿钱，亘古未有，明皇不以为怪。遣归之后，从此一刀割绝，亦大快事。而群小辈又从中耸动至尊，令其复入，以至酿成祸乱，国家倾覆。岂非数乎？此回书笔笔写出，以戒后世之惑于妇人者。

第八十二回　李谪仙应诏答番书　高力士进谗议雅调

【总评】从来有才人而沦落不偶者，可胜道哉。李学士幸遇明皇圣主，得以扬眉吐气；磨墨有人，脱靴有人，《清平调》至今脍炙人口。

---

① 此处【总评】原缺，据《古本小说集成》影印本之《辑补》补。

倘有其才，不值①好贤之主②，终身废弃，清夜思之，泪湿青衫几透矣。作者安得不为之痛绝哉！

第八十三回　施青目学士识英雄　信赤心番人作藩镇

【总评】明皇之溺于声色，杨妃之肆其淫乱，安禄山之敢于擅权为恶，举朝梦梦不言也。王忠嗣兼四镇而西北安。忠嗣罢而禄山兼东北三镇，是虎生翼矣。天下安得不败坏哉！一经妙笔描写，便觉当年情事有如是之可笑可浪者，安得不为之三叹云。

第八十四回　幻作戏屏上婵娟　小游仙空中音乐

【总评】神仙方术，世以为真乎假乎？此可以欺帝王，不可以欺圣贤也。秦皇汉武之君，人欺之耳，若明皇空中神语，乃自欺也。西凉、广陵之游，快哉乐乎？岂料马嵬之播越，已接踵于后哉。

第八十五回　罗公远预寄蜀当归　安禄山请用番将士

【总评】秦皇汉武穷极以求神仙，卒无所遇。玄宗好道，何所遇者？异人叶法善、张果之游西凉、广陵，已极其灵异，复遇罗公远挥如意，乘白鹿，驾游月宫。何等神异！宜玄宗所尊敬，至以学隐身法不遂，卒以逸诛。写出玄宗庸愚可笑。辅璆琳③之遇罗公远，遥寄蜀当归，并"安莫忘危"四字，又书兄之大关系处。口口笔也。

第八十六回　长生殿半夜私盟　勤政楼通宵欢宴

【总评】长生殿私盟，在玄宗不过偶然谐谑，而在传中则为大关目处。何也？以玄宗与贵妃今生配偶，从炀帝与贵儿盟誓中来，则殿中私盟正照马上私誓，重申生生世世之情。岂知贵妃罪孽不敌贵儿忠贞，故誓愿有成有不成，暗见天心福善祸淫处。勤政楼欢宴，虽写玄宗之乐而忘返，却补出李谟压笛傍宫墙一段，转折层次，大有章法。

第八十七回　雪衣女诵经得度　赤心儿欺主作威

[总评] 鹦鹉夜梦不祥，为鸷鸟所击。贵妃念是禄山初入宫时所献，

---

① "值"原作"植"，据商务印书馆本改。
② "主"原作"王"，据商务印书馆本改。
③ "琳"原作"䂌"，据此回内容改。

睹物思人，不胜怆感，故教之《心经》以免厄。而卒不色正映贵妃死期将至之兆。点缀照应，极有法脉。少陵云："毫发无遗憾，波澜独老成。"吾于此书亦云。《开天遗事》① 所载玄宗、贵妃轶事传中，采取无遗。及阅《致虚阁杂俎》载明皇与太真于皎月之下，以锦帕裹目，在方丈之间，互相捉戏，太真捉上每易，而太真轻捷，上每失之，宫②人抚掌大笑。一夕，太真服袖上多结流苏香囊与上戏。上屡捉屡失，太真故以香囊引之，上得香囊无算，已而笑曰："我比贵妃更胜也。"谓之捉迷藏。此事甚新，附录于此。

第八十八回　安禄山范阳造反　封常清东京募兵

【总评】禄山之欲反而不即反者，以玄宗待之甚厚。欲俟其晏驾而后举动，无奈国忠日夜有以激之，却献马、杀庆宗，禄山不得不反，禄山反置哥（笔者按：原作歌，据商务印书馆本改）舒翰、郭子仪诸将不用，而用封常清、高仙芝，躁率轻进，已为失策；又令边令诚即其军斩之，至丧师辱国，天子蒙尘，国忠之罪，上通于天，虽杀其躯，亦不足赎其罪万一也③。

第八十九回　唐明皇梦中见鬼　雷万春都下寻兄

【总评】此回乃大关目处。隋自隋，唐自唐，传以隋唐立名者，以李渊与世民即肇基于开皇中，故以隋唐合传。但唐至太宗即位，而隋之气数已终，作者乃先于炀帝清夜游幸之时，幻出与朱贵儿马上定盟，愿生生世世为夫妇。隋于太宗魂游地府，目睹听勘炀帝一案，以贵儿忠烈④，降生皇家，以炀帝荒淫，反现⑤妇妇女女之身，完马上之盟，正见隋唐之所以合处。此复写明皇梦中，恍见杨妃是一帝王，而己却一女子，遥应上文。即为洪都道士招魂伏案，至以吴道子画钟馗，衬出太宗之画敬德、叔宝。因思及叔宝之玄孙国模、国桢，曾疏谏不宜过宠禄山，仍

---

① 《开天遗事》即《开元天宝遗事》。
② "宫"原作"官"，据商务印书馆本改。
③ "其罪万一也"原缺，现据商务印书馆本补。
④ "烈"原被涂，现据商务印书馆本补。
⑤ "现"，商务印书馆本作"投"。

以原官起用。后之迎上皇，遇盈盈，早已伏脉于此，照应起伏，如天衣无缝，其笔法从太史公来。

第九十回　矢忠贞颜真卿起义　遭疑忌哥舒翰丧师

【总评】封常清、高仙芝引兵退守潼关，亦是妙算。玄宗信边令诚之谮，降敕诛之，是自坏其长城。幸有哥舒翰撑持东南半壁。又听杨国忠谗忌，逼令出战，丧师降贼，可胜浩叹。写颜平原昆仲忠义凛凛，有生气；袁履谦之遇害，其亦蓬生麻中，不扶自直者欤？①

第九十一回　延秋门君臣奔窜　马嵬驿兄妹伏诛

【总评】玄宗西幸，欲召江采苹同行，杨妃叱止之。虽云见妒，正为末后团圆张本。杨国忠欲焚烧左藏、断便桥，亦未为不可。玄宗急叱退军士，救止焚毁。虽于流离颠沛之中，犹念念不忘民瘼，贤圣之君不过如是。徒以女色②起衅，几至丧身亡国，可不戒哉！

第九十二回　留灵武储君践祚③　陷长安逆贼肆凶

【总评】众父老拥住太子，不使前行，人心未去，逆贼可除。东平建宁执鞚数言，深识时务，故能兴复两京，扫除群逆。玄宗给散春彩慰谕将士，如父老幼子叮咛嘱咐，缠绵恺恻之致，动人心脾，读之能令酸鼻。

第九十三回　凝碧池雷海青殉节　普施寺王摩诘吟诗

【总评】玄宗虽事声色，而存心仁厚，故能感动臣下，激发忠义。雷海青上殿骂贼，至死不变，读之凛凛有生气。至于叙述点缀处，有提挈有照应，无一闲笔，无一俗笔，真化工也。

第九十四回　安禄山屠肠殒命　南霁云啮指乞师

【总评】安禄山之见杀，大快人心。但猪儿非可杀禄山之人耳。其写张许南雷之忠义、令狐杨尹之威锋、贺兰闾丘之傲狠，如画师肖貌，各随其形之长短、妍媸，无不神似。子长、东坡曲外，不易多得④。

---

① 此【总评】原缺，据《古本小说集成》影印本之《辑补》补。
② "色"原作"戎"，据商务印书馆本改。
③ "祚"，正文回目作"位"。
④ "曲外，不易多得"六字原缺，据商务印书馆本补。

第九十五回　李乐工吹笛遇仙翁　王供奉听棋谲①神女

【总评】极热闹场中忽引此李谟、王积薪两事，闻者道其闲笔，不知正是急脉缓受处。上皇一腔心事，祝之如棋、听之如笛可也。

第九十六回　拚百口郭令公报恩　复两京广平王奏绩

【总评】郭子仪保救李白，不使小人李辅国肆行其奸。与李长源一摘再摘之语，实同一辙。恐日后张良姊辈复生衅端耳。开卷读之，君子、小人薰莸自别，不止恩怨往复分明而已。

第九十七回　达奚女钟情续旧好　采苹妃全躯返故宫

【总评】前罗艺阅配军解批，一见"秦"字，便动无限追思。根②究秦琼家世，使叔宝见姑娘，细问嫂嫂别后景况，幻出悲欢离合，演出一部奇书。今秦国桢罗采，见姑娘才道一"秦"字，素姑便如许沉吟，惊疑情景宛在目前。忽从闻梅花香中逗出盈盈始末，又从公远赠盈盈诗句说到梅妃日后得以重侍上皇，团圆完聚，结局一部奇书。而梅妃、盈盈行止却从公远诸仙来，正见上皇酷好神仙，故有此感验。处处有相合，处处③有照应，一无遗漏，允称妙笔。

第九十八回　遗锦袜老妪获钱　听雨铃乐工度曲

【总评】人皆跳不出一个"情"字。设当时贵妃不死，此时尚在，亦何味哉！惟事后有一种不忍情状，连那梅妃亦舍不得，愚哉！子曰："吾未见好德，如好色者也。"

第九十九回　赦反侧君念臣恩　了前缘人同花谢

【总评】乱臣贼子，国法不容。肃宗何独徇情曲宥耶？上皇将张均正法，而张垍免死，亦无此律例。梅妃病死，亦甚平常，何必放声大哭？此皆有所偏，着意色相，所以有败亡家国之祸。

第一百回　迁西内离间父子情　遣鸿都结证隋唐事

【总评】父慈子孝原是五伦内第一要紧事。有一小人间之，遂使父

---

① "谲"，正文回目作"谓"。
② "'秦'字，便动无限追思。根"九字原缺，据商务印书馆本补。
③ 此处二"处"原仅有一"处"，据商务印书馆本补。

不慈、子不孝，败人家国，不可言说。但思上皇于此时于水穷山尽之日，尚不舍贵妃、梅妃，命方士访问亡魂踪迹。此小人所以乘隙而入也。

【又评】因缘果报，未尝确有其事，乃是愚人之术。说到无可奈何处，曰此生前未尽之缘也，此生前作孽之报也。佛说"要知前世因，今生受者是；要知后世因，今生作者是。"此皆劝人为善之意，非确有所据。曰前生如是、今世如是也。《易》曰："积善之家，必有余庆。不善之家，必有余殃。"此言其理耳。世至隋唐，闺门之内污秽不堪，道"礼""义""廉""耻"四字，不知抛荒何处。不至弑夺不止，故托言曰"某某即前世某某"。前缘未尽，犯戒谪尘，故有此一番举动。说鬼说神以唤醒世间之人，非分之事不得生妄想心。《春秋》一笔一削，曰："知我者，其惟《春秋》乎！罪我者，其惟《春秋》乎！"

（据康熙间四雪草堂本）

台湾外记

江日昇撰。清初小说。成书时间不早于康熙二十二年（1683），不晚于康熙四十八年（1709）。小说描述了郑芝龙（后降清）、郑成功、郑经、郑克塽四代人抗清复明的斗争，以及康熙帝将台湾收入清朝版图的过程。起于明天启元年（1621），终于清康熙二十二年（1683），前后共六十三年。其中对颜思齐、郑芝龙日本举事、称雄闽海，南明王朝抗清的失败，郑成功举师北征、驱逐侵占台湾的荷兰殖民者，康熙帝平定台湾，郑克塽最后降清等历史事件的描写尤为详细。小说的版本繁多，有求无不获斋木活字本、上海进步书局石印本、上海均益图书公司铅印本等三十多种。

自　序

余历稽帝业之正，莫如我世祖章皇帝也。世祖当甲申之变，整提一旅，戡乱除奸；应天顺人，承继大统。以及今上，万国宾服。惟台湾郑氏与二三故老，遵奉旧朔，孤承海外，恃波涛之险，来往倏忽，骚扰边疆，费朝廷无数金钱，以至迁移五省，屡勤南顾之忧者四十年。其间英杰没于王事者，指不胜屈，是杀运之未尽故也。迨至杀运告终，盛世将见，天必生散金之姚公以抚之。施侯六月兴师，果敢在于人谋；一战决计，见机体乎天意。遂将台湾荒服之地，为朝廷收入版图，四海归一焉。但成功髫年儒生，能痛哭知君而舍父，克守臣节，事未可泯。况有故明之裔宁靖王从容就义，五姬亦从之死；是台湾成功之踞，实为宁靖王而踞，亦蜀汉之北地王然。故就其始末，广搜辑成。诚闽人说闽事，以应纂修国史者采择焉。

时康熙四十三年岁次甲申冬至后三日，九闽珠浦东旭氏江日昇谨识于云阳之寄轩。

（据上海古籍出版社1986年整理本）

陈　序

余司铎南诏，于康熙四十八年己丑春，获交珠浦江子东旭，盖循循然重厚博物君子也。嗣出其所辑《台湾外记》三十卷，而嘱叙于予。予读其书，起明季拥众，纪我朝归顺，垂六十年。其间岛屿之阻绝、城垒之沿革、镇弁营将忠义背逆，以至朝廷之征讨招徕、沿海之战征区画，靡不广罗穷搜，了如指掌间。洵志乘之大观，班、马之伦匹也。

盖尝论之：作史有三长：曰才、曰学、曰识。非具旷世之才者，不能盱衡千古，驱策百家；非负盖世之学者，不能参稽明备，讨论精详；至其权衡统系，斟酌褒讥之得宜，尤非抱卓绝之识者不办也。故作史难，而作偏隅之史为尤难。考成功以有明赐姓，避窜台湾，奉永历故朔三十有七年。迹其仗义执言，全发守节，庶几齐田横遗风，不可谓非伟男子；然以我朝视之，则固胜国游魂、海隅穷魄也，律以犯边梗化，夫复何辞？作史者当圣朝全盛之时，记边岛窃据之迹，使孤忠遗愤，获伸于光天化日之下，不戛戛乎其难哉！今是编所记郑氏，于其不忘故国也，如睹间关百奥，天威咫尺之诚；于其接遇王孙也，如见相依为命，保护备至之谊。忠肝义胆，赫赫如在目前。至叙今皇帝之殷忧南顾，议抚议剿，六月兴师而郑氏宾服，台湾底定，殆亘古未有一统之天下也。非江子才学素优而抱卓绝之识者，焉能办此哉？他如宁靖王之就义从容、五姬从死，与夫忠臣义士、闺阁节烈者，尤惓惓三致意焉！江子岂独备史氏之三长，抑且有功于名教，立顽起懦，不朽矣！

三山弟岷源陈祈永拜题。

（据上海古籍出版社1986年整理本）

彭　序

康熙四十七年戊子春正月，余游闽峤，寓芝山兰若，获交山阴余元闻。一日，论有明崇祯帝谥法，遂出其先王父武贞公奏疏暨遗稿见示，中有辨思烈谥号一书，极光明正大；而其谥为毅宗正皇帝者，是先生一人之硕论也。先生讳煌，字武贞，登天启乙丑进士，为殿试第一人；入史馆，直谏敢言。捧诵之下，令人想见古大臣遗风。第运丁阳九，不获展其大有为之志，可叹也！

元闻手一书，其标目曰《台湾外志》，纪我朝新辟台湾，海外从来未有之土地也，识明季海上郑氏事最详。笔力古劲，雅有龙门班掾风。及询作者姓氏里居，始知为江子东旭撰。余因叹曰："江子负如此才，不获纂修史馆，而乃沦落草野，成一家言以自见，其亦劳瘁矣乎！"江子为瓯闽士，性嗜古文词，不拘章句学；幼从其先人游宦岭表，悉郑氏行事，因编次其所见闻，备他日史官采取，其用心良苦。而因事直书，不置褒贬，积岁月以成，江子原无庸心于其间也。按郑芝龙投诚后，其子成功，据台湾海岛，故明王孙相依为命者，垂数十年；至癸亥归顺，又有宁靖王从容就义，至五姬偕从之死；江子独断以成功台湾之踞，是以宁靖王而踞也。其卓识宏深，且其间忠臣义士、孝子慈孙，与夫闺合之节烈，罔不光如日月；即当日公侯将帅出入其门，不啻数十辈，而郑氏遂应五代诸侯之谶，可谓奇男子。江子今为之表彰，不致海外荒服年久湮没，人皆谓大有功于郑氏，而讵知其有功于忠孝节义者为更多乎哉！故读是编者，可以教孝、可以教忠、可以教义，即闺合闻之，亦莫不油然生其节烈之心；有功名教，良匪浅鲜。异日以之登大廷，备史氏之阙文，江子与是书不朽矣！

余不敏，谨为数语，以弁其端。汉阳同学弟彭一楷拜手题。

（据上海古籍出版社1986年整理本）

郑 序

天之生才，岂偶然哉？生是才，必有所以用是才。然生才不一，用亦不一：或隆以南面百城，或置之衡门泌水；又甚者，拂乱颠连，无以自立。不可谓如彼者，天生之、天用之，可以见才；如此者，天生之、天未尝用之，不可以见才也。盖必至是，乃所以空、乏、动、忍，使之奋发有为，名当时、传后世，加厚之以无容湮没者也。吾友江子东旭，其先君当胜国之末，尝统数万兵，见天命有在，归诚我朝，改武为文，授州守之职。东旭为幼子，最所钟爱，晨夕左右不离，习知时事，强记博闻，疏财重义，四壁萧然。噫！以如是之才，际用人不次之会，咸谓其必有合也。奈何命与时违，历落牢骚，所如不偶，行多坎壈。缘与友人计划，无如数何！欲为莺鸣义侠，反成雀角谤疑，构讼岁月，徙倚县庭，因著《台湾外志》一书。

其书专为郑氏而作，始于明太祖，非欲著明之始，所以著郑之始也；首志颜思齐，所以志郑芝龙之始，又所以志开辟台湾之始也。成功赐姓，弱冠书生，以半旅师，踞金厦岛弹丸之地，抗天下兵，可不谓壮乎？审时度势，效虬髯所为，遁迹台湾，存明故朔，父子祖孙，相继四十年，终明之世，仅见一人。其间立心之诚伪、谋略之巧拙、部伍之严肃、将帅之勇骁、贤臣隐士之遗踪、胜朝宗室之潜寓，义士、忠臣、烈女、节妇，凡有所见，皆笔于书；及至施侯奏功、郑氏归诚、宁靖王尽节、五姬殉难。东旭此书，以台湾之踞，实为宁靖一人而踞，宁靖王死而明绝；其卓识宏深，诚足千古。

噫！使东旭非构讼感愤，徙倚县庭，安得此书而传于世？太史公称西伯演《易》、孔子《春秋》以及《离骚》《国语》《兵法》《吕览》《说难》《孤愤》《诗三百篇》，大抵圣贤发愤之所为作也。东旭具如是才，成此一家言，岂非天使之名当时、传后世，加厚之以无容湮没者乎？较之南面百城，其见才为何如耶？

余读是书，不能嘿嘿，爰叙其所作之之由。云阳谊教弟郑应发顿首拜书。

（据上海古籍出版社1986年整理本）

余 序

余与江子东旭，计别二十有三秋矣！一旦既见于鹅城水滨，相视，其梦乎？真耶？须已苍、发已斑，幸颜如昨而力尚壮。遂相携登舫，市酒痛饮；索别后著述，出所辑《台湾外志》一书。展阅"凡例"，内有"台湾地将灵矣，天必先假手颜思齐为之引子、红毛为之规模、成功为之开辟，俾朝廷收入版图，设为郡县，以垂万世"，则全部了如指掌，又何用细阅纪年章节哉？

但不细加详读，不知其盛衰有数，忠节有人；来脉去路，事迹茫然。是以典春衣、浮大白，竭二日夜之功，方悟太史展成先生《西堂集》中有"草鸡夜鸣，长尾大耳"之谶，兹卷首应之。展卷绎之，信天有善作文章手段：引子者，破承也；规模者，起讲也；开辟者，二比落题也；收为郡县者，中股结束也。文章成欤！何以见天之善作文章？当成功舍父忠君，其间诚伪，正曹操死于献剑、王莽死于下士，此固未足深论。第其守明故朔，避遁台湾，与胜国宗室故老相守，矢志不贰，亦黄冠故乡，足以风后世为人臣者，且可以佐国朝开辟从未有土地，奠安天南半壁。假若犯江南归而金厦平，是文章之无作手；故战胜于一时，是天之正欲起讲也。台湾辟矣，成功遂死；金厦平矣，郑经即遁。红毛若不沉舟于普陀港、施侯若不遭飓于青水墘，台湾即得，亦是二比之劳。将为我国家乎？抑还之红毛乎？斯时荒芜草创，国家未必留之。还于红毛，台湾乃五省屏藩，地方辽远；红毛者，亦故明之最防范，保无有宵小与合，为祟沿边。故天假之年数，俾水土可服，耕凿已繁，阡陌交罗；村落华美，圣庙兴矣，人物蕃盛。况周之仁，尚有管、蔡；汉之德，岂无彭、陈？又仗彼为甲寅变尾耿之后，为我国家遏闽、浙之炽，得复两粤、湖、楚、滇、黔，特釜鱼之游耳；是文章之顿挫落题也。丁巳（康熙十六年）之败，苟若从喇将军之劝，摇橹东归，退守其间，进贡受封亦可；则文章淡而无奇。必使刘国轩恃其狡黠，猖獗于漳、泉之间，亦灯将灭而光必为焰烈；此文章之波澜也。意将尽矣，自有散金姚督、必剿施侯，六月风涛自然不兴，一战败北，束手是听；圣朝俎豆未必可毁，土地膏腴焉可轻弃？担承题留，设为郡县，诚东南长策；文章之结构也。将来可与粤琼甲乙，文人丘海，出为圣朝柱石；即郑氏数十载抗逆天威、残扰边疆，朝廷亦不深求，且锡以公爵。呜呼！招降不从，谋擒不得，天其相之，圣主赦之，其亦有深得于忠义二字之报哉！《外志》一书，天直假东旭之笔，发明彼定位乾坤、因时显晦之意。据事直书而无猥谈琐语窜入其中，不致忠孝节烈、贤臣隐士，年久湮没。备采史氏，附光盛世，则凡耕耨于斯、聚族于斯、官守于斯，知其所自来。设置方略，毋放僻邪侈，弃本就末，受天时地利之厚泽；期奠安利益，节用爱人，副朝廷命官致治之深仁。实纪事之正，有益风化，自当垂其不朽。

余读竟，不胜击节。爰书数言，以弁其端。温陵庚弟余世谦子远氏书于鹅城舟居。

（据上海古籍出版社1986年整理本）

吴 序

天下无可轻之人物，亦无可弃之土地。盖土地与人物相表里：人能立节立名，则随其所至之处，皆成乾坤；人因地而杰，地亦因人而灵，如今日之台湾是也。

台湾本荒服，自古以来，未有人民居乎其间。迨郑成功避遁于此，荜路而开斯土；子经承其基业，志仿田横，假明故朔四十余年。虽抗逆天威，扰害沿海居民，然我皇上巍巍至德、休休有容，怜其忠义、弃其小嫌，历年遣官招抚，义不归诚；成功不失为守志之士，郑经亦不失为承业之子，是台湾因成功父子而重也。迨气运告终，而胜国子孙，有宁靖王朱术桂全家尽节！波涛为之叹声、风雨为之流泪，是台湾又因宁靖王而重也。呜呼！宁靖王死得其名，善矣哉！但郑氏握兵权于海隅，即前犯江南、后犯闽粤，是天下只知有成功与经，不知有宁靖王朱术桂也；设使术桂不死，则其名不传，亦与败叶腐草同寂寂而无闻，不几为台湾之山灵所笑乎？惟其从容就义，无惭胜国遗风，不负成功开辟台湾之壮志，亦不负郑经固守台湾之苦心；且五姬慷慨轻生，气胜男子，而台湾之山川草木，能不因此而增光乎？今东土人心，顺天意而归本朝，遂将台湾之地收入版图，我皇上得此车书一统之盛，大沛恩膏，深加珍恤，俾番、汉生灵各得其所，是台湾又被帝德之光，将来甲于天下而愈添其生色也。夫以穷海远裔之区，有存诚守义之志士、舍生就死之王孙，又有英雄豪杰懋建殊勋，标名麟阁；至于高人隐士，闺壸节烈，又昭昭在人耳目间。则台湾之外志不可不修也。

余与江子东旭，本会于西粤苍梧，阅其所辑《台湾外志》。其中诛犯顺不屈之人、存亡国尽忠之事，不致荒外年久湮没，诚圣世之公论也。且备录文武职名，详载各官事实，俾后来稽古儒生，知开创台湾者建其业、攻克台湾者显其功、归顺台湾者识其时、死难台湾者彰其节，据事直书，以外名之，深有得于春秋之义，正合我皇上劝忠劝孝之大典，岂非有功于名教之所为哉？则斯志之作堪与经史并传，而东旭之才情识力，直与左、庄、班、马照映先后，同垂不朽。余平日以郑经守义，羡成功之有子；以术桂尽节，欣胜国之有孙。今览斯志，相为符合。

余与东旭未面而意气相乎，既面而倾盖如旧，故不禁欢欣鼓舞，笔一言而弁其端。

螺阳洛水庚弟荩臣氏吴存忠拜书于西粤苍梧署内。

（据上海古籍出版社1986年整理本）

凡 例

一、是编首起明太祖者，因郑氏祖墓穴地不毁于江夏侯而有神护，推其源也。

一、是编叙李闯陷北京、马士英专权误国而又不详其说者，自有明史在；不过引为接脉，作郑氏末节之说。

一、是编多采及故明遗事，有郑氏之因也。如郑芝龙官南澳时，逢宇内扰攘，令各府提抚举将才；黄道周被擒婺源，有争班位；陈子壮、张家玉犯顺，有一介乞援之书；粤西争战胜败，有太监来往之述。故不觉其絮叨，亦取元世祖景炎、祥兴君臣，明太祖录至正以后事实。今上亦命博学鸿词纂修《明史》，无避兴朝忌讳；诛犯顺不屈之人，存尽忠亡国之事，诚圣世之公论也。

一、是编原为郑氏应出五代诸侯，为故明叹气之前谶；其郑氏将帅，即为郑氏一时用。纪其一时之事，或战或败，书其实也；不似《水浒》传某人某甲状若何，战数十合、数百合之类，点写模样，炫燿人目，以作雅观。

一、是编当甲寅之变，耿、尚、吴三家有关于郑氏，则为之述；如无关于郑氏，自有国史在，故不预说。

一、是编台湾系海外荒服，地将灵矣，欲入为中国之邦，天必先假手一人为之倡率，如颜思齐者，是为其引子；红毛者，是为其规模；郑氏者，是为其开辟。俾朝廷修入版图，设为郡县，以垂万世。

一、是编历有年所，如国朝从龙定鼎、奉命戡乱诸英杰，不为讳名直书，仿《列国》《三国》体义；非敢亵诸公，益以重之，使著名而垂不朽于万世。

一、是编以"外"名者，郑氏未奉正朔，事是化外；台湾未入版图，地属荒外。若以化外、荒外弃而弗志，恐史氏訾其缺陷。兹编而以外名之，一以示国家绥靖方略，修荒服于版图之外；一以明郑氏倾向真诚，沾朝廷于教化之内。别外以重内，法春秋之义也。

一、是编郑氏历有年所，所有争战事迹颇多，亦难枚述；今就其关要者纂成，观者谅之。

一、是编旁用句点，人名用旁画，地名旁用空画，以便观者之读。

一、是编于《明纪》或《本末》、或《编年》、或《遗闻》，以及《国朝定鼎》《名臣奏疏》《平南实录》① 诸书，又就当日所猎闻、事之亲身目睹者，广为搜而辑成；实学疏识浅，匪敢言书，不过聊以备风采耳。

江日昇载志。

（据上海古籍出版社1986年整理本）

郑氏应谶五代记

郑芝龙，字飞皇，福建泉州府南安县石井人；封平国公，加太师。投诚，封同安侯。其先娶日本翁氏女，生成功；继娶颜氏，生四子：恩、荫、渡、袭。

郑成功，芝龙长子，原名森，字大木，泉州府南安学生员。芝龙引见隆武，赐姓朱，兼赐名成功，欲令其父顾名思义。初封忠孝伯、宗人府府正，照驸马行事，佩招讨大将军印。后永历封漳国公，继而晋封延

---

① 此条书名号为笔者加。

平王。妻董氏，雷廉道董容先长女。生十子：长经（乳名锦），聪、明、睿、智、宽、裕、温、柔、发。年三十九，卒于台湾。

郑经，成功长子，字元之。妻唐氏，尚书唐女孙，无出。陈氏生六子，榙、塽；以下幼，未详。年三十九，卒于台湾。

郑克榙，经长子。当甲寅之变，经乘衅西渡，仍踞金、厦各岛；允陈永华请，令其在台监国。大有材能，刚正果断，见嫉诸叔。迨经死，冯锡范遂谮诸叔，以螟蛉说于董国太，共谋杀之，年十八，兵民叹惜。妻陈氏，永华女，正白旗、康熙甲戌科进士、官翰林陈梦球（字字受）之妹，正白旗、康熙甲辰科进士陈还（字素亭）之姑；从容尽节，兵民无不叹惜之！

郑克塽，经次子。投诚，封正黄旗汉军公。妻冯氏，正白旗汉军伯锡范之女。

郑芝龙起于天启元年，至康熙癸亥克塽归诚，共六十三年。

（据上海古籍出版社1986年整理本）

平澎台诸将姓氏

福建全省水师提督一等侯施琅、署中营参将罗士钤、守备林儒、千总林显达、庄日超、把总朱壹鹏、唐启要、周起元、署左营游击张胜、守备陈元、千总胡泮、把总李瑞、署右营游击蓝理、守备方却、把总陈旺、李俊、署前营游击何应元、守备刘瑄、千总蔡琦凤、林鹏、把总张汝灏、唐昇、黄崇、朱龙、署后营游击曾成、守备沙允新、千总高斌、把总杨凤、陈载、陈大勋。

厦门镇总兵杨嘉瑞、中营千总王腾超、把总郑义、曾斌、韩瑛、薛永、左营游击朱明、守备胡元道、千总游兆麟、把总刘明、陈瓒、翁英、林信、右营游击陈兰、千总曾义、连龙黼、把总施为良、林锡、林闻、刘春。

金门镇总兵陈龙、中营游击许应麟、守备郭新、千总林凤、把总游亦绿、李承光、左营游击陈荣、守备原再怀、千总游观光、曾成勋、把总陈彪、陈凯、王泰、左营守备林芳、千总林正、曾捷、把总王栋、曾维勋。

铜山镇总兵陈昌、中营游击黄瑞、守备林雄、千总蔡启东、萧子发、把总王曰明、林佐治、邱进、左营游击曾春、守备董缵、千总许龙、洪忠、把总陈恕、施贵，右营游击阮钦为、守备方冰、千总施而宽、李好、把总刘起、游大鹏、陈启。

海坛镇总兵林贤、中营游击许英、守备李琦、千总何聚、李振、把总王名、章得贵、林凤、左营游击吴辉、守备胡宗明、千总林恭、把总林光、林应、施宗国、右营游击江新、守备林正春、千总杨士向、把总张荣、陈聘。

同安镇总兵吴英、城守营游击赵邹试、千总林凤。

平阳镇总兵朱天贵。

兴化镇总兵林承、千总任国佐、把总陈吉、左营守备廖国用、千总陈和、把总张介眉、右营把总林禄。

闽安协副将蒋懋勋、中营千总冯正龙、把总郑升、倪昌名、左营千总何美、林信、把总王玉、右营守备王祚昌、千总林生、把总陈一高、庄国用、郑茂振。

海坛协副将林葵、左营游击卓策、守备陈聪、千总蔡盛、右营把总黄崇。

江东协副将詹六奇、浯屿营游击黄朝俊、围头营游击陈义、平海营游击李全信、烽火营游击王昌祚、龙江营守备韩进忠、灌口营守备黄富。

随征总兵董义、康玉、颜立勋、李日煜、都督陈蟒、魏明、何义、蓝瑷、郑兴、副将林应元、黄昌、郑元堂、郑章、刘沛、参将林实、郑英、许光远、陈致远、郑云、洪云、游击林翰、方凤、施应元、李廷彪、黄登、汤明、廖程、施世騄、陈良弼、都司黄勇、陆臣扬、陈道明、林淳、守备戴名芳、邓茂公、施世辅、施世忠、施世骠、李寅、陈王路、施世驥、洪天锡、李光琅、千总葛永芳、米得高、邓高。

（据上海古籍出版社 1986 年整理本）

附土音字说

以下九字字典所无,仍照原本刊刻,故晰之:

舱:音仓,船中格堵也。

艍:音居,居兵之双帆船也。

艃:音宗,船队也。

熕:音降,炮也。

礁:音焦,水中凸石也。

埔:音浦,山边平地也。

埕:音呈,土坡也。

汴:音兵,洲名;即滨字省。

碇:即镇,海中以沉木镇舟

误 字

筶字误作筶。

琅字误作琅。按九卷:黄梧荐施郎水务韬略兼优,郎即改名"琅"字。贝勒将琅保题为同安副将。原本误作"瑯",至卷之九始改正琅字。

(据上海古籍出版社1986年整理本)

按语、附记与评语

卷之一(天启辛酉年至崇祯己卯年共十九年)

按:此地,宋朱文公讳熹,初除同安主簿,经过此处,观鸿渐山木星挺秀,喜其地。迨至山上,见海潮汹涌,五马脱气,遂令匠勒"海上视师"四大字于石。及江夏侯周德兴建铜山所,城设四门,而塞其北,从未有发科甲者。至巡海兵备道蔡潮点军至铜,见北门不开,哂江夏侯之未全识也,理当开以收逆水。令人挖之,内竖一石,书"遇潮则开"四大字。潮叹服曰:"夏侯真神人也"!从此,铜山文物济济。

按:猎历明季诸记事多说:"拜剑跃起,遂扶芝龙为首。"又一说:"芝龙与陈衷纪、陈勋等十八人各乘一舟亡台湾为盗,风引桅带,搅而为一。各骇誓曰：议以三通鼓而开者，立为主帅。芝龙忽开。"此皆互疑两可，难为信史。余先君讳美鳌，生同时，从永胜伯郑彩翊弘光督师江上。继而福州共事，署龙骧将军印。至丁巳，改职归诚，往奥东连平州。始末靡不周知，口传耳授，不敢一字影捏，故表而出之。噫！使当时即亡台为盗，既名芝龙，则成功从何而生？于后作何附会"郑芝龙平郑一官功题请"？致崇祯问林釪："芝龙、一官，是一人耶？或是二人？"釪愕然不能对。奏曰："臣待罪京师，梓里之事不能详知。容查实回奏。"出，遂服药死。据云：十船相连，尚隔有十余丈、二十丈之间。不知海船难比河船，驾驶相近，则两船必有一船碍伤。湾澳落碇，若相近，则两船亦难独全。两船且难相近，何况十只船之桅带，可搅而为一乎？附辨于末，以待采风者择焉。

　　附纪：芝龙从颜思齐为盗，时名一官。至齐死，结十八芝，渠为首，名芝龙。于招安之日，重赂当道缙绅。独林釪不见其使、不受其礼，反其牍背署之曰："人有向善之心，而不与人为善者，非也；与人为善，而又因以为利者，亦非也。"遂以义士郑芝龙收郑一官功，题报授职。后釪拜相，一日侍讲，崇祯偶问及。釪以有人密奏其事，不敢对，附会其说。出，即服药死。

　　附记：游击卢毓英，乃宁侯，原籍山东卫，荫袭百户。少年猛勇，箭有穿杨之能，兼精武艺。因日本倭番统船犯闽、浙沿海地方，总制胡宗宪题山东参将戚继光前来征剿。继光素知毓英猛勇，详请随军。由浙入闽，屡建奇功，升千户。迨兴化陷，继光奉令恢复，即著指挥使马飞龙统船，毓英副之，从福州港出，水陆合剿。光由陆路至埔尾安营，选百人带"临时硬"欲去偷城。"临时硬"者，系竹打通锯断，每节共串以绳索，头上另缚一横梁。未用时，放松则软；欲用时，将索推紧则硬，如一枝竹然。将头上横梁挂住城垛，人可攀援而上。光带此，令大队掩旗息鼓，随后而进，看火箭为号，便倚梯攻打。行十余步，光将手按百人胸"临时硬"挂住城垛，口含刀爬上。伏候巡更来，擒刺之，取其衣帽穿戴。敲锣击柝，缓步挨巡，凡遇者悉砍死。抵府署前，鼓方交四，倭番酣饮，咸熟睡焉。二人偷登鼓楼，将打更者杀倒。令李明下去附近处放起连珠火箭，将所带火药点烧房屋喊杀。自把楼上大鼓刳孔，爬进在内。李明火号放起，火药亦发。倭番睡梦惊醒，不知兵从天降，朦胧中互相砍杀，不攻自乱。城外大队见城内火箭连发，光焰烛天，掌号放炮，喊杀蜂起，云梯齐泊。倭番两难相顾，惟争开四门逃窜。继光复得城池，扑救余火，安抚百姓，立即整军追捕。倭番奔下夹板，乘潮而遁。将出口，又逢马飞龙督舟师至。夹板炮声轰天，哨角蜂斗。飞龙挥诸船，且避其锋。毓英向前高叫曰："养军千日，用在一朝。调我们前来，原是合剿，岂有陆师杀来，水师反纵其走。他如今是伤弓之鸟，速当进兵，以火攻之，再无不胜。好汉者跟我前进！"其船首冲。飞龙闻英言，遂不敢退。亦即发令鼓噪助威，一齐攻击。毓英将火箭喷筒火烺尽放。倭番虽精炮火鸟枪，其奈山上日夜被追，下船又逢此劲敌，终有胆战心惊，炮发悉不准，故各船无不失措。兼之毓英坐上风，乘势所攻，火器咸粘船上。况倭番船系"打偶油"造的，粘著者火尽发，火借油力，风助火威，首先二只火起，倭人救之不息，各跳水死。其余夹板望见，无心恋战，惟逃而已。此役毓英首功，擢指挥，转升游击，大有声名。召守金门。

按：芝龙与思齐为盗时，名一官，追齐死，问天签时，改名芝龙。当道缙绅受赂庇护，无可为辞，故以"芝龙收郑一官"题请。

按：陈秀，海澄人，后封武功伯。献仙霞关投诚。陈霸，南安石井人，吕姓，为陈氏养子。人品肥矮，浑号"三尺六"。踞南澳，入粤东投诚，封忠勇侯。

附记：芝虎，龙胞弟，胆略猛勇，浑名"蟒二"。因听龙夸刘香、虎三好汉，心忿跳船，并香同死。常显圣零丁洋；今粤东虎门外，群奉祀之，甚然灵感。

卷之二（崇祯庚辰年至顺治丙戌年共八年）

按：范方字介卿，号雨雨，泉之同安县高浦所人。辛酉解元。因自成欲向方讨仓钥，方怒目叱之曰："此钥乃朝廷之物，非尔贼所可问者。"成怒，斩之。时人嘉之曰："生为真解元，死为真主事。"

按：先时崇祯令各官助饷，（周）奎以穷对。皇后私出银五千与奎助饷，奎只出三千，其余二千私自肥己。

评曰：古来命将出师，未有二其权可以成功者也。如唐之裴晋公，宪宗委以都督军外事，予以便宜讨吴元济，故雪夜深入于蔡。宋太祖命曹武惠南征李煜，命之曰："江南之事，一以委卿。"故武惠得抒其胸中秘略，遂定江南。故明之坏，限以资格，动以掣肘，如用太监，又用监纪，此辈误人不浅。际此紧急之时，尚欲督辅之外加一督师。噫，苟督辅可用，何必督师？若督师可用，则又何必督辅？故韩信之拜、诸葛之师，未闻尚有别人。宜乎天下瓦碎，上下蒙蔽；大势已去，别无长策，徒有相对垂泣已耳。

按：王讳由崧，万历第三子讳常洵之长子。

附记：礼部尚书余煜上言曰："闻先帝谥'思宗烈皇帝'，窃以为未妥。按谥法：道德纯一曰'思'，追悔前过曰'思'。先帝英明天纵，神武性生，忧勤十七年，念念欲为尧、舜者也。时遭家不造，乱阶频起；而所用之人，又皆忍于欺君，率致误国，于先帝何咎焉？道德纯一，则似泛；追忆前过，则似讥，于覯扬无当也。且唐、宋以来，从未有谥'思'者。唯周之思王已则弑君，而弟又杀之。汉之后主暗弱任奸，以亡其国，何足述乎？谥法：有功安民曰'烈'。今国破家亡，以身殉难，何烈之有？若激烈之烈，又非谥法之谓也。周之烈王、威烈王、汉之昭烈、魏之烈祖宗、唐之光烈帝，未尝殉难也。他日书之史册，将按谥法乎？不按谥法乎？故曰'思''烈'二字举误也。然则谥宜云何？先帝英明神武，人所共钦；而内无声色狗马之好，外无神仙土木之营；汲汲皇皇，临难时，则又慷慨必合'国君死社稷'之义。千古未有之圣主，宜尊以千古未有之徽称。恨考订古今，未足以奉扬其美，不得已而拟其似，当谥曰'毅宗正皇帝'。虽于内外宾服，亦未甚切；然先帝懿美及临难一段不负宗社之气，庶足尽之。"忻诚伯赵之龙亦言："'思'非美字。"

按：按高杰字英吾，系降将，曾从孙廷傅子曾头缘破贼。

附记：懋第八月渡淮。十月朔，次张家湾，止许百人入都。懋第衰服往馆鸿胪寺，以不得赴梓宫，即于馆遥祭。是月二十八日遣归。甫出京，至沧洲追回。改馆太医院，懋第处之怡然。一说系弘范密通，欲身赴江南招降，故追懋第回。追至乙酉闰六月，闻江南失守，拊心恸哭。其从弟懋泰先为吏部员外，来见劝降。第曰："此非吾弟。"叱之出。是月十二日，与从行兵部司务陈用极、游击王一斌、都司张良佐、刘统、王廷佐俱被杀。懋第，莱阳人，辛未进士。父丧，三年不入内；事母极孝。其绝命词云："峡折巢封归路回，片云南下意如何？寸丹冷魄消难尽，荡作寒烟总不磨。"

按：高杰于前岁九月之十日祭旗，疾风折其旗，西洋炮自裂。应廷吉私谓其友曰："明年太乙在震，角亢司垣，始击掩逼寿星之次，法当蹶上将。吾惧阻众，不敢直言。"许定国，太康人，故总兵。赦罪出，毁家养士，大掠京城，负其功不得封土，出恶言诋高为贼。高由是怨许，常曰："我见必杀。"定国闻之，遂惧。

按：定国少年猛勇，手攀檐前椽舍，全身悬空，能左右换手，走长檐数遍，颜色不变。曾定河南属邑，值流贼奄至，箭发如雨，定国立敌楼，以刀左右挥，箭尽两断，无一矢能伤其身者。有贼持版自护，定国射以铁枝箭，贯入于版，死焉。贼惊遁。高欺其老，听其谩语，遂坠术中。

按①：王讳以海，字巨川，别号恒山，又一号常石子。太祖第九子檀，封山东兖州府，为鲁王。王其十世孙也。崇祯六年七月，封王为镇国将军。十五年，兖州陷，兄鲁王，以派、以沂、以江及王长子、三子同日遇害，镇国夫人张氏以磁器触喉死。抚臣题请，下部议覆，应继王位。册使甫出门，而北京陷。弘光立，移封浙江台州府。

按：唐藩，讳聿键，性刚直，喜读书，善文翰，洒洒千言。初封南阳，以父骥失爱于祖端王，两姬谋夺嫡，未得请名。及端王薨，守道陈奇瑜、知府王三桂始为请嗣。后以统兵勤王，擅离南阳，被锢。会被难，逃于江口。

按：陈秀、郭曦系芝龙旧将，命守二关。刘全系香胞弟。承汾字懋

---

① "按"字为笔者加。

衮，别号有水，泉之晋江人、癸未进士。至己丑岁，被可望所执，不屈而死。尸弃东郊，历月余，颜色如故，诸兽虫不敢犯。总兵许尽忠暗称奇，阴令家人黑夜瘗之。

评曰：摄政王之书"中华全力受制潢池"。又"南中诸君子，苟安旦夕，不审时机，聊慕虚名，顿忘实祸"。阅崇祯血诏："朕非亡国之君，诸臣实亡国之臣！"又："贼裂朕尸，勿伤百姓一人！"则未死之臣独无耳目心思乎？应须猛省，志切匡君报国。若天命有在，人事不臧，然后如文相国也可。乃尺寸未建，空慕虚名，共相推戴，既正大位，身为宰辅，当如萧相国筹饷关中，以佐军需；否则，如狄梁公汲引人才，以巩皇国。何计不及此？徒以区区班位，互评廷陛，此愚之所不解也！然何楷、黄道周、蒋德璟、黄鸣俊、黄景昉、林欲楫、朱耀祚、陈洪昆、王忠孝、唐显悦、林兰友、沈佺期、郭贞一等，皆与芝龙梓里，当痛哭流涕，导以忠义，感以贞诚：今日之事，不但东班首位，且薄天子而不为也。抑鄙芝龙出身绿林，非资格正途，不屑教诲耶？即不屑教诲，不应比肩事主；既已比肩事主，宜效蔺相如朝而称病、遇而避舍，先国家而后私仇。顽石尚可点头，况于人乎？诸君子不顾其君以全国，徒重其礼以使气，互相诃激，一旦芝龙拂袖，不接粮饷，群然计绌；不得已，请师募兵，请从海道。且有甚者，急而散去，致隆武孑然一身，掣后而奔。噫！是谁之咎欤？诸君子有知，不但不敢再阅崇祯帝诏语，且亦不敢再读摄政王书也。

按：弘光时，曾差陈谦为使，赍印敕到闽封芝龙"南安伯"，敕内误写"安南伯"。谦教龙留印换敕。谦回至浙，弘光已蒙尘。故龙与谦厚。谦系狱，芝龙力救不得。以为有虞必经门首，然后免冠请救；岂知夜半斩于狱中，有"我未曾杀伯仁，伯仁实为我而死"之句哭祭之。

附记：余戊午岁会陈骏音于粤之韩江，年八十有奇矣，问及石斋先生事。骏音涕泗沾襟曰："我，先生之罪人也。死无以见先生于地下！当先生至明堂里，知事不可为，志决来朝。恐一生事业泯灭，遂将所有禀疏诗文书札悉交骏音，令连夜从间道还家。夫人侦知往索，诡应无有。辛卯夏，携出姑苏，欲梓行世。不意至杭之江口，是夜邻家失火；

骏音惊惶逸出，行李灰烬。既不得同时受难，名流后世；又不能表扬遗烈以阐师德，诚先生之罪人也！"语毕又哭。余亦恻然。故余知先生甚详，且惜先生一腔真血之不尽传也。

按：傅冠字元辅，别号寄庵，江西进贤人。初名元范，中万历丙午举人。改名冠，中壬戌进士。至崇祯己卯，乞休归里。弘光乙酉，闯党王得仁入进贤，拔其家，取其积藏，杀其嫡孙傅鼎，故冠入福建。

按：黄道周字幼平，一字石斋，漳之诏安县铜山所人。以易登天启壬戌进士。阁部路振飞至其地，勒铜山三忠臣于风动石上：一黄道周、一陈瑸、一陈士奇。奇字平人，任四川上川南副使。士奇率兵屡败张献忠，迁淮扬巡抚。徐而朝议，恐奇懦不知兵，以龙文光代之。已交代，出重庆，忽献贼大至。瑞王素知奇名，留共守。奇毅然应之曰："四川乃我旧抚。今日献贼大至，岂尽新抚之事？推委以负朝廷乎？"遂与瑞王督军民共守。城陷，奇骂贼不屈而死。瑸字亶州，事见前。

评曰：有客过余庐，余叙石斋先生事，见而叹曰："先生忠则忠矣！若为人谋国旋转乾坤，则未敢为先生许！"予骇然曰："公何言？先生举动光明，柏节松操。千万年后，流芳青史者，舍先生其谁？"客曰："子独未闻魏徵'宁作良臣，莫作忠臣'之语乎？况甲申之变，天崩地坼，此乾坤何等时？先生何不麻衣痛哭四镇之庭，贞诚以感，使若辈知有君？先生何不连进谏章，痛哭流涕，请除君侧之奸，以回弘光庸主之心？至其自序，召至江南，见杂沓无可共事，请祭禹陵，出居浙东，寂无一言。任马、阮蹂躏，徒作梦高皇语谓'卿舍我去'；且对曰：'朝廷舍臣，非臣舍朝廷'之语。又制一衣，刺'大明孤臣黄道周'于裾，语弟子"南都必败，当以识吾尸"。噫！东南半壁，多士济济，何谓孤臣？果识其败，明系袖手旁观，蹈文人舌笔欺愚后世。继又失策，不奉其君于豫章，居中调度，同杨廷麟徵湖南之何腾蛟、东川之曾保英、两粤之丁魁楚、滇黔之李定国，运筹备御，策画粮饷。而如在蜀者请入蜀，在吴者请入吴，乃姑息从事，偏安闽土，正苏老泉所谓'惟贤者能致不贤，非不贤者能致贤也'。故能容人者，然后能用人；虽污身降志，士君子亦当先受其过耳。何不降志相从，以保其社稷，而为过激附会作老道学？杀陈谦不出一言，致中渔人之利；议亲征不决其行，作离盗跖之渐。辅佐王猷，未有其人；折冲御侮，未有其人。以出师为儿戏，称江左多臣门生故吏，必有应之。是薄其君父，德泽不施于天下；重其缙绅，恩惠可结于门党。一木欲支大厦，毛锥欲去御敌。过建水，称五月渡泸；弭金衅，仿六出奇能。又表称'不屑为孔明、伯纪'，不但不能曲突徙薪；抑且不能作焦头烂额。春秋责备，是谁之咎？故张国维激愤曰：'误天下者，文山、叠山也！'"予曰："公之论固是；但时势不同，亦责人所难。先生孤掌难鸣，独木难支。况天命有在，亦不得已之极，思惟有尽其臣衷而已。"客曰："子之言谬矣！夫武王伐纣，夷、齐叩马而谏。谏不听，然后去首阳。闻讥周薇，不食而死。未曾以不谏而去首阳也。尽臣节者，夷、齐耳！"予曰："不然，公之评先生若何？"客曰："先生特博学鸿儒，继道统，寻干净死地，完读书之名，全生平之节而已。"

按：余煌字武贞，浙江山阴人。天启乙丑状元。入史馆，直言忤时，以礼部尚书假归；弘光屡徵不起。贝勒世子平浙时，整衣冠欲死；为义师郑咸一救之，劝其共事鲁王。

按：隆武帝后死于汀州府堂，乃顺治三年八月二十八日。诸家纪事，悉书隆武被执，送福州斩于市。但时有锦衣卫陆昆亨从行，眼见隆武帝后戎装小帽，与姬嫔被难。昆亨脱出。百姓收群尸葬于罗汉岭，竖其碑曰"隆武并其母光华太妃讳英忠烈徐娘娘之墓"。后昆亨归郑，继而为僧，年八十有奇，为口述云。故特表出。

按：永历在于顺治三年丙戌十二月十八日即位肇庆府，以丁亥为永历元年。

按：（路）振飞字太平，北直人。乙丑进士。原为闽抚。依成功。后从永历死于粤东之陈村。年英字静斋，湖广黄州府人，原台州通判。隆武诏至台州，浙右张国维方辅鲁王监国，各官迟疑，而诏不开。英挺身曰：'此吾君也，岂有不开之理'。遂开读。隆武闻其事，擢英为兵部职方司主事。追隆武亡，依成功为参军。宸枢，福建泉州府晋江县人，隆武曾授以参军。督军出关，屡有奇谋。杜辉字功参，泉之同安马銮人。后投诚，授粤东水师总兵。甲寅之变，又从吴三桂为湖广水师左将军。谋再投诚不密，被三桂侄应奇所觉，夜驰兵至，围擒绞死。

卷之三（顺治丁亥年至顺治癸巳年共七年）

按①：（沈）佺期字云又，别字复斋，泉之南安人。癸未进士，屡迁都察院御史。后以医行世，依成功，卒于台湾。乔升，丙子举人，屡迁光禄寺卿，泉之晋江人。符甲，癸未进士，晋江人，南京主事；战死，七日不变色，乡人异而葬之。斌字士伦，监纪推官，泉之晋江人。

按：公（笔者按：指傅冠）首在狱中，夜屡吐白光，同囚之有冤者多见之，祈皆验。狱吏朝夕焚香祀之。忽一夜吏梦公辞曰："两年受尔殷勤，我欲还矣。"吏神其事，白于令。不数日，公之子果乞骸骨归葬。已奉谕旨来汀，始得合身首殓之，遍体皆黄金色。有旧衣二件弃墓侧，风雨经年，帛色尚如故。行道者伤而奇之，咸曰："此相公衣也。"见者拜之，无敢动；后为宁化无赖子取去。

按：（卢若）腾字牧州，庚辰进士，金门人。（叶翼）云字敬甫，庚辰进士，厦门人。（陈）鼎字尚图，丁卯乡荐，同安人。郎后执法太严，见怒成功，被收欲杀，计逸内地；为海澄公黄梧所知，遂荐于总督李率泰。泰保题副将，将"郎"换作"琅"字，事绩详见后。

附记：有泉州同安金门人陈讳世宵，浑称"鲻仙"。善术数，语事多中，举动似狂。于丙戌游三山，途次兴化，闻仙游油潭里有王志章者，能刺阴阳事，人称活阎罗。往见之，志章业已先知，置片纸于砚底，属童子候之，曰："若世宵到，令自取视。"次日世宵到，童子语知。世宵读至"鲻鱼死半途。同安血流沟。嘉禾断人种（嘉禾者乃厦门之别号），安海成平浦"之句，悚然。奔见成功，以志章言上陈。功怪其妄，不纳。宵辞归，途次小盈岭暴病而亡。功闻之，亦为之讶。至同安戮屠、血流沟渠，功颇信之。后踞厦门，凡有俘者，悉断其掌放归，以"嘉禾断人种"，欲以压"种"字谶也（泉腔："掌"读作"种"）。癸卯十月，总督李率泰破金、厦，提督马得功战死，请弃诸岛，移民于

---

① "按"字为笔者加。

内地；筑限界守之，犯者无赦。而嘉禾果断人种。安平地在界外，亦遂成平浦焉。其谶悉验。

按：（陈）子壮字集全，号秋涛，万历己未探花，东莞人。守高明六个月，城破，被执不屈，引颈受刑。同时受难刑部主事朱实莲，字子洁，天启辛卯举人；邑庠生黄英元、旻元。家玉字贤子，东莞人，崇祯癸未进士。佟养甲遣巡道张元琳至其家劝薙发，玉冠带出见，不允。元琳去，玉遂与师林洊谋起兵破东莞。韩如琰自惠州来会师。成栋至，弘猷战死，张治、张恂、尹斌咸自缢。玉祖母陈氏、黎氏赴水死。妻彭氏大骂被刃。玉又率龙门众拔博罗，粮尽众溃。玉复走十五岭，集三万余人攻增城。成栋往援，挥骑冲突。玉阵乱，死战，项中三矢，伤一目，赴水死。割其首，颜色不变。其师林洊被执在狱，临刑吟诗曰："愿续当年李侍郎，遗言谢世报高皇。独怜一片忠精骨，不死沙场死法场。"张恂字士和，壬子乡荐。张治字台玉，潮之程乡人。安弘猷，字叔壮，灵壁人。

按：（张）礼即张要，漳之平和小溪人。崇祯间乡绅肆虐，百姓苦之；众谋结同心，以万为姓，推要为首。时率众统踞二都，五月来降。

按①：曾樱字二云，江西人，丙辰进士。隆武亡，依成功。门人阮文锡、陈恭以僧龛抬下船，至金门王槐家收殓。

按：（郑）鸿逵初除天津抚院郑宗周坐营，转隶都督孙应龙麾下。登莱之役，应龙失机，逮系天津狱；复与大同巡抚张廷拱同事。未几，与芝龙平红毛功，勋荫锦衣卫掌刑千户。继晋指挥使。癸未，授登州副将。甲申正月，曾应遴荐副将郑鸿逵缓急可用；诏益兵三千，命鸿逵镇守南赣。至弘光嗣位南京，檄守采石矶，以右军都督挂镇海将军印。时得功为标下守备。

按：苏利，粤之饶平东界人，流落海丰时，有闽之同安人苏秦，浑号"大目公"，标掠海上。利与碣石卫民构衅，争杀不休。民潜出海外请秦为援。秦纠党飞船而入，合民击利。利败，秦遂入碣石。利依秦为

---

① "按"字为笔者加。

裨将，所战必胜。秦喜利同姓，益亲信重。秦偶沾疾，利刺秦自代：明末"五虎乱潮"之一也。后虽投诚，心怀不轨。迨奉旨迁移入内地，利不遵，遂反；为平南王尚可喜用参将高亮福、守备高亮祯兄弟为前锋，一战而灭。考之碣石卫旧志，花都司有记曰："卫地二十五步，有强龙入海，必有隗嚣、公孙述辈踞此二十秋。"计利兴灭足二十载，时日无多寡，其应验如此。亮福字玄素、亮祯字履初，海丰赤坡人。玄素当明季之时，潮民苦于缙绅，众共举刘公显为首，玄素其次也。余马茂素、黄文锦、鲁瑞、黄义、吕云璧、傅君祯、曾十千等，为九军。玄素投诚，授参将。许龙潮之澄海人，亦明末"五虎乱潮"之一，踞南洋横行无忌。后投诚。迨迁移，奉旨入京，官内大臣。

按：给事中金堡已为僧，僧名"金释"。上书定南王，请葬瞿式耜、张同敞。吴江杨艺，为具衣冠葬于北郊之原。

按：陈锦曾同佟鼐、李率泰为三大人，督提督赵国祚攻邱缙于小盈岭复同安县有功，是以擢福建总督。

按：按顺治六年，潮州总兵车任重杀惠潮道李光垣、知府凌犀渠并海阳县桂岳等，横虐百姓，李成栋遣尚久用计杀之。

卷之四（顺治甲午年至顺治己亥年共六年）

按：（刘）国轩，汀州府长汀县赖坑人，面带枣色，雄伟魁梧。胸藏韬略，不得志于世。见知于漳镇左营游击林世用。用委为漳州城北门楼总。楼总者，专司城门也。后轩投诚，授为天津卫总兵。

附记：右都督黄廷统十八镇攻粤东潮之饶平县乌石楼。其石楼小而且坚，内请平和人朱亮为师，指画守御之策。廷百计攻之，不下，反失镇将江龙。是时洪善亦在其间，廷令善开滚地龙。亮观其攻打少缓，举动可疑，讶曰："必用滚地龙法也！"楼中人民惊惶。亮曰："毋忧！可周围放缸盛水，他若果用滚地龙，其水必动。"既而，果见东南角缸水不时摇动。亮就动处令人凿去，就地将所填火桶、地雷尽行搬出；然后填塞其道。迨及发火，寂然无声。不但不破其楼，而且助其许多火药。廷知内有能人，遂撤师而回。故为将者不在兵多，实在算胜。观朱亮之调度料敌，可见为将之一斑。惜其不用于世而泯没也！

按：（甘）辉后果位至中提督，永历封为崇明伯。从成功犯江南，由崇明县而入，被梁化凤所执，不屈而死，功痛惜之。

按：（郑芝）豹封澄济伯。因护庇施郎，成功怒之。后见成功以马得功事杀芝莞，其令太严，不私其亲，于是乘招抚，挈龙妻颜氏自安平入泉州投诚，移居京都。

按：（郑）芝龙置第安平，开通海道，直至其内，可通洋船。亭榭楼台，工巧雕琢，以至石洞花木，甲于泉郡。城外市镇繁华，贸易丛集，不亚于省城。

按：（张）蕴玉，字云路，湖广武冈州人。业儒，有澄清志。时流寇猖獗，率众卫乡，奋勇截杀，寇戒莫犯。后隶安国公刘承胤麾下，屡有战功，授总兵官。投诚，随征福建。性极聪明，凡经水程，便记忆礁线浅深。后平金门、铜山之功，官至粤东澳门副总兵。

按：顾忠，浑名瞎子，去八个月方回。时成功已入长江，败绩回厦。忠是以不果行。

卷之五（顺治庚子年至康熙壬寅年共三年）

按：大兄指万礼。前礼等同盟，以万人合心，以万为姓。万礼即张礼，死南京。成功回厦，建忠臣庙享诸死者，以甘辉为首，次张万礼。后有人怨礼，言其非战死，是逃履水，忙不及去甲，溺死，岂可与阵亡将士齿？成功信之，遂撤去。

按：李之芳，山东进士。甲寅之变，为浙江总督。江元勋犯衢州，实赖之芳。后拜相国。

按：时鸣雷在台有过失，恐成功见责，故给假来厦搬眷，因而设言吓洪旭等人。

卷之六（康熙癸卯年至康熙甲寅年共十二年）

按：永历于康熙元年二月间被吴三桂追至缅甸，被弑已死，天下咸知。成功以路遥凶信未确为辞，仍存故朔，经遵守之，附称永历年号。

按①：（陈启）泰字大来，辽东盖州人。郑经登岸，闻其忠贞慷慨，

---

① "按"字笔者加。

令属县设祭。备仪仗鼓乐，礼葬于漳州东之坂。迨康熙丁巳年平复，圣祖仁皇帝赐祀其庙。越戊午，圣祖再行福、漳二府祀典。谥曰"忠贞"。荫其二子，长汝器，官至安徽巡抚。

按①：（陈）丹赤字献之，别号青城，辛卯科乡荐。福州府闽县人。丁巳恢复，以其事上闻。赠通政使，谥"忠毅"，建祠温州府华盖山，春秋祀之。而永嘉知县马玠不与焉。至康熙四十二年，圣祖南巡，询当时事，方赠玠布政使司，谥"忠勤"。又御书"旌劳葵忱"四字扁额，赐建"双忠祠"，合祀于华盖山上。玠字奉璋，登顺治甲午科乡荐。陕西武功县人。子逸姿，恩荫江苏布政。丹赤子一夔，恩荫浙江运使。

按：养性侵犯浙江，提督塞白里接应蔡朝佐反，会同黄岩总兵阿尔泰，提师至温州北岸溪灶地方。忽而祖弘勋反引养性过新桥，攻乐清县。白里恐截其归路，退守宁波府。八月十九日，养性进屯海坑，又令水师张拱垣率船二百余号，入泊海澳。白里遣宁波城守游击任惟我同其本标左营游击王英，领兵往援。迨养性密通阿尔泰，泰亦剪辫反，遂进踞椒山、小梁山、蔡岭、白塔山诸处，连营数十里，窥迫台州，势甚猖獗。时，随征福建提督段应举领师战浮桥头，失利，台州危急。白里率其中营游击洪元、前营游击胡鏖同王英、任惟我往援，屯师双门，离台州八十里，相拒。十月，镶蓝旗贝子王富喇塔提师至，两相对垒。越次年乙卯六月，象山副将罗万里反，合养性断台州、宁波粮道。七月十五日，富喇塔命副都统吴申、巴图鲁李尔塔布等八旗，集仙居县。用王英计，假收毛坪，暗渡乌岩。于八月初八日夺凉坪，踞半岭，救援台州。

按：王英，本姓吴，泉之晋江人。投诚，随标浙江，见知于提督塞白里，保英为中营游击，屡立战功。后召平闽，任同安总兵。题复本姓。继从施琅平台有功，历任提督，挂"威远将军"印。

按：（郑）经承父例，总兵以下皆自委任，如公、侯、伯及提督，必修表请封，然后出印谕。

按：（乔）甲观，进士。漳浦知县。与刘炎不睦，炎反，恐炎害，

---

① "按"字笔者加。

托往乡征粮，遂遁厦门依郑经。

附记：刘豹曾在四川，杀姜总兵一家投诚。姜最善一大师。是夜，师梦姜来嘱曰："我欲往福建漳州府平和县黄家投胎报怨。烦师二十年后来相望！"师于甲寅正月间云游至漳，谒刘豹出。忽门外喝声，避道旁。仰观芳度相貌，与姜总兵无二。随询店主人："此何官？"主人曰："乃海澄公大阿哥黄变舍也。"师又问曰："何处人氏？"答曰："平和人。"师点首，随到公府辕门打坐。适芳度出，见之，即延师入书室。谈吐如旧识，又供午斋。送之出，依依携手，至北街头方别；况变舍素不喜僧，众大异之。后豹果为芳度所杀。迨芳度被经磔于市，而师复至，立于台畔，朗诵经忏。观者问之，师以前事详述，飘然而去。漳之人士多闻此段因果。

按：曾成后投诚。随施琅平台澎，官碣石卫总兵。应鸣后投诚，征吴三桂有功，官山东总兵。

又按：潮州虽设总兵，城守城禁以及城门锁钥悉系（邓）光明主收。

按：（马）兴隆即杨希震。收复后，被朱天贵所害。（蔡茂）植字锡朋，澄海学生员。后投诚，任达濠副将。（王仕）云字望如，江南进士。

按：（张）若仲字声玉，号决峦，庚辰进士。官益王长史。若化字雨玉，丙子举人。官御史。甲申闻变，兄弟结茅隐于灶山，躬耕治圃，足不下山者三十余年。

卷之七（康熙乙卯年至康熙丁巳年共三年）

按：（黄芳）世、（黄芳）泰二人回粤依可喜。迨之信剪辫降吴三桂与郑氏和，惧郑氏相索，走依马雄，雄以广宁县与之驻扎。丁巳四月间，大师至，芳世逸出江西，投和硕康亲王。

按：（王）进功于甲寅四月至省，为精忠所困，欲并其家，其子急而归郑。至郑、耿交好，进功之妻与子请于经，经修书与精忠，欲进功回。时，精忠业以女妻进功次子，精忠欲功子入省，方肯放功回泉。经执欲功先回，然后送其子入省完婚。争执不定而中止，回时计有三年矣。

按：（虞）承谟，辽东盖州人，壬辰进士。抚浙，廉正有声。追擢闽督，值于甲寅三月望日，禁于幽室。绝粒求死者再，悉为守者防护劝慰。及耿平事闻，圣祖有"智不及展，勇不及施"之语褒之，谥曰"忠贞"，祀福州城内乌石山之南。

按：蔡寅。住龙溪县之马口乡，奉素种园。与漳浦僧道一最善，往来言欢有年。道一庵中蓄一白狗，老而毙，因葬寺左之埔。久而成怪，遇晚变为秀士，衣白衣，游戏两旁。左右乡人悉见，询道一："庵有何客？"道一曰："无。"众口一词，道一疑是狗变幻，意欲迁毁。狗随托梦蔡寅，求其庇护，后当重报。寅觉诧异。是日，道一欲往漳，顺途顾寅。寅延入室，加意缱绻，随叩其故。道一曰："实有是事。"寅求之曰："业已相托，求大师勿迁。"道一许之，别去。是夜，又梦狗来谢，遂附焉，有事先报知。寅遂生计，供奉哪咤太子，灵验无比，祈祷者接踵。适泉、漳郑经遁厦，寅往同安路次，招集余党，诈称曰："我乃朱三太子"，倡乱惑人。道一知寅势盛，亲往十八保山，见寅索谢。寅以"兵饷尚无措处，安有余囊堪以遗赠？俟日后作报耳"！道一辞归，寅亦不留。道一愤回庵，将狗掘开，其体如生。以火焚之，燃扬其骨灰。从此，寅无所闻，术亦不灵。被总督姚启圣所败，奔归郑经。经授寅荡卤将军，改名蔡明文。

按：（姚）启圣初除广东香山县，因卢总督揭平南王通海接济，悉由香山澳出，章连启圣。本出三日，送稿与王，王遂参总督虐民数十款，星驰兼程进京。本上，在总督前二日。总督闻报，惧王势力，投缳。时，陈文嵌在总督处为旗鼓。二比俱发，拿问，启圣、文嵌均系狱，故善交焉。

卷之八（康熙戊午年至康熙庚申年共三年）

按①：姚仪，（姚）启圣子，有膂力，武艺娴熟。从启圣出征，屡著功。后以恩荫，除山西太原知府。陛见，改为狼山总兵，转擢銮仪卫正堂。

---

① "按"字笔者加。

按：（姚）启圣，号忧庵，浙江绍兴府人。中北直隶解元，除广东香山知县。缘事革职，永不叙用。甲寅，三藩倡乱，康亲王奉命平闽。启圣投亲王军前，愿捐资募兵，同其子仪从征。亲王加以"随征道衔"。屡献奇谋于浙之温、处，亲王甚器重之。至入闽，亲王以粮饷为军需要务，非贤能筹画者任之不可，故委启圣署布政司事。迨往潮州说刘进忠投诚，亲王愈爱重之。知有方略，任以总督。

按：（吴）兴祚亦绍兴府人。降任江南无锡知县。捐资募兵，从征恢复。亲王军前，事无大小，咸委托焉。入闽，任以刑名。适海氛肆虐，故以祚为巡抚。

评曰：任尔仪、秦再世，难说巡远真心；不让前贤往哲，独占盛世于今。将军此头可断，赤心许国无移。宁甘煮皮掘鼠，岂肯剪辫降旗。

按：（李）光地，字厚庵，别号晋卿，庚戌进士。甲寅，耿藩反闽，光地居山，与其叔日煜练乡勇，扼险不从逆。官至拜相。煜以军功，官历湖广永州总兵。

按：林贤，字尊一，泉之晋江人。水务谙熟，屡有战功。以援剿左镇平金厦各岛，授海坛总兵。黄镐，亦晋江人，以军功授铜山总兵。陈子威，福州闽县人。以平海军功，历任广南韶道、庄凉道，又改调陨襄道。何应元，亦闽县人。以军功授果北口总兵。

按①：王英因解泉围，启圣召其从漳平路来漳浦中营。蓝理，字义甫，漳浦人。后平台澎功，官宣府总兵。历舟山、天津，升福建陆路提督。六奇，漳浦人。以平台功，官至赣州总兵。李近，亦漳浦人。以平十九寨功，官浙江黄岩总兵。

按②：（邓）茂公，字鼎卿，诏安人，武弟子员。佐六奇，屡有机谋。后从施琅平台澎功，官广东香山副将。

按③：吕韬，原漳州城守营守备。出守江东桥，战北，阴通（刘）

---

① "按"字笔者加。
② "按"字笔者加。
③ "按"字笔者加。

国轩。事露，启圣参拿解省审问。轩侦知，遣英义镇林彪带众伏于同安界牌，截抢归海。

按：（万）正色，字中庵，泉之晋江人，能使大刀。海上投诚，改姓黄，移驻山东。甲寅之变，历著战功，任陕西云安镇左营游击。征朝天关，破贼千余颗。困于盘龙山，屡劫其营。正色奋勇御之，共二十七日。后窥贼势稍倦，正色持大刀，首先冲杀。手刃十余猛，众咸以一当百，破围而出。敌人闻其名，咸称"黄大刀"。官山西平鲁卫参将，方复姓万。（陈）儒，字孝若，别号雅庵，泉之安溪人。亦海上投诚。有胆略。从正色征战数十阵。当盘龙山之困，儒亦在焉，与正色首尾御敌。追拟冲围，又令儒殿后。在岳州，曾独驾八桨船，击吴三桂巨艘。杀贼焚舟，仍出毋恙，贼遂相戒云："当避陈长子！"因其汉高大，故浑名之。后随正色入闽，平海坛、金、厦等岛。至施琅，方用儒中营守备，配坐大鸟船，克澎湖、抚台湾，始复姓林。官历贵州安龙总兵。

按①：田单之拒强燕，与吴淑之守坂尾，可谓并肩无二。奈天不祚明，使其早逝。则轩之无辅佐，不能恢复可知。惜夫！

卷之九（康熙辛酉年至康熙癸亥年共三年）

按：国太董氏，原与成功不合。因辛卯岁马得功陡然率骑兵从高崎渡厦，守将芝莞闻报，收拾辎重，弃岛下船，且不顾董氏；董氏闻报，独怀郑门神主出奔，金珠宝玩一无所取。以此，成功嘉其大有见识，遂敬重之，并预兵旅事。迨至孀居，每深戒子孙：当抚恤百姓，厚待将士。至于丁巳，败七府，弃诸岛，叹曰："若辈不才，徒苦生灵耳！"凡台湾有被掳与孤贫丁役，咸受其惠。

按：后至癸亥年平台湾，姚启圣以其事题请：诰封郑氏一品夫人。都统张梦吉差防御张国柱搬诸柩入京，择地安葬。

按②：（陈）昂字星华，平澎、台功，历任粤东碣石镇总兵，后转粤副都统。

---

① "按"字笔者加。
② "按"字笔者加。

按：成功踞金厦，震动滨海。有问黄檗寺隐元禅师曰："成功是何星宿投胎？"元曰："东海长鲸也。"再问："何时得灭？"元曰："归东即逝。"辛丑，成功攻台，红毛望见一人峨冠博带，骑鲸鱼从鹿耳门游漾而入。后功诸船果从是港进。癸卯年四月间，功未病时，有副将杨明梦成功冠带骑鲸鱼，由鲲身之东出于外海。觉而大异，与人述之。不数日，而成功卒。正符隐元"归东即逝"之言。

按：隐元住黄檗寺，德行精修。曾遣其首座报师过日本国。至港口，舟覆而死。越岁，元往。将至港口，梦首座领众来迎。次日，风浪大作，群鱼千万。船众咸恐栗，共请于元。元曰："毋虑！"令侍者出纸笔书"免朝"二字于水仙门外焚之。顷而风息鱼散。元居日本，国中人奉如活佛。

卷十（康熙癸亥六月至十二月）

按：天贵与戎旗一镇林应是儿女姻家；应又与江胜、胜与邱煇，俱是婿门亲家，故天贵系四门亲家。

按：佛郎机，在西南，干系腊在东北。其用大小银钱：最小者四分半，次者九分，又大者一钱八分；三钱六分者，名曰中钱；七钱二分者，名曰大钱。以中钱为一个钱用，不论大小轻重。

按：佛郎机人互市得利，遂奉黄金为吕宋王寿，向王乞地得一牛皮大。王许之。佛郎机酋阴截牛皮细条，相连圈围，已逾百丈。王有难色，但业许之。佛郎机酋立将其地筑城，城内置楼台、城上列大炮以自固。后杀王兄弟，并其众。

按：（林）宝原海上宿将，启圣题为左营；凡平海事，悉以询之。当欲出师先，启圣问宝，欲与琅同去。宝以六月飓风不测，澎湖山屿低矮难攻，故启圣中止。

（据福建人民出版社1983年整理本）

梼杌闲评

又名《明珠缘》。佚名撰。清初章回小说。五十回。据崇祯"怀忠"谥号,书当成于崇祯十七年(1644)或以后。小说叙魏忠贤与天启帝乳母客氏相互勾结,一步步把握朝政,陷害忠良,打击异己,恶贯满盈,最后受到恶报。作者通过对魏客等阉党集团斑斑劣迹的描写,反映了作者对祸国殃民者痛恨的遗民心态。主要版本有清初刊本等。《古本小说集成》据复旦大学图书馆藏清初刊本影印。

总 论

诗曰:

博览群书寻故典,旁搜野史录新闻。
讲谈尽合周公礼,褒贬咸遵孔圣文。
按捺奸邪尊有道,赞扬忠孝削谗人。
零裁锦绣篇篇好,碎剪冰霜字字真。
春夏秋冬排景致,风花雪月按时新。
丁当击玉敲金字,剔透蟠龙绣凤纹。
壮似秋风吹战垒,清如夜雨上松林。
助添豪杰英雄气,感激忠臣烈士心。
美玉良金思巧匠,高山流水待知音。
当场告禀知音者,忙里偷闲试一听。

日月隙驹,尘埃野马,东流下尽江河泻,向来争夺利名人,百年几个长存者。

童叟闲评渔樵话,是非不在《春秋》下。自斟自饮自长吟,不须赞叹知音寡。

《满江红》：

欲界茫茫，待足时、何时是足。凝眼望，功名千里，云台高筑。世事浑如花上露，人生一似风前烛。问一年、几见月当头？杯频覆。

逐不尽，秦庭鹿。愠不住，新亭哭。看繁华转眼，玉楼金谷、叱咤风雷神气壮，鞭笞山岳威名肃。到头来、都付水东流，空劳碌。

且复何言，纵狂歌、唾壶敲缺。心头事，呼天剑啸，避人眦裂。竟致咆哮凭虎豹，不堪凝冱常冰雪。问妻儿、张口视其中，存否舌？

忽发作，醉激烈。难止遏，狂时节。欲登天丞请，假吾丈铁。大嚼疗饥奸贼脑，横吞解渴残臣血。读《春秋》、此笔在人心，何尝绝。

古往今来，青史上、分明实写。请君看，贤奸忠佞，何曾假借。振主威权名赫奕，倾人机械魂惊怕。想胸中、犹觉志难伸，一人下。

忠义士，偏遭叱。凭吊泪，休频洒。看尘开镜照，云空日射。事败族诛群一快，棺开尸戮谁能赦。叹小人、枉自逞英雄，千秋骂。

盖闻三皇治世，五帝分轮，君明臣良，都俞成治，故成地天之泰。后世君闇臣骄，上蒙下蔽，遂成天地不交之否。世运草昧，生民涂炭，祸患非止一端，然未有若宦官之甚者。盖此辈阴柔之性，悍厉之习，与人主日近日亲。始则牵连宫妾，窥伺人主之意向，变乱是非。既则口衔天宪，手弄王章，威权盛极，不至败亡不已。若汉之十常侍，诛戮缙绅，流毒中外，赤帝子四百年基业，尽丧阉人之手。唐始于李辅国、鱼朝恩，日浸月渐，酿成甘露之变，祸莫大焉。惟宋内侍受制中书，韩魏公以一纸贬退任守忠，奠国家于磐石，此足见元辅作用，亦是君上英明信任，故能如此。其后杨戬、童贯之流，浸淫日盛，运花石纲，开召边衅，蛊惑君心，靖康之祸，有自来矣。至于明太祖既定天下，鉴前代之失，宦者官不过四品，止供洒扫传命令，不许识字知书。后世因循日久，坏了祖宗成法，溺爱养奸。而王振、刘瑾之徒，作恶惨极。后到天启年间，一个小小阉奴，造出无端罪恶。正是：

说来华岳山崩折，道破黄河水逆流。

（据清初刊本）

铁冠图

又名《忠烈奇书》《崇祯惨史》等。松排山人编。清初章回小说。五十回。据学界考据，小说当成书于清顺康时期。小说以"铁冠图"预示故事情节总体走向与结局，以阎法一家的悲欢离合钩联故事情节。在小说中，作者增加了李自成杀害父母以应天命等情节，以表达了对李自成的痛恨。主要版本有光绪四年（1878）宏文堂刊本等。《古本小说集成》据光绪十年（1884）刻本影印，据光绪四年（1878）刊本辑补。

忠烈奇书序

汉之高祖，明之太祖，皆以布衣而得承天运。在七国之余，纷争五百秋，岁无宁日。汉高承秦苛改六国之后，项氏出而合立楚义帝。项羽强横而弑其君，汉高入关与父老约法，议除秦弊政，后与项羽纷争，不五载而灭之垓下。是藉文武智略以混归一统，以不嗜杀人而得之，项羽不强乎？唯强暴而败，是可鉴也。即明太祖亦以淮右布衣而兴。慨然有安天下之志，救拯生民之心。倡大义人濠，一时豪客云集，定都于金陵。命将出师，一举而平西汉，再战而灭东吴，三驾而克先都。不数载遂成帝业，的是王者之师。所至者皆以民为重，故以得之易。且享国久，是恩泽洽于民深也。岂若此闯、献二贼，为盗之初即以劫掠。初劫边民，后残暴蹂州踹府，杀无遗类。剖腹剜心、挖目刖足、割耳切鼻。堆薪以焚尸，剖人腹以暖马足，钩人耳以马饮血。攻城五六日不下，城陷之日，必尽屠戮。城将陷，以兵围外濠，缒城者杀之。故一城之陷，残杀过多，岂体上苍好生之德者，是闯与献终于贼焉。至于承天门是入，御座是升，亦云得矣，何至升座辄得目眩头晕？铸永昌钱不成，铸洪基钱又不成者，何哉？盖失其民者失天下，得其民斯得天下。故为渊驱鱼者獭，为丛驱雀者鹯，为汤武驱民者桀纣，圣贤之训，千古不易之则。故秦、楚为汉高祖之獭鹯，汉、吴又为明太祖之獭鹯。然则今之闯、献又为大清圣主之獭鹯。癸乎是以为之序云。

[据光绪十年（1884）刊本]

新世弘勋

又名《盛世弘勋》《定鼎奇闻》《新史奇观》《顺治过江全传》等。蓬蒿子编。清初章回小说。二十二回。作于顺治八年（1651）。"此书实脱胎于《新编剿闯通俗小说》，仅增益首尾及删去书中'虏'字耳。"（孙楷第语）小说虽对清朝有恭维之词，但对亡明者李自成充满了仇恨，是一部典型的遗民小说。小说的版本繁多，主要版本有庆云楼本、载道堂本、姑苏稼史轩本、福文堂本、集古居本、一笑轩本等，民国时还有上海锦章书局、天华书局的石印本等。《古本小说集成》据庆云楼本缩印。

庆云楼本识语

是刻详载逆闯寇乱之因由，恭纪大清荡平之始末。虽大端百出，而铺序有伦；虽小说一家，而劝惩有警。其于世道人心，不无少补，海内识者幸请鉴诸。

（据大连图书馆藏庆云楼本）

稼史轩本齐如山识语

此书完全脱胎于《剿闯小说》。盖恐原书犯禁，故将其中之"虏"字删去，又在前后加了两段恭维清朝的文字。到乾隆朝，原书与此终皆被禁。按，此中并无违禁字样。或因两书确是一物，禁彼则不好意思不禁此耳。虽亦被禁，但终系被原书连禁亦不严，书肆偷行刊印者亦未遭官家干涉。清初印本尚有存者，如庆云楼、载道堂等刊本是也。嘉庆以后印者亦复不少，后改名《新史奇观》，印者尤多。稼史轩本亦清初出板，共有两种：一为足本，即此；一为节本。均不多见。据《中国通俗小说书目》载、《日本舶载书目》载，曾经著录，国内尚无存者。余最初收得节本，后又得此，乃将为镂梓而装潢之。

民国三十三年，齐如山识，时年六十有八。

（据齐如山藏稼史轩本）

小 引

  国家治乱，气数兴衰，运总由天，复因人召。当明季之世，妖异迭生，灾沴屡见，是以覆地翻天之祸。成于跳梁跋扈之徒，使生民罹害，烈于汤火。迨夫否极而泰承，乱甚而治继，天应人顺，大清鼎新，迅扫豺狼，顿清海宇。令赤眉尽歼于秋肃锋芒之下，俾黔首咸登于春台化育之中，率土倾心，普天欢忭，又讵非斯世斯民一大庆幸哉！

  兹《新世鸿勋》一编，乃载逆闯寇乱之始末，即所谓运数兴替之因由。然运数虽系乎天机，而厥因实由于人造。惟愿举世之人，悉皆去恶存善，就正离邪。既无邪慝因缘，自绝循环报复。虽亿万斯年，当永享太平之盛也！

  顺治辛卯天中令节蓬蒿子书于耨云斋中。

（据大连图书馆藏庆云楼本）

续金瓶梅

原题紫阳道人编。紫阳道人即丁耀亢。清初章回小说。六十四回。作于顺治十七年（1660）。此书系《金瓶梅》续书之一。作者借《感应篇》之无字解，表达自己的天道不可违和因果报应之历史观和人生观，又借宋金易代的历史，反映明清易代的现实，体现清军的残暴。也正是后者的原因，康熙三年（1664）出现了《续金瓶梅》案，此书也进入禁毁之列。主要版本为顺治十七年（1660）刻本等。《古本小说集成》据此版本影印。

卷首识语

《金瓶梅》一书，借世说法，原非导淫，中郎序之详矣。观者色根易障，棒喝难提，智少愚多，习深性灭，以打诨为真乐，认火宅作菩提，如不阐明，反滋邪道。今遵颁行《圣明太上感应》诸篇，演以《华严》《梓潼》经诰，接末卷之报应，指来世之轮回。即色谈空，溯因说果。以亵言代正论，翻旧本作新书。冷水浇背，现阴阳之律章；热水消冰，即理学之谐语。名曰公案，可代金针。

［据顺治十七年（1660）刻本］

续金瓶梅序

天隐道人曰：《续金瓶梅》，古今未有之奇书也，正书也，大书也。大海蜃楼，空中梵阁，画影无形，系风无迹，齐谐志怪，庄列论理，借海枣之谈而作菩提之语，奇莫奇于此。唐人《纪事》则藻绮风云，元人《说海》则借谈神鬼，虽快麈谈，无裨风化。此则假饮食男女讲阴阳之报复，因鄙夫邪妇推世运之生化，涤淫秽而入莲界，拔贪欲以返清凉。不堕狐禅，不落理障，衮贤鞭佞，崇节诛淫，上翊天道，下阐王章，正莫正于此。以漆园之幻想，阐乾竺之真宗；本曼倩之诙谐，为谈天之炙毂。齐烟九点，须弥一芥，元会恣其笔底，鬼神没于毫端，大莫大于此矣!

作者曰:"予生平诗文袭彩炫世,未有可以见阎罗老子者,吾将借小说作《感应篇》注,执贽于婆提王焉。知我者,其惟《春秋》乎!"道人笑曰:"然。"

烟霞洞天隐题于定香桥。

[据顺治十七年(1660)刻本]

续金瓶梅叙

不善读《金瓶梅》者,戒痴导痴,戒淫导淫。吴道子画地狱变相,反为酷吏增罗织之具,好事不如无矣。五祖演举小艳诗,说佛祖西来意,频呼小玉,少年一段风流,克勤便为上首。紫阳道人以十善菩萨心,别三界苦轮海,隐实施权,遮恶持善,从乳出酥,以楔出梢,政复不减读《大智度论》,何曾是小说家言也!《阿含经》云:"人痴故有生死,本从痴中来。今生为人复痴,不念世间苦,不知犁泥中拷治剧。"

续编六十四章,忽惊忽疑,如骂如谑,读之可以瞿然而悲,粲然而笑矣。《法华方便品论》云:儒诗六义,以思无邪为指归;释教五时,闻佛知见是究竟。天台智师,性善兼明性恶,六祖、七祖,善恶都莫思量。相待义门,强名因果,证穷念绝,何果何因?善读是书,檀郎只要闻声;不善读是书,反怪丰干饶舌尔。共识文字性空,不妨同德山疏抄一时焚却。是乃续《金瓶梅》六十四章竟。

南海爱日老人题。

[据顺治十七年(1660)刻本]

续金瓶梅集序

小说始于唐宋,广于元,其体不一。田夫野老能与经史并传者,大抵皆情之所留也。情生则文附焉,不论其藻与俚也。《金瓶梅》旧本言情之书也。情至则流易于败检而荡性。今人观其显不知其隐,见其放不知其止,喜其夸不知其所刺。蛾油自溺,鸩酒自毙,袁石公先叙之矣。作者之难于述者之晦也。今天下小说如林,独推三大奇书曰《水浒》

《西游》《金瓶梅》者，何以称夫？《西游》阐心而证道于魔，《水浒》戒侠而崇义于盗，《金瓶梅》惩淫而炫情于色：此皆显言之，夸言之，放言之，而其旨则在以隐，以刺，以止之间。唯不知者曰怪，曰暴，曰淫，以为非圣而畔道焉，乌知夫稗官野史足以翼圣而赞经者。正如《云门》《韶濩》，不遗夫击壤鼓缶也。夫得道之精者，糟粕已具神理；得道之粗者，金石亦等瓦砾。顾人之眼力浅深耳。

《续金瓶梅》者，惩述者不达作者之意，尊①今上圣明颁行《太上感应篇》，以《金瓶梅》为之注脚，本阴阳鬼神以为经，取声色货利以为纬，大而君臣家国，细而闺壶婢仆，兵火之离合，桑海之变迁，生死起灭，幻入风云，因果禅宗，寓言亵昵。于是乎谐言而非蔓，理言而非腐，而其旨一归之劝世。此夫为隐言、显言、放言、正言，而以夸、以刺，无不备焉者也。以之翼圣也可，以之赞经也可。

时顺治庚子季夏，西湖钓叟书于东山云居。

[据顺治十七年（1660）刻本]

续金瓶梅后集凡例

一、兹刻以因果为正论，借《金瓶梅》为戏谈。恐正论而不入，就淫说则乐观。故于每回起首，先将《感应篇》铺叙评说，方入本传。客多主少，别是一格。

一、小说以《水浒》《西游》《金瓶梅》三大奇书为宗。概不宜用之乎者也等字句。近观时作，半有书柬活套，似失演义正体，故一切不用。间有采用四六等句法，仿唐人小说者，亦即时改入白话，不敢粉饰寒酸。

一、此刻原欲戒淫，中有游戏等品，不免复犯淫语，恐法语之言与前集不合，故借金莲、春梅后身说法，每回中略为敷演，旋以正论收结，使人动心而生悔惧。

一、小说类有诗词，前集名为《词话》，多用旧曲，今因题附以新

---

① "尊"作"遵"似更通顺。

词，参入正论，较之他作，颇多佳句，不至有套腐鄙俚之病。

一、前集中年月、事故或有不对者，如应伯爵已死，今言复生，曾误传其死，一句点过。前言孝哥年已十岁，今言七岁离散出家，无非言幼小孤孺，存其意，不顾小失也。客中并无前集，迫于时日，故或错说，观者略之。

一、坊间禁刻淫书，近作仍多滥秽。兹刻一遵今上颁行《太上感应篇》，又附以佛经、道箓，方知作书之旨，无非赞助圣训，不系邪说导淫。

一、前集止于西门一家妇女酒色、饮食言笑之事，有蔡京、杨提督上本一二段，至末年金兵方入杀周守备，而山东乱矣。此书直接大乱，为南北宋之始，附以朝廷君臣忠佞贞淫大略，如尺水兴波，寸山起雾，劝世苦心，正在题外。

一、兹刻首列《感应篇》并刻万岁龙碑者，因奉旨颁行劝善等书，借以敷演，他日流传官禁不为妄作。

[据顺治十七年（1660）刻本]

续金瓶梅借用书目
今上皇帝御序颁行太上感应篇

大方广佛说妙法华严经

金刚般若波罗蜜经

圆觉经

弥陀经

楞严经

法华经

般若经

仁王觉经

观音经

佛遗教经

大智度论

止观论

梁皇忏

禅宗语录

法苑珠林

高僧传

梓潼帝君真诰

文昌化书

老子道德经

清净经

玉枢经

庄子南华经

阴符经

黄庭经

群仙珠玉

参同契金丹正要

易经

春秋

左传

资治纲目通鉴

宋史

金史

列子

抱朴子

淮南子

唐诗归

夷坚志

艳异编

说海

元人六十家小说

艺文类聚

耳谈

活阎罗断

陈白沙先生文集

王阳明先生文集

李卓吾先生焚书

枕中十书

迪吉录

丁野鹤天史

西湖志

水浒传

西游记

平妖传

昙花记

买愁集

南曲吴骚

北曲雍熙乐府

元人百种曲

[据顺治十七年（1660）刻本]

太上感应篇阴阳无字解序

尝闻：天下有道，听治于人；天下无道，听治于神。神者，体物而不可见，来格而不可度。祈福则曰有神，恣恶必曰无鬼。鬼神以助，王法之不及者也。

自奸杞焚予《天史》于南都，海桑既变，不复讲因果事。今见圣天子钦颁《感应篇》，自制御序，谕戒臣工，可谓皇皇天命矣。海内从风，遂有广其笺注，汇集征验，以坚人之信从者。上行下效，何其盛欤！亢不敏，病卧西湖，既不克上膺简命，而效职于民社，谨取御序颁行《感应篇》而重锓之。欲附以言，而笺者已详之矣。吾闻天道至秘，以言解之而反浅。人心惟微，以法绳之而愈遁。不如以不解解之。姑因大易阴阳，为人心祸福之几；画像白黑，定天道殃祥之数。数极而九贯盈也，次而七之，五之，二三之，因其功过概其量也。谈《易》者，始于无极；参禅者，妙于无字。解者，解之；不解者，不必解也。

附以《天史·管见》十章，如左注《春秋》、庄演《道德》同一无解耳。

时顺治庚子孟秋，西湖鸥吏惠安令琅琊丁耀亢谨序。

[据顺治十七年（1660）刻本]

太上感应篇阴阳无字解

鲁诸邑丁雄亢参解

太上曰："祸福无门，唯人自召；善恶之报，如影随形。"是以天地有司过之神，依人所犯轻重以夺人算。算减则贫耗，多逢忧患，人皆恶之，刑祸随之，吉庆避之，恶星灾之，算尽则死。又有三台北斗神君在人头上，录人罪恶，夺其纪算。又有三尸神在人身中，每到庚申日，辄上诣天曹，言人罪过。月晦之日，灶神亦然。凡人有过，大则夺纪，小则夺算。其过大小有数百事，欲求长生者，先须避之。

善道凡二十四条：

是道则进，非道则退。

不履斜径，不欺暗室。

积德累功。

慈心于物。

忠。

孝。

友悌。

正己化人。

矜孤恤寡。

敬老怀幼。

昆虫草木，犹不可伤。

宜悯人之凶。

乐人之善。

济人之急。

救人之危。

见人之得，如己之得；见人之失，如己之失。

不彰人短，不炫己长。

遏恶。

扬善。

推多取少。

受辱不怨。

受宠若惊。

施恩不求报。

与人不追悔。

所谓善人，人皆敬之，天道佑之，福禄随之，众邪远之，神灵卫之，所作必成，神仙可冀。欲求天仙者，当立一千三百善。欲求地仙者，当立三百善。

恶类凡一百五十三条：

苟或非义而动，背理而行，以恶为能，忍作残害。

阴贼良善。

暗侮君亲。

慢其先生。

叛其所事。

诳诸无识。

谤诸同学。

虚诬诈伪。

攻讦宗亲。

刚强不仁。

狠戾自用。

是非不当，向背乖宜。

虐下取功。

谄上希旨。

受恩不感。

念怨不休。

轻蔑天民。

扰乱国政。

赏及非义。

刑及无辜。

杀人取财。

倾人取位。

诛降戮服。

贬正排贤。

凌孤逼寡。

弃法受赂。

以直为曲，以曲为直。

入轻为重。

见杀加怒。

知过不改，知善不为。

自罪引他。

壅塞方术。

讪谤圣贤，侵凌道德。

射飞逐走。

发蛰惊栖。

填穴覆巢。

伤胎破卵。

愿人有失。

毁人成功。

危人自安。

减人自益。

以恶易好。
以私废公。
窃人之能。
蔽人之善。
形人之丑。
讦人之私。
耗人货财。
离人骨肉。
侵人所爱。
助人为非。
逞志作威。
辱人求胜。
败人苗稼。
破人婚姻。
苟富而骄。
苟免无耻。
认恩推过。
嫁祸卖恶。
沽买虚誉。
包贮险心。
挫人所长。
护己所短。
乘威逼胁。
纵暴杀伤。
无故剪裁。
非礼烹宰。
散弃五谷。
劳扰众生。
破人之家，取其财宝。

决水放火，以害民居。
紊乱规模，以败人功。
损人器物，以穷人用。
见他荣贵，愿他流贬。
见他富有，愿他破散。
见他美色，起心私之。
负他货财，愿他身死。
于求不遂，便生咒恨。
见他失便，便说他过。
见他体相不具而笑之。
见他才能可称而抑之。
埋蛊厌人。
用药杀树。
恚怒师傅。
抵触父兄。
强取强求。
好侵好夺。
掳掠至富。
巧诈求迁。
赏罚不平。
逸乐过节。
苛虐其下。
恐吓于他。
怨天尤人。
呵风骂雨。
斗合争讼。
妄逐朋党。
用妻妾语，违父母训。
得新忘故。

口是心非。

贪冒于财,欺罔于上。

造作恶语,谗毁平人。

毁人称直。

骂神称正。

弃顺效逆。

背亲向疏。

指天地以证鄙怀。

引神明而鉴狠事。

施与后悔。

假借不还。

分外营求。

力上施设。

淫欲过度。

心毒貌慈。

秽食喂人。

左道惑众。

短尺狭度,轻秤小升。

以伪杂真。

采取奸利。

压良为贱。

谩蓦愚人。

贪婪无厌。

咒诅求直。

嗜酒悖乱。

骨肉忿争。

男不忠良。

女不柔顺。

不和其室。

不敬其夫。

每好矜夸。

常行妒忌。

无行于妻子。

失礼于舅姑。

轻谩先灵。

违逆上命。

作为无益。

怀挟外心。

自咒咒他。

偏僧偏爱。

越井越灶。

跳食跳人。

损子堕胎。

行多隐僻。

晦腊歌舞，朔旦号怒。

对北涕唾及溺。

对灶吟咏及哭。

又以灶火烧香。

秽柴作食。

夜起裸露。

八节行刑。

唾流星，指虹霓，辄指三光，久视日月。

春月燎猎。

对北恶骂。

无故杀龟打蛇。

如是等罪，司命随其轻重夺其纪算，算尽则死，死有余责，乃殃及子孙。又诸横取人财者，乃计其妻子家口以当之，渐至死丧。若不死丧，则有水火盗贼、遗亡器物、疾病口舌诸事以当妄取之直。又枉杀人者，是易刀兵而相杀也。取非义之财者，譬如漏脯救饥、鸩酒止渴，非不暂饱，死亦及之。夫心起于善，善虽未为，而吉神已随之。或心起于恶，恶虽未为，而凶神已随之。其有曾行恶事，后自改悔，诸恶莫作，众善奉行，久久必获吉庆，所谓转祸为福也。故吉人语善，视善，行善，一日有三善，三年，天必降之福；凶人语恶，视恶，行恶，一日有三恶，三年，天必降之祸。胡不勉而行之？

[据顺治十七年（1660）刻本]

续英烈传

空谷老人编,亦作秦淮墨客编。清初章回小说。三十四回。小说"综建文、永乐故实",以"野乘之流传""为考古之先资","词取达意""事必摭实"(《秦淮墨客序》),记述了明初"靖难之变"这一历史事件,既歌颂永乐皇帝续大统的英伟,又对落难为僧的建文帝寄寓深深的同情,表现了作者寄情故明与不满篡国者残暴的遗民情怀。主要版本有励园书室刊本等。

续英烈传叙

胸贯三长,而后可以定一朝之实录;识破千古,而后可以论一代之是非。故修史难,而读史亦匪易也。古学士擢身兰台,从容簪笔,得以伸其鸿才卓见于藜光之下。当今不幸而伏处山林,沉观世故,枚举缕述,时存披览,则野乘之流传,亦足为考古之先资也。

有明文[①]长徐先辈,负轶才,郁郁不得志,有感于太祖以布衣定天下,一时佐命之英,景从云合,明良交会,号称极盛,著《英烈传》一书。顾吾思明代运会之隆,未有如太祖龙兴时也;其事变之奇而幻,则未有如靖难时也。比而观之,始知相传仅数十年,其间一治一乱,较然悬绝,虽曰人事,岂非天命乎?

窃尝综建文、永乐故实,汇为续传,阅是书者,其于盛衰顺逆之故,平陂往复之机,亦可了如指掌矣。然词取达意,固不敢自附于野史之例;而事必摭实,或亦免于续貂之诮欤?

秦淮墨客。

(据大连图书馆藏励园书室刊本)

---

① "文"原作"元",据《明史》改。

后　记

本书是我的博士论文与国家课题研究的"副产品"。2021年8月在博士论文基础上的国家课题"清初遗民小说研究"顺利结项，研究成果的系列出版工作也相继展开。首先出版的是结项主要成果，即《清初遗民小说研究》，共分8章，计有56万字，由人民出版社2023年3月出版。其次出版的是我近20年撰写的关于清初遗民小说的个案研究成果，即《清初小说论稿》。它分为上下两编。上编考证了6位作家的生平，下编论述了9部代表作品的创作特色与传播特点，计有24万字，由中国社会科学出版社2023年5月出版。最后即是本书的出版。它是我在做博士论文与国家课题的过程中，收集的清初遗民小说的研究资料，计有28万字。

本书原拟作《清初遗民小说研究资料汇编》，拟全面收录清初遗民小说作家、作品及其研究资料。然而，谢正光编著、王德毅校订的《明遗民传记资料索引》基本上网罗了绝大多数清初遗民小说作家的生平资料所在的文献，为避免重复劳动，笔者放弃了已经收集的作家资料。同时，由于现在人工智能技术越来越成熟，编纂研究成果目录的意义越来越小，故而笔者又舍弃了业已编纂的研究论文与著作目录。而小说作品的资料，虽然通过大数据进行一定范围的查阅，但毕竟是非系统、非全面的，故此，我着重收录作品研究资料，主要包括识语、序跋、提要、夹批、回末评等，并对每篇（部）作品进行叙录。

我在收集资料时，尽可能搜集、收录那些具有学术意义与研究价值的资料，也尽可能收录学界较少涉及的资料。如民国时期周瘦鹃的《读影梅庵忆语》，出现在上海大东书局1933年版《影梅庵忆语》中，有一万余字。它阐释了作者对《影梅庵忆语》的解读，特别是对冒襄的另类解读，还是颇有见地的。它在一定程度上代表了民国时期一些学者对冒襄的态度及对《影梅庵忆语》的评价。再如《阐义》的卷首小序。学界较少关注吴肃公的《阐义》，研究成果也非常少，而笔者对于其卷首小序的整理，希望更多学界同仁来关注这部很有特色的作品，并为其研究提供一些研究资料。又如乾隆三十五年（1770）刻本《水浒后传》中的蔡元放评点。他的评点包括《评刻水浒后传叙》《水浒后传读法》及回首总评，总字数多达4.5万余字。这在仅有四十回篇幅的章回体小说中，还是比较少见的。蔡元放在评点中几乎对小说每一个重要人物和每一个重要事件都进行了评点，特别是将它们与《水浒传》中的人物与事件进行对比，得出了一些令人信服的结论。

本书即将出版，也是我在清初遗民小说研究方面暂告一段落。首先要感谢内人郁玉英的一直以来的支持。本书资料的收集，其实在攻读博士期间即已开始，但基本呈现零散状态，我是利用一个暑假的时间集中进行整理、文字识别、校对的。而这个假期的几乎所有家务全落在她一个人身上，还要陪伴、指导孩子的学习等。她不仅支持本书出版，对我之前出版的著作也全力支持。

其次感谢几位学生的大力帮助。我的研究生王元泽、庄龙主要收集了文言小说作品资料及部分小说作家生平资料。他们在收集资料后，对其进行分门别类的整理，每部（篇）作品与每位作家单独建立文件夹，并将原始文献虚拟打印、拍照、截图，形成电子文献，为后来的校对工作提供便利。另有几位本科生也参与了作家与作品资料的收集，在此一并感谢。

最后要感谢李嘉诚基金会的经费支持。本书是李嘉诚基金会资助我出版的第二部著作,前一部为《清初小说论稿》。李嘉诚基金会在文学院有专项资金,专门支持文学院的学科发展,学院教师出版专著更是全力支持,身为学院一员,深感幸哉!

杨剑兵

2024 年 4 月 23 日草于龙眠斋中